奇峰異石傳

—鄭手作品集—

目錄

第一部■寶光禪寺

第一部

寶光禪寺

第一章 奇少年

九月剛過，初冬的勁風已帶著刺人的寒氣。

清晨時分，隋朝首都大興城東南方啓夏門外，出現一個十一二歲的少年。他的身材甚高，衣著雖有些陳舊，卻不失整齊乾淨；面目俊朗，濃眉大眼，英氣逼人，眼中好似藏著兩團燃燒著的火焰，眉目間卻透出一股難言的沉鬱。少年頭上包了一塊青色頭巾，似有意似無意地遮住了大半張臉，背上揹著一個長長的黑布包袱，看不出裡面裝了什麼。

少年獨自穿過城門，低著頭，彷彿不願讓人看見他的臉面。進城之後，他便默然立在道旁陰暗之處，神態中帶著幾分孤僻神祕，似乎在等待著什麼。

不多時，城外官道之上隱隱傳來哭泣叫囂之聲，但見好大一群人從遠處向著啓夏門而來，及至數十丈外，才看出是一群官兵押解著數百名囚犯，直往城門走來。囚犯中男女老少都有，個個衣衫襤褸，形容勞頓，滿面恐懼。

官兵們一邊狠狠鞭打囚犯，一邊高聲呼喝：「快走！快走！」一行人穿過啓夏門，往城北行去。

城中百姓見官兵氣燄囂張，趕緊讓在一旁，彼此交頭接耳道：「是押解叛賊！」「秋後處決，果然不假！」

一個老年人嘆息道：「都怪那造孽的叛賊楊玄感！這些囚犯想來都是被他連累的。」旁邊的百姓聽見「楊玄感」三個字，都靜了下來。眾大興城居民自然早已聽聞這場驚天動地的叛變，一個外地人不知情，問道：「楊玄感是什麼人？」

那老年人聽他這麼問，露出驚訝之色，壓低了聲音，說道：「楊玄感是往年權勢熏天的尚書令楊素之子。楊素死後，楊玄感生怕皇帝滅他楊家，便趁著皇帝親率軍隊遠征高麗時，在黎陽起兵叛變。」

那外地人聽見「起兵叛變」，並不十分驚訝，說道：「在東方起兵叛變的人可多了。但像楊玄感這樣一個權貴之子帶頭叛變，倒屬稀奇。」

老年人更加壓低了聲音，嘆道：「可不是？皇帝這幾年來雷厲風行，一會兒建東都，一會兒挖運河，一會兒又打高麗，人民死傷慘重，疲於奔命，叛變自然多了。楊玄感位高權重，登高一呼，響應者過萬，一時風起雲湧，儼然有推翻大隋、爭奪天下之勢。然而這場叛變來得快，去得也快。皇帝得訊之後，立即從遼東派遣大軍回頭收拾叛軍，數月之間，楊玄感兵敗如山倒，落得個自殺身亡的下場。」

那外地人聽了，嘆了口氣，說道：「這也是命哪！」

眾人眼望著被押解入城的囚犯，都不再言語。

一片寂靜中，一個中年人打破沉寂，開口問那老年人道：「這群人看來都是些平民百姓，莫非是被楊玄感抓去充軍，才淪爲叛賊的？」

那老年人搖頭道：「不，你看這些都是老弱婦孺，哪裡當得了兵！我聽人說，楊玄感攻打東都洛陽時，曾經開倉放糧給百姓領取。事敗之後，皇帝下令，凡是從楊玄感手中領過米的，一律抓起來活埋。這些想必便是那些領過米的百姓了。」

中年人驚道：「只是領過米也要殺？這也未免太殘忍了些！」

老年人搖頭道：「不只這些人，連洛陽城中那些曾跟楊玄感一起喝過酒、吟過詩的文人雅士，也全被處死抄家。你快別多說啦，要是被無端牽連進去，可有多不值！」

那中年人嘿了一聲，不敢再說。

神祕少年站在暗處，耳中聽著其他人的談論，雙眼直視前方，凝視著一個個經過身前的罪犯臉面。

不多時，數百名囚犯都已走過，最後押陣的是一群衣著華麗的官兵。一眾官兵簇擁之中，一個身穿金色袍服、魁偉高大的將軍，跨著一匹剽悍肥美的胡馬，昂首傲視地馳入城門。

路邊那老年人指點著，對身旁諸人道：「這就是左衛大將軍宇文述了。皇帝眼前第一紅人，擊敗叛軍、逼楊玄感自盡的就是他，受命查辦叛賊、捉拿逃匿同黨的也正是他！」眾人聽了，望向那金袍將軍的眼神中不禁滿是敬畏。但見宇文述身形高大雄偉，膚色黝黑，目如銅鈴，鬍鬚蜷曲，顯然是個鮮卑人。

少年向那金袍將軍宇文述瞪去，眼中如要冒出火來，右手抓緊了背上的黑色包袱。待那群囚犯和官兵走過之後，城中不少民眾紛紛隨在隊伍之後，跟去刑場瞧熱鬧，少年也混雜在人群之中，往北而去。

人群沿著朱雀街東第二街往北，過了親仁里後往右行去，便來到城東的都會市。大興城除了正北方兩大塊地規劃爲大宮和皇城之外，其餘的布局方方正正，整個城分割成一個個獨立的「里」，里中是高官貴官或百姓的住宅，來往的行人很少，也沒有商鋪；人多而有商鋪的地方，唯有城中的東西兩個市集。大興城東的市集叫做「都會市」，城西的市集叫做「利人市」。

少年聽路人說囚犯行刑是在午後，便信步走入城東的都會市中，打算觀察地形，並且找個不引人注意的地方等候。

都會市有東西南北四條街，分隔成井字形；街旁店鋪五花八門，琳琅滿目，有衣行、鞋鋪、綾羅行、染坊、鐵鋪、銅坊、車行、蠟燭鋪、藥行、紙坊、書店等，還有煎餅糕糰鋪、小吃店和大酒樓等各色食肆。

市集中人潮洶湧，男女老少摩肩接踵，販夫走卒吆喝叫賣，好不熱鬧，人群中還夾雜著不少碧眼蜷鬚的胡人，以及身穿軍裝的士兵。

少年無心觀看市集中的商鋪貨物，只留心觀察方位，試圖尋找一個能夠望見刑場的高處。正觀望時，忽見一群士兵向著他迎面走來。少年心頭一緊，趕緊轉過身，面向一間包子鋪，拉下頭上的青布遮住臉面，半低著頭，假裝要買包子。

直到那群士兵走遠了，他才鬆口氣，見那包子小販抬頭望著自己，忙從懷中掏出一枚五銖錢，買了兩個包子，揣入懷中，匆匆走開。

才走出三四步，忽聽身後那包子小販高聲罵道：「討死的，小乞兒還想吃包子？快給我滾遠點！」

少年聽見，胸中陡然升起一股怒火，心想：「我明明付了錢，憑什麼叫我小乞兒？」他回過身，正待開口爭辯，卻見那賣包子的小販並非對自己發話，而是向著站在攤位前的另一個孩子大吼。

那孩子身形瘦小，衣衫破爛，頭髮蓬亂，一張臉甚是骯髒，果然是個不折不扣的小乞兒。但見他一雙大眼睛黑白分明，瞧上去約莫只有七八歲左右年紀。

那小乞兒被賣包子的小販吆喝怒罵，竟然半點不顯害怕退縮，反而挺胸抬頭，睜大眼直瞪著那小販，高聲道：「沒錢就沒錢，有什麼了不起了？我叫你一個包子也賣不出去！呸，呸，呸！」作勢向那籠包子猛吐口水。

小販見他如此糟蹋自己的包子，怒不可遏，高罵一聲粗話，舉起擀麵棍子，當頭便往那小乞兒打去，怒喝道：「我打死你這小賊！我打死你這小賊！」

小乞兒抱著頭，一邊閃躲，一邊大叫：「打死人啦！殺人啦！救命啊！來人啊！」

少年不暇思索，大步上前，右手急出，抓住了小販正要打下的擀麵棍。他手勁甚強，一抓住那棍子，小販的棍子便停在半空中，再也打不下去了。

小販見這少年出手迴護小乞兒，又驚又惱，正要破口大罵，少年卻已指著蒸籠邊上的包子，開口說道：「這四個包子，我全買了！」說著便掏出兩枚五銖錢，遞給那小販。

小販聽他願意買去那幾個被吐了口水的包子，這才消了氣，悻悻地收下錢，還不忘狠狠地瞪了一眼那縮在一旁的小乞兒。

少年取過四個包子，走到小乞兒身前，將包子全數交給他。

小乞兒似乎受寵若驚，驚疑不定地接過包子，還來不及道謝，少年已轉身走去，沒入人群之中。

小乞兒手中捧著熱騰騰的包子，呆了半晌，才舉步追上，叫道：「喂！喂！你是誰呀？爲什麼要送我包子？多謝你送我包子啊，喂，你叫什麼名字啊？」

然而那少年腳下甚快，轉眼便已消失在人潮擁擠的市集中。

小乞兒找不到人，只好停下腳步，拿起一個包子咬了一口，低聲道：「好吃！」一邊咬著包子，一邊又喃喃說道：「有錢真好！」

將近午時，少年已悄悄地來到都會市角落一間寺院的寶塔上。這寺院鄰近都會市，香火鼎盛，人來人往，十分熱鬧；然而寺中這座寶塔正值維修，四周以木板圍住，是以塔上並無人跡。少年見這座塔位置絕佳，便偷偷進入寺院，趁人不注意時，翻過木板，爬上了寶塔，隱身在窗櫺之後。他解開背上的黑色包袱，取出一把深黑色的弓。

這是少年家傳的寶弓，以韌度極佳的柘木製成。包袱中並有數條弓弦，一個箭袋，袋中插著數十枝羽箭，枝枝箭身漆黑，箭尾鑲著白色的雉羽，箭頭以精鐵鑄成，爍爍然閃著青光。

少年熟練地將弓弦綁在弓的兩端，調了調鬆緊，直到弦緊剛剛好了，才將箭袋揹在肩上，左手持弓，右手從箭袋中抽出一枝箭，搭在弓上，從窗櫺望出，正好可以看到刑場。

不多時，太陽升到天中，午時到了。但聽一聲長長號角，數十名官兵手持槍矛，將那幾百名從城外押解來的囚犯趕到刑場上，跟隨而來的人潮在刑場周圍繞了一圈，駐足觀看。

少年放眼望去，見官兵在刑場前方豎立起數十塊木板，張貼懸賞告示，每張告示上都畫有逃匿叛賊的肖像和名字。

少年凝目看向那幾塊告示板，但見一個軍官押著三名衣著華麗的囚犯走上前，比對著懸賞告示，伸手撕下了三張，上面寫的人名分別是「楊民行」、「李子雄」和「鄭儼」。

另有十多張告示尚未被撕下，其中一張寫著「韓世諤」，肖像畫的是個倜儻驍勇的男子;另一張寫著「李密」,畫的是個額銳角方、雙目明澈的書生。

軍官手拿三張告示,高聲宣布道:「逆賊楊民行、李子雄、鄭儼,依附首惡楊玄感,造反叛逆,今逮捕歸案,御令梟首示眾!洛陽暴民大膽偷盜皇糧,暗助首惡楊玄感,罪無可恕,全數活埋!」此言一出,頓時哀鴻遍野,數百名死囚在刑場上嘶聲哭號涕泣,場面淒慘悲涼,令人不忍卒睹。

少年見那寫著「韓世諤」的懸賞告示並未被撕下,噓了一口長氣,放下弓箭,坐倒下來。他聽見外面哭號之聲四起,不忍觀看行刑,便想收起弓箭,離開寶塔。

不料就在這時,場中傳出一個孩子稚嫩響亮的哭聲,少年忍不住回頭往窗外望了一眼,只見一個三四歲的孩子衝入刑場,抱著一名婦女不放,哭叫道:「娘,娘!」

一個士兵大步上前,罵道:「滾開!」一刀就往那孩子斬下。那婦人手腳被繩索綁縛,無法阻止士兵或推開兒子,尖叫一聲,往前一衝,用自己的身子去擋住孩子,士兵這刀便斬在婦人的身上,登時鮮血四濺,婦人俯身倒在血泊之中。

那孩子撲在母親身上,驚叫哭號不止。士兵伸手捉起那孩子,大刀又舉起,便要往那孩子身上斬落。

便在此時,士兵手中的刀忽然飛了出去,但見他臉上神色驚恐莫名,只哀叫得一聲:「我的手!」便撲倒在地。只見他手掌上多了一枝白羽黑箭,正中手心,對穿而過,鮮血飆了一身。

周圍士兵見夥伴被冷箭射傷,都大叫起來,四下張望。一個士兵眼尖,叫道:「寶塔!箭是從寶塔射出來的!」

士兵群情激動，叫喊道：「定是叛賊黨羽，快去捉住了！」數十名士兵手持武器，往刑場邊上的寶塔奔來。

發箭阻止士兵行暴的，正是那躲在寶塔上的少年。他原本以爲父親遭擒，冒險闖入大興城，潛入刑場，打算出手相救；如今發現父親並未被捕，自當儘早離去，好脫離險境。但他眼睜睜地看著官兵即將殘殺無辜幼子，心中怒火如燒，再也忍耐不住，便不顧後果，搭箭彎弓，瞄準那士兵，一箭射出，正中那士兵之手，令他大刀脫手飛出，使刑場登時一片混亂。

少年知道自己不應出手，卻一時義憤塡膺，無法自制，這箭射出後，便暴露了自己的方位。他知道情勢不妙，立即收起弓箭，揹上包袱，衝下寶塔，躍過木板，鑽入上香的人群，往寺後逃去。

第二章　大將軍

少年腳下甚是敏捷，在官兵來到之前，便已奔出寺廟後門，進入市集之中。他快步走去，混入人群，盼能躲過官兵的追捕。不料迎面便見五六個士兵向著他走來，個個身著軍裝，腰佩大刀。

少年心中一凜，正待閃到一旁避開，卻已不及，其中一個士兵留意到他，快步上前，張開雙臂擋在他身前，喝道：「小子！鬼鬼祟祟地在大街上閒晃什麼？你住在哪一里？」

這幾個士兵並非從刑場追來的士兵，但少年怎敢跟任何士兵打交道，立即轉身，拔步便跑，卻被另一名士兵大步繞過攔阻，擋住了去路。

少年不得不停下腳步，抬起頭望向一眾官兵，冷冷地道：「我是來京城尋親戚的。你們有什麼事？」

那群士兵聽說他不是城中居民，如同蒼蠅見血一般，一齊圍了上來。一個體型高大、面目猙獰的士兵來到少年面前，向他上下打量，粗聲道：「這小子長得倒是挺結實的，不如拉去挖運河吧！」

一個身材矮小的禿頭士兵走上前來，嬉皮笑臉地道：「我說衛三哥，大運河已挖完了十之八九，如今皇帝下詔第三度出征高麗，兵力還遠遠不足呢！拉這小子去充軍，最好不過！」那姓衛的高大士兵點頭道：「宋九這主意不錯！」

少年聽他們這麼說，知道他們攔住自己，並非因為見到自己在刑場發箭，而是想拉自己去充軍，勉強鎮定下來，說道：「你們不能捉我！我表伯不會放過你們的！」

姓衛的高大士兵名叫衛三，他側過頭，凝視著那少年，質問道：「什麼表伯？他姓什麼，叫什麼，住在哪兒？」

少年正待開口回答，那禿頭宋九卻連忙阻止道：「慢著，慢著！你別說，我們不想知道！瞧他身形這麼高大，該有十六歲了，正是徵兵的年齡。管他有什麼親戚，將他抓回軍營充數便是，還多問個什麼？」說著不由分說，上前便拽住了少年的手臂。

少年見他們蠻不講理，怒火中燒，用力甩脫了禿頭宋九的掌握，退後兩步，怒道：「我只有十二歲，你們不能拉我去充軍！我表伯名叫李靖，身任長安功曹，你們不可亂來！」

去。

禿頭宋九搖頭道：「李靖？沒聽說過。抓住了這小子再說！」另外三四個士兵早已圍了上來，七手八腳地扭住了少年，不由分說，便將他往軍營拖去。少年箭術雖精，拳腳功夫並不擅長，加上對方人多勢眾，又都是身強力壯的成年男子，少年被他們聯手捉住，雖奮力掙扎，卻始終無法掙脫，心中又急又怒。

這些士兵平日在京城中如狼似虎，橫行霸道，不時在街頭硬抓百姓去挖運河、建宮殿、征遼東，行爲肆無忌憚，因此市集中的小販和居民們眼見士兵動手扭抓那少年，都側目而視，沒人敢出言質疑或出頭阻止，只裝做沒有看見，都遠遠避開了去。

少年被一眾士兵強行拖去，心中焦急，知道自己身負弓箭，方才在刑場射箭之事很快便會被發現，口中只得不停高聲怒罵，手腳持續奮力掙扎，好不容易摔脫了一個士兵的掌握，又被其他人拽了回來。

禿頭宋九走上前，一腳狠狠地踢上少年的小腹，罵道：「賊小子竟敢反抗！你再逃，瞧我打斷你的腿！」這一腳踢得甚重，少年抱著小腹跌倒在地，痛得縮成一團。

禿頭宋九揪著他的衣襟，硬將他拉了起來，喝道：「乖乖跟我們走！」忽然低頭仔細望了望少年的臉，臉上露出驚喜之色，對夥伴們道：「嘿！大夥兒瞧，這小子的樣貌倒是挺眼熟的。是了，左衛大將軍宇文大人前幾日不是發布令旨，要咱們加緊捉拿參與楊玄感叛亂的同謀麼？這小子有點像……有點像懸賞圖的其中一人哪！」

高個子衛三也走近前來，說道：「宋九，你說這小孩兒在懸賞圖中？我只記得見到一個小孩兒，是叛賊韓世諤的兒子，好像是叫韓峰的。」

禿頭宋九甚是興奮，搓著手道：「一定是他，一定是他！韓世諤乃是開國功臣韓擒虎的兒子，出名的貴官子弟。楊玄感叛亂，他也跟起鬨，幫著楊玄感攻城掠地。事敗後，韓世諤被擒押去見皇帝，我聽說他途中竟用酒灌倒守衛，趁機逃脫了。官兵去抄他韓家時，他兒子韓峰已得到訊息，早一步溜走了。快，那張懸賞圖在哪兒？趕緊拿出來看看，比對比對！肯定是他，絕對錯不了！」

其他的士兵聽了，都大為興奮，紛紛在懷中掏找懸賞圖畫來比對，口中說道：「要能捉住韓家小賊韓峰，那賞金可多啦，足夠大家分了！」「快看看，說不定就是這小子！」

少年聽在耳中，臉色大變，大叫一聲，一個手肘猛然往旁撞去。禿頭宋九正蹲在他身旁，這一肘剛好撞在宋九的鼻子上。宋九只覺鼻梁劇痛，慘叫一聲，連忙伸手去摸鼻子，發現摸到一手鼻血，登時又驚又怒。

少年趁他放鬆手，趕緊跳起身往外闖去。禿頭宋九咒罵一聲，叫道：「別讓小賊跑了！」

這時高個子士兵衛三大步追上，伸出大手扯住了少年的衣袖，少年一甩之下未能掙脫，禿頭宋九已奔上前來，伸手揪住了少年的衣領，將他硬拉回來，一拳打在他的臉上，將少年打得仰天跌倒在地。

禿頭宋九一手捂著鼻子，一腳踩著少年的胸口，俯下身，一張染血的醜臉直對著少年，獰笑說道：「小子，你果然便是韓峰！你的身價可著實不低哪！今日算我們兄弟走運，撞上了你這隻肥羊！」

那少年怒目望向禿頭宋九，咬牙切齒，卻不言語。

這少年果然便是韓峰。他當時離家之後，便在洛陽左近沉潛躲藏。不久前他聽聞消息，得知左衛大將軍宇文述捉到了一批逃逸藏匿的叛賊，正解往京城行刑。他生怕父親也在其中，於是孤身跋涉了八百多里的路，從洛陽來到京城大興城，冒險潛入城中，盼能解救父親。然而情勢變化出乎意料，父親並未被捕，他卻冒險在刑場發箭，又在市集被這群官兵撞見捉住，認出他是遭受通緝的韓家子弟，這條小命恐是注定要葬送在此地的了。

便在此時，忽聽一群人高聲呼喊：「左衛大將軍回駕！左衛大將軍回駕！閒人迴避！」

禿頭宋九最擅長諂媚鑽營，聽說左衛大將軍宇文述將至，心中大喜，暗想：「天助我也！這可是我在大將軍面前立功討賞的大好機會！」連忙探頭去看，果見在一群衣著光鮮華麗的侍衛簇擁之下，一位金袍將軍縱馬而來。

禿頭宋九對夥伴吩咐道：「看緊這小子，別讓他跑了！」自己趕忙衝到隊伍之前，對著領頭的侍衛叫道：「虎牙軍營宋九，有要事向宇文大將軍稟報！」

那領頭侍衛看禿頭宋九容貌猥瑣，鼻子還在流血，又聽他不過是一名小兵，更不想理會，只狠狠地瞪他一眼，舉起鞭子，喝道：「快閃開了！左衛大將軍哪有功夫聽你廢話！」

禿頭宋九不肯放棄，伸手抓住那侍衛的馬韁，叫道：「請將軍代我稟報宇文大將軍，我們抓到了一個懸賞逆賊，請大將軍垂鑒！」

那侍衛聽了，知道大將軍近來一心捉拿叛賊，事關緊要，連忙奔過去稟報。

不多時，但聽一陣驚呼混亂，金袍將軍宇文述橫衝直撞地縱馬近前，市場上的一眾百姓小販趕緊逃竄躲避，卻已有十多人被他的胡馬撞倒踢翻。

宇文述好快便縱馬來到眼前，在禿頭宋九面前勒馬而止，喝問道：「人在哪裡？」

禿頭宋九連忙往倒在地上的韓峰一指，說道：「叛賊在此！」

少年韓峰抬起頭，向左衛大將軍宇文述望去，眼中滿是藏不住的怒火。他清楚記得，有一回父親和一群好友夥伴在家中聚會，席間拍案大罵道：「宇文述這廝，眞正不是人！」父親的一個朋友嘆息道：「若是令尊韓老將軍還在世，又怎會讓宇文述這等卑鄙無能之徒來率領大軍！」

後來韓峰問父親宇文述是誰，父親道：「宇文述是個鮮卑胡人，乃是皇帝眼前的第一紅人。皇帝親征高麗，派宇文述率領三十萬大軍進擊。宇文述根本不懂得領軍，竟然逼迫士兵每人背負一百斤的兵甲糧草，並下令捨棄者斬。士兵長途跋涉，根本無法負擔過重的糧草，只能偷偷挖坑掩埋。抵達遼東後，軍隊糧草不足，不得不倉促撤退，撤退時受到高麗追擊，竟然導致三十萬軍隊全軍覆沒！」

韓峰年紀雖小，聽聞三十萬士兵全數陣亡，也不禁驚恐問道：「他犯下這麼大的錯，皇帝有沒有處罰他？」

韓世諤搖頭道：「皇帝對他百般寵信，得報後雖憤怒，卻並沒有懲罰宇文述，只將他除名爲民，不久後又恢復他的官職，還讓他再度領軍出征高麗！」言下氣憤惱恨不已。

韓峰當然不會忘記，也就是在這時，父親得知楊玄感起兵叛變，便立即投效襄助。皇帝命令宇文述率領大軍回頭討伐楊玄感，宇文述攻打敵國失利，平定內亂卻頗有能耐，一舉擊潰了楊玄感的軍隊，逼迫楊玄感自殺，俘虜了楊玄感的兄弟，大受楊廣褒賞。

韓峰想著父親所述關於宇文述的種種惡行，這卻是他第一次正面親眼見到這聞名已久的左衛大將軍宇文述。宇文述高大壯碩，身形迫人，神態又凌人高傲，低頭望向韓峰，眼光如電般在他臉上掃過。

但韓峰滿腔怒火在心，狠狠回望，絲毫不肯示弱。

領頭侍衛在一旁問禿頭宋九道：「這小子是什麼叛賊？」

禿頭宋九忙道：「他是叛賊韓世諤的兒子，名叫韓峰。」

侍衛問道：「是他自己招的？」

禿頭宋九道：「不，他沒招，但我們瞧他長得很像畫像上的人。」

侍衛皺起眉頭，低聲道：「你沒驗明叛賊，就請了大將軍過來？你是有幾個腦袋好丟的？」

禿頭宋九手心捏了把冷汗，正不知該如何是好，但聽左衛大將軍宇文述在馬上冷冷地道：「韓家白羽黑箭，好大的名聲！剛才躲在刑場外射箭的，想必就是你這小娃子了。」

韓峰站直身子，怒目望向宇文述，傲然道：「不錯！我方才未及瞄準你的咽喉，不然如今你早已屍橫就地！」

宇文述仰天大笑，說道：「小小雛兒，當真不知道天高地厚！憑你那一箭，又能阻止什麼，改變什麼？刑場上該斬首的都斬首了，該活埋的也盡數活埋了。你那一箭，不過暴露了你的身分，送掉自己一條小命，卻連一個叛賊的命也救不了！」

韓峰雙拳緊握，想起適才刑場上那幾百名無辜的百姓都已慘遭殺戮，心中暴怒如焚，直想衝上前，將這金袍大將軍揪下馬來，狠狠揍他一頓。

宇文述悠然望著韓峰咬牙切齒的神情，滿面揶揄之色，嘿嘿一笑，又道：「韓家老頭韓擒虎，號稱什麼開國功臣，根本是沽名釣譽！他兒子韓世諤更是嬌生慣養，繡花枕頭一個。韓家一門武藝低微，膽小怯懦，全都是我宇文述的手下敗將，何足道哉！」

韓峰忍不住怒喝道：「你胡說！我爺爺爹爹怎會輸給你這種卑鄙小人！」

宇文述低頭望著他，面色不改，冷笑道：「既然如此，你老子韓世諤為何如蛇鼠般到處躲藏？為何不出來跟我面對面，一決高下？哼！不管他躲藏在何處，我遲早會把他給揪出來！」

韓峰怒道：「你是捉不到我爹爹的！」

宇文述撇嘴笑道：「你這小鬼，口氣倒大！你韓家當年不可一世，趾高氣揚，我老早便看你們不順眼了。等著吧，我定會搜出你老子，徹底摧毀你韓家一門！」轉頭對身邊那領頭侍衛道：「受懸賞的是他老子，這小子一文不值。隨便派個人將他押去刑場，跟那些賤民一起活埋了便是！」說完馬鞭在空中一揮，掉轉馬頭，快馳而去。

領頭侍衛對宋九道：「沒聽見大將軍吩咐麼？快將人押去刑場！」說完便趕緊跟隨著大將軍去了。

第三章　小乞兒

禿頭宋九一心想找機會向大將軍宇文述自報姓名，藉以邀功，沒想到大將軍只過來跟叛賊說了幾句話，便自離去，不但沒誇獎自己，更說這小子「一文不值」，連懸賞金都不給。他不禁又是洩氣，又是懊惱，只得訕訕地走回，對夥伴們吼道：「還不快押了小子去刑場？」

眾士兵七口八舌地問道：「大將軍怎麼說？」「有賞金麼？」「賞金有多少？」

禿頭宋九抹去鼻下的鮮血，惡狠狠地道：「誰知道！我才不稀罕什麼賞金哩！這小子剛才竟敢打我，先揍他一頓出氣再說！」

其他士兵聽說賞金並無著落，都大為失望，兩個士兵伸手將韓峰拉起，牢牢捉住他的雙手，準備讓宋九好好打他一頓出氣。

韓峰眼見宋九握緊拳頭，凶巴巴地向自己走來，正打算奮力掙扎，做垂死一搏。忽聽不遠處傳來一陣騷動，驚呼聲此起彼落：「偷大餅！小乞兒偷了我的大餅！來人啊！快抓住他！」「偷葡萄！那乞兒偷了我一串葡萄！」「賊小子偷了我一籠糕啊！」

便在此時，但見一個身形瘦小的乞兒從人叢中竄出，懷中抱著大餅、葡萄、蒸籠等物，一溜煙似地從眾士兵之間鑽了過去；接著叫罵聲響起，四五個被偷了物事的小販氣急敗壞地奔過，向那小乞兒追去。

混亂之中，那小乞兒忽然回過身，手中高高揚著兩三件物事，叫道：「眾位軍官大哥，多謝啦！」

禿頭宋九和衛三舉目望去，只見那小乞兒手中拿著的，竟然正是自己的錢袋！這些士兵愛錢如命，怎能容人偷走自己的錢袋？頓時又驚又急，怒發如狂，破口大罵，再也顧不得韓峰，奔上前便去追那小乞兒。

其餘士兵見兩個領頭奔開了，也紛紛轉身去看究竟發生了何事。

韓峰趁他們分神疏忽、鬆手放開自己之際，立即一個翻身，滾入了一旁賣瓜果的攤子底下。他一滾入攤子下，便手腳並用，快速爬出數丈，從另一邊探出頭來，見沒有人留意他已逃走，便趕緊鑽了出來，彎著腰奔入人叢。

他百忙中回頭一望，聽高處傳來一陣清脆的笑聲，只見剛才那偷了各樣吃食和錢袋的小乞兒站在一排攤販的遮棚上，抓起一塊大餅咬了一口，揮舞著衛三和宋九的錢袋，引逗著遮棚下的小販和士兵。

士兵和小販眼見這膽大妄爲的小賊站在遮棚上耀武揚威，都指著他破口大罵起來，禿頭宋九更準備爬上遮棚去捉他。

那小乞兒毫不害怕，從錢袋中掏出一把銅錢，一揮手，將銅錢往人叢中撒去。路人見到有錢從天上撒下，趕緊衝上前去伸手亂抓，滿地摸撿，哪裡去管究竟是誰的錢。

宋九和衛三齊聲大叫：「那是我的錢，不准拿！不准拿！快還給我！」地面頓時一團混亂。

小乞兒居高臨下，望著人群哈哈大笑，趁著底下眾人鬧哄哄、亂糟糟之際，沿著遮棚往北方奔去，一躍而下，消失不見了。這時韓峰早已看清，那孩子正是自己剛才在包子攤處見過的小乞兒！

韓峰心中甚奇：「我方才不是送了他四個包子麼？他爲什麼還要偷大餅、葡萄和蒸糕？」隨即靈光一閃，明白過來：「他是故意引開那些士兵，好讓我有機會逃脫。」心中大爲感激，暗暗擔心那小乞兒陷入危難，卻見他身手敏捷，早跑得影子都沒了，才略略放心。

韓峰鎮定下來，躲在人叢中觀望形勢。方才捉住他的士兵在一陣混亂之後，紛紛回到原處，這才發現人已逃走，又驚又怒，一邊喊罵，一邊分頭在市集中搜尋。他們卻沒有料到他會從攤子之下爬過，離他們已有數十丈之遙，只在左近喝問尋找，卻哪裡找得到人？

韓峰知道自己若再被他們捉住，可不會再有如此好運能夠逃脫，當下彎腰低頭，快步向人多處行去，穿過幾條街道，來到一處偏僻的里內。他回頭張望，那群士兵已然被他甩脫，未曾追趕上來，這才鬆了一口氣。

韓峰眼見這大興城中處處有士兵巡邏，想必很多人見過自己的懸賞畫像，絕不可多待，趕緊分辨方向，往南快奔而去。來到啓夏門時，他心想不應露出慌張神態，引人留意，便故意放慢腳步，假做悠閒從容地出城而去。離開城門半里外，他才放足狂奔，往南直奔出了五六里，方敢停下喘息。

韓峰坐倒在黃土地上，抬頭望著遠處雄偉高大的大興城，一顆心仍怦怦地跳個不止。他雖逃過了一劫，未曾被那群虎狼般的士兵送去刑場，心中卻只有更加失落，更加不安。

他孤身跋涉來到京城，一心探尋父親下落，所幸父親並未被捕，但仍舊下落不明；加上自己也受到通緝，更被助紂爲虐的皇帝爪牙宇文述當面逮到，險些送掉一條小命。如今他孤身一人，無家可歸，身上的錢財也將用盡，卻該何去何從？

韓峰吸了一口長氣，轉過頭，放目望向四方，心想：「天地茫茫，難道便沒有我韓峰能夠棲身之處？」

他的目光茫然落在南方一道高聳的山脈之上，心中忽然一動，想起了一段他在路上聽見的歌謠：

不從軍，不挖河！
大興南，終南阿；
寶光寺，收孤兒。
不吃苦，不挨餓！

他曾多次聽見年幼的難民互相傳唱這段歌謠，當時他並沒放在心上，但此時那歌謠的字字句句，對他似乎都有了新的含意，新的希望。

他暗自思索：「我在路上遇見了那麼多逃難的孩子，每個都抱著希望，想逃去終南山，投靠寶光寺。這寶光寺究竟是什麼樣的所在，當眞能收容無家可歸的孤兒，保護他們不被拉去挖運河、征遼東麼？甚至能保護我一個受到通緝的叛逆之子麼？」

韓峰向那座山脈望了許久，心想：「我橫直也沒有別的地方可去，不如就聽信那歌謠，去終南山上找找那傳說中的寶光寺吧！」他心意已決，當下站起身，舉步便往南方走去。

終南山距離大興城約有八十里路程，韓峰年輕力壯，沿著官道走去，走了約莫四個時辰，將近日暮時分，便來到了終南山山腳下。

但見山腳大路旁有座田莊，占地甚廣，高牆圍繞。韓峰從牆縫中望去，只見莊裡有菜園、果園、穀倉等，似是什麼大戶人家的田產，田莊之旁便是一片古木參天的老樹林子。

韓峰當日只在午時吃了兩個包子，這時腹中已甚感飢餓，尋思：「不如去這田莊問些吃的吧。」隨即又心生警覺：「這莊園離大興城不遠，不定又有官兵出沒，一問之下，便會發現我來過此地，我切不可留下任何蹤跡。不如進入林子，試著打些鳥獸來充飢。」

他打定主意，便走入林子，解開背上的黑色包袱，取出韓家的家傳寶弓。

韓峰望著這副賴以自保的武器，心頭頓時安穩許多。這把弓曾跟隨他的爺爺韓擒虎和父親韓世諤上過戰場，傷敵無數。他將弓弦綁在弓的兩端，調校鬆緊後，便將箭袋揹在肩上，左手持弓，右手從箭袋中抽出一枝箭，搭在弓上，緩步在山林中行走，尋找獵物。

此時已近傍晚，陽光難以穿透濃密的樹林，林中更顯陰暗。

韓峰感覺身上一寒，抬頭望向天空，此時雖然還未開始下雪，但冬日的氣息已掃遍了樹林，樹上葉子大多已然掉落，只剩下光禿禿的枝幹，滿地的野草也已枯萎乾黃。

他心中不禁擔憂：「天氣一轉寒，小動物都會躲起來準備過冬，就算我今日能打到獵物，再過幾日下起雪來，可就再難打到獵物了。我若找不到寶光寺，在這山野之中，卻要如何度過寒冬？」

他甩甩頭，暫且收起煩惱心思，先不去擔心未來的事情，打起精神，緩緩在樹林中潛行，落足輕盈無聲，仔細聆聽樹叢間的動物聲響，銳利的眼光在枯草中搜索，盼能見到野兔或松鼠的蹤跡。

他年幼時便曾跟隨父親入山打獵，懂得種種打獵的訣竅；自從他獨自離家以來，更時時得靠打獵才能填飽肚子，幾個月下來，已成了弓箭射獵的高手，幾乎每回打獵都有收獲。然而這日他在林中走了許久，天色越來越黑，卻始終沒見到任何獵物。

韓峰皺起眉頭，不禁有些喪氣，心想：「如果再找不到獵物，我就只能挖些草根來吃了。若是早幾個月，還可以去採樹上的果子松子，偏偏冬天已到，果子老早落光了。」

他想到此處，抬起了頭，滿懷怨懟地往樹枝上望去。

這一望，他不禁呆在當地。但見樹梢上停了一隻灰白色的鴿子，體型甚是肥大，正自低頭整理羽毛。他又驚又喜，知道機不可失，立即屏住氣息，悄悄舉起弓箭，瞄準著樹枝上的鴿子。

那鴿子似乎警覺到有人在左近，振翅便要飛去，韓峰右手一鬆，羽箭離弦而去，快捷無倫地劃空而過。然而羽箭尚未射到鴿子之際，那鴿子忽然跳了一下，就在那一瞬間，韓峰的羽箭也射穿了鴿脖子。鴿子掙扎了兩下，便跌落下樹。

韓峰大喜，快步奔上前去。不料鴿子落地之處，竟已有個瘦小的人影蹲在地上，手中正抓著自己打下的鴿子。

韓峰又驚又怒，衝上前去，叫道：「喂，快放下！那鴿子是我的！」

那人似乎一驚，倏然站起身，退後幾步，舉起彈弓對準了韓峰，喝道：「別過來！」林中光線昏暗，韓峰看不清那人的臉面，但能見到那人手中的彈弓。他不敢輕敵，退開兩步，指著穿過鴿脖子的箭，叫道：「你瞧那箭！那是我的箭，鴿子是我射下的！」

那人嘿了一聲，說道：「若不是我的彈子先打中了牠，牠又怎會待在樹枝上沒飛走，被你的箭射中？」說著將鴿子塞入懷中，轉身便要離去。

韓峰想起自己羽箭離弦之前，確實見到鴿子跳了一下，似乎被什麼物事擊中，想來很可能便是被這人所發的彈子打中了。但是等了許久好不容易才獵到的鴿子，如何能拱手讓人？當下他怒喝一聲，衝上前便去搶奪鴿子。

不料那人的身手十分靈巧，往旁一閃，避開了韓峰的手，連退數步，舉起彈弓對準了韓峰的臉面，怒喝道：「快給我滾開，不然吃我一彈！」

韓峰也不甘示弱，飛快地抽出另一枝羽箭搭在弓上，對準了那人的臉面，也喝道：「鴿子是我的，你再不還給我，就嘗嘗我羽箭的厲害！」

二人各自舉著弓箭和彈弓對峙，僵持不下，便在此時，幾道夕陽的餘光從枝椏之間射下來，樹林中頓時光亮了起來，餘暉映上了二人的臉面。

韓峰見到對方衣衫破爛，臉面骯髒，再仔細一瞧，不禁啊了一聲，放低弓箭，脫口道：「你是大興城中那個小乞兒！」

那小乞兒也認出了韓峰，神色頓時緩和下來，露出微笑，放低了彈弓，說道：「我說是誰那麼霸道，原來是你！我們又見面啦。喂，老兄，多謝你請我吃包子啊！」

韓峰想起他在市集中偷了大餅、葡萄、錢袋等物引起騷動，才讓自己有機會從官兵手中逃脫，保住一條命，說道：「你出手助我脫身，是我該向你道謝才是。」

小乞兒側過頭，似乎不明白他的話，笑嘻嘻地道：「我又沒錢買東西請你吃，你謝我什麼？我們別謝來謝去了，哪，我肚子餓得狠了，這隻鴿子，不如咱們便分了吃吧！」

韓峰點點頭，說道：「這鴿子是咱們合力打下的，自該分著吃。」

兩個孩子曾在市集中互相幫助，對彼此頗有好感，一番對話後，早將爭奪鴿子的敵意拋在腦後，當下分工合作，著手準備烤鴿子。

小乞兒快手拔去了鴿子的羽毛，又找了根尖樹枝穿過鴿身，手法甚是熟練，顯然慣於打獵烤食；韓峰則去附近撿了一堆枯枝，用打火石生起了火，小乞兒便將鴿子架在火上燒烤起來。

不料那人的身手十分靈巧，往旁一閃，避開了韓峰的手，連退數步，舉起彈弓對準了韓峰的臉面，怒喝道：「快給我滾開，不然便吃我一彈！」

韓峰也不甘示弱，飛快地抽出另一枝羽箭搭在弓上，對準了那人的臉面，也喝道：「鴿子是我的，你再不還給我，就嘗嘗我羽箭的厲害！」

二人各自舉著弓箭和彈弓對峙，僵持不下。

第四章 管中信

兩人相對坐在火邊，等待鴿子烤熟。小乞兒首先打破沉寂，問道：「喂，你叫什麼名字？」

韓峰抬頭望向他，想起自己受到懸賞，「韓峰」這名字一說出來，立時便透露了自己的身世，但一時間又想不出個假名，便遲疑著沒有回答。

小乞兒聽他不答，嘿了一聲，說道：「你不愛說就算啦。反正這兒就咱們倆，我開口就是對你說話，你開口就是對我說話，也不必呼名喚姓了。」

韓峰卻問道：「你叫什麼名字？」

小乞兒道：「我叫小石頭。」

韓峰甚感奇怪，說道：「小石頭？你沒有姓，沒有名麼？」

小石頭翻眼望了望他，說道：「怎麼，叫小石頭有什麼不對？」過了一會兒，才道：「我當然有名有姓。只是跟你韓峰一樣，不方便說出來而已。」

韓峰聽他叫出自己的姓名，不禁一驚，但想自己遭懸賞通緝，又在市集中被軍官捕捉，小乞兒想來全聽見了，當下道：「不錯，我是韓峰。你既知道我的姓名，怎地卻不肯說出自己的姓名？」

小石頭輕哼一聲，說道：「你別管我姓啥叫啥，只管叫我小石頭便是啦。」

韓峰看了他一眼，點點頭，沒有再問下去，心想：「這小石頭看模樣只是個窮困失所的小乞兒，他蓄意隱瞞姓名，或許眞有著不可告人的身世，也未可知。」想到此處，不禁觸動心事：「不過二十四年之前，爺爺替先帝攻下了南方的陳朝，生擒陳後主，戰功彪炳，功業顯赫，成爲隋朝開國功臣；如今我韓家卻家破人亡，流離破碎至此！」

繼而又想：「爹爹常常感嘆，說過去一百年中，朝代更替興衰便如轉輪一般，許多朝代持續不到二十年便面臨滅亡，長的也不過四五十年。做皇帝不見得是好命，如我們這般出生於貴宦之家者，也未必是福氣；但若生爲平民百姓，那可就更苦命了，不是死於無止無盡的橫徵暴歛、征兵勞役，便是死於連年不斷的燒殺戰爭。」

韓峰想到此處，不禁長長地嘆了口氣。他父親往年不時跟他談起世局，說道隋文帝楊堅雖然統一了天下，爲世間帶來了短暫的興盛與和平，但他駕崩之後，兒子楊廣繼位，這人好大喜功，剛愎自用，登基以來接連徵召成千上萬的百姓，先是構築壯麗宏偉的東都洛陽，又挖掘多條工程浩大的運河，更二度徵調百萬民兵攻打遠在遼東的高麗，弄得人民疲於勞役，死傷慘重。父親就是因爲看不下去楊廣的殘暴無道，才決定跟隨楊玄感起義反抗楊廣，導致韓家家破人亡。然而韓家的悲劇放在千千萬萬流離破碎的家庭中，也只不過是滄海一粟罷了！

韓峰正想著自己的傷心往事，小石頭忽然問道：「我說韓峰，你明明知道自己受到通緝，卻跑進大興城來，莫非想自投羅網？」

韓峰嘆了口氣，說道：「不，我是去尋我爹爹的。」

小石頭道：「可尋到了？」

韓峰道：「沒有。我擔心我爹已被擒住，今日便要行刑，才冒險闖入城中，打算設法將他救出。幸好他並未被捉住。」

小石頭點點頭，說道：「那就好。」不禁多望了韓峰一眼，心想：「他一個孩子，就算擅長射箭，又怎能從刑場救出他爹？這麼孤身跑入城中，不是來送死麼？若是換成我，會爲了設法救我爹而去冒險送死麼？嘿，幸好我爹老早死了，不用我去操這個心。」

他順手轉過鴿子，開始烤鴿子的背面，忽然咦的一聲，說道：「你瞧，那是什麼？」湊近火邊，指著綁在鴿子腳上的一件物事。

韓峰也凝目望去，說道：「好像是一段竹管。」

小石頭將鴿子從火上移開，小心翼翼地從鴿子腳上取下那段竹管。竹管已被火燻得黑了，但還沒有燒焦。

小石頭將鴿子放回火上燒烤，將那段竹管持在手中翻來覆去，也看不出什麼名堂。

韓峰被挑起了好奇心，說道：「讓我瞧瞧。」

小石頭將竹管向他扔去，韓峰在空中接住了，就著火光，見那竹管比小指頭還要細，近底部之處刻著一朵蓮花，花下刻著三條並排的曲線，再下方刻了一個「十」字，也不知道是何用意。

韓峰將竹管扔還給小石頭，說道：「我就見到一朵蓮花，幾條曲線，一個十字。」

小石頭道：「我也見到啦。誰知道那是什麼意思？」正想將竹管扔入草叢，忽然留意到竹管的一端有條細縫，似乎可以打開。他用指甲撥了兩下，竹管上端的蓋子果然便開了，只見管子中間是空的，裡面塞了一件事物，似乎是一張捲起來的薄紙。

小石頭甚感驚奇，說道：「喂，你瞧，這管子裡還藏著一張紙呢！」

韓峰湊過去看，腦中靈光一閃，脫口叫道：「啊，我知道了，莫非竹管裡藏的是封信？難道我們打下的竟是一隻信鴿，正要送信去給什麼人？」

兩人都被勾起了好奇心，小石頭連忙找了根細小的樹枝，將那張薄紙挑了出來，展開一看，但見薄紙上果然寫了字，每句四字，一共六句，字體極小。兩人湊在一起看，都得瞇起眼睛，才能瞧清楚紙上的二十四個字：

余女多人　冬幸木草　土穴启示　咼辛告也　壯子刂糸　半果林阜

韓峰和小石頭各讀了一遍，又一起讀了一遍，完全不明白這幾行字是什麼意思。

小石頭皺眉道：「這是天書麼？還是我變蠢了，連字都看不懂了？」

韓峰也看不明白，搖了搖頭。紙上的每個字他確實都認得，串連在一起，看似一首四言詩，讀起來卻既不押韻，又無明確意義。

小石頭隨口臆測，說道：「第一句『余女多人』，還容易懂，是說我有好幾個女兒；『冬幸木草』，是說這些女兒冬天臨幸一個叫木草的地方；『土穴啟示』，是說那兒有一個土穴，將它開啓示人；『咼辛告也』，那是一個叫做咼辛的人告訴她們的；『壯子刂糸』，是說有個健壯的男子用刀割斷絲帛；『半果林阜』，是說林阜這個地方的果子只長了一半。」

他還沒說完，韓峰已忍俊不住，搖頭失笑道：「什麼健壯的男子用刀割斷絲帛、果子只長一半，一點兒也不通！」

小石頭也知道難以解釋得通，一轉念，又猜測道：「或許這寫信的人剛剛學會寫字，在那兒練書法、學作詩，才寫出這麼一封沒頭沒尾、不知所云的信來。」

韓峰搖頭道：「但是你瞧，這行字又細小又工整，顯然出自一位工於書法之人。這人既然特意寫了這封信，還讓信鴿將信送出去，這封信想必不是胡亂寫的了。」

小石頭點點頭，皺眉苦思，忽然恍然大悟，一拍大腿，說道：「是了，唯一的解釋，就是這封信是以暗語寫成的！寫信的人不想讓別人看懂這封密信，因此用了暗語！」

韓峰也點了點頭，說道：「有此可能。這暗語想必有特殊的方法破解，只有送信和收信的人知道。」

小石頭極為好奇，口中喃喃自語，不斷反覆誦念那二十四個字：「余女多人，冬幸木草，土穴啟示，咼辛告也，壯子刂糸，芈果林阜」，希望能找出破解暗語的訣竅，卻始終沒能理出個頭緒來。

兩人談論了一會兒，都解不開鴿信暗語的祕密，便索罷了。小石頭將信塞回竹管，收入懷中，心神又回到了烤鴿子上頭。

不多時，鴿子終於烤熟了，小石頭興沖沖地將鴿子從火上移開，用小刀將鴿子從中切開，和韓峰一人一半，興高采烈地吃了起來。他們從鴿頭開始，吃到鴿胸、鴿翼、鴿腿，直吃到鴿屁股，將整隻鴿子吃得乾乾淨淨，最後只剩下一堆骨頭。

兩人吃得甚是痛快，吃完後各自靠著樹幹坐倒休息，都感到十分舒服暢快。

小石頭取下綁在腰間的牛皮水袋，拔開塞子，喝了一大口水，又將水袋遞給韓峰。韓峰接過，湊在嘴上喝了一口，感到袋中之水入口清涼，有如一條冰線般直直落入肚中，十分暢快，不禁吐出一口長氣，讚道：「好水！」

小石頭一笑，說道：「這牛皮水袋可是我最珍愛的寶貝。我今早在大興城外的清泉裝滿了水，一整日下來，袋裡的水還是甜美冰涼。」

韓峰道：「我從沒見過這麼神奇的水袋。」

小石頭眨眼道：「嘿，這水袋可是用吐蕃高原上的犛牛皮做的。犛牛的皮特生堅韌粗厚，珍貴非常，當地人用它來做吐蕃王的大帳，傳說帳中整年冬暖夏涼。犛牛皮做的水袋也有神效，裝冰水進去，一整日都能保持冰涼。」

韓峰微微一笑，說道：「原來如此。」

小石頭摸摸肚子，感嘆道：「吃飽了眞好！我最討厭餓肚子了。喂，今早在那市集中，你爲何那麼慷慨，花錢買包子給我一個陌生人吃？」

韓峰側過頭想了想，說道：「因爲我聽那小販喚你『小乞兒』，心頭就有氣。我獨自在外流浪，最恨人家叫我小乞兒。我知道沒錢挨餓的難處，剛好又手上有錢，自當幫你一把。」

小石頭哈哈一笑，說道：「像你這麼好心的人，我走遍天下，還沒遇到過幾個呢！」

韓峰聽了這話，忍不住仔細觀望著他的臉面，火光下見他身形瘦小，臉面也確實是個孩童，但說起話來卻老氣橫秋，說什麼「走遍天下」，彷彿他已有不小的歲數了。韓峰忍不住問道：「小石頭，你幾歲了？」

小石頭聽他這一問，似乎有些受到冒犯，抬眼道：「你問我的歲數幹麼？」

韓峰道：「也沒什麼。我看你小小年紀，卻有膽量和本事在市集中偷竊食物和士兵的錢袋，助我逃脫，我欠你一分情。」

小石頭笑道：「偷東西需要什麼膽量？我每日都偷上一兩回、三四回，早就熟能生巧，下手時眼睛都不眨一下啦。」又道：「告訴你也無妨，我今年十歲。那你幾歲了？」

韓峰道：「我十二歲。」

小石頭嘖嘖兩聲，說道：「你才比我大兩歲，身形就比我高大這麼多！那夥官兵想拉你去充軍，可不是全沒道理的。」

韓峰搖頭道：「別提那些人了。小石頭，你住在大興城裡麼？」

小石頭道：「不，我沒有什麼固定的住所，就是到處流浪。」

韓峰問道：「那你怎會來到大興城？」

小石頭撇嘴笑了笑，說道：「說來可笑。我在路上聽到不少流落他鄉的孤兒們說起，說終南山上有座寶光寺，專門收容無家可歸的孤兒。我想世上若真有這麼個好地方，不如便去找上一找，若能騙得他們收容我，我就可以有個地方可以好吃好住啦。」

韓峰甚是驚訝，脫口道：「你也聽說過寶光寺？」

小石頭露出漫不在乎的神色，說道：「當然聽說過了。那歌謠是怎麼唱的？是了，好像是這樣的。」開口唱道：「不從軍，不挖河！大興南，終南阿；寶光寺，收孤兒。不吃苦，不挨餓！」

他唱完哈哈一笑，說道：「這等鬼話，我才不信呢！但是啊，如今世道混亂，我反正無處可去，乾脆就來終南山碰碰運氣，也沒什麼損失。怎麼，莫非你也是來找寶光寺的麼？」

韓峰嘆了一口氣，臉上滿是憂慮沉鬱，靜了一陣，才道：「我原本並沒打算去找什麼寶光寺。只是我眼下的處境，實在想不出還有什麼別的地方可以去。」

小石頭笑了起來，說道：「我說韓峰啊，你何必老是愁眉不展，好像天就要塌下來似的？家破人亡，被皇帝懸賞通緝的，天下可不只你一個。要是人人都跟你一樣想不開，讓自己被憂愁煩惱給壓死，那可有多不值？咱們既然還活著，便該痛痛快快地過日子，你說是不是？」

韓峰聽他這話說得爽快，愁眉略展，露出淺笑，點頭道：「你說得不錯。憂愁苦惱，也濟不得什麼事。」

小石頭側頭望著他，饒有趣味地道：「你笑起來並不難看嘛。別那麼嚴肅，平時多笑一點就好啦。」

兩人談得甚是投機，吃飽喝足後，在火光熏烤下，都不禁感到睡意襲上心頭。

韓峰道：「火別讓它熄了，我們今晚就睡在這兒吧。」

小石頭道：「這山上怕有野獸，我們得輪流守夜。」

韓峰拿起弓箭，說道：「我守上半夜，你先睡吧。」

小石頭笑道：「我一睡著，可是很難叫醒的。不如讓我先守夜吧。」

韓峰道：「我這會兒不睏，讓我先睡，怕也睡不著。還是你先睡吧，我總有辦法叫醒你。」

小石頭也不跟他客氣，便道：「好吧，那你就在夜半時分叫我起來好了。」於是舒舒服服地在火旁躺下，將頭枕在雙臂上，閉上眼睛，打算好好地睡上一覺。

第五章 巨和尚

小石頭卻沒有料到，他的這一覺竟會如此短暫。就在他閉上眼睛沒多久，便隱約聽得遠處樹叢傳來沙沙聲響，越逼越近，似乎有什麼龐然大物向著這邊衝來。

小石頭一驚清醒，連忙跳起身，但見韓峰早已警覺，靜立在營火旁，一枝白羽黑箭搭在弓上，箭尖直對著樹叢。小石頭也趕緊抄起自己的彈弓，搭上一粒彈子，對準了聲音來處，全神戒備。

但聽腳步聲越來越響，樹叢撥開處，一個高大的身影跨入了火光之中。

韓峰和小石頭定睛一看，只見來人足有八尺之高，若不是身披人衣，簡直便如一頭巨熊！他手中提著一盞紅色燈籠，一身土色僧袍，光著頭，原來是個和尚。這和尚滿臉橫肉，眉如臥蠶，眼如銅鈴，鼻寬口闊，面目凶惡，容貌渾不似個和尚，倒像個強盜。

小石頭見這巨大和尚皮厚肉粗，自己的彈子打在他身上大約不痛不癢，只有打他的眼睛鼻子等軟弱處，才能阻他一阻，當即將彈弓往上一舉，瞄準和尚的臉面。

韓峰也將弓箭指向和尚的胸口要害，喝問道：「什麼人？」

巨大和尚睜著銅鈴般的雙眼，低頭瞪著兩人，眼光停留在韓峰手中的黑弓和白羽黑箭，瞇了瞇眼睛，又望了望小石頭手中的彈弓，粗聲喝道：「兩個小娃子是什麼人？在這終南山下做什麼？」

小石頭聽他口氣凶狠霸道，忍不住笑了，說道：「莫非這終南山是你家的？我們在山下做什麼，干你什麼事？」

那巨大和尚見這孩子說話嬉皮笑臉，毫無敬意，不禁豎起雙眉，正要開口，忽然兩眼圓睜，似乎見到了什麼要緊物事，接著一個箭步衝上前，彎腰從地上撿起了什麼，持在手中細細觀看。

小石頭凝目望去，但見和尚手中持著的，正是那枝曾綁在鴿腳上的竹管。他趕緊往懷中一摸，竹管果然已不在衣袋裡，想是剛才自己倉促跳起身，竹管從他衣衫中跌了出來，滾落在地，才被那和尚瞧見撿起。

巨大和尚臉色大變，驚道：「是我們鴿樓的信管！」抬頭怒吼道：「兩個小賊好大膽子，竟敢攔截我們的鴿信！」

韓峰和小石頭聽了，對望一眼，心中同時動念：「那鴿子果然是隻信鴿！」

小石頭肚裡暗罵：「我們怎地如此倒楣，才打下一隻信鴿，居然立即就被鴿子主人抓個正著！」他眼珠一轉，第一個浮上腦子的對策便是扯謊抵賴，立即說道：「大和尚，你可別誣賴我們！誰攔截你的信鴿了？我們剛巧在草叢中撿到這枝竹管，根本沒見到什麼鴿子。」

他一邊說，一邊祈禱黑夜深林之中，那大和尚不會見到散落在石頭後的鴿子羽毛和骨頭。他們方才飽餐一頓後，為了清出地方躺下休息，便將鴿子的羽毛和骨頭都踢到了石頭後的草叢中。

韓峰聽他睜眼說瞎話，當面撒謊，也不由得為他捏著一把冷汗。

巨大和尚聽小石頭這麼說，半信半疑，問道：「你們是在哪兒撿到這竹管的？」

小石頭隨手往遠處一指，說道：「就在那邊的草叢中。」

巨大和尚道：「你帶我去看看。」

小石頭心想將他引得越遠越好，趕緊往前奔出幾步，說道：「就在前面那兒，你跟我來。」

巨大和尚舉起手中燈籠，正要跟上，不料他這一舉燈籠，頓時將營火周圍都照亮了，也照亮了石頭後那堆灰白色的鴿子羽毛和骨頭。

巨大和尚瞥眼見到了那堆物事，不禁一怔，疑心大起，走過去蹲下查看，但見石頭後果然便是鴿子的羽毛和骨頭，一張臉頓時轉成紫紅色，站起身，暴吼道：「這是我們的鴿子！你們……你們將鴿子吃了？」

小石頭眼見謊話被拆穿，一顆心怦怦亂跳，趕緊擺出滿面無辜的樣子，一攤手，說道：「我們……肚子餓得要命，若不吃點東西塡塡肚子，轉眼就要餓死啦！」

巨大和尚氣得嘴唇發抖，大步往小石頭走去，喝道：「我揍死你這滿口謊言的小子！」他舉起醋缽大的拳頭，一副要揍死人的架勢，小石頭只嚇得抱頭縮成一團。

這時韓峰跨上一步，舉起弓箭對著巨大和尚，叫道：「我們吃了你的鴿子，是我們不對，但你又怎能爲此打殺人？快住手，不然我要不客氣了！」

巨大和尚一直氣呼呼地瞪著小石頭，這時才轉頭向韓峰望去，目光凌厲如電。他瞥了一眼弓箭，一聲冷笑，忽然搶上前去，左臂伸出，出手奇快，韓峰更沒來得及鬆手發箭，巨大和尚的手已扣住了他的左手手腕。韓峰手腕劇痛，手一鬆，弓箭登時跌落在地。

巨大和尚緊緊握著韓峰的手腕，臉上神色變得極爲難看，又是憤恨，又是傷痛，又是焦急，大聲喝道：「兩個渾帳小子！你們可知道這隻鴿子有多麼寶貴？你們竟然將牠吃了！你們竟然將牠吃了！」

韓峰手腕奇痛無比，心想這和尚只要一用力，定能將自己的手腕生生扭斷，但他的火爆脾氣被激了起來，更不顧後果，大聲叫道：「不錯，我們把鴿子吃了，你要扭斷我的手來賠你的鴿子，就趕緊扭斷好了！」

小石頭在旁只看得心驚肉跳，心想：「韓峰這小子的脾氣可眞硬！要換了我，哪敢說出這等話？若是激得那大和尚眞的扭斷了我的手，可有多不値！」

小石頭又心想自己說謊在先，眼見韓峰遭殃在後，自己該當有點義氣承擔，趕緊想法替韓峰解圍才是。他當即快步上前，雙膝一跪，擺出一副滿面無辜、可憐兮兮的模樣，哀求道：「大和尚，您千萬別動氣，千萬別眞傷了他！我這廂給您磕頭道歉啦！眞對不住！我們確實不是有意吃了您老的鴿子。如今戰亂連連，糧食奇缺，我們身上又沒錢，不打獵覓食，還能怎麼塡飽肚子？打獵時誰還能先看看獵物是從哪兒來的？我們也是後來才發現鴿子腳上綁著管子，猜想牠是一隻信鴿。但是那時牠已被我們射死啦，就算知道牠是隻信鴿，也已來不及了。您說我們該如何補償賠罪，我們都心甘情願照做，請您千萬別跟我們小孩子動氣哪！」

巨大和尚聽了小石頭一番伏低求饒的話，才略略壓下怒氣，放脫了韓峰的手。他目光如電，先瞪向韓峰，再瞪向小石頭，喝道：「小娃子，你們是哪裡人？你們的父母呢？」

韓峰的手腕雖脫出了巨大和尚的掌握，仍火辣辣地疼痛已極。他勉強忍著不去撫摸手腕，抬頭狠狠地瞪著那和尚，冷然答道：「我沒有父母！」

巨大和尚道：「那你們是孤兒了？」

韓峰怒火中燒，沒有回答，小石頭卻答道：「如果不是孤兒，又何必在這荒山裡挨餓受凍？您當我們好玩兒麼？」

巨大和尚聽了，哼了一聲，說道：「大的脾氣倔強衝動，小的伶牙俐齒，滿口謊言，都不是好東西！你們兩個，叫什麼名字？」

小石頭知道韓峰正受官府通緝，絕不能說出他的眞名，當即搶著答道：「我們是兄弟倆，我大哥名叫石峰，我叫石晅。」

韓峰聽他將兩人都改了姓「石」，還假稱是兄弟，忍不住望了他一眼，心想：「他自稱『石晅』，然而是不是眞的姓石名晅，可就難說了。」當下並沒有出聲，算是默認了這個謊言。

巨大和尚嘿了一聲，說道：「兩個姓石的小鬼，你們聽好了，這鴿子不能讓你們白吃了，一定得賠償。跟我來！」小心翼翼地將那枝竹管收入懷中，轉身便走。

韓峰大聲道：「我不去！」

巨大和尚回過身，滿面煞氣，不耐煩地道：「天已全黑了，再拖拖拉拉，寺門就要鎖上了。你想在荒郊野外裡過夜麼？包管冷死了你！」

小石頭對這凶惡粗魯的和尚十分忌憚，只想敬而遠之，當然也不肯跟他去，心想：「這惡和尚莫不是個強盜，要將我們騙去他的強盜窩裡，將我們煮來吃了？我小石頭身子雖硬朗，可也經不起大火煮，更不想成爲強盜的盤中佳餚。還是三十六計，走爲上策！」

小石頭想到這裡，更不打話，一扯韓峰，回身便往樹叢中鑽去。韓峰反應甚快，彎腰抄起地上的弓，轉身便往另一邊的樹叢奔去。

沒想到小石頭才跑出兩步，便感到後領一緊，被人揪住了他的衣服，將他懸空提了起來。原來那巨大和尚人高腿長，只跨出兩步，便已追到了他的身後，將小石頭如捉小雞般拎在半空，喝道：「往哪兒跑？」

小石頭一側頭，見韓峰雖已逃遠，但他看到自己被捉，立即停步轉身，彎弓搭箭，對準巨大和尚喝道：「放下他！」

小石頭心中好生感動：「韓峰沒有獨自逃走，還回頭來救我，當眞有義氣得緊。」

巨大和尚左手舉著小石頭，毫無放下的意思，只將右手持著的燈籠扔在地下，對韓峰喝道：「你有膽便向我放箭！」

韓峰叫道：「好，看箭！」一箭離弦，直向巨大和尚的肩頭射去，準頭奇佳，勢道勁急。不料巨大和尚右手一揮，便將那枝白羽黑箭拍落在地，笑道：「再來啊！」

韓峰又連珠射出三箭，一箭快似一箭，卻全都被那巨大和尚隨手打落。

韓峰從未見過這等出神入化的武功，不得不服氣，知道自己再向他射箭也是無用，便放低了弓箭，說道：「我打不過你，你要怎樣，就直說好了！」

巨大和尚神色甚是得意，說道：「你當然打不過我。我要怎樣，不是老早說過了麼？我要你們跟我回去！」

韓峰道：「去便去，你快將他放下！」

巨大和尚低頭望向自己手中拎著的小石頭，說道：「這小子滑溜得很，我若放下了，他說不定還有膽再次逃跑！」

小石頭擠出一個無辜的笑容，說道：「我沒有要逃跑啊，只是想去撒個尿。」

巨大和尚哼了一聲，將他放下，說道：「好，你去。尿完了便上路！」

小石頭心中轉著主意：「這惡和尚手腳可真快，一轉眼便追上了我，要逃走可不容易。不如假裝跟他上路，慢慢落後，半路再想法逃脫便是了。」當下便乖乖去樹叢中撒尿，出來後，爽快地拍拍衣衫，笑道：「咱們走吧！」

巨大和尚提起燈籠，卻不移動，對韓峰和小石頭道：「你們先走。」

小石頭一呆，說道：「我們又不識得路，先走豈不要迷路？還是請大師父領路吧。」

巨大和尚似乎早知道他懷著半途溜走的打算，瞇起眼睛望著他，說道：「上山就這一條路，連大傻瓜也不會迷路。你們乖乖地給我走在前面，我好看著你們，免得你們腳底抹油，半路上溜之大吉。」

小石頭見他看透了自己的心思，暗暗叫苦，只得不情不願地舉步往前走去。

韓峰知道二人無法逃脫，便拾起剛剛射出的幾枝白羽黑箭，將家傳武器收入包袱，默默地在後跟上。

天色已黑，上山的路又彎彎曲曲，高高低低，十分難走。那巨大和尚不斷在後催促韓峰和小石頭走快一些，一直走了一個多時辰，也未曾讓他們停下休息。

韓峰身子結實，堅毅耐勞，走了許久還渾若無事；小石頭卻瘦小虛弱，體力遠不如他，一路來早已累得氣喘吁吁，剛剛吃的一丁點兒鴿子肉全都消化光了，肚子餓得如打雷一般響。他白日跟韓峰一般，從大興城一路走到終南山腳，已走了一整日的路，晚間這段山路更是又長又難走，直走得他全身骨頭好似都要散開了一般。

好幾回小石頭不停下來喘息，巨大和尚便用樹枝戳他的背心，喝罵道：「沒用的小子，走幾步路就累了？看來只怕還沒走到山上，人就已經累死了。也好，累死了乾淨！省得我多一張嘴巴要餵！」

小石頭心中暗罵：「我自己可以打獵餵飽自己，誰要你餵我了？哼，我還不屑吃你給我的東西呢！」但他知道自己二人在這惡和尚的掌握之下，回嘴也是無濟於事，只好當做沒聽見，吸一口氣，奮力提步往前走去。

韓峰始終靜默不語，當小石頭累得快走不動時，便在後半推半扶地助他往前走。

如此又走了不知多久，小石頭又餓又累，只覺頭昏眼花，兩條腿好像已不是自己的了，每走一步，都得用盡全身的力氣。

韓峰見他快撐不下去了，低聲道：「過來，我揹你一段。」

小石頭卻搖搖頭，喘息道：「我……我還……可以……可以……自己走……」又撐著走了五六步，便雙腿一軟，往前撲倒在地，身子有如一堆爛泥，再也無法移動。

韓峰回過頭，對巨大和尚道：「我兄弟走不動了，讓他休息一會兒吧！」

巨大和尚哼了一聲，說道：「走不動，就把他留在這兒好了！我們繼續走！」

韓峰聽了，好不惱火，大聲道：「深夜山林之中，將他留在這兒，豈不要了他的命？」

巨大和尚不耐煩地道：「你要是捨不得你兄弟，就揹起他！不然便少廢話，扔下他，趕緊給我往前走！」

韓峰心想：「我和小石頭雖萍水相逢，並無深厚交情，但怎能扔下他，讓他在這山上自生自滅？」當下也哼了一聲，冷然道：「似你這般冷血無情的人，世間少見！」俯身扶起小石頭，將他揹在背上，繼續往前走去。

小石頭半昏半醒，伏在韓峰背上，含含糊糊地道：「多……多……謝你啦！老兄……」韓峰點頭不答。

第六章　寶光寺

又走出了好長一段路，正當韓峰累得喘息不止時，那和尚忽然加快腳步，越過韓峰，只見他手中的燈籠搖搖晃晃地行出不遠，便停了下來，接著發出砰砰巨響。

韓峰和他背上的小石頭都是一驚，定睛看去，才看清原來那巨大和尚正敲著一扇黑漆漆的門。

過了半晌，門打開了，一人探出頭來，說道：「神力大師！您怎地這麼晚才回來？」聲音甚是稚嫩。只見門裡那人矮矮小小，一張圓臉，光著頭，卻是個小和尚。

小石頭和韓峰心中都想：「原來那惡和尚叫做什麼神力大師，他的力氣確實大得很，可說名符其實。他將我們帶到他的廟裡，不知有何打算？」

那神力大師粗聲道：「我在山下撞見了一對小老鼠，膽子可大，竟然吃了魏先生的鴿子！」

那圓臉小和尚吐了吐舌頭，驚道：「竟有這種事！」打開門，讓神力大師進去。

神力大師回頭對韓峰和小石頭喝道：「兩隻小老鼠，還不快進來？」

韓峰早已累得說不出話，揹著小石頭，勉力跨入了門檻。小石頭原本萬分不情願進入這惡和尚的寺廟，但他此時已累得手腳無力，哪裡還能想得到逃跑，只能伏在韓峰的背上，一起進了那寺廟。

那圓臉小和尚看來十分年幼，似乎只有八九歲年紀。他抬頭望了韓峰一眼，又望了韓峰背上的小石頭一眼，咧嘴一笑，模樣甚是天眞友善。他雙手合十，行禮說道：「兩位施主，歡迎來到寶光寺！」

韓峰和小石頭聽見「寶光寺」三個字，都不禁一怔。小石頭瞪大了眼，心想：「莫非我們誤打誤撞，竟碰巧來到了歌謠中的寶光寺？」

他們實在不敢相信這就是寶光寺，抬頭望望寺門上並沒有任何匾額或題字，便又低頭望向那小和尚，小石頭問道：「小師父，你說這兒就是寶光寺？」

小和尚點著圓滾滾的大頭，說道：「是啊！我們這兒就是聞名天下、威名遠播、大名鼎鼎的寶光寺！」

韓峰和小石頭都感到不可置信，又齊聲問道：「你說寶光寺就是這兒？」

那小和尚聽他們繞著圈子，問的還是同一個問題，好似沒聽見自己的回答一般，瞪眼望著他們，不知該如何回應。

那神力大師不耐煩地擺擺手，插口答道：「不錯！這兒就是寶光寺。你們兩隻小老鼠愛信不信，總之你們吃了我們寶光寺的鴿子，就別想輕易離開！」

韓峰和小石頭仍舊將信將疑，兩人四下望望，這時天色已然全黑，月光映照下，但見這座寺院並不很大，眼前一共就三間房舍，前方那間最是高大齊整，隱約能見到裡面供著一尊佛像；斜後方的那間屋子頂上伸出一根煙囪，微微冒著炊煙，想是廚房兼食堂；緊連著廚房的是間又矮又破的房子，大約是間臥室。遠處角落還有座三層高、瘦瘦尖尖的樓房，不知是座鐘樓還是穀倉。

但見這寺廟處處都顯得十分破舊，剛剛經過的寺門已被蟲子蛀了一小半，廊下的幾根柱子搖搖欲墜，屋頂上的瓦片東缺西殘，下雨時肯定漏水漏得稀里嘩啦；那小和尚身上穿的羅漢衫滿是補丁，跟小石頭身上的乞兒衣裝不相上下。韓峰和小石頭對望一眼，心中都不知是該高興，還是該失望。

神力大師道：「今兒晚了，通吃，你先帶這他們去通鋪睡下。明日一早，我便領他們去見住持大師，請住持大師發落。」

那圓臉小和尚通吃躬身應道：「是。」對韓峰和小石頭招招手，說道：「兩位施主，請跟我來。」

他手中提著一盞小油燈，當先走去，領著二人走入了廚房旁的那間矮房。那矮房果然是間簡陋的臥室，進門就是座半人高的大炕，炕上橫七豎八地睡了幾十個人形。

通吃指指角落，說道：「兩位施主，今夜你們就睡在這兒吧。」

韓峰和小石頭放眼望去，見睡在炕上全是年幼孩童，有四五歲的，也有七八歲的，一個個全是光頭，身上蓋著厚重的棉被。炕下雖有從隔壁廚房爐灶傳來的熱氣，但仍不夠抵住夜晚的寒冷，只將一眾孩童冷得簌簌發抖，縮成一團，有的還互相抱在一起取暖。

小石頭看在眼中，不禁暗暗叫苦：「睡在這等破爛地方，倒不如去山上找個山洞住下，只怕還要舒服一些。」但這時他已累得狠了，向那小和尚道了一聲謝，鞋也沒脫，便翻身倒在炕角落裡，昏睡過去。

韓峰脫鞋爬上了炕，將包著弓箭的黑布包袱小心地放在炕邊，才在小石頭身邊躺下。小石頭早已打起鼾來，韓峰卻遲遲無法入睡，他躺在炕上感受夜晚的寒氣，傾聽屋外的風聲水聲，心下思忖：「他們說這兒就是寶光寺，也不知是眞是假？看這裡的孩童這麼多，或許都是前來投靠寶光寺的孤兒。」

又想：「即使這兒眞的便是寶光寺，關於寶光寺的傳說也未必眞確。這些孩子都剃了光頭，都是小和尚，可能並非孤兒，而是父母送來出家還願的。有也可能這寺廟確實叫做寶光寺，卻並非收容孤兒、保護弱小的所在。哼，那神力大師凶悍霸道，哪有半點出家人的樣子？我們被他強捉來此地，說要我們『賠償鴿子』，卻不知他打算如何處置我們？」

他望向小石頭呼呼大睡的臉龐，心想：「小石頭體力不行，今晚走這段山路已將他累壞了。我們就算想逃走，身處這荒山之中，只怕也逃不遠去。不如先在這寺廟裡待上幾日，觀望觀望情勢，再做打算。」想到此處，勉強安下心，手裡緊抓著包裹家傳弓箭的黑布袋，緩緩沉入夢鄉。

第二日清晨，天還沒有亮起，外面便傳來「梆梆梆」的聲響。

韓峰登時清醒過來，坐起身，側耳傾聽；那聲音像是有人在敲一塊木頭板子，卻不知有何用意。韓峰心中警惕，暗想：「我們身處陌生之地，凡事都該小心些才是。」

他轉頭望去，見小石頭縮在炕角落裡，仍睡得香甜，鼻中兀自打著鼾。

但聽身周人聲響動，屋中那些光頭孩子都被敲板的聲響驚醒，紛紛爬起身，一邊簌簌發抖，一邊穿上衣服，摺好棉被，跳下炕，往屋外走去。

接著便聽屋外傳來嘩啦啦的水聲，想是孩子們在屋後洗臉漱口，一邊洗還一邊哀叫，清晨的水肯定寒冷得緊。昨夜黑暗中難以看清，這時韓峰數了數，睡在這通舖中的孩子總有五十多個。

韓峰伸手搖了搖小石頭，小石頭卻睡得極沉，毫無醒轉的跡象。

韓峰喚道：「喂，小石頭，小石頭，該起來啦！」

小石頭仍舊充耳不聞，繼續沉睡。

韓峰提高聲音，又喚了幾次，伸手用力搖他，小石頭卻眞如一塊石頭一般，毫無反應。

這時昨夜那個名叫通吃的小和尚走了過來，爬到炕上，伸手猛力搖晃小石頭的肩膀，在他耳邊大聲叫道：「施主，該起來啦！」

小石頭這才不情不願地睜開眼，見外面還是一片漆黑，口中含含糊糊地道：「天還沒亮，這麼早起來做什麼？」

通吃理所當然地道：「我們每天早上都是這麼早起來的啊。你聽外面師父在打雲板，剛才打三響，是告訴大家時辰到了；接著打四響，大家就該起來洗臉穿衣了。快快，我們得趕緊準備好，到佛堂去做早課啦。」才說完，門外的雲板果然「梆梆梆梆」地打了四響。

小石頭轉過身，用棉被蒙著頭繼續睡，嘟噥道：「我才不要去做什麼早課。我要多睡一會兒。」

通吃拿他沒辦法，搔了搔頭，說道：「但是施主，你要是不起來做早課，就沒有早齋可以吃了。」

這句話果然有效；小石頭聽見「早齋」兩個字，雖不確定「齋」是什麼東西，但是既然可以跟「吃」字連在一起，想必跟食物有關，即使他想睡得要命，但瞌睡蟲畢竟敵不過肚餓蟲，若爲了多睡一刻鐘而錯過吃東西，那他可是絕計不肯的。

於是他用盡全身力氣，終於強逼自己爬起身，一轉頭，這才注意到韓峰坐在自己身旁，便向韓峰咧嘴一笑，說道：「嘿，你早啊！你睡夠了麼？怎地好像一點兒也不累的樣子？」

韓峰見小石頭似乎完全不知道自己剛才花了多少功夫試圖叫醒他，微微一笑，伸手拍拍他的肩頭，摺好棉被，逕自下炕出屋去了。

小石頭揉著痠痛無比的肩背腿腳，唉聲嘆氣地下了炕，穿上衣衫，走出屋外。

屋外夜色如水，寒冷如冰；一片漆黑中，藉著星辰的微光，隱約能見到屋簷下放了幾只大水缸，幾十個小和尚正踮著腳，用小木盆去敲水缸中已結了一層冰的水，敲碎了，才舀出碎冰和水，倒在水盆中，蹲在地上洗臉漱口。

韓峰也依樣用木杓敲冰取水，倒入水盆，舀水洗臉。

小石頭來到他的身邊，從他的臉盆中舀水洗了把臉，水一碰臉，只覺那水直比寒冰還要冷，潑在臉上，肌膚有如被刀子割出幾道傷口似地，疼得他慘呼一聲：「我的媽呀！」

一眾小和尚都轉頭望向他，小石頭臉上一紅，趕緊擺出一副正經臉孔，裝做沒事一般，還大聲噓出一口氣，說道：「我的媽呀，好舒服！好痛快！」彷彿用這冷水洗臉眞是再舒服痛快不過。

然而那些小和尚的眼光並沒有停留在他身上，卻都轉去望向韓峰。只見韓峰不但洗了臉，還脫下上衣，舀出冰水潑在赤裸結實的身子上，似乎一點兒也不覺得天寒，不覺得那水是剛結了冰的凍水。

小和尚們都看得睜大了眼，哇的一聲，彼此交頭接耳起來：「你看，那個大個子不怕冷耶！」「他好勇敢啊！」「那麼冷的水他都不怕，眞不愧是大哥哥！」

小石頭聽了，即使他們讚嘆的不是自己，仍忍不住得意，立即幫韓峰吹噓起來，說道：「這算什麼？我大哥的筋骨可是鋼鐵打造的，不但不怕冷，連火燒都不怕哩！」

韓峰聽小石頭胡吹大氣，瞪了他一眼，卻沒有出聲反駁。小和尚們見韓峰神色嚴肅，都有些害怕，幾個膽小的便趕緊低下頭，跑了開去。

通吃在旁催促著一眾小孩兒：「快點兒，快點兒！洗好臉漱完口，便趕緊穿上海青，到大殿上去。誰早課要是遲到了，大師可是要發火的！」

一眾小孩匆匆回屋，取下掛在土牆上的黑色寬大袍服，披在身上，紛紛趕出門去。

第七章　做早課

通吃見韓峰和小石頭都已梳洗完畢，便對他們招招手，指著土牆上仍掛著的幾件黑色袍服，說道：「兩位施主，請取一件海青穿上吧。」

韓峰和小石頭也不知這黑袍子是做什麼用的，但感到山上有些寒冷，便各自取了一件穿上，繫上腰帶。這袍子跟一般的袍服也沒有什麼不同，腰寬袖闊，圓領方襟，只不過袖子略長，能拖到地上，而且袖子口是縫上的，只容兩手鑽出。

通吃道：「兩位請跟我來，我帶你們去佛堂做早課。」

韓峰和小石頭便跟隨著通吃，往那座供著佛像的大屋走去。小石頭才走出幾步，就踩上黑袍的衣襬，險些絆倒；他伸手去拉起衣襬，卻又踩上了自己長長的袖子，再絆了一跤。

通吃見了，忍不住失笑，說道：「施主，穿上這海青時，雙手不能垂下，不然一定會踩到袖子。你將雙手相疊放在胸前，就不會絆倒了。」

小石頭依言而行，模仿通吃的樣子，將兩手相疊放在胸前，再走出幾步，果然沒有再踩到衣襬或袖子了。

通吃笑道：「對啦，施主，就是這樣。」

小石頭忍不住問道：「喂，你一直叫我們『失主』、『失主』，我們也沒丟了什麼，爲何老叫我們『失主』啊？」

通吃呆了一下，才搖搖大頭，說道：「不是『失主』，是『施主』；不是失去的失，是施捨的施。」

小石頭搔搔頭，說道：「可我們也不姓施啊。」

通吃聽見了，停下步來，問道：「你們從未進過佛寺，是不是？」

小石頭和韓峰都點了點頭。

通吃咧嘴一笑，說道：「那也難怪。我們出家人，對在家人都稱呼『施主』。因爲我們寺廟裡的吃的用的，都是在家人施捨的，所以稱你們爲『施主』。」

小石頭恍然大悟，說道：「原來如此。」他心想：「但是我並沒施捨給你們寺廟什麼事物，被你叫了這麼多聲『施主』，難道我非得意思一下，施捨些點東西才行？可我身上確實連半分錢也沒有，就算有心施捨，也無能爲力。」

他當下說道：「你也不必這麼客氣，以後別叫我們施主啦，我叫小石頭，這是我哥哥，你可以叫他……嗯，可以叫他大石頭。」

韓峰聽他一會兒說自己名叫「石峰」，一會兒又給自己安上「大石頭」這麼一個渾號，忍不住瞪了他一眼，小石頭轉頭向他做了個鬼臉。

通吃點頭道：「是，那我以後就稱呼兩位施主『大石頭』和『小石頭』便是。」

小石頭想起昨夜那巨大和尚曾經喚過這小和尚的名字，開口問道：「你叫『通吃』，是麼？」

通吃笑道：「是啊，通吃是我的法名。我們這一輩的弟子，法名都叫『通』什麼，因爲我最愛吃，所以師父給我取的法名就是『通吃』。」

小石頭心想：「愛吃就叫『通吃』，這名字倒也老實。」

說話間，三人已來到佛堂門口。堂內一排排站了許多矮小的人影，一眾五十多個小和尚都披著那叫做「海青」的黑色寬袍，一件件儘管又薄又破，看上去倒也頗爲齊整嚴肅。

通吃低聲道：「我負責給大家準備吃食，這得去廚房了。你們快進去，站在角落裡，早課就要開始啦。」說完便快步往廚房走去。

韓峰和小石頭都從未進過佛堂，也不知道「早課」是做什麼的，只能先跨入佛堂，站在最後面的角落裡。

兩人四下張望，見佛堂前點了幾盞油燈，黯淡的焰光下，隱約可以見到佛堂的正前方供著一尊五尺高的木雕佛像，盤膝而坐，雙手一隻向上舉起，另一隻放在腿邊，兩手的手心都向外；佛像半閉著眼，嘴帶微笑，臉容顯得甚是平和安詳。

佛像前放著一張長案，案上擺了一隻大木魚、一只銅香盒和鮮花清水等物，頗爲整齊乾淨；銅香盒中燃著幾段馨香，盒中冒出幾股裊裊香煙，直往天上飄升而去。

但是除了那佛像和長案之外，這座佛堂實在破舊得厲害，香煙直從屋頂的破洞鑽了出去，屋頂好幾處的破洞甚至大到可以望見夜空中一點一點的星星。

小石頭觀望了一陣，便感到睏意襲上心頭，忍不住打了個呵欠，正想著天不知道何時才會亮起，忽聽門口傳來「梆梆」聲響，一回頭，一個高大的身影從佛堂外走了進來，手中提著一塊板子，走一步，便用木鎚敲那板子一下，想來那板子便是通吃所說，用來叫醒大家的「雲板」了。

昏暗的燈光下，那身影高壯如熊，光著頭，身穿土色僧袍，肩上披著一塊大紅色的披布，正是昨夜押他們上山的神力大師。

神力大師一邊敲著雲板，一邊緩步走到佛堂前方，在長案前停下，將那塊雲板掛在一個架子上，又從供桌上拿起了一隻銅鈴，一根木棍。

但聽他一手叮叮噹噹地搖著銅鈴，一手咚咚咚地敲著供桌上的大木魚，口中開始念唱道：「蓮——」這個字拖得極長，音調一會兒高一會兒低，老半天後，他才唱出下一個字：「池——」

這個字也拖了很久，接著佛堂中其他的小和尚也高聲跟著唱了起來：「海——會——佛——菩——薩——」

霎時之間，佛堂中誦念之聲大起，簡直震耳欲聾。

起初小石頭還頗努力地去聽他們在唱些什麼，但唱念聲單調而快速，在供桌上的香燒了半截之後，他便已聽得頭昏腦脹，一個字也無法分辨了。他只覺腦袋裡的瞌睡蟲全跑了出來，在腦中盡情縱躍，讓他一個呵欠接著一個呵欠，最後嘴巴幾乎沒法闔上，眼中滿是淚水，頭也不停地點著；最後，他終於被瞌睡蟲征服，失去知覺，沉入夢鄉，身子往後便倒。

幸好韓峰眼明手快，留意到他情狀有些不對，及時伸手扶了一把，小石頭才沒仰天跌倒，但是他的腦袋仍撞上了身後的牆壁，發出砰的一聲巨響。

小石頭這一撞，立即將自己給嚇醒了，也將佛堂中其餘五十多人都嚇了一跳。

他趕緊站直身，睜大眼，只見前面五十多個小光頭一齊轉了過來，五十多對眼睛直望著他。

韓峰不禁好生為他感到尷尬，然而小石頭的臉皮卻甚厚，渾若無事地笑道：「沒事，沒事！我不小心踩著了袖子，跌了一跤。」

站在最前面的神力大師仍舊唱念著，更沒有回頭，一眾小和尚便也紛紛轉回頭去，繼續唱念。

小石頭鬆了口氣，努力壓抑腦子裡的瞌睡蟲，然而瞌睡蟲不但不受管束，反而越來越多，越來越猖狂，成群結隊在他的腦袋裡東鑽西扭，跳上跳下，恣意逞威。

小石頭只覺自己的腦子已被瞌睡蟲攪成一團黏黏稠稠的麵糊，實在抵擋不了，忽然他想到一個好主意，悄悄往後退了兩步，將背脊靠在牆上，心中甚是得意，暗想：「我這麼靠著牆站，就算睡著，也不會再往後跌倒啦。」

於是他便靠牆而立，舒舒服服地閉上眼睛，耳中聽著無止無盡的早課念經之聲，鼻中聞著催人欲睡的香味，腦子也緩緩沉入了甜美的夢鄉。

小石頭自然不知道，唱念沒多久便結束了，神力大師一敲小鈴，小和尚們便各自盤膝坐下，開始禪坐。

韓峰趕緊拉了拉小石頭，讓他跟著坐下；小石頭原本靠牆站立，韓峰一拉之下，他便靠著牆坐了下來，連眼睛都沒睜開，繼續沉睡。

但聽神力大師說道：「心如止水，念如雲影；明覺本心，觀影不動。」

韓峰完全不明白他在說些什麼，側頭見其他的小和尚都閉上了眼睛，便也閉上眼睛。禪堂中頓時陷入一片寂靜。

小石頭被神力大師的幾句話吵醒了，惺忪地睜開眼，轉頭望望，見到大家都閉目坐著，心中疑惑：「這是在做什麼？大家一起坐著睡覺麼？」又聽神力大師道：「凝神呼吸，心止於息。」

小石頭心想：「凝神呼吸，那有什麼難的？」試圖專注於自己的呼吸，然而說來容易做來難，他只凝神了不過半晌，便雜念紛飛，一忽兒便全忘了呼吸，卻似乎聽見了自己的鼾聲。他微微一驚，試圖保持清醒，然而昏沉卻如一團濃霧般籠罩著他的頭，讓他感到頭上似乎有幾把刀，不斷地從頭頂劈下，痛是不覺得痛，但刀起刀落，直將他的腦子搗得如同漿糊一般，他也又慢慢沉沒在這團漿糊之中，什麼也不知道了。

眾人如此禪坐了一段香後，神力大師又敲了一下鈴，站起身，其他高高矮矮的小和尚們也跟著站起身。

神力大師雙手合十，開始一步步慢慢繞著禪堂行走；小和尚們也排成一列，跟在他的身後緩步行走。這便是禪門中的「行香」，讓眾人在禪坐之後起身行走，藉以活絡雙腿血脈。

韓峰見眾人開始行走，趕緊推推小石頭，然而小石頭正在夢裡跟周公聊得十分愉快，根本醒不過來。韓峰用力拉了拉他，小石頭被他拉得站起身，但背脊仍舊靠著牆壁，昏睡不醒。

韓峰清晨時已有經驗，知道叫醒他乃是十分困難之事，無奈之下，只得任由他靠著牆繼續睡，自己跟在眾人身後行走。眾大小和尚經過靠在牆上睡覺的小石頭時，都忍不住多望他幾眼，懷疑這人怎能站著睡覺，莫非他是牛馬不成？

小石頭自顧睡得高興，全不知道自己的睡相，正被寶光寺中的大小和尚繞著圈子，輪流觀看。

就這麼睡了許久，但聽噹的一聲巨響，卻是行香完畢，神力大師敲了敲大磬，早課終於做完了。

小石頭聞聲驚醒，趕緊睜開眼睛，只見眾人正魚貫從邊門走出佛堂，韓峰跟在人群之後，正回身向自己招手，要他跟上。

小石頭立即抖擻起精神，快步追上韓峰，心下甚是高興：「早課做完了，終於可以吃東西啦！」

韓峰見他仍睡眼惺忪，卻偏要裝出精神奕奕的樣子，不禁莞爾。

小石頭興沖沖地跟著大夥走出佛堂，這才發現外面天雖已亮了，但天空仍舊陰沉沉地，鵝毛般的雪花緩緩飄下，地上已積起了半寸的白雪，比剛起身時還更寒冷了一些。

一行人冒著雪，走進佛堂之後的食堂。食堂也是間破舊屋子，當中放了三張長桌，桌上已整齊地放了一個個的粗陶缽子。每張長桌的一側放了九個陶缽，兩側共十八個；韓峰算了算，這三張長桌共可坐五十四人。

一眾大小和尚依序走入，一人對著一個陶缽，安安靜靜地在桌旁盤膝坐下。韓峰和小石頭找了個角落空位，也依樣盤膝坐下了。

不多時，便見通吃圍著圍裙，滿頭大汗地從廚房走出，左手提著一個瓦鍋，右手持著竹杓子，從瓦鍋中舀出一杓薄麥粥，倒入第一個陶缽之中，又用竹夾子添上兩塊醃蘿蔔。

通吃走了一圈之後，才終於在五十多個陶缽中都分派了麥粥和醃蘿蔔。坐在最前面的神力大師便領著眾人念了一段偈語，聽來似是感恩惜福、稱頌佛德之類，之後大家一齊念一聲佛號，便開始吃早齋了。

小石頭低下頭，見缽中就這麼一碗薄薄的麥粥，稀薄得跟水沒什麼差別；那兩塊醃蘿蔔又乾又扁，半口就吃完了，不禁好生失望，心想：「就這麼點兒吃食，哪能吃得飽？嘿，不如去山上打獵烤食來得痛快。只是如今外頭開始下雪，打獵可就不容易啦。天候越來越冷，即使能找到個山洞住下，到了晚上，只怕也會凍得半死。」

他側頭望向韓峰，但見韓峰也皺著眉頭，轉頭望向窗外下得越來越大的雪，顯然心中也在動著跟自己一模一樣的念頭。

韓峰和小石頭三兩口便喝完了粥，吞下了醃蘿蔔，見其他的小和尚個個吃得津津有味，小石頭心想：「這些孩子這輩子可能從來沒吃飽過，也算十分可憐。」

第八章 竹林中

兩人才吃完，一個高大的身形便來到他們的面前，正是神力大師。他神色嚴肅，冷冷地道：「你們兩個，脫下海青掛回臥室後，便立即跟我去見住持大師！」

兩人不禁一凜，趕緊站起身，心中都想：「不知那『住持大師』是何方神聖？他會如何處置我們？」

二人互望一眼，同時又想：「幸好我和他一塊兒來到這寺廟，情況再糟，總還有個伴兒。」不禁相視一笑，心頭恐懼退去，恢復鎮定，連忙奔回通鋪，脫下黑袍掛在土牆上，又回到食堂找神力大師。

神力大師領著二人出了食堂，來到後院，打開一扇破柴門，走了出去。

小石頭忍不住低聲問韓峰：「喂，你知道『住持』是什麼意思？是我們要去見的那人的名字麼？」

韓峰低聲答道：「我也不很清楚。我猜想他要帶我們去見的，應當便是這間寺廟的主人吧。」

三人冒著越來越大的風雪，來到寺後的一片竹林之中。入林數十步，才發現竹林中有間簡陋的竹屋，掩藏在竹林深處，從外面無法見到。

神力大師忽然停步回身，低頭盯著韓峰和小石頭，厲聲道：「你們兩個，給我聽清楚了！我現在帶你們去見本寺的住持大師，讓他老人家決定如何處置你們。住持大師德高望重，是一位得道高僧。你們去拜見他老人家時，一定要恭恭敬敬，誠心誠意。誰要敢大膽無禮，胡言亂語，得罪了他老人家，後果將會十分嚴重！我現下警告你們了，到時可別說我沒提醒過！」

二人見他神情肅穆，語氣嚴厲，都有些吃驚。韓峰心想：「這個比熊還要粗魯凶悍的神力大師，竟然對那住持大師如此敬畏，眞是奇事一件。」小石頭則想：「連熊都害怕的人，想必比熊更加可怕。」

神力大師瞪著二人，又喝問道：「聽明白了麼？」直到他們齊聲回答：「聽明白了。」他才點點頭，轉身上前，敲了敲竹門，恭恭敬敬地道：「住持大師，人帶來了。」但聽屋裡一個蒼老的聲音說道：「進來。」

神力大師輕輕推開竹門，當先走入，跪倒在地，將額頭碰在地上，雙手手心向上，置於頭旁，向屋中之人「頂禮」。他起身之後，狠狠地瞪向韓峰和小石頭，兩人明白他的意思，連忙依樣跪下行禮。

那蒼老的聲音說道：「快起來，不用多禮。」

二人抬起頭來，見這竹屋中甚是簡樸乾淨，左側是一排竹櫃，櫃上全是小抽斗，小石頭瞄了一眼，見到抽斗上有「當歸」、「茯苓」、「三七」等字樣，看來是個藥櫃；右側有張小几，几上燒著一爐沉香，香煙裊裊，縈繞室中，聞著讓人頓時拋下煩躁，心清神朗。

高山竹林中原本靜謐，這竹屋之中更顯得異常地寧靜安詳，似乎與外界全然隔絕，自成天地。

但見竹屋當中的蒲團上盤膝坐著一個老和尙，他身形乾乾瘦瘦，身上披著一襲樸素的灰色僧袍，滿面皺紋，白眉白鬚，看來已有七八十歲年紀，面貌十分慈祥溫和。

韓峰和小石頭都不禁甚感出乎意料，暗想：「神力大師如此敬畏的，竟是這樣一個面目慈和的老和尙！」

就在這時，那老和尙抬起頭，望向韓峰和小石頭，雙眼精光閃爍，似乎能看透人的心思。兩人被他的眼光掃過，身子都不由得一震。

老和尙伸出乾枯的手，指著身前的兩個蒲團，和顏悅色地說道：「兩位小施主，請坐下。」

韓峰和小石頭對望一眼，戰戰兢兢地在蒲團坐下。

神力大師起身關上竹門，也在屋角坐下。他神態恭敬，跟在山腳捉拿二人上山時的凶悍霸道，簡直判若兩人。

小石頭側頭望了神力大師一眼，心想：「那老和尙看來和善可親得很，眞不知神力大師爲何如此害怕他？」不禁又向那老和尙打量去，只見他臉容平靜和善，體態弱不禁風，實在看不出有什麼地方值得人害怕。

卻見老和尚閉上眼睛，沒有言語，靜了一陣，才緩緩睜開眼睛，開口問道：「兩位小施主，你們是兄弟麼？」

韓峰和小石頭又對望一眼，一時都不知該不該維持這個謊言。還是小石頭反應較快，含糊地回答道：「老師父，我們兄弟倆無家可歸，流落異鄉，同甘苦、共患難，感情比一般的兄弟還要深厚得多。」

這話模稜兩可，並沒有直接回答老和尚的問題，既沒有說他們是兄弟，也沒有說他們不是兄弟。

老和尚點了點頭，不置可否，又問道：「神力告訴我，你們攔截了我寺的鴿子？」

小石頭立時露出一臉無辜之色，搶著辯解道：「冤枉啊，冤枉！這件事我們已跟神力大師解釋過啦，我們眞的不是故意的。昨夜我們來到終南山腳，肚子餓得狠了，在林中打獵，射下了樹上的鴿子。開始烤食時，才發現鴿腳上綁著信管，我們猜想牠可能是隻信鴿，但那時已經太遲啦。至於貴寺飼養信鴿這回事，我們更是半點也不知道。我可以對天發誓，我們絕非蓄意攔截貴寺的鴿子！」他這番話倒是十足眞實，並未說謊。

老和尚聽他們說「打獵」和「烤食」時，念了幾聲「阿彌陀佛」；等小石頭說完，老和尚沒有立即開口，沉思半晌，才道：「兩位小施主，不知者無罪。你們因肚餓而獵食鳥獸，原是無可厚非。」

韓峰和小石頭聽他言語合情合理，都大大地鬆了一口氣。

老和尚轉向神力道：「信管在你那兒麼？拿來給我看看。」

神力從懷中掏出管子，雙手遞過去給老和尚。

老和尚將管子持在手中看了一會兒，便將它放在身前地上，說道：「神力，你去請魏居士過來。」

神力躬身領命，出屋而去。

韓峰和小石頭心中都甚是好奇，暗想：「魏居士又是誰？」卻不敢開口相問。

老和尚又抬起頭，望著韓峰和小石頭，緩緩說道：「兩位小施主既然來到寶光寺，也是與我寺有緣。神力說你們是孤兒，老衲有一事相問，請你們老實回答。你們來到終南山，是爲了尋找寶光寺麼？」

韓峰和小石頭又對望一眼，這回開口的是韓峰，他道：「不錯，我們原本有此打算。我們乃是孤兒，無家可歸，在路上聽聞了貴寺的名聲，因此慕名而來。然而恕小子直言，昨夜神力大師硬逼我二人上山，要我們賠償貴寺的鴿子，凶惡霸道已極。我們雖已來到貴寺，卻並不一定想留在此地。」

老和尚聽他言語率直，並不以爲忤，反而臉露微笑，點了點頭，緩緩地道：「小兄弟，你說得很坦白。然而我也想請問你：如果我們寺裡的僧人個個都跟我一樣又老又弱，你想我們能夠抵擋虎狼一般的官兵，保護寺裡的大小僧人麼？」

韓峰一呆，心想：「這話倒也有理。寶光寺若眞如傳說中那般專門收容各方孤兒，不讓他們被官府拉去挖河、充軍，自需擁有極大的本領。神力大師凶悍粗壯，武功高強，誰說不正是寶光寺最需要的守護者？」

小石頭點頭道：「老和尚這話說得很對。但是老師父，您得先告訴我們，我們須得如何賠償貴寺的鴿子？我倆都想找個容身之處，卻不想……嘿嘿，卻不想賠上性命。」

老和尚微微一笑，說道：「佛門中人最重慈悲，豈會輕言傷生？我們寶光寺雖不如傳聞中那般法力無邊，但是要保護寺中之人不被官府捉去，這點能耐倒是有的。本寺向來不詢問來者的出身來歷，只要投奔此地，自願留下，我們便盡力保護照顧。然而你們須得知曉，留在本寺唯一的條件，便是遵守我寺中的規矩。你們若能做到這點，賠不賠鴿子，往後再也不用提起。」

便在此時，忽聽門外一陣騷動，竹門啪的一聲猛然飛開，一團灰色的大球夾著風雪莽莽撞撞地滾了進來，一直滾到了老和尚跟前。

韓峰和小石頭都是一驚，趕忙跳起身避到牆邊，仔細一瞧，才看清「滾」進來的不是一個大球，而是一個人。這人體型肥胖矮小，手腳粗短，身穿厚重的灰色棉襖，頭戴一頂圓圓的雪帽，乍看之下簡直就如一顆灰色的大球。但見他雪帽下一張胖臉腫得好似一團麵團，眼睛就如麵團上用指甲劃出的兩條線，鼻子則似麵團上的一個小凸，嘴上留著的兩撇鬍子倒像是毛筆畫上去的兩片竹葉，容貌甚是滑稽可笑。

然而這張可笑的臉此時卻露出再淒慘不過的神情，一對小眼睛中蓄滿了淚水，鼻頭也紅了，口唇不停地發顫。他伸出胖胖的雙手，撿起了老和尚身前地上那段燒焦的竹管，猶如珍奇寶貝一般捧在手中，霎時淚如泉湧，一顆顆豆大的淚珠滾下他麵團般的臉頰，口中呼喊道：「花兒，花兒，我的花兒啊——」接著便呼天搶地地痛哭起來。

韓峰和小石頭都被這情景驚得呆了，一時不知該如何反應。

神力大師跟在那灰衣胖子身後，此時也已進了竹屋。他怒目向韓峰和小石頭二人瞪去，眼神中滿是責備。

老和尚則伸手輕拍那灰衣胖子的肩頭，低聲安慰道：「花兒已往生極樂淨土，你別太過傷心了。」

那灰衣胖子仍舊泣不成聲，嘶聲叫道：「我心愛的花兒啊！我從你還是蛋的時候，就看著你孵化，看著你一日日長大，誰想得到你這麼聰明的鴿子，竟然也會出事！啊，我心愛的花兒啊！」

韓峰和小石頭這才恍然大悟，這人想必便是鴿子的主人「魏居士」了。

兩人見他如此傷心，想起他口中的鴿子「花兒」如今已在自己的肚子裡，都不禁感到一陣慚愧內疚，連口齒伶俐的小石頭都不知該說什麼才好，只能紅著臉，低下了頭。

魏居士仍舊痛哭不止，老和尚低聲吩咐神力大師道：「你先帶兩位小兄弟出去，讓我來勸勸他。」

神力大師向韓峰和小石頭低喝道：「跟我出來！」兩人眼見魏居士傷心痛哭，早已如坐針氈，不用神力大師催促，便趕緊逃出了竹屋。

剛出得門，老和尚忽然又道：「兩位小兄弟，請在外面等候一陣。神力，你且進來。」神力應道：「是。」轉頭向二人厲聲道：「乖乖在這兒等著，不准亂走！我隨時叫你們，便立即給我進來！」

兩人點頭答應，神力大師便又回入竹屋，關上了竹門。

韓峰和小石頭你望望我，我望望你，心中都感到惶惶然，不知所措。

小石頭低聲道：「剛才那老和尚慷慨得很，說什麼『賠不賠鴿子，再也不用提起』。

但是那胖子哭成那樣，神力大師又一副恨死我們的模樣，我看吃鴿子這件事，他們絕對不會善罷甘休。」

韓峰道：「吃了他們的鴿子，原是我們不對，自該賠罪道歉。然而鴿子死了又不能活轉，他們若不肯原諒我們，我們還能如何？大不了離開這兒罷了。」

小石頭抬頭望望天際，只見雪越下越大，氣候越來越冷，兩人身上的衣服都十分單薄，竹林中風勢雖不大，兩人卻已冷得開始發抖。

小石頭不禁唉聲嘆氣，說道：「冬天說來就來，咱們若不能留下，這個冬天可不好過哪！」

韓峰也抬頭望天，皺起眉頭，若有所思，說道：「這雪要是不停，只怕今日便要封住下山的路，那我們可就無處可逃了。既然我們被抓來這荒山之上，如今之計，也只能先設法留在這兒，等度過這個冬天再說。」

小石頭點了點頭，說道：「你說得是。」

第九章　學規矩

過了好一會兒，竹屋內哭聲終於止歇。小石頭忍不住好奇，將眼睛湊上牆壁，從竹屋的縫隙往內偷瞧。縫隙雖小，他倒也能隱約見到竹屋中的情況。只見那灰衣胖子魏居士果然已止淚收聲，小眼睛直瞪著那段竹管，胖胖的手指一撥，便將竹管的蓋子撥開了。他神色大變，猛然抬起頭來，說道：「有人打開過這竹管，取出過裡頭的信！」

這話一說，老和尚和神力大師的臉色頓時凝肅起來。

老和尚壓低聲音問道：「是那封密信？」

魏居士緩緩點頭，說道：「不錯，就是那封最最隱密、最最重要的密信！」

小石頭聽了，心中一跳，趕緊聚精會神地繼續偷看。

但見老和尚沉默不語，神力大師卻用拳頭重重地搥了一下地板，粗聲道：「哼！那兩個小子說話不盡不實，我早料到他們是故意攔截下我們的信鴿！不然哪隻鴿子不好打，為何單單打下花兒，還偷看了這封重要的密信！我懷疑他們正是對頭派來的。大師，這兩個小子絕不可留！」

他的話聲太大，韓峰雖沒靠上去偷聽，卻也聽得一清二楚。他和小石頭對望一眼，心中都不禁驚惶。

小石頭壓低聲音道：「他們發現我們看過了那封信！現下該怎麼辦才好？」

韓峰道：「我們不會密語，看不懂那封信裡究竟寫了些什麼，就算看了又如何？」

小石頭急道：「話雖如此，聽來那封信緊要得很，就算我們看不懂，但確實已看過了，說不定他們會因此殺了我們滅口！」

想到「滅口」兩個字，兩個孩子的臉都不禁白了白。他們親眼見到神力大師力大無比，武功出神入化，他若有心結束二人的性命，那可是易如反掌，比捏死兩隻螞蟻還要容易。

兩人心中同時動了一個念頭：「逃！」

小石頭最是怕死，一想到逃，拔腿便要往竹林外奔去。還是韓峰年紀較大，膽氣較足，趕緊伸手抓住了他的手臂，低聲道：「慢著！大雪要真的封了山，我們就算想跑，也未必能跑得掉。況且剛才老和尚說佛門弟子不輕言傷生，我想他們並不會真要了我們的性命。你快看看老和尚如何反應？」

小石頭聽他說得有理，又趕緊將眼睛湊到縫隙上去偷瞧。但見老和尚皺著眉頭，沉吟不語，過了好一陣子，才對神力道：「你叫他們進來，讓我問問他們。」

小石頭一驚，回過頭，壓低聲音道：「要叫我們進去對質啦！」

韓峰性子直率，說道：「我們開過竹管，看過信，就老實承認罷了。」

小石頭腦中念頭急轉，忽然心生一計，眼睛一亮，說道：「我知道該怎麼做了。你別說話，讓我來應對！」

韓峰知道他心思靈活，鬼主意多，便點了點頭。

但聽神力大師大步走到門邊，打開了門。這時小石頭早已退後兩步，一臉若無其事的模樣，半點沒透露他方才伏在牆壁上偷窺偷聽的痕跡。

神力大師喝道：「你們兩個！給我進來！」

韓峰和小石頭二度走入竹屋，比之剛才的戰戰兢兢，這回簡直是膽戰心驚了。

老和尚讓二人坐下，開門見山地問道：「兩位小兄弟，這竹管裡的信，你們看過了麼？」

小石頭裝出天真的神情，連連點頭，笑嘻嘻地道：「是啊，我和我大哥發現竹管的蓋子可以打開，又見到裡面有張紙，就用樹枝將它挑了出來。那張紙可真有趣，薄得就像蜻蜓的翅膀一樣。上面還畫了圖案，我大哥說那畫的是一條條的蚯蚓，我卻說像很多花蛇，也不知畫的究竟是什麼？」

老和尚聽他說什麼蚯蚓花蛇，不禁一怔，隨即明白：「這兩個孩子不識字！」須知當時天下識字之人並不多，只有世家貴宦的子弟才能識字讀書；這兩個孩子衣著骯髒破舊，儘管言語伶俐，模樣聰明，卻顯然是一對沒父沒母的孤兒，自然不可能讀過書。

老和尚想到此處，不禁一笑，鬆了口氣，心想：「是我過於擔憂了。亂世之中無家可歸的流浪孤兒，哪能讀書識字？」轉頭向魏居士望去，見他也明顯地放下了心。

老和尚點點頭，臉色慈和，說道：「原來你們並不識得字，那就沒事了。我剛才已經說過，你們兄弟若願意留下來，寶光寺自當收留你們。」

小石頭和韓峰一齊向老和尚跪倒拜謝，說道：「多謝老師父收留之恩！」

神力大師瞇起眼睛，滿面懷疑之色，欲言又止，但聽老和尚這麼說了，也只能勉強忍住，未曾出言質疑。

韓峰見小石頭在短短幾刻間想出這條妙計，也不禁暗暗佩服他的急智。

小石頭眼見自己這番作假騙倒了老和尚等人，噓了口氣，心想：「我們裝做不識字，往後可得小心些，千萬別露出了馬腳！」

但聽老和尚又道：「然而你們需得留意，一旦在我寶光寺住下，便不得擅自離開。擅自離開本寺的人，我們便不會再次收留。這山上有不少強盜，入夜後更有野狼出沒，成群出外獵食。你們千萬不可在寺外亂走，免得撞見了強盜或狼群。還有，寶光寺乃是佛門淨地，你們需得遵守寺中的種種規矩戒律，不可違背。」

韓峰心想：「不可擅自離開，那是將我們軟禁在這兒了。什麼強盜、野狼，想來都是說著嚇唬我們的。」小石頭則想：「什麼寺中的種種規矩戒律，應該都是變著名目要綁住我們。」兩人雖滿心抗拒不服，但是爲了度過這個寒冬，也只能點頭答應。

老和尚滿意地點點頭，轉向神力大師，說道：「神力，這兩個孩子初來山上，不懂得我佛門規矩，你教教他們。就從『五戒』開始吧。」

神力大師恭恭敬敬地答應了，當下韓峰和小石頭向老和尚頂禮告退，跟著神力大師出了竹屋。

神力大師輕輕關上竹門，領著二人往竹林外走去。

便在此時，竹林中陡然傳出一聲淒厲的怒吼，又似虎嘯，又似狼嚎，又似鬼哭。韓峰和小石頭都嚇了一跳，毛骨悚然，立即轉身去看，只見老和尚所住的竹屋之後便是一片灰沉沉的石壁，壁上爬滿了藤蔓，也看不出什麼異狀。

小石頭顫聲道：「那是什麼……什麼聲音？」

神力大師微微皺眉，若無其事地揮揮手，說道：「不過是山裡的禽獸罷了。廢話少說，快跟我來！」

他催趕著韓峰和小石頭出了竹林，來到寺廟後的空地上，這才轉過身，低頭瞪著兩個孩子，冷冷地道：「老和尚平日在竹林中禪坐清修，你們絕對不可去打擾。沒有得到老和尚的允許，你們一步也不准踏入竹林，聽明白了麼？」

韓峰和小石頭想起剛才那聲恐怖的嚎叫，小石頭心想：「那竹林中不知藏著什麼恐怖的鬼怪還是猛獸，誰會想進去？」兩人一齊點頭，說道：「聽明白了。」

神力大師點點頭，又道：「老和尚剛才交代得很清楚，你們若擅自離開寶光寺，日後後悔了，可別指望我們會再次收留你們！聽明白了麼？」

兩個孩子答道：「聽明白了。」

神力大師又道：「你們既然決定留下，便得乖乖遵守寺裡的規矩，不然別怪我們無情，不管外面大風大雪，照樣趕你們下山！聽明白了沒有？」

兩人只能再次點頭答道：「聽明白了。」

小石頭心想：「俗話說：『寄人屋簷下，不得不低頭』，說的就是我們此刻的處境了。」瞄了一眼韓峰，見到他臉上滿是叛逆不服之色，只是勉強忍住了，沒有出聲。

但聽神力大師接下去道：「我要教你們的第一個規矩，便是要禮敬佛、法、僧三寶。你們進入佛堂時，一定要對佛像跪下頂禮，表示恭敬；對於師父傳授的教法，要認眞學習；平日見到了住持大師或是我，一定要行『問訊』禮。聽明白了麼？」

小石頭不知道「問訊」禮是指合十彎腰，起身時雙手交疊、食指輕觸眉心的佛門禮節，以爲也得跪下磕頭，忍不住道：「每次見到佛像、老和尚和你都要磕頭？那我們時時經過佛堂，時時見到你，難道得一天得磕幾百個頭？那不是很麻煩麼？」

神力大師雙眉豎起，喝道：「第二個規矩，便是『不准頂嘴』！我說什麼，你便回答『是』，不准東拉西扯，問東問西！」

小石頭只好應道：「是。」忍不住又道：「你說第一個規矩，是『禮敬三寶』；第二個規矩，是『不准頂嘴』。方才住持大師說，要你從五戒開始教我們。你這第一第二個規矩，便是五戒中的兩戒麼？」

神力大師臉色發白，怒不可遏，大聲道：「我叫你不要問東問西！你們什麼都不知道，哪能聽得懂五戒？廢話少說，跟我來！」

領著他們走到廚房之後，指著兩只大水缸，說道：「你們給我聽好了：第三個規矩，我們寺廟裡每個人都有活兒幹，不然便沒有東西吃，這叫『一日不作，一日不食』。你們一人取一副扁擔，挑兩個水桶，去寺後兩里外的井中打水，將這兩只水缸都裝滿了，不然便別想吃午齋！聽明白了沒有？」

韓峰和小石頭望著那兩只巨大的水缸，都不禁倒抽一口涼氣。

小石頭愁眉苦臉，心想：「那第一和第二個規矩『禮敬三寶』和『不准頂嘴』，遵守起來倒也不難，只要多磕幾個頭，少說兩句話便是。但這第三個規矩『一日不作，一日不食』，可眞是折磨人了！原來這寺裡沒有白吃白喝的事情，還得幹活兒，才能掙到吃食！」

他和韓峰對望一眼，韓峰聳了聳肩，沒有言語。小石頭心想：「爲了照顧自己的肚子，也只能乖乖幹活兒啦！」當下說道：「聽明白了。」

神力大師道：「既然聽明白了，還不快開始挑水？」

韓峰和小石頭便一人挑起一副扁擔，兩個水桶，往寺後走去。神力大師瞪著兩人的背影，直到他們出了寺門爲止。

走出一陣，小石頭口中便嘟噥起來：「『一日不作，一日不食』。就不知道老和尚、魏居士和神力大師每日都做些什麼活兒？」

韓峰搖頭道：「別抱怨啦。我們既然要留在這裡，原本就不該遊手好閒、白吃白住，幹些活兒也是應當的。」

雪花紛飛之中，兩人出了寺廟後門，經過一座高高的樓塔。他們來到寶光寺的第一個晚上，便在夜色中遠遠見到了這座三層高的塔，當時只道是座鐘塔或穀倉；直到此時才留意到塔的上層安了許多窗戶，有不少鴿子飛進飛出。

小石頭抬頭望了望，恍然道：「原來這是座鴿樓！是啦，那胖子魏居士專門飼養送信的鴿子，這寺中當然有鴿樓了。」

兩人挑著水桶，經過鴿樓，沿著石板小徑去。走了約莫兩里開外，來到一個山坳，才見到一口井。他們在井邊停下，韓峰捲起袖子，用轆轤將水桶放入井中，吊水上來；打了好幾回，才裝滿四個水桶。

兩人用扁擔挑起沉重的水桶，向山下走去。韓峰高大健壯，挑著兩桶水並不太過辛苦；但小石頭矮小瘦弱，只走得氣喘吁吁，肩膀劇痛，雙腿發軟。

兩人好不容易下了山，回到寶光寺，來到廚房外，小石頭已累得癱坐在地上了。

韓峰將四個水桶中的水倒入其中一只大水缸中，水缸卻只盛滿了三分不到。

小石頭見了，叫苦連連，說道：「我們挑一趟水，才裝滿一個水缸三分；要填滿這兩只水缸，不就得走六趟？要挑六趟水，不如讓我去跳崖算了！」

韓峰吸口氣，說道：「抱怨也沒用，走吧！」挑起兩個空水桶，舉步又往寺後走去。

小石頭拍去頭上肩上的雪花，唉聲嘆氣地跟在韓峰的身後。走出數十步，小石頭忽然叫道：「喂，韓峰，慢著！」

韓峰停下腳步，回過頭來，但見小石頭臉上露出調皮狡獪的笑容，說道：「我們眞是蠢啊！你瞧，明明天上下著雪，何需老遠去井裡挑水？」

韓峰懷疑地抬頭望望天，又望望地上的雪，這才明白他的意思，說道：「你是說我們裝雪回去？但是雪可不是水啊。」

小石頭笑道：「雪融了，不就變成水了麼？就算天冷，雪不融化，我們挑來的水也都會結成冰的，結果還不是一樣？」

韓峰雖仍頗感遲疑，卻想不出什麼好的理由來反駁，便同意了。當下兩人不再走老遠的山路去井裡挑水，直接用水桶去挖地上的積雪，挖起來後便一桶一桶地往水缸裡倒，不到幾刻鐘，兩只大水缸便裝滿了雪。

兩人抹去額頭上的汗水，互相望望，都不禁笑了起來。

小石頭拍拍自己的腦袋，說道：「嘿！我這腦袋瓜子可挺管用的吧！」

不料就在此時，神力大師走過來檢視，見他們竟然將水缸裡裝滿了雪，頓時勃然大怒，喝道：「這是幹什麼？水缸裡爲何裝的都是雪？」

小石頭理直氣壯地答道：「雪就是水啊！等會兒天放晴了，太陽出來一曬，雪不就都變成水了？」

神力大師無言以對，張口結舌了半晌，一口氣無處發洩，整張臉漲成豬肝般的暗紅色，暴吼道：「你們兩個，來到我寺裡第一天就膽敢取巧偷懶！不狠狠處罰你們，你們不會知道厲害！一人提起一桶雪，跟我來！」

韓峰和小石頭見他火冒三丈，吼聲如雷，雖然自認並沒做錯什麼，但知道此時再逞口舌辯解也已無用，只能乖乖拿起水桶，裝滿了雪，跟在神力大師身後走去。

注：「一日不作，一日不食」乃是唐朝百丈懷海禪師立下的禪宗清規，主張禪者不分長幼，每日都應作務執勞，以取得自身的生存之資。印度佛教僧侶以乞食維生，至百丈懷海才創立了中國獨有自食其力的禪門規矩。故事中的寶光寺存在於隋末，尚未有後世由百丈懷海所提倡的「一日不作，一日不食」之語。然而亂世之中，物資短缺，禪寺中倡議自食其力的規矩，亦爲常事。

第十章　面壁罰

三人來到佛堂之中，神力大師指著牆壁，喝道：「給我面壁跪下，將水桶舉在頭上，不准亂動！一點兒雪也不准濺出來！沒有我的命令，不准起身！」

韓峰和小石頭只好面對著牆壁，乖乖跪下，將沉重的水桶舉在頭上，心想不知他打算罰他們跪多久，才算是「狠狠處罰」，好讓他們「知道厲害」？

但聽神力大師又道：「老和尚要我教你們五戒，趁著你們跪在這兒，快將五戒給我背熟了！你們見到牆上的字麼？讀給我聽！」

兩人一抬頭，果然見到牆上以黑墨寫著五行字，每行三個字，寫的是：

「不殺生，不偷盜，不邪淫，不妄語，不飲酒」。

兩人心中都想：「原來他們說的佛門五戒，是這五件事情。」

小石頭十分機警，當然記得自己剛剛才假裝不識字，瞞過了老和尚，未曾追究他們偷看鴿信之事，這謊言可不能輕易拆穿，當下苦著臉，說道：「神力大師，我們又不識得字，你要我們對著那些圖案呆看，哪能學得會什麼五戒呢？還是請你講給我們聽吧。」

神力大師側眼望著他，哼了一聲，指著牆上的字，說道：「你們聽好了，五戒就是『不殺生、不偷盜、不邪淫、不妄語、不飲酒』。聽明白了麼？重複一遍給我聽。」

韓峰和小石頭當然老早看明白了，小石頭仍舊裝傻，說道：「你說得太快了，我記不得，請大師再說一遍。」

神力大師甚是不耐煩，又說了一次，要他們重複一遍。

小石頭道：「不啥聲、不頭倒、不鞋隱、不忘魚、不贏九。」

神力大師聽他說得腔調不正，不禁皺起眉頭，但想大約是因為他家鄉口音的關係，便問道：「你懂得意思麼？」

小石頭點頭道：「嗯，我懂得。不啥聲就是不出『啥』的聲音，就是不問東問西；不頭倒，就是倒下時不能讓頭先倒下；不鞋隱，就是別把鞋子藏起來；不忘魚就是別忘了吃魚；不贏九就是不能贏別人太多，九次就夠了。」

神力大師聽他胡說八道，只氣得瞪大眼睛，站在當地好半晌說不出話來，最後終於忍無可忍，怒氣爆發，大吼道：「你們給我在這兒跪到天黑，中午別想吃東西了！」聲音震得樑上的灰塵都紛紛跌落。他吼完之後，便怒氣沖沖地大步走出了佛堂。

韓峰和小石頭各自舉著水桶，跪在當地，對望一眼，都只能苦笑。韓峰從小跟父親練過功夫，水桶雖重，還能撐著；小石頭便不行了，額頭很快便淌下滴滴汗水，雙臂抖個不止，桶裡若是水而不是雪，老早已灑出了大半桶。

把風。」

過了一段香時分，韓峰見小石頭快要撐不住了，便低聲道：「你休息一會兒，我替你

小石頭向他投去感激的目光，左右看看，見佛堂內外都沒有人，便偷偷放下水桶，躺倒在地，只覺得雙膝疼得要命，兩隻手臂好似灌了鉛似地沉重，毫無知覺。他閉上眼睛，眞想就此好好睡上一覺，再也不需要起身。他睡覺的本領原本極爲高明，這一閉眼，立即便開始打鼾。

沒想到他才打了兩三個鼾，走廊上便傳來腳步聲，韓峰連忙低聲喚道：「小石頭！有人來了，快起來！」

小石頭雖貪睡，卻更害怕神力大師，只得匆匆爬起身，揉揉眼睛，趕緊跪好，舉起水桶。但見一個小小的身影跨入佛堂，頭大而圓，一望而知是通吃。

通吃走入佛堂，先向佛像問訊行禮，側頭見到二人在牆邊罰跪，呆了一呆，搔搔大圓頭，問道：「大石頭，小石頭，你們倆在這兒幹什麼？」

小石頭露出咬牙切齒的笑容，說道：「我們在這兒玩呢。」

通吃雖然天眞，卻也不笨，當然知道他們正在受罰，咧嘴一笑，說道：「你們一定是惹惱了神力大師，被他罰啦。我教你們個乖，老和尚就要過來用午齋了，你們趕緊大聲號哭，老和尚心地最慈悲了，看到你們哭，一定不會讓你們繼續跪的。」

小石頭忙問：「眞的麼？你怎麼知道？」

通吃點著大頭，說道：「當然是眞的！我剛來時也常常被罰，每次都大哭，老和尚聽到了，總是會來救我。」

通吃一邊說著，一邊走到佛前，取下雲板，說道：「午齋剛剛準備好，我去敲雲板啦。」走出佛堂，便「梆梆梆」地敲了起來。但聽腳步聲從四面八方傳來，寺中一眾小和尚聽見打板，都知道是午齋的時候了，紛紛往食堂奔去。

這時韓峰和小石頭已跪了半個時辰，兩人聞到從佛堂後飄來一陣陣蒸餅香味，肚子都咕嚕咕嚕響了起來。

小石頭望望韓峰，說道：「咱們這就開始哭吧？」

韓峰卻堅決地搖了搖頭，說道：「我寧願挨餓，也不做這麼丟臉的事！」

小石頭側眼望向他，嘆氣心想：「韓峰這人挺不錯，義氣也夠，就是有點兒死腦筋。」於是說道：「你是硬漢，你不肯哭；我不是硬漢，我這就開始哭啦！」說著當眞便嗚嗚哇哇地大哭起來。

韓峰皺眉道：「男孩子哭成這樣，多難看！」

小石頭一邊哭，一邊向他做個鬼臉，低聲道：「我說大哥，你要做硬漢，儘管做去。我這一哭，連你也救了，我這是犧牲小我，完成大我，管他什麼難看不難看！」說完又繼續放聲大哭。

通吃給的點子果然挺管用。不多時，佛堂外腳步聲響，一個瘦削的身影快步跨了進來，正是老和尚。他見到二人頂著水桶，面壁罰跪，小石頭哭得一把鼻涕一把眼淚，忙問：「怎麼回事？誰讓你們跪在這兒？」

小石頭哭哭啼啼地道：「我們不認得字，大師要我們背五戒，我們背不來，他就讓我們舉著水桶面壁罰跪！」他略過了以雪代水、偷懶取巧的一節沒說，卻說他們是因爲背不來五戒才受罰，自然是一派胡言。

然而老和尚見他們情狀可憐，好生不忍，搖頭說道：「神力就是不通情理，太過嚴厲。你們快起來，水桶放回廚房，趕緊去食堂用齋吧。」

小石頭並不起身，卻哭得更大聲了。

老和尚忙問：「怎麼啦？爲何不起來？」

小石頭哭道：「大師說沒有他的准許，我們就不能起身，還說要我們跪到天黑，都不讓我們吃東西！」

老和尚擺擺手，說道：「嗐！快起來！他若問起，就說是我讓你們起來的。我會要他不可以再這麼處罰你們了。」

小石頭和韓峰這才放下水桶，站起身來。小石頭跪得兩腿都麻痺了，幾乎無法站直身子，走路一拐一拐的，韓峰還得讓他搭著自己的肩膀，他才能勉強走出佛堂。

老和尚看在眼中，不禁嘆息，說道：「你們來到我寶光寺，我原該好好照顧你們，不是讓你們來吃苦受罰的。五戒是該學，但也不能這麼逼著你們學，尤其你們不識字，哪能這麼快便學會？我去跟神力說說，你們放心吧。」

兩人聽了，都不禁感激老和尚慈悲爲懷，卻又擔心神力表面上聽從老和尚的話，背地裡繼續找他們的麻煩，那往後的日子可不好過了。

然而此時也顧不得那麼多，兩人想到立即便能塡飽肚子，便心情大好，趕緊將水桶放回廚房外，跟在老和尚身後來到食堂，找個角落坐下，等著吃午齋。

然而令他們失望的是，午齋比早齋還要更寒酸。只有一小塊薄薄的蒸餅，薄得幾乎能一眼看穿，連醃蘿蔔都省了。兩人早上挑水時雖偷了懶、取了巧，但天氣寒冷，稍稍一勞動，肚子便容易餓，何況剛才還舉著水桶跪了半個時辰。

他們狼吞虎嚥地吃下了那一小塊蒸餅，但吃了簡直等於沒吃，肚子仍舊餓得發疼。小石頭心中直罵這寺廟太過小氣：「什麼『一日不作，一日不食』，哼，我幹了這許多活兒，也只有這點東西吃，不如不幹活兒算了！」

這時通吃走過來收缽，小石頭連忙抓住他，問道：「喂，通吃，我問你，咱們什麼時候吃晚齋啊？」

通吃搖搖頭，說道：「我們出家人晚上是不吃東西的。師父說，吃東西是為了醫治身體的『餓病』，因此管晚齋叫『藥石』。只有年紀小的孩子或生病的人，才需要吃藥石。」

小石頭一聽，幾乎不敢相信自己的耳朵，等通吃走開後，立即轉向韓峰，不可置信地道：「你聽見了麼？晚上沒東西可吃！那我們整個晚上豈不要餓昏了？哼，我獨自在外流浪，從來不曾三餐不繼，總能找到吃食。沒想到來到這鬼寺廟，吃得竟然比我在流浪時還要少！」

韓峰雖不似小石頭那麼注重吃，但是要他過午不食，也是無法忍受，只低聲道：「我們慢慢想辦法便是。」

小石頭早早便吃完了午齋，百無聊賴，往食堂外探頭探腦，剛好見到老和尚提著一個食籃，從廚房走回竹林。

小石頭連忙扯扯韓峰的衣袖，低聲道：「你瞧！老和尚提了一籃子食物回去竹林，說什麼過午不食，看來他是準備留給自己晚上偷吃哪。」

韓峰抬頭瞧去，微微皺眉，忽道：「你怎知道竹林中只住著老和尙一個人？」

小石頭聽了，臉色變了變，聲音發顫，說道：「難道……你是說……你是說，老和尙是要送食物去給那……那個發出怒吼的鬼怪？」

韓峰沉吟道：「或許那並不是鬼怪，而是老和尙豢養的一頭猛獸？」

小石頭既怕鬼怪，也怕猛獸，聽他這麼一說，吞了口口水，臉色更加白了。

正說時，神力大師冷著一張臉，來到韓峰和小石頭身前，說道：「你們兩個，跟我來！到廚房後頭劈柴去！」

但見他臉色十分難看，想來老和尙已說了他一頓，要他不可處罰兩個新來的孩子。神力大師顯然爲此極爲不快，此刻只是勉強忍住，臉上卻殺氣騰騰，眼神似乎在說：「兩隻小老鼠，你們竟然有膽去告狀，給我等著瞧吧！」

兩人不敢惹惱他，快步跟他來到廚房後的院子裡，只見院子角落放了人高的一堆木柴。

神力大師道：「斧頭在柴房裡，還不快去取來，開始劈柴？」

韓峰便去柴房取了一柄斧頭，從柴堆中抽出一根木柴，放上木墩，舉起斧頭，幾個起落，便將木柴劈成一段段可以做爲灶柴的細長木條。他原本練過一些功夫，雙臂粗壯，落斧穩健，將灶柴劈得甚是齊整。

小石頭力氣不夠大，舉不動斧頭，而劈柴的木墩也只有一個，他只能幫忙將木柴從柴堆中取下，搬到木墩旁，望著韓峰劈柴，劈完後再將木條拿到一旁堆放起來。

神力大師站在一旁看了一會兒，挑不出韓峰什麼毛病，見到小石頭站在一旁，一副無所事事的模樣，便對他喝道：「你站在那裡白白看著，有什麼用？去去去！到廚房裡幫忙洗碗去！」

小石頭不等他再吼，早已一溜煙地跑進了廚房。

第十一章　小沙彌

小石頭來到廚房中，見到通吃蹲在廚房角落，正對著一個大木盆清洗菜板、菜刀和陶缽、蒸籠等器皿。小石頭來到木盆邊蹲下，捲起袖子，將手伸入冰冷的水中，幫忙清洗。

通吃側頭望向他，微笑道：「多謝你來幫忙！」

小石頭咧嘴笑了笑，心道：「不是我想來幫你，是那頭大狗熊命令我來的。」隨口跟通吃攀談起來：「喂，我說通吃，你怎會來到這山上啊？」

通吃眨眨眼，圓圓的臉上露出一抹悲傷，說道：「我老家在關東，我爹和我兩個哥哥都是木匠。幾年前縣官說皇帝要蓋洛陽城，便把我爹和哥哥都拉去蓋城了。我娘早死，他們不放心留我一個人在家，便把我也帶去。後來城蓋好了，皇帝卻不發半點工錢，還把工匠全都押到大興城，要他們充軍，去遼東打仗。我爹爹哥哥眼見我年紀小，遼東那麼冷，兵荒馬亂的，我一個小孩子，哪能保住性命？便打算將我留在大興城，但又擔心我一個孩子，自己活不下去。剛好他們在城中撞見老和尚，我爹便懇求老和尚收留我。老和尚可憐我年幼，答應了我爹，我就這麼跟著老和尚來到了寶光寺。」

小石頭罵道：「這渾帳皇帝，讓人幹活兒卻不給錢，還抓人充軍，實在可惡！」他口中罵的是皇帝，心中罵的卻是神力大師：「這渾帳大狗熊，逼我幹活兒，卻不給我東西吃，實在可惡！」

通吃嘆了口氣，說道：「我爹爹哥哥一去不回，我想大概都已死去啦。」

小石頭聽他說起父兄死去，心中也不禁一陣淒然，伸手拍拍他的肩頭，說道：「通吃，你別難過，我也跟你一樣，家人全都被那渾帳皇帝害死啦。」

通吃抹去眼角的淚水，指指蹲在一旁洗缽的一個高瘦沙彌，說道：「通平比我更慘。他們家原本是在黃河上駕船的，後來全家人都被拉去挖運河，因爲皇帝要趕工，工人只得日夜泡在水裡，直泡到腰以下的肌膚全都腐爛生蛆。後來一半的工人因此都死掉了，死了便埋在運河裡，連屍體都找不回來。」

通吃又指向一個傻楞楞、髒兮兮的小沙彌，說道：「那邊的通安家裡是種田的，父母叔伯兄長有的被拉去挖運河，有的被拉去去遼東打仗，總之都是一去不回。他的老祖母年紀太老，無法下田耕地，讓田地全都荒蕪了，沒東西可吃，只好帶了他逃到大興城去乞食。後來老祖母凍死了，就剩下他一個人，幸好被老和尚救上山來。」

通吃一邊說著，一邊將洗好的缽整齊地堆放在一旁，最後說道：「因此我們算是很幸運的啦，能夠在這山上平平安安地過日子。世間不知有多少孩子，早就病死餓死在水溝裡了。」

小石頭聽了這許許多多慘事，心中也好生沉重難受。

洗了一會兒缽，小石頭的肚子咕嚕咕嚕地開始響起，忍不住道：「說起餓肚子，我說通吃啊，我們寺裡的食物好像也不是很足夠嘛。」

通吃聽了，又嘆了口氣，說道：「咱們寺裡的糧食原本是挺充裕的，但是幾個月前，也不知道什麼原因，寺中糧食越來越少，大家只能省吃儉用度日。日子還是這麼過下去，我們也都習慣啦。」

小石頭搖頭道：「吃得少些，我也還忍得。但我看那些小和尚們小小年紀，便老吃不飽，可要怎麼長大啊？」

通吃奇道：「小和尚？什麼小和尚？」

小石頭指指門外那些散布在寺中幹著各種不同活兒的孩子們，說道：「就是他們啊。」

通吃笑了，說道：「啊，你想必不知道，他們不是『小和尚』。『和尚』是稱呼有成就、有德行的大師，好似寺院的方丈或住持。在我們寺裡，只有住持大師可以被稱呼『和尚』，其他人就只能稱為『僧人』或『比丘』罷了。」

小石頭雖讀過書識得字，但對寺廟中的規矩稱謂、禮節用語一竅不通，一直以為只要是光頭的就是和尚，不知道「僧人」和「比丘」的意思，更不知道「和尚」是對有德行的大師的恭敬稱呼。他又問道：「你說『方丈』、『住持』，那是什麼意思？」

通吃答道：「在佛門中，稱掌管一間寺廟的僧人為『方丈』，也有稱『住持』的。」

小石頭恍然大悟，心想：「原來『住持』並不是老和尚的名字。」便問道：「那麼我們的方丈住持，他叫什麼名字？」

通吃答道：「他老人家的法號是上神下光。」

小石頭奇道：「什麼上神下光，名字那麼長？」

通吃笑道：「那是客氣的說法，『上』指的是第一個字，『下』指的是第二個字，所以老和尚的法號就是『神光』。爲了表示恭敬，我們都稱呼他『老和尚』，或是『住持大師』。」

小石頭點點頭，又問道：「你們若不是和尚，那我該叫你們什麼才是？不叫小和尚，難道要叫小僧人嗎？」

通吃笑道：「我們這些剛剛剃度，還沒滿二十歲的僧人，都稱爲『沙彌』。」

小石頭從沒聽過「沙彌」這個字眼，甚感新奇，說道：「嗯，因此你是個小沙彌。」

通吃點頭笑道：「對啦。」

小石頭心想：「跟這小沙彌聊上幾句，學到的東西可比跟那頭大狗熊學的多得多了。」

小石頭忽然想起在竹林中聽到的尖嚎聲，不知那究竟是鬼怪還是猛獸，忍不住問道：「通吃，我問你，竹林裡只住著老和尚一個人麼？」

通吃點頭道：「是啊。你不是去過老和尚的竹屋麼？那屋子多小呀，當然只住得老和尚一個人了。」

小石頭又試探著問道：「只有老和尚一個人，還有別的……嗯，別的什麼牲畜麼？」

通吃呆了呆，說道：「你說老和尚有沒有豢養什麼牲畜？老和尚整日禪坐清修，怎會去養什麼牲畜來煩擾自己呢？當然沒有了。」

小石頭越想越懷疑，繼續試探著問道：「我們這寶光寺裡，我只見到一群小沙彌，難道除了老和尙、魏居士和神力大師，就沒有別的大人了？」

通吃點點頭，又搖搖頭，說道：「現在是這樣，但不總是這樣。」

小石頭奇道：「這是什麼意思？」

通吃道：「我們這兒也常有大人來，就像最近，就有不少施主來到山上，說是來禮佛修禪的，但他們通常待不很久便離開了。啊，還有，我們有好幾位師兄，年紀都有十多歲了，也算是半個大人了吧？不過他們此刻都不在山上。」

小石頭大奇，問道：「不在山上，卻到哪兒去了？」

通吃搖搖大頭，說道：「我也不知道？可能是下山辦事去啦。」

小石頭更是好奇，追問道：「辦事？辦什麼事？」

通吃沒有立即回答，洗好了最後一把菜刀，隨手往後一扔，那刀在半空中飛過，正正插回了掛在牆上的刀插之中。

小石頭見他露了這一手，不禁一怔，心想：「莫非這小沙彌身懷絕技，也是學過功夫的？還是他因爲專管廚房烹飪，才特別會扔刀？」

卻聽通吃壓低聲音道：「師兄們每次下山，行蹤都十分隱密。何時離開，何時回來，我們都不知道。」

小石頭越聽越疑惑，也壓低聲音，說道：「這麼說來，你的師兄們常常下山去做一些不可告人的祕密事兒？」

通吃滿面神祕，說道：「是啊！祕密得很！他們的武功都很高，有時回來，身上都受了傷；以前還有幾位師兄，一去就不回來了。他們下山去做什麼，發生了什麼事，我們都不敢多問。」

小石頭聽了，心中驚疑不定，暗想：「這到底是怎麼回事？我原本便瞧這寶光寺很有些古怪，沒想到還暗藏著許多諱深莫測的祕密！」

兩人正說話間，韓峰已劈好了柴，扛著一堆灶柴走進廚房，堆在爐灶邊上。他抹去頭上汗水，已站在旁邊聽他們說話一會兒，這時插口問道：「你們下山去辦事的師兄，一共有多少位？」

通吃屈著胖指頭計數，說道：「一共有四位。他們全都下山去了，也不知爲什麼，到現在都沒有回來。」

小石頭抬起頭，但見韓峰頭上身上一片銀白，這才發現外面正下著大雪。他往窗外看去，自言自語道：「這雪不聲不響，什麼時候開始下的，我竟然一點也不知道！」

通吃將最後一個砵洗好放好，倒掉了污水，站起身，低聲道：「我剛才說的這些事情，你們可千萬別跟神力大師提起啊！他要知道了，定會怪我多嘴多舌。」

韓峰和小石頭都點頭答應了。

就在這時，但聽腳步聲響，神力大師走了進來，面色仍舊陰沉。他望著劈好的柴，洗好的砵，想挑出韓峰和小石頭的錯處責罵一頓，卻找不出什麼瑕疵，滿腔怒氣無處發洩，便命令道：「石峰，石峘，你們兩個到山上去，給我砍十捆柴回來！」

小石頭瞪大了眼，滿面不可置信，忍不住回嘴道：「天正下著大雪呢，這兒的柴足可以用上好多日了，爲何定要今日去砍柴？」

神力大師狠狠地瞪著他，凶惡的臉上露出猙獰之色，說道：「我早些教給你們的規矩，第二條是什麼？」

小石頭當然記得，那第二個規矩是「不准頂嘴」，神力大師說什麼，自己便得回答「是」，不可東拉西扯，問東問西。此時他卻故意裝傻，搔搔頭，說道：「你又說第一個規矩，第二個規矩，又說五戒十戒，我哪裡記得清？全搞糊塗啦。」

神力大師一張臉漲成紫紅色，大吼道：「我說的第二個規矩，是『不准頂嘴』！我說什麼，你們就乖乖去做，不可囉哩囉嗦，問東問西！」

韓峰和小石頭心中雪亮：「他這是變著法子處罰我們。老和尚不准他處罰我們，他便分派給我們最刁難的工作，讓我們多吃一點苦頭。」

小石頭生怕他還會變出更多的法子來整治他們，便閉上了嘴，不敢多說。

韓峰抬頭望向神力大師，心中滿是憤怒不服，衝口叫道：「你存心趕我們走，就直說好了！使這些伎倆折磨人，算什麼英雄好漢！」

神力大師望向韓峰，神色嚴厲，跨上一步，惡狠狠地道：「我讓你砍柴挑水，是看得起你，讓你鍛鍊體魄。你要吃不了苦，趁早跟老和尚說去，這寶光寺不是你待得了的地方！」

韓峰被他這麼一激，大聲道：「誰說我吃不了苦！」

神力大師冷笑一聲，喝道：「既然不怕吃苦，那你在這兒囉嗦些什麼？還不快去砍柴！」

小石頭生怕韓峰硬脾氣發作，跟神力大師再起衝突，令兩人受到更厲害的處罰，趕緊拉著韓峰的衣袖，說道：「走吧，走吧，我們快去快回！」

他拉著韓峰進入柴房，從牆角取了兩柄柴刀。韓峰難以壓下胸中怒氣，忽然向著柴房中的柴堆猛踢起來，只踢得乒乓作響，柴薪四處亂飛。

小石頭知道他怒火中燒，需要發洩一番，便只站在一旁默然看著，並不阻止相勸，心想：「韓峰這脾氣，好似野馬瘋牛一般，誰也拉他不住。乾脆不去拉，才是上策。」

韓峰踢了好一陣子，才終於停下，靠著柴房的牆壁喘息。

小石頭走上前，將柴堆一一撿回堆好，自言自語道：「這些柴薪也眞倒楣，挨砍挨劈後，還得挨一頓踢，最後還得挨燒哩。」回頭對韓峰道：「走吧！」

韓峰聞言怒氣稍息，鐵青著臉，跟在小石頭身後，冒著大雪，往山上走去。兩人身上的衣服都十分單薄，走在雪中不禁簌簌發抖。

小石頭忽然心念一動，對韓峰道：「我去取件物事，你在這兒等我。」說著轉身便向通鋪奔去。

不多時，但見他笑嘻嘻地奔回來，手中已多了一個黑色物事，正是韓峰的弓箭包袱。

韓峰一呆，隨即明白小石頭的用意，胸中怒氣霎時消得無影無蹤，嘴角忍不住露出微笑，點點頭，伸手接過了包袱，揹在肩上。

小石頭拍拍腰間，韓峰見到他衣衫下突出一塊，知道他將自己的彈弓也帶上了。兩人興沖沖地快步往山上走去，心中都很清楚：上山砍柴只是掩護，打獵覓食才是正經事兒！

第十二章　林中獵

兩人走出數里，離寺院已然甚遠。小石頭心情大好，笑道：「他叫我們上山去，那是再好不過。什麼磨練吃苦，嘿嘿，剛好能磨練磨練我們的彈弓和弓箭之術！苦有什麼好吃的，野味倒是不妨多吃一些。走走走，我們趕緊打獵烤食，在山上吃個飽再回來，誰也不會知道！」

韓峰也很贊成上山打獵，但他對於寶光寺充滿疑忌，對神力大師又心存戒懼，說道：「我們還是該小心些，走遠些再動手吧。」

寺後便是一條山路，兩人上午去山間的井中打水，走的就是這條路。經過了水井，再往上行，迎面便是一片蒼鬱的樹林。

兩人走入林中，將柴刀藏在一棵樹下，各自取出弓箭和彈弓。

韓峰側過頭，留意到小石頭彈弓的把手處刻了一個記號，那是個圓圓的小黑圈，圓圈的左上方有一條帽子般的彎線。

韓峰心中好奇，指著那記號問道：「這是什麼？」

小石頭甚是得意，說道：「這是個篆刻的『石』字，是我自己刻上的。嘿，我手藝挺不錯的吧！」

韓峰忍不住問道：「你當真姓石，叫做石峘？」

小石頭摸摸鼻子，猶疑一陣，才道：「我確實名『峘』，但我並不姓石。」

韓峰問道：「那你姓什麼？」

小石頭避而不答，說道：「你別管我姓什麼，就叫我小石頭不好麼？」

韓峰知道他不願意說，便也不再多問，便道：「這個石字刻得挺好看的。哪天請你在我的弓上刻一個『峰』字，如何？」

小石頭笑道：「一言爲定。」

兩人各持弓箭和彈弓，放輕腳步，踏著積雪，步入樹林深處，尋找獵物。當日早晨下過一場雪後，中午時分曾放晴了一陣子，此時天又開始飄下鵝毛般的雪花，將地上鋪成了一片銀白。新雪地上能見到不少小動物的足跡，韓峰蹲下身觀察，招手要小石頭來看，低聲說道：「這附近應有不少兔子。」

小石頭點點頭，說道：「早上挑水時，我留意到樹根處有不少兔穴。你看！那兒就有一個。」

他伸手指去，韓峰凝目而望，但見數丈外的樹下果然有個狹長的洞穴。兩人彼此打個手勢，矮身躲在草叢中，觀察動靜，等候兔子出洞。

兩人都甚有耐性，蹲在草叢中屏住氣息，一動不動。過了約莫一刻鐘，忽見灰影一閃，一隻灰色的兔子從洞中鑽出頭來。

二人見到了，都是大喜，韓峰屏氣凝神，握緊弓箭，準備等那兔子整個身子都出洞了，便一箭射出。

然而小石頭的反應更快，韓峰還未舉起弓，兔子也還未完全出洞，他已舉起彈弓，一彈疾射而出，正中兔子的腦袋，兔子頓時翻身倒地。

小石頭歡呼一聲，奔上前去抓住了兔子。韓峰也甚是歡喜，將弓和箭袋留在樹洞之旁，去樹叢中蒐集枯枝，找了一塊乾燥處，搭起營火堆，準備生火；小石頭一邊哼著歌，一邊用小刀切開兔子的肚皮，掏出肚腸內臟，扔在一旁，又用小刀小心地剝下整塊兔皮。

韓峰見了，問道：「你剝下兔皮做什麼？」

小石頭道：「天氣這麼冷，不如用這兔皮來做頂帽子，或是做雙手套，正好擋擋寒氣。」說著便將割下的兔皮放在韓峰的弓箭旁。

韓峰點點頭，掏出火刀火石，生起了火，將兔子架在火上烤了起來。

小石頭望著火上的兔子，饞涎欲滴。他忽然抬起頭，望向韓峰，說道：「喂，韓峰，我們幹麼一定要留在那寶光寺中？憑你我二人的本領，即使在這大雪封山的冬天，仍然能夠打獵覓食，想辦法活下去。不如我們就此一走了之，反正我們的弓箭和彈弓都帶上了，此時不走，更待何時？」

韓峰凝望著火堆，一時沒有回答。他思索了一陣，才道：「如今世道不平靖，我們兩個無家可歸的孤兒，即使能夠覓路下山，也難以尋到可以安全棲身之處。待在那寶光寺即使過得不如意、不痛快，至少不會有生命危險。」

小石頭嘿了一聲，說道：「沒有生命危險？我倒覺得我隨時能餓死，隨時會被那神力大師打死，或是隨時要被那藏在竹林中的鬼怪嚇死！再說，我們裝做不識字，要是哪天被揭穿了，他們發現我們看過那封密信，誰能保證他們不會就此殺人滅口，將我們兩個毀屍滅跡？」

韓峰搖頭道：「神力大師確實脾氣暴躁，性情凶惡，但老和尚心地慈悲，爲人和氣，對我二人乃是眞心關懷。我感到我們可以信任老和尚。即使想離開這兒，我們也必得先跟老和尚說一聲才是。」

小石頭甚是不以爲然，嗤之以鼻，說道：「韓峰大哥，你對我小石頭義氣十足，那是沒話可說的。在山腳下我被神力捉住，你未曾扔下我自己逃走；上山時我走不動了，你願意揹我；神力惱我偷懶罰跪，你也沒推罪，甘願跟我一起受罰，這些我都點滴記在心頭。然而我說老實話，這寶光寺眞不是我小石頭能待的地方。我從小在外流浪，自由自在慣了，那些個什麼規矩戒條，我一樣也守不來。我寧可餓死凍死在雪地裡，也好過留在那鬼寺裡受氣。」

他頓了頓，又道：「然而我知道你是願意留下來的，不只是因爲寶光寺能夠保護你，也因爲你的身子夠硬朗，挨餓挑水砍柴種種苦活兒，你都不當回事兒。但是，我瞧這寶光寺處處透著古怪，顯然隱藏了不少祕密，我可不放心讓你一個人留在這兒。你既然不願意走，我對你也不能沒有義氣，還是該陪你留下，直到確保你平安無事爲止。」

韓峰聽了他這番話，明白小石頭爲自己下了多大決心才留下，心中甚是感動，說道：「小石頭，多謝你如此體諒！我也不是非要留在這兒不可。哪日你若當眞待不下去了，我跟你一起離開便是。」

兩人互相望望，心中都感到一股難言的溫暖紮實。亂世之中，能有一個互相關照、彼此體惜的好友，實在比什麼奇珍異寶都要貴重，都要難得。兩人原本對神力大師謊稱是兄弟，自從此番交心後，兩人間的情感已直比同胞兄弟還要親厚。

便在此時，忽聽腳步聲響，似乎有什麼巨大的獸物向他們這邊快奔而來。

韓峰和小石頭對望一眼，心中都升起一股不祥之感：「上回我們烤鴿子，被神力大師見到，大發雷霆；難道我們便如此倒楣，這回烤兔子，又被他撞見？」

只見樹叢分開處，一個熊一般的高大身影闖了過來，怒氣勃發，正是神力大師。

韓峰和小石頭眼見舊事重演，一時都不敢相信自己的運氣竟能壞到這等地步。

小石頭連忙跳起身，辯解道：「神力大師！我們沒忘了要砍柴，只是肚子餓得要命，剛好撞見這隻兔子……」

但見神力大師臉色難看已極，比發現他們吃鴿子那時還要難看十倍。小石頭心中暗叫不好：「我的媽呀，不成這隻兔子也是他寺裡養的『信兔』？」趕緊說道：「這兔子可不是寶光寺養的吧？我看過了，牠腿上並沒有綁著信管什麼的……」

神力大師打斷他的話頭，喝道：「你們……你們殺了兔子？」

韓峰和小石頭一齊低頭望望兔子，小石頭心想：「兔子在火上烤著，當然是死了，你沒長眼睛麼？」他點點頭，說道：「是啊，這兔子是我用彈弓打的。」言下不禁頗爲得意。在這初冬大雪之中，能用彈弓打到兔子，非得擁有極高超的本領不可。

神力大師氣得一張臉轉爲豬肝色，伸出大手，喝道：「拿來！」

小石頭滿面困惑，問道：「什麼拿來？」

神力大師叫道：「把你的彈弓拿來！」

小石頭大驚失色，緊緊抓著彈弓，說道：「你要我的彈弓做什麼？」

神力大師喝道：「當然是要將它毀了！」

小石頭大急，連聲叫道：「不行，不行！這彈弓是我死去的爹留給我的，你不能將它毀了！」

神力大師狂吼道：「就算不毀去，我也要將它沒收，快拿來！」他這一吼極爲響亮，四周的樹葉都被震得紛紛落下。

小石頭見神力大師暴跳如雷，哪敢再頂嘴，雖然極不情願，也只得交出了彈弓。

神力大師一把搶過彈弓，收入懷中，大聲道：「走！你們兩個，立即跟我去見老和尙！」一手抓起那隻烤到一半的兔子，一手拽住小石頭的衣襟，將他用力一推，押著他往山下走去。

韓峰眼見情勢急轉直下，低頭望了一眼留在樹洞旁自己的弓箭，知道自己若在此時彎腰去拿，一定也會被神力大師沒收甚至毀去，當下偷偷用腳將弓箭踢到樹洞深處，跟那塊兔皮藏在一起，這才跟在神力大師身後，往山下走去。

神力大師氣得一句話也說不出來，一逕押著小石頭，來到竹林中老和尙的居處。

老和尙正在竹舍外跟魏居士說話，見到神力大師怒氣沖沖地押著小石頭大步而來，好生驚奇，問道：「神力，發生了什麼事？」

神力大師怒氣沖天，大聲道：「老和尙，您好心收留這兩個小子，豈知他們竟不知好歹，來我寺廟第一日，便犯下殺生大罪！我今早才跟他們講過五戒，他們轉眼便犯了五戒中的第一戒！請老和尙發落！」說著將小石頭往前一推，一手舉起烤兔子，一手取出彈弓，給老和尙看。

老和尙望見那隻烤兔子，皺起眉頭，閉目念了好幾聲佛號。胖得如圓球般的魏居士站在一旁，望見那隻死兔子，嚇得連退幾步，雙手合十，嘴唇顫抖，喃喃地不知在念些什麼，滿臉驚恐不忍之色。

老和尚睜開眼，抬頭望向小石頭，神色嚴肅，說道：「孩子，殺生是我佛門第一大戒。你當眞犯了殺生戒？」

小石頭雖然知道「殺生」是五戒中的一戒，但從沒想過不殺生便表示自己不能獵兔子來吃，眼見神力大師怒發如狂，老和尚神色極爲不悅，這才知道自己犯下了大錯，不禁冷汗浹背。

當此情景，他也只能一痞天下無難事，先胡混過去再說，便裝出困惑的表情，趕緊跪下，擺出滿面無辜之色，對老和尚說道：「殺生是佛門第一大戒？可我眞的不知道啊。今兒早些，神力大師叫我們舉著水桶罰跪，跟我們說了五戒、五戒，但他半點也沒有解釋五戒是怎麼回事，我們不但背不起來，連五戒是什麼意思也不知道。我還以爲『五戒』是五隻戒子哩！他雖說了幾次『不啥聲不啥聲』，我只道不啥聲就是不出『啥』的聲音，就是不問東問西。後來才知道是不能殺人，人自然是不可以殺的，我卻不知道連兔子也不能殺。若是不能殺兔子，那麼爲什麼可以殺臭蟲和麥蟲呢？又爲什麼可以殺麥子蘿蔔呢？」

老和尚聽了，不斷搖頭，又念了好幾聲佛號，面帶責怪地望了神力大師一眼，說道：「神力！我讓你教他們五戒，你是這樣教的麼？」

神力大師的臉一陣青，一陣白，他的腦筋遠不如小石頭靈活，口齒更不如小石頭伶俐，被這麼搶著一說，似乎過錯全在自己身上，不禁又急又怒，即使在老和尚面前，也壓抑不住滿腔怒氣，大吼道：「這小子什麼都知道，都清楚，卻故意裝模作樣，扮傻裝蠢！我……我打死這小畜生！」衝上前，舉起醋缽大的拳頭，便要往小石頭的頭頂打下。

小石頭嚇得趕緊抱頭躲竄，口中驚呼：「殺人啦！大和尚要犯殺生戒啦！」

老和尚和魏居士一齊叫道：「住手！」

韓峰眼看神力大師這拳就要打上小石頭的腦袋，快步搶上，舉臂去擋。他年紀雖小，但體格壯碩，臂力甚強，而神力大師這一拳並非眞正要取小石頭的性命，只用了三分力道；二人雙臂相交，砰的一聲，雙臂同時停在半空中。

韓峰雖阻住了神力大師這拳，自己的手臂卻也被震得隱隱發麻。他抬起頭，雙眼直視神力大師，說道：「兔子是我獵殺的。我犯了殺生戒，自願受罰！」

這話一說，既承認了罪過，又自願受罰，神力大師一呆，一時無話可說，只得放下手，低頭凝望著韓峰，眼中滿是懷疑之色，忽然問道：「你練過多久功夫？跟誰學的？」

韓峰心中一凜，他不願意透露自己的家世，便默然不答。

老和尚舉起手，不讓神力大師再問下去，說道：「本寺規矩，人既已來到我山上，我等便不追問來人的過去。」

他轉頭望向韓峰，神色嚴肅，說道：「石峰，你既已承認錯誤，誠心懺悔，善莫大焉。然而老衲需提醒你們，你們若想留在本寺，便需謹愼遵守寺中規矩戒律。如今你初來此地，無心犯錯，老衲姑且不加追究。然而一錯不可再錯，你們之中誰若再犯殺生戒或其他戒律，老衲別無選擇，即使時值寒冬，也必須將你二人逐出寺去。請你們好生自重。」

韓峰對老和尚十分尊重服氣，聽他這麼說，心中也不禁慚愧；自己和小石頭偷偷跑上山去打獵，一來是因爲肚子實在太餓，二來也是因爲他們根本未曾去深想「五戒」的含意。他想起老和尚慈悲爲懷，對二人十分愛護關照，心生歉疚，當下行禮答道：「是，我知道錯了。多謝老和尚慈悲，大量寬恕，我以後定然不會再犯。」

小石頭也趕緊附和，說道：「是啊，老和尚寬宏大量，饒了我們的無心之過。我們一定會牢牢記住不殺生的戒律，以後再也不敢打獵了！」

老和尚點點頭，嘆了口氣，又道：「寺中糧食確實不夠，這是老衲需向你們道歉之處。大家得多忍耐數日，糧食應當很快便會送到了。你們須知道，萬物皆有靈性，不可濫殺，以免種下惡因，未來須得承受惡果。」

他轉過頭，對一旁的魏居士說道：「你帶他們去將這隻兔子埋了，教他們念一百遍『往生咒』。」魏居士點頭答應了。

第十三章　暮砍柴

神力大師在一旁聽著，這時忍不住插口道：「老和尚，他們犯了殺生大戒，怎能不按照寺規處罰？這麼輕易就放過了他們，他們怎會真正懺悔，日後一定還會再犯！請您將他們交給我來處置吧！」

老和尚望了望神力，心想：「神力脾氣急躁，對這兩個孩子怒氣猶存，若將他們交給他處置，小兄弟倆的日子肯定不好過。」

他沉吟半晌，說道：「不錯，犯戒確實應當受罰。石峰，石岠，你們二人年紀尚小，不明白生命之可貴。我罰你們明日去鴿樓，幫忙魏居士清掃鴿籠，餵飼信鴿，盼你們能從照顧其他生物之中，明白萬物皆有靈性，往後千萬不要再殺生了。」

兩人聽聞老和尚分派的處罰如此輕，只不過是要他們去清清鴿籠、餵餵鴿子，比起挑水砍柴都還輕鬆容易，都暗暗噓了一口氣，小石頭臉上不禁露出喜色。

神力大師見到小石頭露出偷笑，心中又恨又怒，暗暗咬牙切齒：「可惜老和尚不肯把這兩個小壞蛋交給我處置！這兩個小子，合該讓我好好整治一頓，才會知道厲害！」

他見到小石頭偷眼望向自己手上的彈弓，頓時怒從心起，大聲道：「難道你還想要回這彈弓？這等凶器，我怎麼可能交還給你！不必妄想了！」

小石頭爭辯道：「我都說往後不會再打獵了，當然也不會再去用它。但是這彈弓是我爹的遺物，你不能拿走！」

老和尚伸出手說道：「給我瞧瞧。」他從神力大師手中接過彈弓，仔細觀察，若有所思了半晌，最後微了微搖頭，說道：「小石頭，你將這等凶器帶在身上，難保不再次使用。這樣吧，我將這彈弓放在佛堂的屋樑上，等你學懂五戒，行止合度了，我便將這彈弓還給你。」

小石頭心中又是失望，又是焦急，但也無可奈何，只能行禮道：「老和尚說得是，小石頭遵命。」

老和尚點了點頭，說道：「好了，你們去吧。」

韓峰和小石頭便向老和尚頂禮告退，魏居士小心翼翼地捧起死兔子，當先步出竹舍。

魏居士領著二人來到竹林中的一塊空地上，讓韓峰和小石頭合力挖了一個坑，將烤到一半的兔子埋葬了。

正埋葬時，忽聽竹林深處傳來一陣嗚咽之聲，似乎有人在哀哀哭泣。

小石頭不禁一陣毛骨悚然，頓時想起上回在竹林中聽到的尖嚎之聲，立即跳起身，東張西望，驚道：「你們聽見了麼？你們聽見了麼？」

魏居士抬起頭，茫然問道：「聽見什麼？」

韓峰也轉頭望向竹林深處，說道：「好像有人在哭泣。」

魏居士呆了呆，眼眶一紅，伸手揉揉眼睛，說道：「我的花兒死了，連竹林都在爲牠哭泣！」說著又嗚嗚噎噎地哭了起來。兩人見他又爲了被他們吃掉的鴿子哭泣，都不敢再問下去。

魏居士哭了一陣，才終於抹淚收聲，見他們仍舊一副膽顫心驚的模樣，咧嘴一笑，說道：「傻孩子，風吹過竹林的聲音，都是這樣嗚嗚嗚的，不要再疑神疑鬼啦。」

小石頭最害怕鬼怪，這竹林中一下子傳來尖嚎，一下子傳來哀哭，眞是鬼哭神號，不知究竟藏了什麼恐怖的怪物。他手中一邊挖土，一邊偷偷轉頭去看老和尚竹屋後的那面石壁，遠遠只見到石壁上長滿了青苔爬藤，心想：「若那是間石屋，怪物可能便住在石屋裡面；若是石壁，怪物可能便住在山洞中。這可奇怪了，老和尚的屋子後面就住著一隻鬼怪，他怎麼一點兒也不害怕？難道他當眞法力高強，能夠鎭妖降魔麼？」

小石頭腦中胡思亂想，手上並沒有閒著，和韓峰一起動手掩埋了兔子。

魏居士站在兔子的墳墓旁，說道：「我們一起念誦『往生咒』，幫助兔子往生極樂世界。你們跟著我念。」說完便閉上眼睛，念出一串長長的咒文：

「南無阿彌多婆夜。哆他伽多夜。哆地夜他。阿彌利都婆毗。阿彌利哆。悉眈婆毗。阿彌唎哆。毗迦蘭帝。阿彌唎哆。毗迦蘭多。伽彌膩。伽伽那。枳多迦利。娑婆訶。」

韓峰和小石頭跟著他念，這咒文並不很長，念了十幾遍，他們便已記住，念完一百遍，幾乎已能倒背如流了。

念完之後，魏居士睜開一對小眼睛，沉聲說道：「好啦。你們記著這個咒文，以後若不小心傷害了蟲魚鳥獸的性命，就趕緊念這個咒文，幫助牠們往生極樂世界，減少自己的罪業。」

韓峰和小石頭都不明白什麼是「往生極樂世界」，爲何又「減少自己的罪業」，仍點頭稱是。

魏居士又道：「我得回鴿樓去了，你們也趕緊回寺裡去吧。明日早齋過後，你們便來鴿樓找我，我會告訴你們該做些什麼。」

韓峰和小石頭答應了，便向魏居士告別，走出了竹林。

一出竹林，小石頭便壓低聲音，對韓峰道：「你也聽見了吧？這回是哭聲，上回是尖嚎，那竹林裡絕對有鬼！」

韓峰點點頭，說道：「老和尚屋後的石壁很可疑，兩次聲音都是從那個方向傳出來的。我們該去探究一下。」

小石頭連連搖手，急忙道：「不去，不去，打死我也不去！你要去探究，就自己去吧，我可不想跟任何鬼怪打交道！」

兩人正說著，不料迎面便撞見了神力大師。但見他身披雪衣，頭戴斗笠，手中提著那盞紅色燈籠，正往山下走去，似乎要去巡山。

兩人趕緊閉上嘴，讓在一旁。

神力大師瞥見他們，停下腳步，冷冷地道：「我叫你們去砍的十捆柴呢？」

兩人這才想起，他們忙著獵兔、烤兔、埋兔，折騰了半日，壓根兒沒砍半點柴，連柴刀都留在了山上。

韓峰和小石頭互相望望，小石頭只能硬著頭皮道：「我們這就去砍！」

神力大師哼了一聲，說道：「今日沒幹完活兒，明日就沒得吃，別忘記了！」說完便大步下山而去。

韓峰和小石頭趕緊奔回山上，在樹下找到了柴刀，乖乖地開始砍柴。韓峰特意去烤兔子營火旁的樹洞看了看，見到自己的弓箭安然躺在樹洞中，才放下心。

小石頭將兔皮藏到樹洞深處，說道：「這塊兔皮是絕對不能帶回去的。這樹洞十分隱密，不如你將弓箭也藏在這兒，別帶回寺裡去，免得跟我的彈弓一樣下場，被他們沒收了去。」

韓峰聽了，不禁猶豫；他當然知道不應該將弓箭帶回寺中，但又不願意跟自己藉以護身的弓箭分開，想了一會兒，說道：「這兒離寺廟太遠了。這樣吧，我將弓箭帶下山去，在寺廟附近找個地方藏起來便是。」

小石頭知道他不願意捨棄心愛的弓箭，跟自己不願意捨棄心愛彈弓的心情一般一致，便道：「好吧！隨便你，只要別被人找到了就好。」

天色漸漸暗下，兩人在黑暗中無法砍柴，只好往高處的樹林走去，好藉著逐漸西下的夕陽餘暉，趕緊砍下樹枝。

兩人一路往山上走，一路砍柴，走出了總有好幾里路，幾乎來到了山頂，才合力砍足了十捆柴。

兩人用麻繩將柴綁起，抹去臉上汗水，一抬頭，發現身處一座山崖之上，崖上有株古老的松樹。放眼望去，只見遙遠的西山之上，一輪血紅色的夕陽正緩緩落下。

小石頭忍不住讚嘆道：「這山崖上的景色可真壯觀得緊！」回過頭，望向那株松樹，又道：「這棵老松樹兀立於此，不知有沒有上百年的歲數了？」

韓峰留意到樹根旁有塊方方矮矮的石墩，說道：「你瞧，樹下好像有座石碑。」

小石頭蹲下身，伸手抹去石碑上的積雪和松針，說道：「沒錯。你瞧，這崖可是有名字的哩。」

韓峰也低頭去看，但見石碑上以隸書寫著「離合崖」三個字。

這名稱頗爲悲淒，兩人默默望著那三個字，心中都想：「有合就有離，原是天地間不變之理。然而在這高絕的山崖之上，又逢天色漸晚，夕陽西下，『離合』二字就更顯蒼涼了。」

韓峰和小石頭並肩站在離合崖的老松樹下，凝望著那輪緩緩沉落的火紅夕陽，良久不語。直到太陽沉入遠方山後，天色陡然暗下，韓峰才道：「晚了，我們回去吧。」

兩人奮力揹起沉重的柴捆，尋路下山，往寶光寺行去。

這時天色越來越黑，四周傳來隱隱的狼嚎之聲，兩人想起老和尚說過山中有狼，入夜之後便會成群出來獵食，心中都甚感驚悚，不自禁加快了腳步。

這時天又下起大雪，眼前一片灰茫茫地，加上山路結冰，滑溜難走。小石頭一連摔了三個跤，只跌得腿上身上青一塊、紫一塊的。

韓峰雖想扶他，但自己背後揹著沉重的柴捆，山路又黑又窄，他也走不穩，實在幫不上小石頭的忙，只能不斷提醒：「留神！留神腳下！」

才說著，小石頭左腳陷入一團積雪之中，拔不出來，整個人又撲倒在地，只摔得他眼冒金星。

他怒罵一聲，奮力拔出左腳，滾倒在雪地中喘息。他聽得自己的肚子咕嚕咕嚕地叫了起來，想起那隻沒機會吃下肚的肥美兔子，心中又恨又惱，忍不住大聲罵道：「眞是見鬼啦！我們什麼地方不好去，卻來了這窮得要命，沒東西吃的破廟！沒東西吃也罷了，竟然還不准我們打獵覓食，眞正莫名其妙！現在我連彈弓都給他們收去了，沒了彈弓，我就離不開這兒啦。這可怎麼是好？」說著說著不禁聲音低咽起來，低下頭，伸手去揉眼睛。

韓峰見他如此喪氣，蹲下身，伸手拍拍他的肩膀，柔聲安撫道：「小石頭，既來之，則安之。如今天寒大雪，我們也只能盡量忍耐。等冬天過去了，我們再想辦法取回你的彈弓，一起逃下山去便是。」

小石頭聽了他的承諾，破涕爲笑，抹去臉上淚水，說道：「大哥，你這話說得好！我們寄人屋簷下，不得不低頭。忍一時之氣，免百日之憂。君子報仇，三年不晚。等著吧！只要等到春天來臨，韓峰和小石頭兩個肩揹弓箭，腰插彈弓，意氣昂揚，抬頭挺胸，大步走下這見鬼的終南山……啊喲！」卻是他試圖爬起身，還沒站直，便又滑了一跤，疼得他又破口大罵不止。

韓峰不禁莞爾，伸手拉起了他，說道：「我們走吧！」二人揹起柴捆，在黑暗中尋路，千辛萬苦才回到了寶光寺。

第十四章　夜學禪

兩人將柴捆堆在廚房外，手指腳趾都已經凍得僵了。小石頭趕緊跑到廚房的爐灶前，伸手就著微溫的餘火取暖。等雙手略微暖和後，他便急著脫下破舊濕透的布鞋，將雙手雙腳都伸到柴灰上去取暖，卻仍舊冷得要命。

韓峰未及取暖，先去堆柴的木屋旁找了個隱密的角落，將包著弓箭的包袱藏了起來，這才走入廚房。

小石頭見他的手指已凍成了紫色，一把將他的雙手抓過來，用自己稍稍暖和的手使勁揉搓著，低聲罵道：「那頭狗熊眞是沒有良心，這等天殺的大雪日子，還叫我們出去砍柴！這不是故意欺負我們是什麼？」

韓峰等雙手略略暖和了，手指逐漸能夠屈伸，才縮回手脫下鞋子，伸腳到爐灶旁取暖，一如平時的寡言。

這時通吃正好經過廚房，見二人縮在爐灶旁取暖，進來問道：「你們倆跑去哪兒啦？怎地這麼晚才回來？」

小石頭見到他進入廚房，心中升起希望，忙問：「通吃，你要來煮晚齋了麼？」

通吃搖頭道：「我不是說過了麼？我們寺院是不吃晚齋的，這叫做『過午不食』。晚上要吃東西，那叫做『藥石』。」

小石頭心中憤憤，罵道：「藥石，藥石個鬼！如果晚膳是病人才能吃的藥，那早膳、中膳還不都是藥？住在寺廟裡的人不如全都絕食算了！不然就乾脆承認自己是病人罷了，何必夜夜餓肚子，自己跟自己過不去呢？」

通吃苦著臉道：「別多說啦，我也餓得要命。快跟我來，晚課就要開始了。」

果然聽見佛堂那邊傳來雲板的聲響，韓峰和小石頭只得穿上鞋子，去通鋪取了黑色的海青袍子披上，忍著寒冷，跟隨通吃去佛堂做晚課。

晚課和早課差不多，神力大師大概去巡山還沒回來，這回由老和尚親自站在佛堂前面領念。他一手敲木魚，一手搖小鈴，其餘的小沙彌們身披寬大的海青，在他身後一排排站好，跟著老和尚一起唱念經文。

唱念完後，老和尚便領大家坐禪。他不似神力大師那樣，沒說兩三句，便敲鈴讓大家開始禪坐；想來他是顧念韓峰和小石頭初來山上，並未學過禪坐，於是詳細解說道：「大家聽我說。先在蒲團上盤膝坐好，雙手交疊，平放在腳掌上；背脊挺直，身子放鬆，雙眼微閉，不要完全閉上。坐好之後，將心神凝聚於呼吸之上，繫於一呼一吸之間，排除雜念，令心如止水一般，不動不波。你們要知道，妄念就如同一隻瘋猴子，我們要管住牠，不要讓牠像發了瘋一般，到處亂跑亂跳，抓不回來了。」這麼一說，小沙彌們都笑了。

老和尚道：「好了，現在開始禪坐。聽見鈴聲便起座；鈴聲再響，便可下座。」

小石頭早課時的那場禪坐完全在昏睡中度過，韓峰也沒好到哪裡去，雖然沒睡著，也只是渾渾噩噩地坐著。這時聽老和尚講解過後，才明白禪坐不只是要坐在那兒發呆，還得凝神於呼吸之上，管住妄念，覺得頗爲有趣，當下乖乖盤膝坐下，靜下心來數自己的呼吸。

小石頭數著數著，忽然想起自己心愛的彈弓，忍不住抬頭去望屋樑，見到彈弓果然被放在了屋樑之上。他滿心希望只要自己多望幾眼，那彈弓便會自行掉下來，回到他的手中；但是彈弓顯然聽不到他內心的祈求，仍舊穩穩地躺在屋樑上，動也沒動。

他心癢難熬，腦中不停盤算著該如何取回彈弓、逃下山去，老早將凝神呼吸、管住妄念等等拋到九霄雲外去了。他當時可不知道，「想取回彈弓」就是一隻不受管束的瘋猴子，在他禪坐時，盡興縱情地在屋樑之間飛縱跳躍了幾十回，早就抓不回來了。

韓峰原本還能專注於呼吸，但他白日挑水批柴、獵兔砍柴，幹了不少體力活兒，肚子又餓，這時只覺心力交瘁，坐了一會兒，便開始陷入昏沉。但是在完全睡著之前，他感覺自己似乎還保持著一念數呼吸、看念頭的心，只是模模糊糊地並不清楚，卻覺得全身舒坦，自上山以來便緊繃著的心情也鬆弛下來，感到一股難以形容的平靜寧和。

不多時，叮的一聲，老和尚敲了小鈴，讓大家結束禪坐。韓峰和小石頭清醒過來，揉揉麻木的雙腿，跟在老和尚身後，繞著佛堂行香三圈。

行香完畢後，老和尚開示道：「專注明覺，乃是禪修的基本功夫。平日行住坐臥，都不要忘記禪修時心地清楚明白、不受妄念牽扯的覺受。不論劈柴挑水、打掃烹煮，都是練習保持無念的好時機。知道了麼？」

小沙彌們都回答知道了，老和尚便宣布晚課結束，讓大家回去通舖歇息。

韓峰和小石頭跟著其他小沙彌們一起回到通鋪中。小石頭在山上亂跑了大半日，早已累得狠了，頭才一碰上炕，眼睛一閉，便呼呼大睡起來。

其他小沙彌們也沒多說閒話，通吃一聲令下，五十多個孩子各自脫衣除鞋，七手八腳地爬上炕，各自找好位子，鑽入被窩，發著抖睡著了。

韓峰不似小石頭那麼容易入睡，躺在炕上回想著這一日的經歷：天沒亮便被打板聲吵醒，去佛堂做早課；早齋後便被神力大師押去竹舍拜見老和尚，魏居士發現他們偷看過鴿信，幸虧小石頭急智，謊稱不識字，看不懂鴿信，瞞過了老和尚，答應收留二人；之後小石頭挑水取巧，惹惱了神力大師，兩人一起被罰舉著水桶面壁長跪；午齋後被派去廚房劈柴洗缽，又被神力大師差遣冒雪上山砍柴，因獵兔犯了殺戒，險些被老和尚趕下山去；再來又在暮色大雪中砍柴，在離合崖上看日落，直冷得手腳都快凍僵了才回來。

韓峰腦中思潮起伏：「我們才來這兒一日，便惹上這許多麻煩，遭受這許多懲罰。小石頭說得不錯，這地方真不是我們能待的。然而風雪交加，天寒地凍，我在山下又受到通緝，不留在這兒，還能去哪兒？」

他又想：「神力大師武功高強，凶惡暴躁，對我二人厭恨得緊；老和尚偏生又那麼慈愛和氣，寬容關懷。他今夜在晚課中解說那些禪修之法，也似乎頗有些深理。幸好有老和尚在，不然神力大師想必老早便將我們趕下山去了。」

他轉念再想到夥伴小石頭：「小石頭聰明機智，卻喜歡偷懶取巧，怕餓怕累。他有本事避開麻煩，卻也有本事惹上不少麻煩。」

韓峰想著小石頭的種種調皮胡鬧，嘴角不禁露出微笑，望了望他沉睡的臉龐，突然也睡意漸起，閉上眼睛，緩緩沉入夢鄉。

轉眼到了第二日破曉，這是韓峰和小石頭來到寶光寺後的第二個清晨，但他們卻感覺好似已在這裡住了一年半載那麼久了。

韓峰跟昨日一般，一聽見雲板聲響便清醒過來，下炕出門洗臉；小石頭也跟昨日一般，在炕上耍賴了半天都不肯起來，最後在通吃的軟逼威嚇之下，才不情不願地爬起身，半睡半醒地洗臉穿衣。

通吃費了好大功夫，才叫醒了小石頭，放眼一望，見到通鋪中還有一個小沙彌躺著未醒，便又爬上炕去搖他，口中叫道：「通燈！通燈！」卻如何也搖不醒他。

韓峰過去一看，但見那小沙彌通燈臉色發青，全身僵硬，竟已在夜間凍死了。

韓峰心中一驚，吸了一口氣，定下神來，伸手按上通吃的肩頭，低聲道：「通吃，別搖了，他已經死了。」

通吃嚇了一跳，趕緊收回手來，一張圓臉蒼白如紙，呆望著通燈的臉，喃喃說道：「怎麼會？昨兒晚上還好好的……」

小石頭站在炕邊，聽到了韓峰的話，也嚇得張大了口，爬過去探探通燈的鼻息，只覺觸手冰涼，果然已經死了。

通吃匆匆退下炕來，定了定神，說道：「我……我去稟告老和尚。大石頭，小石頭，你們……你們先帶其他人去做早課，好麼？」

韓峰道：「好的，你快去吧。」當下拉了小石頭出屋，催促其他小沙彌洗臉漱口，披上海青，到佛堂去做早課，全未提起通燈在夜間猝死之事。

眾人正往佛堂走去時，但見神力大師高大的身形走入通鋪，望了望炕上凍死的通燈，臉上沒有什麼表情，只取過一張草蓆，將通燈的屍身包了起來，放在角落裡，對通吃道：「等會兒早齋過後，你和石峰一起將他抬到後山去埋了。」

通吃低聲答應了。

神力大師走出通鋪，回頭見通吃還呆呆地站在那兒，喝道：「發什麼呆？還不快去準備早齋？」

通吃嚇了一跳，趕緊奔出去了。

神力大師領著眾沙彌做完早課，大夥兒和昨日一般吃了早齋，然而通吃、韓峰和小石頭三人想起死在炕上的小沙彌通燈，心中都又驚又怕，食不下嚥。

早齋之後，神力大師叫住韓峰，丟給他兩把鐵插，說道：「你力氣大，去將炕上的那卷草蓆扛到後山，挖個坑掩埋了。通吃，你領他去。」

韓峰一呆，心想：「人死了，確實該埋葬起來，入土為安。」便回入通鋪，鼓起勇氣，扛起那卷草蓆，跟著通吃往後山走去。小石頭心中惴惴，提著兩把鐵插，跟在韓峰身後。

通吃領著他們來到一片背風的荒地，說道：「就是這兒了。」

當下三人一起輪流動手，用鐵插在地上挖了個坑，將包著通燈瘦瘦小小身子的草蓆放了進去。

韓峰和小石頭心中都想：「我們上山來才不過一日，誰是誰都還沒搞清楚，跟這小沙彌通燈連話都沒說過一句，第一件事情竟然便是埋葬他！」

就在這時，老和尚瘦削的身形出現在山路上。他來到坑旁，低頭凝望包著通燈的草蓆，神色肅穆悲傷，不發一言，通吃、韓峰和小石頭卻都能感受到他心中沉重的哀痛。

老和尚雙掌合十，閉目念了一段經文，才道：「通吃，石峰，小石頭，請你們將通燈掩埋起來吧。」

三人一起再用鐵插輪流鏟起泥土，蓋在通燈身上。

埋好之後，老和尚在土墳旁跪倒，開始念誦往生咒。

韓峰和小石頭昨日才跟魏居士學會念往生咒，這時現學現用，當下跟通吃一起跪倒，跟著老和尚一起念了一百遍往生咒。

老和尚念完了，站起身，說道：「你們先回去吧。我在這兒待一會兒。」

三人應了，一起離開那片荒地。小石頭回頭望去，但見老和尚緩緩繞著通燈的墳地行走，彎腰搬起一塊塊石頭，放在墳上。

通吃忍不住掉下眼淚，說道：「誰想到……誰想到通燈就這麼死了。唉！每回有師兄弟往生，老和尚都難受得緊。去年冬天，我們也掩埋了三個師弟。今年冬天才到，便走了一個。天氣再冷下去，只怕……只怕……」

韓峰和小石頭心中都甚感沉重，互相望了一眼，沒有言語。兩人心中都想：「我們前日若未曾上山，或是昨日若決定溜走，此時很可能也跟那通燈一樣，凍死在山上了。」

三人默默走回寺廟，一路上都沒有再出聲。

第十五章 操苦役

回到寺院後，通吃逕自去了廚房，韓峰和小石頭想起老和尚昨日吩咐他們去魏居士的鴿樓幫忙，不等神力大師來找他們的麻煩，便去廚下取了水桶、掃帚等物，往寺後的鴿樓走去。

韓峰和小石頭出了寺院後門，行出百來步，便來到了他們昨日去山上挑水時曾經路過的鴿樓。

只見鴿樓的木門敞開，二人探頭往內一望，只見裡面便是一條長長的走道，兩邊放了一排排的鴿籠，每個籠中都有三五隻鴿子，數數總有五六十隻。鴿糞的臭味撲鼻而來，小石頭皺起眉頭，說道：「鴿子的模樣挺好看，肉也挺好吃，就是鴿糞實在太臭了些。」

韓峰頗有同感，點了點頭。

這時忽聽頭上叮鈴鈴一陣響，兩人抬頭一望，卻見一隻鴿子從樓上的活門飛了進來。活門上裝有鈴鐺，鴿子撞門而入，鈴鐺便響個不停。活門之內設有幾道鐵網，鴿子飛進來後，便被關在鐵網之中，無法飛出了。

便在此時，一個胖胖的身形出現在鴿樓的另一端，快步跑了過來，正是魏居士。韓峰和小石頭一齊向他行禮，叫道：「魏居士。」

魏居士只向他們擺了擺手，便匆匆爬上一道極長的木梯，胖胖的身子竟然頗爲靈活。他爬到樓上，打開鐵網上的一扇門，捉住那隻剛飛進來的鴿子，爬下梯子，小心翼翼地從鴿腳上取下一枝小小的竹管，又仔細查看鴿子腿上的鐵環，才將鴿子放入左首的一個籠子裡。

魏居士關好籠子，嘆了口氣，自言自語道：「這隻鴿子是代替花兒的。但牠哪裡及得上花兒聰明！唉，我的花兒啊……」說著小小的眼睛裡又盈滿了淚水，低下頭擦拭眼淚。

韓峰和小石頭見他又在爲被他們吃掉的鴿子花兒傷心，都不知該說什麼，小石頭只好轉開話題，說道：「魏居士，昨日老和尚命我們來替您打掃鴿樓，請問我們該做什麼？」

魏居士點點頭，說道：「我正忙得焦頭爛額，有兩位小兄弟來幫忙，眞是再好不過，我先多謝你們了。我這鴿樓裡只有兩件活兒，第一是餵鴿子：請你們將麻袋中的小米粉添在鴿籠的食槽中，添八分滿，再用那石磨磨一袋新的小米粉，裡面混一把沙子，好幫助鴿子消化；第二是將籠子底下的鴿糞木盤抽出來，換上乾淨的盤子，髒盤子拿去外面清洗，鴿糞別扔了，都倒在木桶中留著，到了明年春天，可以給菜田做肥料。」

兩人答應了，小石頭個小力弱，便負責餵鴿子和磨小米；韓峰則挑起更換清洗鴿糞盤子的粗重活兒。

他們因吃了魏居士心愛的鴿子花兒，心中很覺對不起魏居士；加上昨日獵兔殺生之事，都不敢再次惹神力大師及老和尚生氣，十分賣力地忙了一個早上。

兩人前一日從早到晚，時時刻刻受到神力大師的緊盯監管、呼喝指使，有如芒刺在背，這時在鴿樓中沒有人來管他們，都感到說不出的輕鬆自在，幹起活兒也份外起勁。

這期間又有三四隻鴿子飛進鴿樓來，每回頭上的鈴鐺一響，魏居士便匆匆奔入鴿樓，爬上木梯去抓鴿子，萬分小心地取下信管，將鴿子放入籠中，才走回鴿樓旁的木屋中，緊緊關上房門。過不多時，又見魏居士走進鴿樓，從籠子中捉出一隻鴿子，謹慎地將一枝管子綁在鴿子的腳上；接著又捉出兩隻鴿子，分別在鴿腳上綁上管子，之後打開窗戶，讓鴿子陸續飛出。三隻鴿子在鴿樓上盤旋數圈，便振翅高飛，各自繞過山峰，轉眼不見影蹤。

魏居士望著鴿子飛遠，臉上露出滿意之色，便又走回自己的木屋去了。

小石頭眼見魏居士捉鴿取信、綁信放鴿，忙得不亦樂乎，按捺不住好奇心，悄悄對韓峰道：「他究竟在忙些什麼？怎地一日便有這麼多鴿信收送？莫非每封都是以暗語寫成的？走，我們瞧瞧去！」

韓峰無意偷看，但在小石頭的死拉活扯下，只好跟著他一起來到鴿樓旁的書房之外。只見那書房是間小小的木屋，構造簡陋，鴿糞的味道充斥屋中。

小石頭躡手躡腳地來到窗邊，見到紙窗上有好幾個破洞，便踮起腳，從破洞往內張望。但見屋中一片混亂，各處堆滿了鴿食、鴿籠、竹管、書本、紙筆、硯墨等雜物，屋角擺了張書案，魏居士盤膝坐在一個破舊的蒲團上，正趴在書案上抄寫著什麼。

小石頭移動身子，從另一個窗戶的破洞中偷眼望去，剛好能望見魏居士的書案。他見魏居士一邊望著一封正常大小的信，一邊將信上的字句抄在一張極薄極小的紙上。那紙跟他們之前從鴿腳上竹管中挑出的信紙一模一樣，展開不過巴掌大小。魏居士手中持著一枝細筆，寫的字小如麥粒。

小石頭恍然大悟，向韓峰打個「走遠些」的手勢。兩人走開十多步，遠離魏居士的書房，小石頭才將剛才所見低聲向韓峰說了，又道：「那密信上細小的字跡，原來是有人特意抄寫的！」

韓峰點頭道：「要將字寫得這麼小，可是挺不容易的功夫。」

小石頭道：「可不是？魏居士的手指短短胖胖，想不到寫起小字來竟如此靈巧。」忽然一拍手，說道：「魏居士既然懂得抄鴿信，他想必知道暗語的祕密！」

韓峰頓時想起了密信中那神祕的二十四個字——

「余女多人，冬幸木草，土穴啟示，咼辛告也，壯子刂糸，半果林阜」。

他皺起眉頭，說道：「我倒並不急著知道那密信的內容，卻想知道這寶光寺究竟是做什麼的？魏居士整日躲在鴿樓抄寫這些暗語書信，又是爲了什麼？」

小石頭聽他這麼一說，也認爲十分古怪，說道：「可不是？他們不但抄送密信，據通吃所說，還不時派成年的師兄們下山去，幹些不可告人的祕密事兒。這地方當眞處處透著古怪！更別提那藏在竹林中的鬼怪了，嘿！」

韓峰陷入沉思，沒有答話。

小石頭道：「我再去偷看一會兒，說不定能看出一些線索來。」悄悄走回木屋，湊眼往窗洞中望去。

小石頭正偷看得起勁，忽聽身後一人叫道：「喂！小石頭！」

小石頭吃了一驚，生怕又被剋星神力大師逮到，趕緊站直身子，回過頭來，見一個小沙彌氣喘吁吁地跑來，一顆頭又圓又大，正是通吃。

小石頭噓了一口氣，拍拍胸口，說道：「通吃！原來是你。什麼事情，這麼急急忙忙的？」

通吃並沒留意到他在偷看，喘了幾口氣，才說得出話，說道：「老和尚……老和尚就要下山去了，他讓神力大師叫我……叫我來找你們兩個，過去……過去竹林說話。」

小石頭和韓峰對望一眼，韓峰問道：「老和尙爲何要下山？」

通吃緩過氣來，說道：「他老人家下山去，自然是替我們找吃的去啦。我聽說幾位師兄師姊下山運糧時遇到了困難，老和尙決定親自去看看。」

小石頭問道：「那他什麼時候會回來？」

通吃搖搖大頭道：「當然是越快越好啦。但是誰曉得？老和尙下山去，有時要十天半個月，有時要兩三個月才回來。」又道：「我廚房還有事兒忙，先回去了，你們快去竹林吧。神力大師說，老和尙就在竹舍裡。」

韓峰和小石頭應了，心中都甚感不安，小石頭道：「老和尙下山，對咱們倆絕不是好事。不知道老和尙有什麼話要對我們說？走，我們快去竹林見他。」

韓峰道：「我們應當先跟魏居士說一聲，才可離去。」

小石頭明白他的意思，魏居士性情和善可親，他們對他毫不畏懼，但卻怕神力大師嫌他們幹活兒不認眞，挑他們的毛病，又藉機處罰。當下兩人一起來到魏居士的書房外，小石頭上前敲了敲門，說道：「魏居士，我們將您交代的活兒都做完了，您要不要來查看一下？」

魏居士在房中答道：「做完就好了，不必查看了。」

小石頭不想被神力大師捉住把柄，又問道：「那我們可以走了麼？」

魏居士忙著抄鴿信，心不在焉地道：「可以，可以。謝謝你們了，快去吧。」

小石頭和韓峰便快步往竹林行去。小石頭曾二度在竹林中聽見詭異的吼叫聲，來到竹林邊上時，便停下了腳步，不敢進去。

韓峰道：「別怕，老和尚叫我們，不會有事的。」當先走入，小石頭也只得跟上。

兩人來到竹門外，小石頭上前輕輕敲門，說道：「老和尚，您叫我們？」

竹門打開了，站在竹屋內的並不是老和尚，卻是神力大師。

他惡狠狠地瞪著兩人，臉上露出猙獰之色，好似見到肥美的獵物自己送上門來一般。

韓峰和小石頭心中一凜，但聽神力大師沉聲道：「老和尚已經下山去了。誰讓你們來這裡的？」

韓峰和小石頭對望一眼，都明白上了個惡當，心中又是驚怒，又是害怕。小石頭道：「是通吃叫我們來的。他說……他說老和尚要下山去，讓你叫我們來竹舍說話。」

神力大師厲聲道：「胡說八道！老和尚人不在山上，怎麼可能叫你們來說話？你們剛來山上，我便告訴過你們，老和尚平日在竹林中禪坐清修，你們絕對不可去打擾。沒有得到老和尚的允許，你們一步也不准踏入竹林。這話你們當時都聽明白了，如今老和尚一走，你們便膽大包天，明知故犯！」

韓峰和小石頭雙雙頭皮發麻，知道這是神力大師存心陷害他們，才故意讓通吃來傳話，騙他們到竹林找老和尚。兩人驚怒交集，滿腹冤枉，但心知老和尚下山去了，神力若打定主意要陷害處罰他們，再怎麼爭辯也是無用，便都閉嘴不語。

神力大師滿面得意之色，雙手負在背後，繞著他們走了一圈，慢吞吞地道：「這是你們第二次犯戒了。你們說吧，是要立即下山去，還是乖乖受罰？」

韓峰和小石頭對望一眼，想起前日傍晚兩人關於去留的對話，又想起今晨凍死在炕上的通燈，心中都想：「我們既已決定留下，如今也只能忍了！」

小石頭吸了一口氣，抬頭望著神力大師，說道：「好吧，那我們就領罰吧。」

大概因為他這話說得太過理所當然，太過輕而易舉，神力大師聽了之後，挑起眉毛，撇撇嘴角，顯然更下定決心要好好整治這兩隻不知天高地厚的小老鼠。

他站定了腳步，冷冷地道：「既然如此，我便讓你們去挑糞！通鋪後面的茅廁，已有幾個月未曾清理了。你們去將糞挖出來，挑到菜田旁的糞池去，限今日內完成！」

便在這時，門口一響，神力大師回頭望去，正見到通吃在竹舍門外探頭探腦，便喝道：「通吃！你來得正好，你帶他們去，指給他們看糞池在哪兒！」

通吃張大了口，似乎想說什麼，但是懾於神力大師的威嚴，嚇得不敢說出口。

神力大師又喝道：「還不快去？」

三人趕緊奔出了竹舍，直到出了竹林才停下腳步。

通吃滿面通紅，低下頭道：「大石頭，小石頭，真對不住！我不知道……我不知道……」

小石頭知道他無意中做了神力的幫手，陷害了自己二人，當下搖搖頭，說道：「不怪你，是神力存心找我們麻煩，不是你的錯。」

通吃不斷唉聲嘆氣，眉頭深鎖，說道：「平日挑糞都是三師兄他們做的，總要三四個人挑上一整日。你們就兩個人，一日哪能挑得完？」

小石頭心一沉，望望韓峰。韓峰心中怒火燃燒，但他向來話不多，而且越憤怒便越沉默，這時咬緊牙根，心想：「神力故意折磨我們，要我們屈服求饒，示弱出醜。我偏偏便挑完給他看！」也不去估量分派下來的活兒是否眞能做完，一言不發，舉步便往茅房走去。

通吃跟著二人去了茅房，指給他們看挑糞的桶子，又帶他們去寺東一小畦菜田，指出田旁的糞池。

韓峰和小石頭回到茅廁邊上，拿起桶子，小石頭皺著鼻子，強顏歡笑，說道：「原來鴿糞還不是最臭的！」

兩人別無選擇，只能咬緊牙關，開始動手挖糞挑糞。此時天冷，糞池冰凍了大半，甚是難挖，還得用鐵插敲碎了，才能裝入桶中。

小石頭正挑著沉重的糞桶，無意中轉頭一瞥，正見到神力大師高大的身影走入竹林，手中提著一個食籃，不禁一怔，心想：「老和尚不是下山去了麼？狗熊卻去給誰送食物？」隨即想起數度在竹林中聽到尖嚎哀哭，背脊一涼，暗想：「我知道了，他定是送食物去給竹林中的那個鬼怪！啊喲，我以後還是離竹林遠一點才好！」

他想跑去跟韓峰說這件事，然而韓峰埋頭挑糞，健步如飛，小石頭更追不上，叫了幾聲，韓峰也全不回應。他只道韓峰沉浸在憤怒的情緒之中，有如爐火燜燒一般，完全不理會外境；卻不知韓峰剛剛開始挑糞時確實憤怒非常，但他忽然想起老和尙昨夜帶禪後說的那番話：「平日行住坐臥，都不要忘記禪修時心地清楚明白、不受妄念牽扯的覺受，不論劈柴挑水、打掃烹煮，都是練習保持無念的好時機。」

韓峰心中一動，忽然覺悟自己心中的憤怒也是一種妄念，只要靜心觀照著這股怒火，就可以不受憤怒的牽扯，保持心境的清楚明白，平靜無波。他從未有過這般的覺受，大感新奇，只專注於挑糞行走之上，心無妄念，對外境視而不見，聽而不聞，因此小石頭幾番對他說話，他都毫無知覺。

兩人這一挑，直挑到天黑，才將一坑的糞全挑去了糞池，卻渾身臭味難聞已極，跑到寺旁的小溪中拚命用冰冷的溪水清洗，卻仍洗不去一身的惡臭。

小石頭罵道：「我小石頭什麼爛事壞事沒幹過，挑糞卻還是生平第一遭！這身臭氣，只怕一輩子也洗不掉啦。可惡的狗熊，我總有一日要叫你好看！」

韓峰也是生平第一回挑糞，但他知道不管任何住處都必得有茅廁，而茅廁過不多久便需要清理一次，不然便無法再用。他想起往年生活富貴優渥，在家中方便都是使用放在房中的「虎子」，用完自有下人拿去傾倒清洗。然而在這荒僻的山上，人人每日都得使用糞坑，而寶光寺中又全是小孩子，若不由他這樣體格健壯些的大孩子挑糞，又能由誰來做？而且這差事還幫助他看清、澆熄心中的怒火，令他心境沉定，因此儘管身體極端疲倦，又弄得一身臭味，卻保持沉默，未口出怨言。

注：在唐朝以前，我們所熟知的「馬桶」並不叫「馬桶」，而叫「虎子」。傳說漢初飛將軍李廣射死了猛虎，命人用銅器製成猛虎形狀的便器使用，以表示對猛虎的輕蔑。唐朝初年，由於唐高祖李淵的祖父名李虎，爲避先祖之諱，才把「虎子」改爲「馬子」，又稱爲「木馬子」。到了宋朝，「馬子」才又改稱爲「馬桶」。引用自許暉所著《這個詞，原來是這個意思！》

第十六章 傷寒病

當晚寺中照例沒有晚齋，韓峰和小石頭做完晚課之後，爬上通鋪的大炕，倒頭便睡。小石頭原本想告訴韓峰自己見到神力大師提著食籃進入竹林之事，但他身心俱疲，早將這件事給忘了。正迷迷糊糊要睡著時，隱約聽見炕上一群小沙彌，正交頭接耳地談論著什麼，語氣聽來似乎十分緊急。

他揉揉眼，爬起身，但見一群十多個小沙彌聚集在大炕的另一頭，個個神情嚴肅，低頭凝望著一個縮在炕上的小沙彌。

小石頭心中好奇，便也爬上前，湊近觀看。只見當中那小沙彌身子抖個不停，當夜氣候極冷，人人都凍得發抖，但小石頭一看到那小沙彌的臉色，便知道他不僅只是冷，而是得了傷寒之類的病。

通吃也爬到炕上，伸手去摸那小沙彌的額頭，一摸之下，趕緊縮回手，皺起眉頭，說道：「好燙！」

韓峰這時也已爬起身，過來探視。他和通吃對望一眼，不約而同想起了昨夜凍死的小沙彌通燈，心中都升起一股不祥之感。

通吃吞了口口水，揮揮手，說道：「讓通定睡吧，我們別吵他。」拉過一條被子替他蓋上，將其他小沙彌都趕到一旁去睡下。

小沙彌們卻不肯離開，高高瘦瘦的沙彌通平顫聲道：「通定也病了？昨晚通燈也是這樣……到早上就往生啦。」

有的小沙彌還不知道通燈已然死去，聽了通平的話，頓時議論紛紛，個個神色驚恐。模樣傻楞楞的小沙彌通安搓著髒兮兮的小手，聲音細微，說道：「去年冬天，也有三個師兄弟凍死病死。今年這麼早就開始下雪，不知道……今年冬天會有多少人死掉？」

通吃在通安的腦袋上拍了一下，罵道：「胡說八道！不准再亂說了。還不快睡？」

小石頭在旁邊聽見了，忍不住插口道：「這鬼寺廟裡動不動就死人，咱們還住在這兒幹什麼？不如早日逃下山去吧！」

小沙彌們聽了這話，全都靜了下來，你看看我，我看看你，都不言語。

過了一會兒，通吃才嘆了口氣，說道：「我們全都是從別處逃來這兒的，說老實話，若沒來到這兒，我們老早都已死了一千次啦。這兒有吃有住，又並非一定會死，我們還能逃去哪兒？」

其餘小沙彌聽了，都點頭稱是。

小石頭無言可答，說道：「既然如此，難道這山上沒醫沒藥，生了病就一定得死？」

眾沙彌又互相望望，一個白白淨淨，瘦瘦弱弱的沙彌細聲細氣地道：「老和尚是懂得醫藥的。通燈師兄他……他不是凍死的。他身上原本就有病，老和尚也治不好。他說天一冷，通燈就會犯病，一病就很難好起來……」

就在這時，一個高大的黑影提著燈籠，出現在通鋪門口，正是神力大師。他大聲喝道：「你們在幹什麼？爲何還不睡下？」

眾小沙彌嚇得趕緊做鳥獸散，各自爬回自己的鋪位躺下，只有韓峰和小石頭沒動。

神力大師見到了，怒喝道：「石峰，石峘，你們兩個挑了一日的糞還不夠，還想繼續挑，是不是？」

小石頭想起挑糞的辛苦惡臭，不自禁縮了縮身子，韓峰卻不畏縮，指著炕上的沙彌道：「神力大師，通定病了！」

神力大師皺起眉頭，走上前，伸手摸摸通定的額頭，站直身子，說道：「沒錯，看來是傷寒症。」想了想，下令道：「通吃，你和石峰兩個，把通定搬到佛堂去睡。」

這話一說，大夥兒都是一呆。

通吃遲疑道：「佛堂那麼冷，他怎麼抵受得住？」

神力大師瞪了他一眼，說道：「他已經沒救啦！傷寒是會傳染的。你們想全都感染傷寒而死麼？快去！」

韓峰老早見識過神力大師對自己和小石頭的冷酷，卻沒想到他對待寺中其他沙彌竟也如此無情，不禁怒氣勃發，忍不住大聲道：「你還是人麼？怎能如此冷血！眼看通定病了，不想法醫治，卻要讓他獨自去凍死！」

神力大師聽他直言指責，神色陡然沉了下來，冷冰冰地道：「石峰，這寺中究竟是你管事，還是我管事？」

韓峰聽他這麼問，只能硬著頭皮回道：「是老和尚管事！」

神力大師嘿了一聲，說道：「不錯！你很聰明，是老和尚管事。但是老和尚下山前，命我全權處理山上諸事。我說這傷寒病是無法醫治的。你若不肯把他搬去佛堂，便立即給我滾下山去！聽明白了沒有？」

韓峰心中怒極，握緊了拳頭，沒有答話，眼中火焰大熾，整個人好似就將爆發的火山一般。

小石頭眼見情勢急轉直下，韓峰和神力大師兩個似乎命裡犯沖，每回說不上幾句話便火花四射，知道自己必得出頭化解，免得韓峰當場就被趕出寶光寺去。他想自告奮勇將小沙彌通定抱去佛堂，但側眼望了望縮在炕上的通定，心中不忍，暗想：「就算我不認識這個小沙彌，又怎能讓他在佛堂裡孤獨地等死？那也未免太淒慘了些。」

腦子一轉，已有了主意，伸手拉拉韓峰的衣袖，對他使個眼色，說道：「大哥，你就快把通定抱去佛堂吧。說不定佛祖保佑，他明兒就痊癒了呢。」

韓峰聽小石頭的語氣，猜知他心中一定另有主意，當下勉強壓抑一腔怒火，忍住了沒有還口，俯身用一張棉被包住通定，將他抱起。

神力大師喝道：「快搬！搬完了就趕緊回來睡覺！」便自提著燈籠，走了出去。

神力大師走後，眾小沙彌又都交頭接耳起來。

小石頭聽得心煩，低喝道：「大家別吵！通通蓋上被子睡覺，不准說話了！」年紀小的沙彌原本都已睡在自己的舖位上，聽他這麼一喝，便都不敢動了，但各自將頭轉向小石頭，豎起耳朵傾聽。

小石頭將通吃和韓峰拉到角落，低聲道：「大哥，通吃，你們說該怎麼辦才好？」

韓峰立即道：「當然要想法救他！」

通吃雖害怕神力大師，仍道：「是啊，阿彌陀佛，可千萬別讓通定就這麼死了！」

韓峰望著小石頭，問道：「你有什麼辦法，快快說出來吧！」

小石頭沉吟道：「傷寒這病，如果有藥，一定是可以救的。我們這兒有沒有誰懂得藥草？」

通吃眼睛一亮，立即爬過去，搖醒那個白淨瘦弱的沙彌，說道：「通靜，你去年得過一次傷寒，是老和尚給你藥吃好的。你還記得那是什麼藥麼？」

通靜坐起身，臉上一紅，囁嚅了一會兒，才小聲說道：「我記得。老和尚說過，治療傷寒，要用大青龍湯。」

通吃連忙追問道：「大青龍湯，那是什麼？怎麼煮？」

韓峰和小石頭見這白淨的小沙彌不過七八歲年紀，心中都想：「這孩子年紀這麼小，一年前生病吃藥，如何會記得自己吃的是什麼藥方？」

不料通靜竟然對答如流，細聲說道：「麻黃六兩，桂枝二兩，甘草炙二兩，杏仁四十粒，生薑三兩，大棗二十枚，石膏如鴿蛋大小，攪碎了。這七味藥用九升水煮在一起，煮到剩下三升，便可以喝了。」

韓峰和小石頭聽了都不禁肅然起敬，這小沙彌竟然將整副藥方都記在腦子裡，隨口就說了出來。

小石頭懷疑道：「你沒記錯吧？」

通靜紅著臉，搖了搖頭，低聲道：「我不會記錯的。」頓了頓，又道：「這藥方是老和尚親口告訴我的，我覺得很重要，當時就牢牢記住了。」

韓峰和小石頭聽他口氣信心十足，都不再懷疑。

韓峰皺眉道：「藥方是有了，但在這深山之中，卻上哪兒去找這些藥材？」

通吃也道：「煮藥我是會的，但是藥材從哪兒來？」

小石頭露出微笑，說道：「你們難道沒去過老和尚的竹舍？」

韓峰和通吃都道：「當然去過。」

小石頭道：「既然去過，怎會沒看見竹舍左首的藥櫃？」

通吃一臉茫然，他不識得字，從來不知道那些抽斗是做什麼用的。

韓峰卻立即領悟，說道：「正是！藥材就在老和尚的竹舍中！」

兩人對望一眼，心中都想：「我們今早才因闖入老和尚的竹林，險些被神力大師趕下山去，還被罰挑了一整日的糞。如今我們打算在半夜再次闖入竹林，若被他發現，定會立即被他踢出寺門！」

小石頭心中不禁猶豫，暗想：「我們若偷著了藥，救活了這小沙彌，自己卻被趕出寺門，轉眼凍死在荒山裡，這可值得麼？」

他望向韓峰，見韓峰皺起眉頭，顯然也在思考著同一件事，最後韓峰眼神漸漸轉爲堅定，說道：「兄弟，你不必冒險，我去便是。」

小石頭心頭一熱，在韓峰的肩頭重重打了一拳，佯怒道：「這是什麼話？你當我是膽小鬼麼？要幹，當然一起幹。」心想：「就算被趕出寺，凍死在山裡，也是跟我大哥一起，有什麼好怕的！」

兩人相視而笑，通吃在旁望著，心想：「石家兄弟才上山不久，更不認識通定，便要冒險去老和尚的竹舍偷藥，試圖救他性命。我在沙彌中年紀最大，又識得通定那麼久了，怎能不盡力相救？」當下也鼓起勇氣，說道：「那我去廚房燒灶煮水，等你們回來，便可立即煮藥。」又想起一事，指指通定，問道：「但是通定該怎麼辦？將他留在這兒，還是送去佛堂？」

小石頭想了想，立即有了主意，說道：「留在這兒不成，神力若是回來查看，發現通定仍在這兒，我們兩個卻不在，咱們的偷藥計畫立即就會被他識破。佛堂雖冷，但我有辦法。」回過身，從炕角抓過他的破爛包袱，隨手打開，取出一件純白色的狐皮裘。

一旁的小沙彌見到了，眼睛都是一亮，紛紛伸手去摸，感到觸手滑軟，都甚是驚奇，問道：「這是什麼？」「什麼東西，這麼軟，這麼好看！」

小石頭洋洋得意，說道：「這便是聞名天下的『白狐裘』。你們聽過『雞鳴狗盜』的故事麼？那個『狗盜』爲了解救主人孟嘗君的性命，鑽狗洞進入秦國王宮，從寶庫中偷出了一件白色狐裘，就是跟這寶貝一模一樣的白狐裘。」

眾小沙彌聽他說什麼雞鳴狗盜、孟嘗君，都是一頭霧水，不知所云。

小石頭知道他們不懂，揮揮手道：「我這會兒沒空，等我有空了，再跟你們好好說一說這個故事。總之這白狐裘溫暖非常，給通定穿上，定能替他保暖一夜。」

當下便將白狐裘裹在通定身上，再在外面裹上一層破棉被，說道：「大哥，你可以將他抱去佛堂了。佛堂四面通風，寒冷得緊，千萬別讓他睡在風口上。是了，就放在那寫了五戒的牆腳下吧，那兒風頭最小。快去快回，咱們接著就得去取藥啦。」

韓峰點頭稱是，便抱起通定，快步出了通鋪，經過廚房、食堂，來到佛堂，將通定放在寫了五戒的牆腳之下。他伸手摸摸通定的額頭，感覺觸手火熱，但身子包裹在白狐裘中，卻已不再強烈發抖了。

韓峰略略放心，低聲對通定說道：「你在這兒安心睡著，我們一會兒就給你拿藥來。」回頭望向佛堂中的釋迦摩尼佛像，說道：「請別讓他死了！」快步回到通鋪。

第十七章 夜盜藥

這時小石頭已穿好外衣鞋子，蹲在門口等候，口中念念有詞：「……杏仁四十粒，生薑三兩，大棗二十枚，石膏如鴿蛋大小。有沒有錯？」

白淨沙彌通靜趴在炕上傾聽，不斷點頭，讚嘆道：「一點兒也沒錯，你記性真好！」

小石頭露出得意的神情，望向韓峰，拍拍自己的腦袋，說道：「那大青龍湯的藥材，我全都記清楚啦。咱們走吧！」

通吃低聲道：「你們小心！我這就去廚房生火，在那兒等著你們哪。」

小石頭將通鋪的門打開一條縫，偷偷往外看去，但見外面一片漆黑，風雪交加，並未見到神力大師的身影。韓峰推開門，兩人先後出了通鋪，又趕緊關上房門。

此時大雪紛飛，勁風凜冽，成片的雪花直撲到他們臉上，一片片都有如尖石冰礫一般，只打得他們滿面生疼。

小石頭罵道：「可惡的雪，什麼時候不下，專等我們要辦事時下！」

韓峰低聲道：「快走吧！」

兩人悄悄穿過後院，經過柴房時，小石頭心中一動，順手從柴放外抓起一柄掃帚。韓峰打開通往寺外的柴門，兩人先後鑽出，又將柴門掩上。老和尚居住的竹林，便在寺後一百多步外的竹林中。兩人彎著腰，冒著風雪往竹林走去。小石頭一邊走，一邊回身用掃帚掃去身後的足印。

韓峰回頭看見了，問道：「這是做什麼？」

小石頭道：「小心一點兒總是比較好。大哥，你先走，我在後面慢慢掃便是。」

一百多步的路並不遠，但一來四下黑暗，二來狂風大雪，三來需得小心掃去腳印，兩人足足花了一盞茶時分，才來到竹林邊緣。

小石頭將掃帚靠在一叢竹子之上，向著冰凍的雙手呵一口暖氣，說道：「大哥，我們這就動手了？」

韓峰點點頭。小石頭忽然想起早些見到神力大師提著食籃進入竹林，連忙將這件事情說了，又道：「大哥，竹林中確實住著鬼怪，不然老和尚和神力大師爲何每日都得給牠送吃食去？」

韓峰道：「如果確實是送吃食，那麼裡面住的應該是個人，不是鬼怪吧？」

小石頭越想越怕，身子一顫，伸手抓起那掃帚，說道：「不管竹舍後住的是人是鬼，可不會在半夜出來作怪吧？」

韓峰見他害怕的模樣，不禁莞爾，說道：「你打算用掃帚打退鬼怪麼？先別去想那麼多了。我們取了藥，趕緊離開便是。」

小石頭自然知道無法憑一柄掃帚打退鬼怪，只得放下手中的掃帚，戰戰兢兢地跟在韓峰身後。

兩人正舉步跨入竹林，忽聽身後傳來啪的一聲響。兩人一驚，趕緊回頭望去，遠遠見寺後的柴門打開了，一盞紅色燈籠出現在風雪之中。

韓峰和小石頭頓時僵住，這紅色燈籠他們看得十分眼熟，立即知道是神力大師出來巡察了。但見神力大師將燈籠高高舉起，四下環望。

韓峰心想：「幸虧小石頭謹慎，掃去了我們的足跡！」

小石頭則暗暗祈禱：「狗熊千萬別跟過來！」

那燈籠停頓了一會，便慢慢往竹林這邊移來。

韓峰和小石頭心中一跳：「畢竟被他發現了！」

兩人嚇得就想拔腿逃走，還是韓峰鎮定一些，緊急關頭伸手拉住了小石頭，低聲道：「快伏下！」兩人一矮身，躲到一叢竹子下的大石頭之後，屏息不動。

燈籠微弱的光線在風雪中搖曳閃耀，只見神力大師巨大的身影穿過風雪，直向著他們走來，最後離他們只有三四步遠近。兩人的心好似跳到了喉嚨口一般，怦怦怦地跳個不停，只能硬著頭皮，就等他一聲怒吼，伸手揪出二人。

沒想到神力大師並未在二人身邊停下，逕直跨入了竹林，走向老和尚的竹舍，似乎當眞並未發現二人。他緩緩地繞過竹舍，消失在竹舍之後，燈籠光線也隱沒不見了。

韓峰和小石頭這才放下提著的心，噓了一口氣。然而現下神力大師人在竹林中，他們便不能去偷藥了。

小石頭低聲道：「狗熊賴著不走，我們卻該怎麼辦？」

韓峰道：「他若只是出來巡察，應當不會久留，我們只能在這兒等候一陣了。」

小石頭皺起臉，雙手互握，說道：「大哥啊，在這等大風大雪的冬夜裡，等上一陣子，可是會死人的！」

韓峰將他拉到大石之後，伸出雙臂攬住了他，說道：「來，我替你擋著風。」

小石頭靠向韓峰，背後傳來他的體熱，感到稍稍暖和了一些，說道：「大哥，你怎地就不怕冷？唉，可惜我只有一件白狐裘，不然該當給你穿上才是。」

韓峰搖搖頭，說道：「我不要緊，可以撐上一陣子。」

兩人在黑暗中默默等待，小石頭漸覺一陣昏沉，頭靠著韓峰的手臂，打起盹兒來。過了不知多久，韓峰才見到燈籠的光線出現在竹林深處，趕緊捏捏小石頭的手臂，說道：「他出來了！別動！」

兩人蹲在大石後，但見神力大師提著燈籠，快步走回寶光寺，關上了柴門。他們又等了一陣，再也沒有聲息，韓峰才道：「我們走吧！」

兩人站起身，伸展蹲得痲痺了的雙腿，一跛一蹎地奔入竹林，來到竹舍外。

小石頭低聲道：「希望門沒上鎖！」他伸手去推，幸而門並未上鎖，兩人脫下鞋子，竄入竹舍，關上了門，眼前頓時一片漆黑。

小石頭道：「老和尙的香爐和燭臺放在右手邊的小几上，那兒一定有火刀火石。」

韓峰摸索著來到右首的小几，果然在几上摸到了火刀火石，打起火，見到几下放著一盞小小的油燈，便將油燈點燃了，拿到左首的藥櫃前。

小石頭藉著油燈的微光，低頭檢視藥櫃，說道：「麻黃，有了！」打開一個抽斗，說道：「通靜說六兩，大哥，六兩是多少？」

韓峰道：「我也不知道，我們沒工夫一樣一樣慢慢秤，隨手抓一小把便是。」

小石頭依言做了，又繼續尋找，口中說道：「桂枝在這兒，二兩。甘草炙在最下面，也是二兩。杏仁四十粒，在這兒。大哥，你幫我數四十粒。大棗二十枚，我來數，咱們手腳得快些！」

兩人不敢拖延，快手快腳地數好了杏仁和大棗，將尋得的藥材全都放入小石頭帶來的布袋之中。

小石頭又找了一陣，最後道：「石膏一塊，都有了。就是沒有生薑，怎麼辦？」

韓峰道：「生薑廚房中應該有。」

小石頭笑道：「啊，我怎麼沒想到？藥材都拿齊了，咱們快走吧！」他束緊布袋口，韓峰吹熄了油燈，兩人在門口匆匆穿上鞋子，鑽出竹舍。

韓峰望望竹舍後的山壁，忽道：「神力大師剛才進來這竹林，總有一頓飯的功夫才離去。莫非他是去找竹舍後的那人談話？那裡究竟住著什麼人，爲何如此神祕？」心中好奇，便邁步想去竹舍後一探究竟。

然而小石頭最怕鬼怪，只要身處竹舍左近便嚇得魂不附體，趕緊伸手抓住韓峰的手臂，急道：「你要去哪兒？我們快走吧！通定和通吃等著我們拿藥回去呢！」

韓峰只好打消這個念頭，兩人快步奔出竹林。回到寺院中，但見四下一片黑暗沉靜，神力大師大約已然就寢。

兩人趕緊奔到廚房，低聲喚道：「通吃！我們回來了！」

通吃已蹲在廚房門口等候了許久，心急如焚，竟在寒冷的冬夜中急出一頭大汗。他見到他們回來，才大大鬆了口氣，趕緊跳起身迎上前，低聲道：「你們怎麼去了那麼久！我等得都快急死了！」

小石頭臉色蒼白，說道：「回頭再跟你說。哪，藥都在這兒了！」將布袋遞了過去。通吃接過布袋，立即將藥材一股腦都倒入瓦罐，在小火上燉著。

韓峰和小石頭兩人經過這番驚險，終於成功偷得藥材回來，忽然感到全身無力，靠在灶旁喘息，好久才緩過氣來。

小石頭忽然想起一事，說道：「啊，還有生薑沒取到。通吃，廚房有生薑麼？」

通吃道：「有！我去拿。要多少？」

小石頭道：「需要三兩，你就切個七八片吧。」

通吃手腳甚快，當即找出生薑切了幾片，在手中掂了掂，差不多三兩，便將生薑扔入瓦罐中。

三人蹲在灶旁，目不轉睛地盯著瓦罐下跳躍的火焰和瓦罐上裊裊的白煙。

小石頭搓著手，問道：「通吃，還要煮多久？」

通吃一邊用扇子搧火，一邊道：「快啦，只剩下一半水了。依通靜所說，等煮到三升，就可以喝了。」

小石頭直冷得全身發抖，說道：「再不快點兒煮好，我也要得上傷寒病啦。這藥煮好了，得分我一半喝！」說完三人都笑了。

又過了小半個時辰，藥終於煮好了。三人小心翼翼地捧著那碗得來不易的大青龍湯，來到佛堂。韓峰扶起通定，通吃叫醒了他，哄著他喝下了藥，再讓他睡倒。小石頭替他拉緊白狐裘，蓋上破棉被。

通吃、韓峰和小石頭互相望望，都鬆了一口氣。

通吃將空藥碗揣入懷中，說道：「我們走吧！」

三人經過食堂、廚房，回到通鋪，爬上大炕，不一會兒便都睡著了。

到了次日，眾人來到佛堂做早課時，但見通定坐在牆腳下發呆，臉頰血色已恢復，不似前一日那般面色青白。原來他昨夜喝過藥後，又包裹在白狐裘中，睡眠中出了一身汗，傷寒就此退去。

他睜眼見到大夥兒魚貫進入佛堂，不知發生了什麼事，趕緊爬起身，跟著做了早課，接著一起出去吃早齋，渾若無事，傷寒病顯然已好了大半。

神力大師見通定的病忽然自己好了，雖頗爲懷疑，但也沒有深究。他讓通定連續在佛堂睡了三日，直到他的體熱完全退去，才讓他睡回通鋪。這幾晚中，全靠小石頭的白狐裘保暖，通定病情才沒有再惡化，並且很快便完全痊癒了。

眾沙彌見通定得救，都極爲興奮歡喜，對韓峰和小石頭這兩個新來的孩子又是尊敬，又是佩服，通吃也開始對二人另眼相看。

通定死裡逃生，從其他小沙彌口中得知，自己一條小命全靠大石頭和小石頭兩兄弟冒險偷藥，才能得救，對他們更是感激無已，對二人道：「大石頭，小石頭，你們爲我犯險偷藥，救我一命，我一輩子也不會忘記的！」

韓峰沒有說什麼，小石頭卻笑道：「你病昏頭了麼？幫你治好病的，是記得藥方的通靜和替你煮藥的通吃，關我兄弟什麼事？」

通定聽了，口中雖不再提起此事，心中仍對二人滿懷感激。

第十八章 禁語令

然而通定恢復健康，小沙彌們對石家兄弟日益尊敬歡迎，只令神力大師對二人的厭惡日益加深。尤其是韓峰，神力大師簡直恨他入骨，每日都分配他做最粗重的活兒，直到天黑還不得休息。小沙彌們都很同情他，十多個年紀力氣較大的小沙彌，便常常主動幫忙韓峰幹活兒。

神力大師發現後，更加惱怒，下令道：「從此刻開始，石峰需得守禁語戒，所有人都不准跟他說話，不准接近他，更不准幫助他幹活兒！誰敢違背，便跟石峰一起受罰！」

小沙彌們向來畏懼神力大師，聽他這麼說，便都不敢再接近韓峰，一見到他便趕緊避開。

小石頭看在眼中，惱怒已極，暗想：「小沙彌們敬愛我大哥，你看不過眼，竟然蓄意孤立他，想讓他獨自承受痛苦，好摧毀他的傲氣銳氣。哼，我才不會讓你得逞呢！」於是全然不顧神力大師的命令，照舊陪伴在韓峰身旁，公然跟他聊天說笑，將神力大師的「禁語令」踩在腳下。

神力大師見到了，怒不可遏，對小石頭喝道：「我命令所有人不准接近他，不准跟他說話。你明知故犯，你道我會饒過你麼？」

小石頭故意裝傻，笑嘻嘻地道：「我大哥禁語，我可沒有禁語啊。我在他身邊自言自語，又不是跟他說話，哪有違背大師的指令？」

神力大師大怒之下，吼道：「好！你這麼有情有義，便跟石峰一起幹粗重活兒！傍晚幹完活兒後，兩個人一起給我去佛堂頂水桶罰跪！」又對其他沙彌下令道：「此後不但石峰須得禁語，石峘也得禁語。你們誰都不准跟石家兄弟說話，更加不准幫他們幹活兒。聽明白了麼？」

眾小沙彌只能戰戰兢兢地答應了，望向石家兄弟的眼神中都充滿了同情和驚懼。

當夜韓峰和小石頭直跪到三更半夜，才拖著疲憊的身子回到通舖睡倒。其他小沙彌早已睡熟了，連他們何時回來睡下的都不知道。

如此過了將近一個月，韓峰和小石頭雖跟五十多個小沙彌同吃同住，卻不能跟任何人說話，孤獨無比。韓峰原本沉默寡言，並不十分在意；小石頭卻耐不住寂寞，只能不斷找韓峰說話解悶，韓峰若不回答，他便自問自答，自得其樂。

二人白日勞累，夜晚罰跪，飢寒交迫，當眞是度日如年。偶爾忙裡偷閒，苦中作樂，便相偕跑到山頂的離合崖，爬到那株老松樹上對坐聊天，或是縮在樹下打個盹兒，便是他們一日中最輕鬆愜意的時光。寺中規矩多多，神力大師凶暴惡劣，兩個孩子的日子過得苦不堪言，離合崖遂逐漸成爲二人逃避現實苦難的處所。每每他們來到此處，總能暫時忘卻種種憂苦，互述心目中最愉快的回憶和最迫切的想望，藉以排愁解憂。

韓峰對小石頭說了許多自己童年時的回憶：母親慈祥卻多病，很早便去世；父親任性豁達，朋友眾多，對自己寵愛非常，親自教導自己騎馬射箭，還常常帶著他和夥伴們一起去打獵，藉以炫耀兒子的箭藝；韓峰最渴望的事情，自然是找到父親，跟隨在他身邊。

小石頭的回憶卻迥然不同；他說自己從小就沒有父母，由祖母撫養長大，祖母找了許多老師來教他讀書識字，逼他學習，但是他生性懶散馬虎，什麼都學不好，老挨師傅的罵。他最美好的記憶都和吃有關：流浪時在哪座山上打過一頭野雁，堪稱世間美味；在哪個市集上偷得幾塊餅，直如仙界珍饈。他對未來似乎沒有任何想望，不管身處如何的困難劣境，他都隨遇而安，自在常樂，彷彿能活著就已感到萬分幸運，別無所求。

韓峰知道小石頭的身子遠不如自己健壯，生怕他就此病倒累倒，數次勸他不要再陪伴自己一起受罰，小石頭只是搖頭，說道：「你要我去向那頭狗熊道歉認錯，求他只罰你不罰我？哼，我小石頭是什麼人，才不幹這種事呢！」心中卻很清楚：「狗熊存心要孤立你，摧毀你的志氣，我絕不會讓他得逞的！」

這日傍晚，韓峰和小石頭又被神力大師派遣到山上砍十捆柴回來。山上遠遠傳來狼嚎之聲，小石頭聽得心中發毛，說道：「天就快黑了，若被狼群圍攻，可不是好玩兒的。大哥，你帶上你的弓箭吧。」

韓峰也頗有同感，去柴房取柴刀時，便將自己藏在柴堆後的弓箭也帶上了。

這日偏生又是大風雪天候，兩人直砍到傍晚，還未能砍足十捆柴，一路尋覓到將近山腳，仍然找不到足夠的柴。兩人都甚是心急，知道若無法砍足夠的柴回去，神力大師一定又會讓二人在佛堂罰跪，直到天亮。

小石頭又冷又累又餓，只覺全身骨骸都要散開了，雙腿有如灌了鉛一般，再也無法往前一步。他靠著一棵樹，坐倒在雪地中，忽然放聲哈哈大笑起來。

韓峰停步回頭，問道：「你沒事麼？快站起來，坐在雪地要弄溼褲子的，等等凍壞了你的屁股！」

小石頭卻不站起，只抱著頭又笑了一陣，才抬起頭，忽道：「大哥，你還有家麼？」

韓峰聽他忽然這麼問，微微一怔，說道：「我家？我家早已被官府抄沒了。」

小石頭道：「這我知道，我是問除了你爹爹外，你還有什麼別的親人可以投靠麼？」

韓峰沉默一陣，才道：「我跟你說過，我母親很早就病逝了。我們韓家一脈單傳，只剩下我和我爹了。雖有一些遠親，但我身受通緝，自也不能去投靠。」

小石頭道：「因此你若想回家，只能設法找到你爹爹了。」

韓峰點點頭，說道：「我若能找到我爹，定要跟在他身邊，即使跟隨他逃亡到天涯海角，我也願意。」反問道：「兄弟，你家中又有什麼人？」

小石頭抓起一把雪，捏成一團，遠遠扔出，搖頭道：「我沒有家人。我家人全都死光了。從小照顧我的祖母，也已去世好幾年了。」

韓峰聽他說得平平淡淡，言語中卻透露出一股深刻的悲涼，心想：「我還有至親的爹爹在世間，他卻是孤身一人，無所依靠，實在可憐得很。」正想邀他日後跟自己一起去尋找父親，小石頭忽道：「大哥，我告訴你我的眞實姓名，但你不要告訴任何別人，好麼？」

韓峰一呆，說道：「我自當替你保守祕密。但你爲何要跟我說你的眞實姓名？莫非……莫非你打算離去？」

小石頭心中頓感哀然：「我若不走，只怕就要死在這兒了。死了身邊卻沒人知道我的眞實名字，豈不悲哀？」他搓著凍僵了的雙手，笑了笑，口中說道：「大哥，什麼都瞞不過你。咱們在這鬼地方做牛做馬，從早到晚被那頭殘暴的狗熊呼喝斥責，頂水罰跪，凍累交加，肚子又吃不飽，到底所爲何來？怎地你就撐得住，好似沒事一般？我心裡想，或許我們不是一路人，你可以在這鬼地方待著，等到來春再下山尋你爹爹；我卻該想法早日偷回我的彈弓，獨自逃下山去啦。」

韓峰聽了，心中霎時百味雜陳，又是焦慮，又是不捨。他忍不住走到小石頭面前，蹲下身，面對著他，說道：「兄弟，你要走，我不能阻止你，但我總覺得不該放棄希望；冬日很快便會過去，老和尚說不定也就快回來了。」

小石頭一手捏弄著身上衣帶，轉過頭去，沒有回答。

韓峰見他去意堅決，心頭湧起一陣惶恐憂懼。他是家中獨子，母親早逝，遭逢家變後父親又下落不明，即使他性情堅毅獨立，畢竟年紀尚幼，孤身流浪江湖之際，不免暗懷驚懼憂愁，心境一片沉鬱淒涼。然而在他遇到小石頭後，終於感到世間有個眞正關心自己的人，在小石頭身邊，他總能敞開心扉，暢所欲言；小石頭性情活潑開朗，無憂無慮，不時說些胡言妙語，逗得他開懷而笑，更令他忘卻自身的悲苦憂愁，對人生重新懷有希望。他在不知不覺中，已將小石頭當成自己世間唯一的親人，對他生起一股難言的依靠倚賴。

在老和尚離開後的這些時日中，韓峰遭受神力大師的種種苛責虐待，身體雖極度勞累，心底卻始終平穩無憂，只因小石頭始終不離不棄地陪伴在他身邊，再苦再累，他都能安然承受。如果小石頭獨自離去了，失去這個依靠，他恐怕自己連半日也捱不過去。

韓峰想到此處，脫口道：「兄弟，我不要知道你的身世，也不想知道你的眞實姓名。你不要告訴我，也不要離去，好麼？」

小石頭咬著嘴唇，沒有回答。

韓峰見他不肯回應，心中一急，忍不住懇求道：「兄弟，請你別走！你若走了，我可能無法獨自堅持下去。跟我一起留在這兒，我答應你，到了春天我們便一起下山，好麼？」

小石頭知道韓峰說的是實話；自己若一走了之，韓峰的處境只有更慘，他恐怕眞的無法撐下去；而韓峰一向寡言，這回竟然破例開口說了這許多話，懇求自己留下。小石頭不禁心軟，眼中含淚，一咬牙，抬起頭，咧嘴而笑，說道：「好，大哥。我不走了，我就留下陪你。咱們一起撐過這個冬天，明春再一起下山！」

韓峰大喜，眼眶發熱，微笑道：「好兄弟！」伸手拉起小石頭，替他拍去褲子上的雪泥。

兩人正要尋路回到寶光寺，忽聽不遠處隱隱傳來呼喝和刀劍相交之聲，頓時警覺，互望一眼，側耳傾聽，這回聽得更清楚了，人聲是從左前方傳來的，中間夾雜著叮叮噹噹的兵刃相交之聲，似乎有人在打鬥。兩人心生警覺，韓峰低聲道：「過去看看。」兩人輕輕放下背上的柴捆，小心地往聲音來處走去。

走出十多丈，只聽打鬥之聲越來越近；二人蹲下身，從樹叢後觀望，但見十餘丈外有片空地，空地中十多個頭包粗布的大漢圍成一圈，五六人手中舉著火把，將空地照得甚是明亮。一眾大漢衣衫邋遢，面目猙獰，看來都是盜匪一流。盜匪們圍成一圈，各舉大刀，口中呼喝，輪番向圈中之人砍殺攻擊，一個首領模樣的盜匪怒喊道：「大夥兒一起上！殺了這三頭禿驢，搶走車上的寶貝！」

韓峰和小石頭陡然在山林中見到一場如此險惡的強盜打劫，心中都驚疑不定：「老和尚說山中有強盜，果然不假！不知這群盜匪在打劫什麼人？」

但見圈中只有三人，身穿羅漢衫，顯然都是僧人。他們守在一輛大車之旁，車上堆滿了麻袋，想來便是那群強盜打劫的目標了。被圍攻的三個僧人中，一個高大的使棍，一個瘦子使長鞭，還有一個小個子使長劍，武功都自不弱，以少敵多，仍能勉強抵擋。但那使棍的大個子半身染血，似乎已受了傷。

小石頭留意到三人臉面看來都很年輕，服色跟寶光寺小沙彌們穿著的羅漢衫頗為相似，奇道：「莫非他們是寶光寺的人？」

韓峰沒有回答，快手從布袋中取出弓，繫上弓繩，揹上箭囊，四下一望，手腳並用，攀上一旁的一株大樹。他跨坐在高高的樹枝上，拉弓瞄準，一箭射出，正中一個盜匪的肩膀，那人慘呼一聲，仰天跌倒。

韓峰更不停頓，第二箭緊跟著射出，又是一名盜匪肩頭中箭，滾倒在地。他連發五箭，箭箭中敵，眾盜匪驚疑不定，不斷驚呼：「有埋伏！」「小心暗箭！」「哎喲我的媽！」

小石頭在樹下看得心驚肉跳，暗想：「我這大哥做事衝動得緊，還沒弄清楚打鬥的雙方是何方神聖，便立即出手相助。但他射箭的功夫可眞不賴！我雖然兩回用彈弓搶先他打中獵物，但若眞要較量起來，我的彈弓可遠不如他的弓箭厲害。」又想：「老和尚告誡我們不可殺生，大哥倒是沒忘了，只射人肩頭，不射要害。」

那受圍攻的三名僧人見到有人出手相助，士氣大振，各自揮舞兵刃，攻向身邊盜匪，將一眾盜匪打得紛紛後退。

眾盜匪在慌亂中未能看清羽箭的來處，只道對方有一群幫手圍攻而來，不敢戀戰，爲首盜匪叫道：「點子有埋伏！大家扯乎！」眾盜匪發一聲喊，匆忙扶起傷者，狼狽退去。

那使棍的高大僧人轉過身，望向韓峰藏身的大樹，抱拳叫道：「何方英雄，暗中相助，我等好生感激！請受我等一拜！」恭恭敬敬地拜下。

韓峰這時已爬下樹，小石頭來到他身邊，低聲問道：「出不出去？」

韓峰搖了搖頭，說道：「我們走吧。」轉身便走。

小石頭莫名其妙，連忙跟在韓峰身後，回到剛才他們放下柴捆的地方。

小石頭忍不住道：「我說大哥，你救了他們，爲何不出去跟他們見個面，說上幾句話？」

韓峰自顧自解下弓繩，將弓箭收回包袱綁好，沒有回答。

小石頭又道：「說不定他們是寶光寺的人，很可能就是通吃所說的那幾位神祕師兄哩！若是如此，你出手救了他們，他們想必十分感激。出去跟他們見個面，打個招呼，有什麼不好？」

韓峰卻搖頭道：「我不想多惹麻煩。」

小石頭側頭想了想，一攤手，嘆口氣道：「隨你的便吧！你喜歡做無名英雄，那也由得你。」心中暗想：「大哥對我講義氣，對不相干的人也講義氣，這等性情，實在頗有俠客之風！但是他助人不求回報，自己不免要吃多點虧。要是換成我，才沒那麼好心呢！」

第十九章　遊人歸

次日早齋之後，魏居士忽然從鴿樓冒出，來到食堂，將一封信交給神力大師，便又不聲不響地走了。

神力大師看了信，臉上不露喜怒之色，只宣布道：「老和尚帶著幾位師兄，今日午前便會回到寺中。他吩咐午齋加菜，讓大夥兒吃一頓好的。」眾小沙彌都忍不住歡呼起來。老和尚回來當然是喜事，「加菜」兩個字更如天樂綸音一般，讓他們飢餓已久的身心感到一陣歡喜撫慰。

神力大師又吩咐道：「通吃，你負責準備多幾樣菜，務必做得好吃些。」

通吃性子憨直，立即喜孜孜地應道：「是！」

將近午時，但聽門外傳來一陣喧鬧之聲，小沙彌們都興奮地叫了起來：「是老和尚回來了！師兄們也回來了！」各自放下手上的工作，紛紛奔到佛堂前的空地上，交頭接耳攀談，擠在寺門口觀望。

但聽車輪聲漸漸從山道上傳來，神力大師從佛堂出來，上前打開寺門，站在門口等候。當先出現在山道上的正是老和尚，慈和的臉上滿是喜慰之色。他身後跟著一輛板車，兩個僧人在後推車，一個走在車旁。

神力大師快步上前，向老和尚問訊爲禮，說道：「佛祖保佑，您和幾位師弟都平安歸來！」

老和尚笑吟吟地走入寺門，向後招了招手，推車的僧人之一停下板車，走上前來。但見那是個身形高壯的沙彌，看來約莫十八九歲年紀，濃眉大眼，形貌威猛，身材足有八尺高，一身古銅色的肌膚，筋肉結實，整個人有如一座鐵塔一般。他身上僧服又破又舊，滿是灰土，還沾了不少乾掉的血跡。韓峰和小石頭登時認出，他便是昨夜那使木棍的高大僧人。

高大沙彌躬身對神力大師行禮，老和尚拍拍他的肩頭，說道：「這回多虧通山，費了許多力氣，才替大夥兒將糧食運上山來。通山，快去清洗包紮好傷口，好好休息一下。」

通山點頭答應了，走回板車之後，雙臂運勁，將板車推入寺中。板車上堆著五六個龐大的麻布袋子，每個看來都有幾十斤重，顯然是大家等候期盼已久的糧食。眾小沙彌都歡呼起來，紛紛衝上前去幫忙推板車。

方才走在車旁，未曾出力推車的高瘦沙彌走上前來，更未向神力大師行禮，只冷冷地哼了一聲，對一群小沙彌喝道：「一群蠢蛋！還不快過來，接去我的包袱？」

韓峰和小石頭見這高瘦沙彌神態傲慢，出言無禮，都是一呆。

二人仔細向他打量去，但見他身材高挑，面目清秀白俊，約莫十五六歲年紀，兩道細細的眉毛高高挑起，神態極爲冷傲。他身上的僧袍乾乾淨淨，跟三師兄通山身上破舊骯髒的僧袍眞是天地之別。

韓峰和小石頭立時認出，這高挑沙彌便是昨夜使鞭的高瘦僧人。此時他的長鞭不知收在何處，身上只帶了一個隨身的小布包。他將那布包拎在手指之間，不耐煩地等著小沙彌來替他接過去。

站在離門最近的是高高瘦瘦的通平，通平性子懦弱乖順，趕緊跑上前，雙手恭敬接過了布包，還被那俊秀沙彌狠狠瞪了一眼，似乎嫌他笨手笨腳，動作太慢。

老和尚和神力大師看在眼中，都微微皺眉，卻沒有說什麼。老和尚只淡淡地道：「通海，你也快去休息吧。」

通海對其餘各人更不理睬，昂首便往通鋪走去。通平戰戰兢兢地捧著他的布包，快步跟了上去。

小石頭望著那俊秀沙彌通海的背影，低聲問通吃道：「這傢伙是誰？」

神力大師對韓峰和小石頭下禁語令已有將近一個月的功夫，通吃聽他忽然對自己開口說話，微微一怔，遲疑地望向他，一時沒有回答。

小石頭用手肘撞了撞通吃，對他眨眨眼，低聲道：「老和尚都已回來了，怕什麼！」

通吃這才會意，咧嘴一笑，點點頭，也壓低了聲音，說道：「那是四師兄通海。」

小石頭忍不住道：「這寺廟是他家開的麼？竟將通平當成他家的僕人一般使喚！」

通吃趕緊拉拉他的衣袖，說道：「快別說啦！他一向就是這樣的。」

就在這時，一個輕柔的聲音說道：「神力大師，通雲回來啦！」

大家的眼光又落在最後那個僧人身上。但見他身材瘦小，只比小石頭高上一點兒，身穿粗布羅漢衫，頭上包著一塊青布，背上揹著一柄長劍和一個不小的包袱，正是昨夜使劍的小個子僧人。

小石頭定睛一瞧，才看出他頭上的青布下留著一頭黑亮的頭髮，並不是出家人；再仔細一看，才發現他不但不是個出家人，更是個面容清秀絕麗的少女！

小石頭怔怔地望著那少女，第一個念頭便是：「這小姑娘定是走錯地方了。」但聽老和尚微笑道：「通雲，這一路上遇到不少官兵盤查，多虧妳出面擺平，咱們才能平安通過。」

那少女笑道：「這是弟子份所當爲。就是昨夜在山腳紮營時遇上了那夥強盜，情勢可著實危險。幸好您遲一步上山與我們會合，也幸虧有位英雄在暗中發箭相救，我們才能平安脫險。」

小石頭聽了，連忙用手肘碰碰韓峰。

韓峰卻毫無反應，只怔怔地望向那名少女，但見她約莫十一二歲年紀，面容秀美清靈，雙眉修長，一對杏眼中眼珠黑如點漆，雙頰白裡透紅，臉帶微笑，精神爽朗，一頭黑髮梳成兩條長長的辮子垂在身後，身形纖秀，即使穿著粗布羅漢衫，卻掩不住渾身透出的一股尊貴之氣，讓人不敢逼視。

韓峰望著這少女，心中忽然感到一股難言的激動，眼光再也難以從她身上移開。自從他離家流浪以來，見到的人不是流民、乞兒就是官兵，上山之後見到的也都是些骯髒乾瘦的小沙彌，已有許多時日沒有見到過這般乾淨漂亮的姑娘了。

他不由得想起往年在家中時，父母偶爾會邀請一些名門貴宦的小姐來家中作客，自己年幼頑皮，不時躲在門後偷瞧。然而記憶中那些小姐們的氣質容貌，竟然全都比不上眼前這個身著粗布衣衫、頭包青布的小姑娘。她不但美貌高貴，神態更是十分親切和善，韓峰不自禁對她生起一股莫名的好感，竟自望著她發起呆來，因此小石頭用手肘碰他，他竟然一點也沒有察覺。

小石頭發覺韓峰沒有反應，轉頭向他望去，見到他目不轉睛的神情，不禁暗暗好笑，心中雪亮：「我大哥被這美貌的小姑娘給迷住啦！」

通吃快步迎上前，歡喜地叫道：「五師姊，妳也回來啦！」伸手接過她背上的包袱。

小石頭心想：「我聽他們師兄、師兄地叫，怎想得到其中竟然還有一位師姊！昨夜太暗，我們只道那是三個僧人，卻沒發現其中一人竟是個姑娘，偏又是這麼一個美貌可愛的小姑娘！」

他不落人後，也趕緊上前幫通吃提那包袱，不料才接過包袱，便覺得手一沉，全沒想到這包袱竟然如此沉重，他和通吃兩個人合力都不大提得動。

小石頭心中好生驚奇，暗想：「這包袱看來不大，原來竟這麼重！這外貌嬌美瘦弱的小姑娘，揹著怎地好像全不費勁似的？」

五師姊通雲跟通吃打了招呼，見到小石頭吃力的模樣，噗哧一笑，說道：「多謝你啦！這位小兄弟很面生，你是新上山的麼？」

小石頭聽她叫自己「小兄弟」，心想：「我年紀可不一定比妳小，或許妳該叫我聲大哥才是。」口中卻不敢亂說，只乖乖地回答道：「我叫小石頭，一個多月前才被……嗯，才上山來的。」他本來想說「才被個惡和尚捉上山來的」，但瞥見神力大師就站在一旁，趕緊改了口。

這時韓峰也走上前來，從小石頭和通吃手中接過包袱，他的力氣比兩個孩子大上許多，隨手將包袱扛在肩上，渾若無事，小石頭和通吃見狀都不禁吐了吐舌頭。

通雲抬頭望向韓峰，一雙晶亮的眼睛在他的臉上打了個轉，嘴角露出微笑，說道：「還有一位新來的師兄。」

韓峰沒有回答，小石頭連忙介紹道：「這是我大哥，他叫石峰。我叫石岠，外號是小石頭，妳叫我小石頭便是。」

通雲似乎沒有聽見小石頭的下半句，雙目凝望著韓峰，微笑道：「原來是石大哥。」

韓峰被她看得十分不自在，臉上一熱，連忙轉過頭去，說道：「請問這包袱要搬去廚房麼？」

通雲微笑道：「是啊，裡面都是些蔬菜瓜果，還有一些做冬衣用的棉花，勞駕石大哥搬去廚房吧。」

韓峰便扛著包袱往廚房走去，小石頭和通吃跟在他的身後。

這時神力大師已關上寺門，老和尚忽然想起了什麼，說道：「石家兄弟，還有通吃，請你們過來一下。」

韓峰聽見老和尚呼喚，趕緊將包袱放入廚房，和小石頭、通吃一齊來到老和尚身前，行問訊禮。

三人心中有鬼，生怕老和尚發現他們趁他下山時潛入竹舍偷藥之事，心中七上八下，都不敢出聲。

然而老和尚神色慈祥和藹，沒有絲毫責問的意思，向韓峰和小石頭道：「過去的這一個多月中，你們兄弟倆過得還好麼？」

小石頭見神力大師便站在老和尚的身邊，哪敢當面告狀訴苦，道出神力大師對二人的種種欺凌虐待，只能苦苦一笑，說道：「還好，還活著。」

神力大師狠狠地瞪了他一眼，小石頭吐吐舌頭，不敢再說。

老和尚點點頭，微笑道：「之前真是虧待你們了，老衲好生過意不去。如今山上糧食棉布都已足夠，大夥兒應能吃飽穿暖，度過這個冬天了。」

韓峰和小石頭見老和尚神色憔悴疲憊，老態龍鍾，心中都想：「老和尚這麼大把年紀了，還得冒著風雪下山替我們張羅衣食，委實辛苦。若非神力大師對我二人刻薄暴虐，寶光寺實在不是個難待的地方。」

老和尚轉過身，對神力道：「神力，既然通山、通海和通雲三個回來了，明日你便繼續帶領弟子們練功吧。通吃年紀不小了，也該跟去練功。這兒石家兩兄弟，你也一塊兒帶去。你須好好教導他們倆，不可與其他的弟子有所分別。」

神力大師聽了，滿面憤慨，顯然極不情願，卻不敢反駁，只能行禮答道：「謹遵老和尚吩咐。」

老和尚點頭道：「如此甚好。那麼我先去歇息了。」拄著拐杖，顫巍巍地往竹林走去。

等老和尚的身影沒入竹林，神力大師低頭瞪向韓峰和小石頭，卻不發話。瞪了一陣，他才轉向站在一旁的通吃道：「通吃！明日早些備好早齋。早課之後，你便領他們兩個一起去山頂練武坪。聽明白了麼？」

通吃聞言甚是興奮，高聲應道：「是！」

小石頭忍不住插口問道：「咱們去練武坪幹什麼？」

神力大師盯著他，冷哼一聲，說道：「問東問西，你什麼時候才能學會本寺的規矩？」又對通吃道：「師兄師姊們帶回來不少吃食，老和尚吩咐今日午齋要加菜，你快去廚房準備。」

通吃道：「是，我這就去。」

小石頭心中一動，從後拉了拉通吃的衣襬，眼睛往韓峰望去。

通吃一呆，立即會意，鼓起勇氣道：「啓稟大師，廚房今兒加菜，需要多一點人手。我可以讓大石頭和小石頭來幫忙麼？」

神力大師知道通吃蓄意想替他們兄弟找份輕鬆點的活兒，瞇起眼睛，說道：「你有通平、通定、通安、通靜四個幫忙，還不夠麼？」

通吃只能鼓起勇氣，說道：「他們力氣都不夠大，我想揉麵團做烙餅，大石頭和小石頭正合適幫手。」

此時老和尚已回到山上，神力大師無法太過明目張膽地虐待這對兄弟，當下只哼了一聲，說道：「好！還不快去？午齋之後，石峰去劈十擔柴，小石頭去擦佛堂地板十回。聽明白了麼？」

三人齊聲答道：「聽明白了！」生怕神力大師改變心意，趕緊轉身快步往廚房奔去。

第二十章　饅頭餅

韓峰之前已將通雲師姊揹上山的包袱放在廚房角落，這時通吃興沖沖地打開包袱來看，見到裡面滿滿的都是新鮮瓜果豆蔬，還有一袋新彈好的棉花；他又去打開三師兄從板車上搬進來的麻袋，裡頭一袋裝的是小米，一袋是小麥，一袋則是磨好的麥粉。

通吃胖胖的臉上笑得有如開了朵花，喜道：「這些食材眞是太好啦！小米和小麥可以蒸飯煮粥，麥粉正適合做饅頭餅。是了，我們今日便做雜菜饅頭餅吧！」

通吃年紀雖小，在這廚房之中可是坐第一把交椅的老大哥，但見他站在桌板旁，指揮若定，發號施令：「通平切葵菜，通靜切蘆菔，通安切胡瓜，通定切蘑菇，快動手！」

韓峰和小石頭之前曾多次來廚房幫忙劈柴洗缽，這回進廚房幫手做菜，情景可大不一樣；只見四個小沙彌一排站在桌板旁，個個手持菜刀，飛快地剁著茄子、蘆菔、葵菜、蘑菇等蔬果，手起刀落，快捷無比。

小石頭只看得目瞪口呆，低聲對韓峰道：「這些小沙彌，看來個個都有點本事哪！」又仔細望了望通安的手；他記得通安平日總是髒兮兮的，這回看來似乎認眞洗過了手，至少手上沒有泥巴。

通吃在旁監督，口中說道：「通平！葵菜絲要切得更細一些！通靜，我不是跟你說過了麼？蘆菔要用滾刀法切，形狀才漂亮。通安，胡瓜要剁成泥，不能看到顆粒！通定，蘑菇要切細丁，切到像粉末一樣，你得再切一輪才行。今兒老和尙和師兄們回來了，大家盡點力兒！」

四個小沙彌乖乖地齊聲答應。

通吃看了一圈，感到滿意了，才對韓峰和小石頭道：「大石頭，小石頭，請你們去洗乾淨了手，來幫我揉麵團吧！」

韓峰和小石頭便去後面的水缸裡洗了手，回到桌板旁。

通吃問道：「你們揉過麵團麼？」

韓峰和小石頭一齊搖頭。

通吃道：「不要緊，你們看著我，依樣跟著做便是。揉麵團很容易，看一次就會了。」

當下取出兩大杓麵粉，在桌板上堆成一堆，中間按下一個凹陷，加入半杯清水，接著兩隻胖手一推一抹，便將麵粉跟水混合在一起；再一搓一揉，就成了一團麵團。

韓峰和小石頭互望一眼，心中都想：「看事容易做事難！麵餅誰沒吃過，揉麵團卻眞沒做過。」

當下依樣畫葫蘆，也取了兩杓麵粉，在桌板上堆成一堆，中間按個凹陷，倒入清水。

通吃一邊揉著自己的麵團，一邊指點二人：「對了，就是這樣，留心水不能加太多，不然麵團會糊掉；也不能太少，太少了，麵粉太乾，就揉不成團啦。可以了，就這麼多水。現在開始揉，前後揉九九八十一次，左右揉九九八十一次，再翻過來，前後左右各揉九九八十一次。」

韓峰和小石頭的力氣確實比較大，加上通吃講解得十分清楚，兩人雖是新手，竟然各自揉出了兩團挺像樣的麵團，韌度、濕度、手感都過得了關。

通吃讚道：「你們倆挺行的嘛！這一團麵可以做十張餅；我們每人再揉兩團，午齋就夠吃了。」

韓峰和小石頭學會了揉麵團，十分高興，都做得十分起勁。兩人肚子正餓，自己能幫手準備午齋，揉搓麵團，也算是「望麵止餓」。

小石頭已有許多時日不得與其他沙彌們說話，這時得以跟通吃交談，自當好好把握機會。他心中對那五師姊萬分好奇，於是一邊揉麵團，一邊問通吃道：「喂，通吃，原來我們寶光寺裡不全是僧人沙彌，也有沒出家的小姑娘？」

通吃道：「是啊！但是五師姊是我們寺裡唯一的女眾，沒有別的小姑娘了。」

小石頭不情願喚一個小姑娘爲「師姊」，說道：「她有多大歲數了？或許我該稱她一聲師妹才是。」

通吃趕緊搖搖頭，悄聲道：「師姊劍術高強，輕功尤其厲害，你說話最好小心一些！而且她入門比我們早，按規矩就該稱呼她師姊的。」

小石頭吐吐舌頭，說道：「眞有這麼厲害？那她到底多大年紀了？」

通吃道：「師姊比我大兩歲，今年應該有十一歲了吧。」

小石頭心想：「可惡，她果然比我大一歲，還是得叫她師姊。」又問：「那麼這位五師姊叫什麼名字？」

通吃道：「五師姊的法名是通雲。」

小石頭奇道：「不出家，也能有法名的麼？」

通吃道：「是啊！只要皈依了三寶，成了佛門弟子，師父就會替你起個法名。」

小石頭正想再問，通吃又開始發號施令，說道：「大石頭，請你去搬兩捆柴進來！通平、通定，快熱起爐灶！通安、通靜，你們快將胡瓜和蘆菔切好了！小石頭，請你幫我將板桌上的葵菜絲剁成菜末！師兄師姊們難得回來，我們得給他們整治一頓好吃的！」

小石頭連忙拿起菜刀，將剛才通平剁成絲的葵菜橫過來，再細細地切一次，口中問道：「蒸多幾塊餅，炒個菜就是了，你要菜末做什麼？」

通吃手中忙著揉麵團兒，搖頭道：「嗐！你懂什麼？我要做雜菜饅頭餅，須得先將餡兒做好了。餡兒是用蘑菇丁兒、蘆菔泥、葵菜末兒、胡瓜泥混在一起做的，每樣料都一定得切得很細。其餘蔬菜瓜果，也得想法子炒出幾道美味的菜餚。你不知道，四師兄的嘴巴最刁了，我們弄的東西要是不合他的胃口，他可是會大發脾氣的。」

小石頭聽了，肚中不禁有氣，說道：「這四師兄通海究竟是何方神聖？我們寶光寺是他家開的麼？怎地他可以在這兒發大少爺脾氣，連老和尚、神力大師都管他不住？」

通吃嘆氣道：「老和尚和神力大師當然管得住他，但他還是可以對我們這些小沙彌們發脾氣啊！他來山上也有幾年了，脾氣一向就是如此。我有一回偷聽到神力大師和魏居士談話，說四師兄出身名門大族，家裡既富且貴，還聽說三師兄原本是他家的家僕，跟來山上是專為伺候保護他的。」

韓峰聽他提到「名門大族」，想起自己家中數代為官，也是名門之後，心中一凜，問道：「你可知道四師兄姓什麼？」

通吃搖頭道：「我不知道他姓什麼。」

小石頭懷疑地道：「他若出身世家，為何要來寶光寺出家做和尚，過這清苦日子？」

通吃糾正他道：「不是做『和尚』，是做『沙彌』。」

小石頭耐著性子道：「是，是做沙彌，不是做和尚。那他爲什麼要出家做沙彌？」

通吃壓低了聲音，說道：「這是我偷聽到的，也不知道眞不眞確。我聽說他父親不服當今皇帝，想要起兵推翻皇帝。因爲不知道起義會不會成功，所以事先把寶貝兒子送來我們這兒躲藏。」韓峰和小石頭聽了，都是一呆，驚訝已極，不禁對望一眼，滿心疑惑。小石頭一時忘了手上拿著刀，險些切到自己的手指。

這時通吃一疊聲地催促大家趕緊包饅頭餅，一陣忙亂之下，他們再無機會向通吃詢問，只能將疑惑吞進肚子裡。

那饅頭餅看來並不難做，就是取一團麵團兒，將餡兒包入其中，再合上麵團便是。然而通吃做的饅頭餅又圓又牢實，一個個一般大小；韓峰和小石頭做的則不是漏出餡兒，便是怪形怪狀，而且有的如拳頭大小，有的只有雞蛋大小。

通吃看了直搖頭，說道：「你們兩個揉麵還行，做饅頭餅便不成了。罷了，難看一點也不要緊，蒸出來還是可以吃。下回我再好好教你們吧！」

說著將饅頭餅一個個放入蒸籠，放到灶上去蒸，又指揮通定炒了個芥菜竹筍絲，蒸了個蘭香冬瓜，再煎了個芋頭茄子，午齋便算齊全了。

韓峰、小石頭和小沙彌們個個饞涎欲滴，他們已經很久沒有見到這麼豐盛的菜餚了。

午齋備好之後，通吃趕緊去敲雲板，大小僧人紛紛來到食堂，念過迴向偈語之後，便開始用齋。眾人狼吞虎嚥地吃下香噴噴的雜菜饅頭餅，配著芥菜竹筍絲、蘭香冬瓜、芋頭茄子，難得地吃了個又香又飽，小沙彌們個個讚嘆不絕，眉開眼笑，心滿意足。

這回老和尚領著三師兄通山、四師兄通海和五師姊通雲帶了不少糧食回山，足夠大夥兒吃上幾個月，小沙彌們自都極為興奮感激。

韓峰和小石頭很快便看出，這三位師兄姊的性情天差地遠；四師兄通海高傲蠻橫，驕貴冷漠，對小沙彌們充滿鄙視不屑。午齋過後，便見通海對一群小沙彌揮手喝道：「通通給我滾遠些，少來煩我！」又對通平吩咐道：「在炕上替我鋪上最厚最軟的褥子，我要躺下休息。你留在門口看守著，別讓任何人進來吵我，不然唯你是問！」說完逕自往通鋪走去，其餘什麼都不理會。

通平戰戰兢兢，快手替通海鋪好褥子，備好棉被，愁眉苦臉地守在門口，半步不離。其他的小沙彌們也對通海又敬又畏，都不敢接近通鋪，遠遠避開，免得吵到了通海，惹來一頓怒罵。

三師兄通山卻沒閒著，即使受了傷，仍舊聽從神力大師的指揮，爬高爬低，修補漏水的屋頂、腐朽的柱子、穿孔的土牆，搬石運土，幹著各種各樣的活兒，半點也不叫苦叫累，彷彿是寶光寺的專任長工。

五師姊通雲個性和善溫柔，顯然是小沙彌們最親近喜愛的一位師姊。她讓小沙彌們換上她新帶上山的羅漢衫褲，又領著小沙彌們將換下的舊衣衫拿去溪邊清洗，晾在太陽下曬乾；之後取出針線，坐在佛堂前，一邊縫補破破爛爛的衫褲，一邊給他們講故事。小沙彌們爭先恐後地圍繞著她，嘻笑不絕。

韓峰忙著幹自己該幹的活兒，但是每當經過通雲身邊時，目光卻總不由自主地向她望去。通雲若注意到他，抬頭對他微笑，他便又趕緊低下頭，快步走開。

小石頭眼尖，將韓峰的神情都看在眼裡，只覺十分有趣，暗想：「我大哥昨夜放箭射倒盜匪，救了他們，這事兒通雲師姊他們還不知道。我要是說出來，通雲師姊想必會對他另眼相看。嘿嘿，我得找個機會，將這件事情說了出來，盡力湊合湊合他們倆。誰叫韓峰是我大哥呢？」想到此處，忍不住自己偷偷笑了起來。

轉眼天色已黑，晚課之後，通海本著他的大少爺脾氣，一個人占據了小沙彌們平時睡的通鋪暖炕，將其他人全都趕到食堂去睡。通雲師姊睡在寺後一間乾淨的小屋裡，通山則睡在通鋪的地上，看來果然是特地來此保護守衛通海的。

小沙彌們不敢抱怨，只能睡在食堂濕冷的硬土地上。韓峰原本不服，被小石頭勸下明日再請老和尚住持公道，又被他一起拉去了食堂。

小石頭在食堂中冷得要命，翻來覆去，無法入睡；一旁的韓峰也睡不著，心中想著今日剛回來的三位師兄師姊，不知如何，通雲俏美的臉龐不斷浮現在他腦際，無法揮去。

這時小石頭忽然開口說話，打斷了他的思緒，卻聽小石頭問通吃道：「喂，通吃，神力大師叫我們明日早晨一起去山頂練功，那是怎麼回事？我們這兒連肚子都吃不飽了，大夥兒怎麼還有閒情逸致去練功夫？」

通吃道：「老和尚說，練了功夫，才能在危急時保護自己啊。我們人人都得幹活兒，只有資質最好的幾位師兄可以少幹些活兒，利用清晨的時光去學武功。」說著他胖胖的臉上不自禁露出一絲自得之色，又道：「兩個月前，老和尚叫了我去，說我資質不差，命我開始準備跟隨神力大師練功。還說等我十歲了，就可以日日上山練功呢！」

小石頭點點頭，向通吃多瞄了兩眼，心想：「通吃人是很好的，但他這小矮胖子，如何也看不出他有什麼練武的資質。我出一個拳頭，想必便打倒了他。」當下問道：「我們那三位師兄師姊，武功都很好麼？」

通吃點頭道：「當然好了！三師兄擅長棍法，四師兄精通鞭法和擒拿術，五師姊的輕功最是厲害，身輕如燕，高高的樹枝都跳得上去。她是使劍的，劍法十分精湛。」

韓峰和小石頭想起通雲纖秀嬌弱的外表，實難相信她身負絕技，但想起前夜在山中親眼見到他們三人對抗大群盜匪，一個使棍，一個使鞭，一個使劍，功夫確實都不弱，不由得他們不信。

小石頭又問道：「他們有的使棍，有的使鞭，有的使劍，那你使什麼？」

通吃笑道：「我還沒開始學兵器啦，眼下也就只練些拳腳罷了。大師平時讓我蹲馬步，並開始教我一套鍛鍊身體的入門功夫，叫做『五禽戲』。」

小石頭心想：「看來你也是剛剛開始練功，想來學得也不怎麼樣。」口中道：「聽來挺不錯的嘛！那他叫我們明日跟你一塊兒上山，究竟要我們幹什麼？」

通吃道：「哎，還能幹什麼？當然是叫你們跟著一起練功啦！別多問啦，明兒跟我去就知道了。」

小石頭靜了一陣，忽然又想起一事，問道：「喂，通吃，今日三師兄、四師兄和五師姊回來了，那麼大師兄和二師兄在哪兒？」

通吃一呆，說道：「大師兄和二師兄？他們很少在山上，我也只見過他們幾回而已。他們大約還在山下辦事，要過了冬天才會回來吧。」

小石頭問道：「三師兄叫通山，四師兄叫通海，五師姊叫通雲，那大師兄和二師兄叫什麼？」

通吃道：「大師兄叫通天，二師兄叫通地。天、地、山、海、雲，很好記的。我要睡啦，你還有什麼問題，等明兒再問吧。」

小石頭心中越來越好奇，等到通吃沉沉睡去，開始打鼾後，他便跟韓峰低聲談論起來，說道：「我原本只道這寶光寺是間藏在深山裡的窮苦寺院，收養了一群掛著鼻涕的飢餓孤兒，現在才知道原來這兒的大弟子們是要練武功的，還要下山『辦事』，還有竹林內那鬼怪……這地方可不簡單，肯定隱藏著什麼祕密！」

韓峰點頭道：「你說得是。魏居士整日躲在屋裡用暗語寫密信，也十分可疑。至於老和尚讓神力帶我們一起去練武，不知是福是禍？」

小石頭笑道：「你身強力壯，原是練武的料子，那自然是福；至於我這等天生軟弱、最怕吃苦的胚子，逼我練武可是要我的命，自然便是禍啦。」

韓峰道：「你別擔心。只要老和尚在寺裡，我們便不會有事。」

小石頭點頭道：「你說得不錯。老和尚一回來，狗熊的氣燄立即便消滅了許多。他不敢繼續讓我們禁語，還任由我們去廚房幫忙，我瞧咱們未來的日子定會好過許多。至於去山頂練功什麼的，我們明兒便跟去看看也罷，練練功夫也無妨。既然在此住下了，也只能走一步算一步，見機行事了。」

韓峰卻沒有他那麼樂觀，說道：「這也難說。早些睡吧。」

注：唐代的蘆菔即蘿蔔，胡瓜即大黃瓜。隋唐時期的「饅頭餅」是在麵團中包餡，類似今日的包子。

第二十一章 落崖驚

轉眼到了第二日，天還沒亮，小石頭便聽見了他最痛恨的打板子聲，迷迷糊糊地爬起身，跟著韓峰穿衣洗臉，來到佛堂做了早課。

早課完後，由老和尚領著大夥兒禪坐。他不厭其煩地再解說了禪門的淵源和禪坐的方法，說道：「禪門一宗，乃由祖師菩提達摩由天竺傳入中土。祖師來到中土後，與南朝梁武帝會面談話，但是言不投機，於是一葦渡江，來到少林寺面壁九年，等候傳人。後來吾師慧可大師上少林求法，在達摩祖師門下修習六年，盡得其心法，得傳禪宗衣缽，是為二祖。本門心法，在於『不立文字，教外別傳；直指人心，見性成佛』。禪門弟子透過止觀禪修之法，見到自性清淨之心，認識自己本來面目，稱為『頓悟』；禪者悟後起修，清除煩惱障、所知障，成就佛果。」

他續道：「我們坐禪時，自心既不攀緣善惡，也不可沉空守寂，須廣學多聞，識自本心，才能達諸佛理。需知『覺性本有，煩惱本無』。直接契證覺性，便是頓悟。我之前說過，並非只有靜坐斂心才算是修禪，一切時中行住坐臥之中，亦可體會禪的境界。我們禪門講究『先立無念為宗』。所謂『無念』，就是雖有見聞覺知，而心常空寂之意。我們常說皈依佛法僧三寶，然而自心歸依自性，才是皈依眞佛。」

通定是弟子中比較機伶的，這時開口問道：「請問老和尚，什麼是『自心皈依自性』？」

老和尚道：「你問得很好。所謂『自皈依』，就是除卻自性中不善心、嫉妒心、諂曲心、吾我心、誑妄心、輕人心、慢他心、邪見心、貢高心及一切時中不善之行，常自見己過，不說他人好惡，是爲『自皈依』。我們常須謙卑下心，普行恭敬，即是見性通達，更無滯礙，是爲『自皈依』。」

韓峰仔細傾聽，思索老和尚所說修習「無念」的法門，感覺甚是受用。

早課完畢後，老和尚便回去了竹林。神力大師叫了三師兄通山過來，說道：「通山，你先領師弟們上山去，帶大家蹲馬步。老和尚今日要下山，走前有幾件事要吩咐。我見過老和尚後就去。」

小石頭耳朵尖，聽見了「老和尚今日要下山」這八個字，心中一跳，暗叫不好：「糟糕，糟糕！我們才高興了一晚上，老和尚怎地突然又要下山去？他這一走，我跟我大哥的日子可又不好過了。」

他望向韓峰，但見韓峰也皺起眉頭，顯然也聽到了神力大師的言語。

三師兄通山躬身答應了，便領著通雲、通吃、韓峰和小石頭四人往山上走去。

小石頭心中又是焦急，又是疑惑，問通吃道：「剛才神力大師說老和尚又要下山，是眞的麼？」

通吃自然知道他兄弟二人的命運全取決於老和尚的去留，也頗爲擔心，說道：「如果是神力大師說的，那自然是眞的了。」

小石頭追問道：「那他會去多久？」

通吃搔搔大頭，說道：「老和尚上回下山替我們籌辦糧食，去了一個多月。以往他每隔一段時日便會下山一陣子，這回可能又要幾個月才會回來吧？我眞的不知道。」

小石頭聽說老和尚可能一去數月，心一沉，忽然聽見自己的肚子咕嚕咕嚕地叫，忍不住問道：「我們早課一做完便去練功，那什麼時候才吃早齋啊？」

通吃搖搖頭，神色也頗爲痛苦，說道：「早齋我已準備好了，但是吃飽了怎能練功？當然要等練完功後才能吃啦。」

小石頭一顆心彷彿沉入了谷底，問道：「那我們練功要練多久？」

通吃嘆了口氣，說道：「這要看神力大師了。」

小石頭在肚裡暗暗咒罵了幾句，無可奈何之下，也只能跟著大夥兒往山上走去。他忽然留意到通海不在其中，四下望望，問通吃道：「怎麼，我們那既富且貴的大少爺四師兄不必練功麼？」

通吃趕緊拉拉他，低聲道：「四師兄的事情，我不是要你別亂說麼？快別提啦！我也不知道他在哪兒，來不來練功。」小石頭這才閉上嘴。

五人走了約莫一頓飯的功夫，才來到山頂之上。但見面前便是一片平坦的土地，地上布滿大大小小的亂石和一叢叢稀稀落落的雜草。山高處比山腰寒冷得多，加上山風勁急，韓峰還能夠抵受得住，而小石頭只冷得渾身簌簌發抖。

便在此時，忽聽勁風聲響，一物急速從左方飛來，正向著韓峰打去。

韓峰反應極快，立即轉身，伸手接住，見扔過來的竟是一柄弓。他一怔，隨即又是一物飛來，卻是一個箭袋。韓峰伸左手接住了，見這套弓箭並不是自己的，抬頭一望，卻見高處大石上盤膝坐著一人，一身乾淨整齊的白色僧袍，跟其他沙彌穿著的破爛羅漢衫直有天壤之別，腰上纏著長鞭，俊秀的臉上帶著冷笑，正是四師兄通海。

韓峰對通海並無好感，卻也沒料到他對自己竟懷有這般強烈的敵意，心生警惕，抬頭凝視著通海，靜待他開口。

通海站起身，拍拍身上塵土，滿面傲色，說道：「我聽神力大師說你會射箭。昨兒夜裡，我們被一群不濟事的匪徒圍攻，眼看就將退敵，卻有個不識趣的傢伙，躲在暗中猛放冷箭，射倒了幾個盜匪，又不敢露面。哼，這等偷偷摸摸、暗中傷人的把戲，當真丟臉丟到了家！姓石的小子，老實說吧，昨夜放冷箭的是不是你？」

一旁的三師兄通山似乎並不贊同通海的言語，張口想說什麼，卻貌似心存忌憚，欲言又止。

通雲則皺起眉頭，望了通海一眼，對韓峰道：「石大哥，如果昨夜確實是你出箭相救，我們都好生感激。」

通海轉頭瞪向通雲，喝道：「要妳多嘴什麼！昨夜射箭的當然不是這小子。他哪有什麼射箭的本事？來！姓石的小子，我將弓箭都給了你了，你來射我啊！若能射中我，算你厲害！」說著挺身站在大石之上，張開雙臂，滿面挑釁之色。

韓峰雙眉豎起，左手握緊弓身，卻並不舉弓，也未曾抽箭搭上。他靜立一陣，才緩緩地道：「我不會射箭。」

通海縱聲大笑，從石頭上跳下來，站在韓峰面前，冷笑道：「我早說過，神力大師看走了眼，高估了這小子！」右手伸出，從韓峰手中奪過弓箭，左掌一揮便往他臉上打去。

韓峰想要後退閃避，不料通海這一掌出其不意，來勢極快，他只覺臉上一辣，眼前一黑，已被通海一掌摑倒在地。

小石頭驚呼一聲，連忙奔上前去扶韓峰。

通雲在旁眼見通海忽然掌摑韓峰，又驚又怒，高聲道：「通海師兄，你這是做什麼？不論昨夜射箭的是不是他，你怎能胡亂打人？」

通海抬起下巴，冷笑道：「我就是看他不順眼，就是要打他，妳待怎地？妳以為自己是誰，竟想管到我的頭上麼？」

通雲柳眉一豎，伸手扶住腰間長劍劍柄，冷然道：「通海師兄，我敬你是師兄，你言語行事卻不可欺人太甚！」

通海斜眼望向她，滿面不屑，冷笑道：「憑妳也敢教訓我？若不是因為我看妳是個姑娘家，早就給妳點顏色瞧瞧了！妳要為這姓石的小子來跟我動手，這就出招吧！」他空手擺出個架勢，更不取下腰間長鞭，顯然全不將通雲放在眼中。

這時韓峰已在小石頭的扶持下站起身，感到左頰火辣辣地疼痛，通海剛才那一掌摑得著實不輕。他怒火中燒，暗想：「我跟通海無冤無仇，他出手竟這麼重！」又見通海對通雲神態輕蔑，言語無禮，心中怒火更熾，大步衝上前，握緊拳頭，大喝一聲，揮拳便往通海面門打去。

通海一側身，輕易便避開了韓峰這一拳，冷笑道：「好小子，竟敢對你爺爺動手！」一拳回擊，正打在韓峰的肩頭。

韓峰這回已有準備，略一矮肩，卸去了力道，揮左掌又向通海打去。

通海已有十五六歲年紀，身材甚高，加上學武多年，招數嫻熟，自是占盡了便宜；韓峰只有十二歲，雖然身形高大，但仍比通海矮了一個頭，在家中時只學過些射箭騎馬之術，身手遠不如通海靈活矯捷，轉眼便被通海打了五六拳，踢了七八腳。

韓峰早知自己不是通海的對手，但他打發了性兒，哪裡肯收手？瘋了般地不斷揮拳向通海打去，卻連一拳一腳也打踢不到通海身上。

小石頭在旁看得又急又怒，忍不住對通海罵道：「以大欺小，以強欺弱，這算是什麼狗熊？我大哥昨夜發箭射倒盜匪，救你性命，你竟是如此回報他？忘恩負義，卑鄙無恥！」眼見韓峰又被通海一拳打在臉頰上，小石頭再也看不下去，從地上抓起兩塊石頭，奮力往通海擲去。他不但擅長彈弓，扔石子的手段也十分到家，這兩塊石頭擲得又快又準，啪啪兩聲，竟分別打中了通海的額頭和左頰。

通海吃痛，伸手去摸額頭和左頰，見到手中出現一抹血跡，知道臉上已然破相，他十分在意自己的容貌，不禁大怒，雙眉豎起，暴吼一聲，陡然向小石頭衝去，使出「無影腿」，左腿飛出，踢上了小石頭的肚子。

小石頭更來不及閃避，只覺小腹一痛，便身不由主地向後飛去，直飛出一丈才落地，落地之後餘勢不衰，又滾出了十多圈，眞如一粒小石頭一般，沿著山坡骨碌骨碌地滾下，眼見便要滾到懸崖邊緣。

他耳中聽得韓峰驚呼：「小石頭！」語聲中滿是焦急擔憂。

小石頭雖滾得狼狽，心中卻甚感安慰：「我大哥如此關心我！」雙手用力一撐，努力想讓自己停下，但覺雙手劇痛，卻是被地上的尖石刮傷，而滾勢竟絲毫未曾減緩。

小石頭這才發現自己身處一道往下的斜坡，這一滾眞不知要滾到何處方止，心中驚慌，放聲大叫起來：「救命！救命！」

這兩聲救命還沒叫完，身下忽然一空，原來他已滾到斜坡的盡頭，直直往下墜落。小石頭發現底下便是萬丈深谷，而自己已滾過懸崖邊緣，正往下跌落，一時只嚇得連叫也叫不出聲了。

就在千鈞一髮之際，他感到手臂一緊，有人伸手抓住了自己。他抬起頭，只見一個嬌小的身形伏在懸崖邊緣，伸手緊緊捉住自己的手臂，正是五師姊通雲。

原來通雲眼見小石頭一路滾下坡去，而坡的盡頭便是一道垂直而下的懸崖，這一跌下去，可準是粉身碎骨了。她眼見情勢緊急，立即施展輕功，飛身衝下斜坡，在小石頭跌下懸崖的那一剎那，及時俯身伸手抓住了他，他才沒就此跌下懸崖。

身下忽然一空，原來他已滾到斜坡的盡頭，直直往下墜落。小石頭發現底下便是萬丈深谷，而自己已滾過懸崖邊緣，正往下跌落，一時只嚇得連叫也叫不出聲了。

就在千鈞一髮之際，他感到手臂一緊，有人伸手抓住了自己。他抬起頭，只見一個嬌小的身形伏在懸崖邊緣，伸手緊緊捉住自己的手臂。

第二十二章　同門搏

小石頭臉色煞白，不敢動彈。通雲牢牢地抓住他的手臂，慢慢將他拉過懸崖邊緣，又拉著他往上坡攀去，離開懸崖十多步，才讓他坐倒，替他拍去身上的乾草雪泥，問道：「你沒事麼？」

小石頭臉上紅一陣，白一陣，全身抖個不止，過了半晌，才定下神來，顫聲說道：「我沒事。多謝……多謝師姊救我性命！」

通雲拉著他的手，快步走回山頂，小石頭跟在她身旁，側頭見她雙眉豎起，俏美的臉上滿是煞氣，顯然憤怒已極。

韓峰見小石頭獲救，大大鬆了一口氣，胸中對通海的怒氣更增，大步衝上，揮拳往通海打去，通海避開回擊，兩人纏鬥不休。

轉眼間，韓峰臉上又被通海打了幾拳，鼻血長流，嘴角也掛著血跡，但他眼中怒火熾盛，即使被打得鼻青眼腫，卻毫不退縮，仍舊狠命揮拳向通海打去。

通海有如貓兒玩弄老鼠一般，好整以暇地一邊閃避，一邊口出譏嘲之言：「姓石的小子，你武藝低微如此，眞是大出我的意料之外啊！神力大師要你一起來練武，根本是白費力氣，虛耗光陰！我看你還是回去切切菜，挑挑糞，掃掃地，做些比較適合你的活兒吧！」

通吃站在一旁，一顆大頭隨著二人的身形移動，滿面焦急，不斷呼喊道：「四師兄！

四師兄！快住手呀！別打啦！大石頭，你也快退下吧！」他自知武功太差，無法上前勸架；越看越急，最後只得奔到三師兄通山身邊，拉著他的衣袖，哀求道：「三師兄，你快阻止他們，要他們別打了吧！」

通山也是滿面憂急，但他正如通吃偷聽到的，往年曾是通海家的家僕，畏懼小主人的威勢，只能站在一旁猶豫遲疑，不但不敢出手阻止，連出聲勸止都不敢。

這時通雲已帶著小石頭回到了山頂，一眼便望清了情勢，立即拔出長劍，一躍上前，叫道：「通海師兄，快快住手！不然我可要出手了！」

通海對她更不理會，又狠狠踢了韓峰一腳。這腳踢在韓峰左腿脛上，他只覺痛入骨髓，不由自主跪倒在地。通海更不容情，舉腳又往韓峰頭上踢去。

通雲輕嘯一聲，飛身上前，刷的一聲，長劍出鞘，劍尖直刺通海胸口。

通海不得不收腿，側身閃避，怒喝道：「妳來眞的？」飛腿去踢她手中長劍。

通雲迴過劍，斜劈而下，斬向通海左腿，逼得他趕緊收腿，一個重心不穩，連連向後退出數步。

通雲所學的「打魔劍」十分精妙，這一出手，兩招之間，通海便被逼得收腿後退，韓峰也終於能喘口氣，勉強站起身來，抹去臉上的血跡。

小石頭和通吃連忙奔上前去看望韓峰，見他臉上布滿血跡，青一塊，紫一塊，這頓打可挨得著實慘烈。

通雲揮劍逼退通海之後，便不再追擊，只迴劍守住門戶，說道：「師兄，得罪了！」

通海卻怒發如狂，雙眼發紅，忽然一伸手，扯下纏在腰間的長鞭，手一抖，長鞭便如靈蛇般舞動起來，喝道：「通雲，妳竟敢對我出手？妳竟敢對我出手？我今日不教訓教訓妳，我不姓楊！」他並未學劍，卻學了一套「霹靂鞭」，此時揮動長鞭，直往通雲頭上砸去。

通雲舉劍擋住，叫道：「三師兄！快攔住四師兄，我不想傷了他！」

通海聽了更惱，尖聲喝道：「諒妳也傷得了我？全都給我滾遠一點！誰也不准攔我！瞧我收拾這目中無人的小妮子！」

通山的身形雖高大如鐵塔，性情卻頗爲軟弱怕事，對通海尤其怕得厲害，雖舉起手中長棍，卻始終站在一旁，不敢上前半步，更別說挺身勸架了。

於是通海和通雲這對師兄妹便一使鞭，一使劍，在山頂的練武坪上打鬥起來。兩人招式都十分純熟精妙，通雲神色鎮定，劍招揮灑自如；她手中長劍雖短，卻不曾被通海的長鞭逼退，劍尖不斷指向通海的臉面、胸口、小腹等要害，逼得通海不得不收鞭防衛，怒吼連連。

旁觀的小石頭和韓峰雖不擅武功，卻也能看出通雲的劍法略高通海一籌，只是她心地善良，不願傷害對手，總是手下留情，未曾眞正出劍刺傷通海。

兩人轉眼過了三四十招，正鬥得激烈，忽聽一個洪鐘般的聲音在身後響起：「住手！通通給我住手！」

一個高大的身形出現在山道上，正是神力大師。

通雲立即收劍後退，通海卻抓緊機會，趁勢追上，鞭梢掃處，通雲連忙側頭閃避，卻已不及，被鞭子捲下了鬢邊的幾綹秀髮。

神力大師衝上前，夾手奪過通海的鞭子，又奪下通雲的長劍，怒喝道：「這是在做什麼？我沒來，你們倒自己打起來了？師兄妹各持兵器對打，拚個你死我活，我們寶光寺有這等規矩麼？」

通雲伸手撫著額角，小嘴一扁，說道：「大師！通海師兄出手毆打不會武功的石峰，又踢得石峘險些滾下懸崖。這難道便是我寶光寺的規矩？我若不出劍阻止他，他只怕已將石峰打成重傷了！」

通海立即反駁道：「她胡說！這兩個小子出言不遜，口口聲聲說什麼他們昨夜射箭救了我們的性命，要我們感激涕零，向他磕頭道謝。我心存懷疑，要他射箭給我看看，他卻死也不肯！哼，這小子根本便不會射箭，只是胡吹大氣罷了！他又說要向我挑戰，我爲了維護寶光寺的名譽，才出手教訓他們一下。我哪裡做錯了？我哪裡做錯了？」

神力大師望向通山，問道：「事情經過是這樣麼？」

通山低下頭，支吾了一陣，才在通海狠毒的目光下回答道：「通海師弟說得沒錯。」

通雲又急又怒，叫道：「不！不是這樣的！」

神力大師顯然已聽信了通海和通山的言語，轉頭瞪向通雲，厲聲道：「妳拔劍與師兄對打，已犯門規，還要再辯解麼？」

通雲一張俏臉漲得通紅，轉過頭去，咬緊了嘴唇，顯然又羞又怒。

神力大師轉頭望向韓峰，冷冷地道：「你以爲自己懂得射箭，昨夜在黑暗中放了幾枝流箭，嚇退了那幫膿包之極的盜匪，就算是什麼大功勞了麼？如此便要師兄師姊們向你感激拜謝，也未免太狂妄自大了。通海教訓你一頓，原也應當！」

小石頭聽通海滿口謊言，心中如何服氣，忍不住高聲道：「神力大師，你怎能如此不問是非，不分黑白？我大哥根本沒有要他們道謝，是通海那傢伙先挑釁我大哥，一上來就打了他一巴掌，還伸腿踢我，又不斷打我大哥，你自己看看！他把我大哥打成這樣！」

神力大師轉頭向小石頭瞪去，怒喝道：「給我閉嘴！在我和師兄們跟前，哪有你開口說話的餘地？」

通吃原本也想出言替韓峰辯解，但聽了神力大師對小石頭暴雷般的叱罵，嚇得張大了口，再也不敢出聲。

神力大師望向韓峰，雖看到他被打得鼻青眼腫，卻視如不見，冷冷地道：「石峰！你自己說，是誰錯了？」

韓峰脾氣極硬，知道神力大師意在逼他示弱解釋，道歉求饒，當下高聲道：「我打不過他，是我自己不濟，怪不得他人！至於誰是誰非，明眼人自能瞧得一清二楚，不用我說！」

神力大師不理會他話中的譏刺之意，哼了一聲，說道：「你既然自認不濟，又怪得誰來！今日算是給你一個教訓！」他瞥了小石頭一眼，又道：「你們兩個第一日來山頂練功，便不尊敬師兄師姊，惹出這等麻煩！給我到一邊去，罰你們蹲馬步，蹲個三段香才准起來！」

小石頭原本便對神力大師惱恨已極，此時見他竟公然偏頗通海，和通海聯手壓迫欺負韓峰，心中氣憤難已，眼眶泛紅，努力忍住不讓淚水掉下來，雙拳握得緊緊地，指甲都陷入了肉裡。

韓峰反而鎮靜一些，過去拍拍小石頭的肩膀，拉著他走到一旁，開始蹲馬步。

通雲望見韓峰飽受毆打的臉頰，微微皺眉，走到一旁的山澗邊，取出懷中手絹，浸入澗水裡，又回來將手絹遞給韓峰，說道：「擦擦臉吧。」

韓峰心知自己武藝太差，才會被通海打得如此狼狽，見到通雲拿手絹給自己擦臉，甚覺羞赧，但若不接又是無禮，只得謝了一聲，接過手絹，飛快地擦了一下臉，不敢讓手絹當眞沾上自己臉上的血跡塵土，便將手絹還給了她。

神力大師眼見通雲公然對韓峰表示同情善意，皺起眉頭，卻沒有說什麼，只走上前糾正二人蹲馬步的姿勢，用棍子敲打小石頭的小腿，喝道：「馬步哪是這麼蹲的？雙腳分開一些！再蹲低一些！大腿跟地面打平！」

他挑剔了好一會兒，直到兩人的馬步蹲得完全令他滿意了，才從懷中掏出一段香，將香放在韓峰和小石頭面前的一塊石頭上，打火摺點燃，說道：「蹲完一段香，便出聲叫我。我沒說可以之前，不准起來！不然罰你們三日不能吃東西！」說完便轉身走開，逕自去指點通山、通海、通雲、通吃四人練功去了。

小石頭蹲著馬步，剛開始還怒氣沖沖地強忍著眼淚，蹲了半段香後，便顧不得心中的憤怒不平了，只覺雙腿痠麻劇痛，實在頂不住，便偷偷站起身來。

神力大師站在不遠處，一直留意著二人，立時便瞧見了，大步奔來，一棍子敲在小石頭的背脊上，喝道：「蹲下去，不准站起來！你若蹲不了三段香，便由石峰補你的數，讓他蹲足六段香！」

小石頭心中又怒又恨，眞想發狠躺倒在地，看神力有沒有膽量打死自己。但他想起老和尚又下山去了，神力或許眞會打死自己也說不定，又不願增加韓峰的負擔，只得勉強再蹲下去。

他眼見那香燒得極慢，心中暗暗咒罵：「剛才山風那麼大，怎地現在又沒有風了？風啊風，還不快趕緊吹吹那香，讓它燒快一些！」想張口去吹那香，但嘴巴離香甚遠，吹氣想必沒有太大的作用，便索罷了。

他又撐了一會兒，感到雙腿肌肉顫抖不已，兩條腿好似不再是自己的了，完全不受控制，只能咬牙對韓峰道：「大哥，我是不可能蹲完這三段香的，我的腿……快要斷啦！」

韓峰同情地望著他，也不知道能說什麼，只道：「你忍著點。」

小石頭自從來到寶光寺後，一來肚子餓，二來起得早，三來得幹活兒，四來一不小心便犯規犯戒，五來不斷受到神力大師的挑剔責罰，總覺得光陰過得奇慢無比；然而這日早晨被罰在寒風凜冽的山頂上蹲馬步，那才眞正感到光陰爬得比蝸牛還要慢。

他蹲著馬步，直得用盡全身力氣，才能勉強撐著不倒下。他的背上額上汗如雨下，一滴一滴落在地上，形成了一個汗圈兒；衣衫早已被汗水浸滲濕透，山風一吹，全身又冷又僵，似乎連發抖的力氣都沒有了。

小石頭勉強蹲完一段香，第二段香才開始燒，便眼前一黑，忽然仰天倒下。幸而韓峰及時伸出手，在他的肩膀上一托，阻了一阻，小石頭的後腦才沒直接磕到硬土地上。

韓峰見小石頭雙眼翻白，顯然已昏厥了過去，心中大驚，叫道：「來人哪！我兄弟昏過去了！」

神力大師不急不忙，慢慢走近前來，低頭看了小石頭一眼，冷冷地道：「沒用的東西！我瞧他不過是睡著罷了。他做早課也會睡著跌倒，蹲馬步當然也能睡著跌倒！這貪睡的小子只想多睡一會兒罷了！」

韓峰怒道：「他不是睡著，是昏過去了！」

神力大師哼了一聲，臉上露出猙獰的神色，似笑非笑地道：「昏過去了，那不是更好麼？」雙眉一豎，惡狠狠地道：「你可沒睡著，也沒昏倒，快蹲好了馬步！別再廢話，他的份你也得蹲，乖乖給我蹲完五段香！」便自走了開去。

韓峰心中一涼：「瞧他這肆無忌憚的神態，顯然更不理會我二人的死活。如今老和尚再次下山，也不知何時才會回來，他想要如何折磨我們，便如何折磨我們，再也沒有人能管得了他！」想到此處，心頭一片冰涼，望著躺在地上的小石頭，擔心無已。

便在此時，一個嬌小的身影出現在小石頭身旁，卻是通雲。她蹲下身，伸手摸摸小石頭的額頭，關切地問道：「他沒事麼？」

韓峰焦急地道：「他昏過去了。」

通雲皺起眉頭，扶起小石頭，讓他躺好，取過自己的厚棉衣，替他蓋在身上，說道：「他出了一身汗，躺在這兒給山風一吹，一定會受寒的。我先替他蓋著，至少保個暖。待會兒下山後，須得立即讓他喝點熱湯，免得傷寒入體。」

韓峰心中感激，低聲道：「多謝妳！」

通雲抬頭向他一笑，說道：「小石頭是我們同門師弟，照顧他原是應當的。」站起身走了開去。韓峰望著她的背影，只覺心中溫暖，臉上發燙。

第二十三章 義揹負

卻說韓峰勉強撐著蹲完了五段香，雙腿雖痛，卻不曾倒下。小石頭已清醒過來，但仍癱倒在地，連爬都爬不起身。

這時其他人都已練完功，神力大師下令道：「好了，今日到此結束，大家各自下山！明日早課之後，準時來此練功！」說完不忘瞪了韓峰和小石頭一眼，嘴角露出冷笑，當先大步下山去了。

通海故意走到小石頭身邊，伸腿去踢他的左腿。小石頭的雙腿仍然又麻又痛，被他一踢，登時慘叫起來。

通海哈哈大笑，說道：「我早說過了，你們兩個廢物合該去清鴿糞、掃茅房，才是正經！」

韓峰握緊拳頭，便想衝上去跟通海拚命，被通吃一把拉住。他體力已盡，被通吃拉著手臂，竟無力掙脫，更別說再次上前跟通海打架了。

通山一直緊緊跟在通海身後，手中提著通海的棉衣，此時擔心通海跟韓峰又打起來，也趕緊攔在他身前，說道：「師弟，快穿上棉衣吧，別冷著了！」

通雲也已來到一旁，臉色肅然，手按劍柄，凝視著通海，防備他又向二人挑釁。

通海剛才跟通雲交過手，並未占到上風，對她頗爲忌憚，瞪了她一眼，哼了一聲，頭也不回，往後一伸手臂，穿上通山遞過的棉衣，傲然走下山去，通山隨後快步跟上。

通吃來到小石頭身邊，扶他坐起，問道：「小石頭，你沒事吧？」

小石頭哼哼唉唉地，掙扎了好一陣子，才勉強坐起身，只覺雙腿又痠又疼，完全不聽使喚。

通雲望著通海的背影，哼了一聲，憤憤地道：「通海師兄這回眞是太過分了！他平時便高傲凌人，在山下我們都受夠了他的氣。等老和尚回來，我定要向他老人家報告此事！」

韓峰沒有答腔，轉頭問小石頭道：「你能走下山麼？」

小石頭悲慘地搖了搖頭。

韓峰活動了一下雙腿，便俯下身，將小石頭揹在背上。小石頭想將棉衣還給通雲，通雲搖頭不接，說道：「你披著吧。怎地你們兩個沒穿棉衣上山？」

小石頭道：「我們沒有棉衣。」

通雲甚是驚詫，皺眉道：「天候這麼冷，竟然連棉衣也不給你們一件！幸好這回我帶了棉布和棉花回來，今兒便給你們縫兩件吧。」

小石頭心中感動，說道：「通雲師姊，多謝妳啦！」這聲「通雲師姊」倒是叫得眞心誠意。

韓峰捱了通海一頓狠打，又蹲了五段香的馬步，雙腿疼痛不堪，此時揹著小石頭，走在險陡的下山路上，一步一頓，舉步艱難。

通吃擔憂地望著他，說道：「大石頭，我在廚房還有活兒，需得先走一步。你們自己下得了山麼？」

韓峰道：「不要緊，你先走吧。」

通雲自也看出韓峰走得辛苦已極，說道：「讓我來揹小石頭吧。」她原是好意，韓峰卻不知爲何，不願接受她更多的好意，立即道：「不必了。師姊請和通吃一起先下山去吧，不必等我們。」

通雲聽他語氣堅決，微微一怔，才道：「那你們慢慢走，留心腳下。我們先走了。」便與通吃當先走下山去，還不時回頭望向二人，神色中滿是關注擔憂。

待通吃和通雲走遠了，小石頭忍不住道：「我說大哥啊，你被那渾帳惡霸通海打成這樣，都快走不動了，哪能揹我下山？通雲師姊一片好意，你又何必拒人於千里之外？」然而一如預期，韓峰沒有回答，只顧埋頭走路，一聲不吭。

小石頭嘆了口氣，說道：「你又不說話了。嘿，我認識你雖不長，卻最了解你的心思不過。你就算不說話，我也知道你在想什麼。」

韓峰仍舊沒有回答。

小石頭卻也不再言語，他伏在韓峰背上，背後披著通雲的棉衣，感受到韓峰身上傳來的熱氣，耳中聽著他的喘息，心中感動難已，暗想：「我大哥待我，便是親兄長也沒有這麼好的。我卻該如何報答他才是？是了，我定要認眞想個辦法，湊合他跟通雲師姊，讓我大哥得償心願，才算報答了他對我的一番情義！」

如此走了許久，韓峰終於揹著小石頭，回到了寶光寺。

兩人肚子都已餓到了極點，反而不感覺飢餓。他們來到廚房門口，發現廚房和食堂都已空空如也，所有的吃食缽碟都已收拾乾淨。

兩人站在食堂前面發呆，不知所措。

這時神力大師走了過來，冷冷地道：「你們兩個幹什麼去了？滿山遊玩？這麼遲才回來，還想吃東西？門都沒有！快去挑水劈柴，清掃鴿舍！做不完，連午齋都沒得吃！」

兩人早已沒有力氣爭辯，垂頭喪氣地走到廚房後。韓峰挑起水桶，說道：「我來挑水，你去鴿舍餵鴿子吧。」

小石頭知道自己雙腿走不動，也只能如此分工，便道：「好吧。大哥，你保重。」忽又問道：「老和尚……老和尚眞的又下山去了？」

韓峰沉重地點了點頭。兩人互相望望，心中都清楚，兩人的苦難重新開始，如今再加上可憎的通海，往後的日子只有更加難過。

韓峰挑起水桶，往寺後的水井走去，小石頭則一跛一拐地，往鴿舍行去。

小石頭來到鴿樓，先去書房向魏居士報到，說道：「魏居士，小石頭來您這兒餵鴿子，打掃鴿舍啦。」

他已有一陣子沒來了，但見魏居士和上回見到時一般，埋頭伏在案上寫著信，頭也沒抬，只道：「好，好。多謝你啦。」

小石頭忍著肚餓，去鴿舍角落提起一桶鴿食，一杓杓舀出來倒在鴿子的食槽中，心想：「鴿子有東西吃，我卻餓著肚子，這還有天理麼？什麼世道！」

他望著磨成粉的小米鴿子飼料，肚子咕咕作響，又想：「哪日我要餓到連鴿食都搶來吃，也未免太可悲了。」睁眼瞪著鴿子，轉念又想：「我哪有那麼笨？與其搶鴿子的食物，不如直接吃這些鴿子算了！」

鴿子們似乎能感受到他眼中的凶光，紛紛驚叫起來，拍著翅膀，退到籠子的角落裡去。

小石頭將頭湊近鴿籠，做個鬼臉，苦笑道：「你們放心吧，冬天過去之前，我都得想法留在這鬼寺廟裡，不會敢吃你們的。」

他餵好鴿子，正要開始換鴿糞盤子，忽聽門外一人叫道：「喂，小石頭！」

小石頭抬頭一看，但見門口露出一個圓圓的光頭，正是通吃。

通吃招招手，壓低聲音道：「我給你留了兩塊大餅，快來吃吧！」

小石頭聽見「大餅」兩個字，口水都快流了出來，三步併作兩步，搶到門口，從通吃手中接過兩塊大餅，整片塞入嘴裡，三兩口便吃完了一塊。

他望著手中第二塊餅，想起韓峰，問道：「這餅還有麼？我大哥有沒有得吃？」

通吃道：「我也就藏了這兩塊。你大哥在哪兒？我拿去給他。」

小石頭道：「他到後山打水去了。你若在廚房等候，他挑水回來時，請你悄悄遞給他好麼？」便將那塊大餅遞給通吃。

通吃伸手接了，點頭道：「好，我便在廚房等他。」

小石頭甚感安慰，伸手拍拍通吃的肩頭，誠心誠意地道：「通吃，多謝你啦！」

通吃低聲道：「不必謝我。之前廚房的存糧眞的快沒啦，我們大家才得忍一忍，少吃一些。如今存糧足夠，誰也不該挨餓。」

小石頭心中感動，握住通吃的手，只覺這隻小胖手再溫暖友善不過。

當日晚間，韓峰和小石頭做完了活兒，晚課完畢，兩人都累得半死，隨便洗了洗頭臉手腳，便來到食堂地上躺下，只覺全身痠痛，一躺下便再也動彈不得。

正在半睡半醒間，忽聽門外有人輕輕敲了兩下，一個嬌柔的聲音輕喚道：「石大哥！」

小石頭對眾人謊稱二人是兄弟，並說他們姓石，韓峰卻沒想過這便表示自己成了「石大哥」，一時沒會過意來。

小石頭連忙推推他，說道：「喂，叫你哪！」

韓峰這才明白過來，趕緊爬起身，走到門邊，但見一個嬌秀的身形站在食堂門外，手中捧著一疊大而沉重的事物，正是通雲。

通雲將手中事物遞給韓峰，微笑道：「哪，你的棉衣，剛剛做好的。」

韓峰望著那件棉衣，只覺滿臉滾燙如燒，連忙低下頭，伸手接過了棉衣，卻不知道該說什麼才好。

通雲向小石頭招招手，說道：「小石頭，這件是給你的，快過來試試！」

小石頭連忙爬起身，光著腳奔到門口，接過通雲手中的棉衣，臉上猶如笑開了一朵花一般，立即將棉衣抖開，套在身上，喜孜孜地轉了個圈，笑道：「剛剛好！暖極了！多謝師姊！大哥，你也快試試呀！」

韓峰在他的催促下，才將棉衣套在身上。那棉衣寬寬鬆鬆，袖子也長了一些。

通雲替他捲起袖口，笑道：「我是照我二哥的尺寸做的，你穿稍稍大了一些。但是不要緊，過得一兩年，想必就剛剛好了。」

韓峰伸手摸摸溫暖厚重的棉衣，心中不知是何滋味。上一回自己試穿新衣，早已記不清是什麼時候了；往年家中富裕，常有新衣可穿，平日所著的冬衣精緻輕暖，比起身上這件笨拙厚重的大棉衣不知好上幾百倍。然而這件棉衣乃是通雲一針一線縫製的，他穿在身上，雖然臉上發窘，心中卻感到一陣難言的溫馨暖和，只覺眼眶發熱。

他趕緊忍住淚水，低頭含糊地說道：「是，很好，很合身。多謝師姊！」

通雲滿意地點點頭，微微一笑，說道：「你們早些睡吧。」轉身向寺後她的小屋走去。

小石頭脫下棉衣，小心摺好，見到韓峰仍呆呆地站在門口，癡望著通雲的背影，忍不住取笑他道：「老哥，怎麼，你打算穿著棉衣睡覺啊？」

韓峰這才驚醒過來，連忙脫下棉衣，快步走入食堂。他走得急了，經過門檻時，險些絆了一跤。

小石頭見了，忍不住哈哈大笑起來，直到發現韓峰臉色不善，默然瞪著自己，他才趕緊停下。

當晚小石頭幾次逗弄韓峰說話，韓峰卻都一聲不吭。

第二十四章 練武功

此後數日，韓峰和小石頭每日清晨都上山「練功」，而練功的第一件事，便是蹲馬步。小石頭終於發現他生平最痛恨之事就是蹲馬步。然而出乎他的意料之外，幾日下來，他竟然也能蹲完三段香而不昏倒了。

至於韓峰，每日蹲完馬步後，神力大師便讓他跟著三師兄通山學入門功夫「五禽戲」。

五禽戲傳自先秦的導引之術，由東漢末年神醫華佗編整而成一套養生健體的功夫，模仿虎、鹿、熊、猿、鳥五種動物的姿態，配合氣息調理，讓習者能夠增強筋骨，疏通血脈，鍛鍊體魄。

然而通山口齒笨拙，詞不達意，不但說不明白調息的方法，連姿態也比劃得不清不楚。韓峰學了好幾日，仍舊學不會開頭的三個姿勢，被神力大師罵了個狗血淋頭。通海在旁不斷譏笑嘲諷，神力大師也附和著通海，對韓峰羞辱有加。

韓峰硬氣傲骨，自恃身強體健，正適合學武，沒想到在神力大師的蓄意安排下，令他在眾師兄弟面前顯得蠢笨拙劣無比，他又羞又惱，只能強自咬牙忍耐。

小石頭在旁看得又急又恨，卻又無能爲力，幫不上半點忙，只能在背後大罵神力狡詐偏心、虛僞可惡，盡量安慰韓峰。

又過數日，神力大師讓小石頭也開始跟通吃學「五禽戲」。通吃自己也只學了個一知半解，小石頭學得當然更加不成模樣，什麼虎撲、虎舉、鹿抵、鹿奔、熊晃、熊運、猿提、猿摘、鳥伸、鳥飛，他沒有一個動作學得到家，簡直就是蟲爬、蛙跳、狗跌、貓滾，看得所有的師兄師姊都皺眉抿嘴，搖頭不已。

最後通雲實在看不下去了，一日清晨，她對神力大師道：「小石頭的身形資質與我頗為相似，不如讓我來教他輕功吧。」

神力大師雖不願，但在通雲的堅持下，只能勉強答應了。

此後小石頭蹲完馬步，便跟著通雲到山上去學輕功。

通雲年紀雖小，教起武功卻很有一套，從步法、身法的基礎功夫開始教起，讓小石頭練習在枯葉上行走而不出聲，在木樁上跳躍而不踏空，在樹枝間縱躍而不失足。小石頭原本身形瘦小，手腳靈活，學輕功正好對了他的性子，學得極快，半個月下來，竟已大有進步。

通雲見他進境甚快，頗感驚喜，暗中觀察他的身法，感到與自己當年初學輕功時頗為近似，不禁又是疑惑，又是好奇：「不知小石頭究竟是何來歷？我想老和尚一定知道。等他老人家回來，我定要向他請教。」

小石頭仍舊掛念著被放在佛堂大樑上的寶貝彈弓，心想通雲師姊輕功驚人，定能輕易躍上大樑，替自己取下彈弓。他思來想去，終於決定硬著頭皮去問通雲師姊。

這日他練完輕功之後，便對通雲道：「師姊，妳的輕功眞好！我跟我大哥打賭，他說妳一定躍不上佛堂的大樑，我卻說妳一定可以。妳究竟能不能躍上去？我眞的很想知道哩。」

通雲微微一笑，說道：「佛堂的大樑也不很高，躍上去有什麼難的？」

小石頭大喜，說道：「那太好了！等下我們一起去佛堂，妳躍上樑去給我看看，好麼？」

通雲笑得更開心了，一雙妙目直望著他，說道：「莫非大樑上有什麼寶貝，你要我躍上去幫你取？」

小石頭心想：「或許她已經知道彈弓的事啦。」當下吐吐舌頭，說道：「師姊當眞聰明，什麼都瞞不過妳。老實跟妳說吧，神力大師沒收了我的彈弓，放在大樑上。那是我趁手的武器，我一直想取下來，但是那大樑太高，我無論如何也取不到。師姊若能替我取回那把彈弓，小石頭一定好好酬謝妳！」

通雲側頭想了想，才道：「我聽說你的彈弓是老和尙沒收的，若是如此，我可不敢替你取下。你認眞跟我練三個月輕功，自己或許便能躍得那麼高了。」

小石頭原本有些失望，但聽見她最後兩句話，不禁大爲高興，連聲道：「我一定認眞練，一定認眞練！」

卻說小石頭跟著通雲學輕功，通雲溫和可親，待他如自己的小兄弟一般，小石頭的日子過得自是十分安穩愜意。韓峰可就沒有那麼好命了；「五禽戲」學完後，神力大師又命通山教他一套「雷撼拳」。即便通山教得頗爲認眞，但他實在不擅講解，韓峰只能盡力模仿，用心揣摩，學得奇慢無比。每當他學會幾招，神力大師便要通海和他對打，藉以磨練他的招數。

通海武功高出韓峰甚多，下手又從不客氣，加上通海所使招數跟韓峰所學完全不同，偏於陰險毒辣，每回兩人對打，韓峰都以慘敗收場。通海下手絕不留情，不將他打得鼻青臉腫便不罷休。

神力大師看在眼中，從不阻止，只道：「師兄弟間切磋比武，原本便該盡全力拚搏。他若處處讓你，你又怎會進步？當你和眞正的敵人對打時，敵人又怎會對你手下留情，讓你半分？」

韓峰只能咬牙忍耐，即使被通海打得情狀淒慘、周身青紫，卻從來也不肯叫半聲苦。有回神力大師又說了一遍「敵人不會手下留情」的言語，韓峰忍不住道：「你說得不錯，眞正的敵人自然不會對我手下留情。然而我的敵人豈是通海這等宵小之輩！」

神力大師挑起眉毛，冷然道：「你倒說說看，你的敵人是誰？」

韓峰脫口道：「宇文述！」

這話一出，通海仰天大笑，神力大師和站在一旁的通山也露出不可置信的神情。

通海嗤笑道：「宇文述？他是當朝第一驍勇善戰的大將軍，武功高強，槍法精湛。你就算練上一輩子，也擋不住他的一槍！」

韓峰並不言語。他永遠也忘不了在宇文述在大興城中對他說的那番嘲諷之言；宇文述不但對他嗤之以鼻，更重重地侮辱了韓氏一門。更甚者，正是因爲宇文述的緊緊追捕，父親韓世諤才不得不隱匿逃竄，令他父子不得相聚。在韓峰心中，早已深深種下了對宇文述的敵意，認定宇文述是他在天地間最大的敵人。即使受到神力大師和通海等的嘲笑，他以宇文述爲假想敵的信念也沒有絲毫動搖。

如此過了一段時日，韓峰終於將「雷撼拳」學完了，神力大師又命他跟著通山學了一套「狂命拳」。

韓峰並未學過基本的拳腳功夫，這兩套拳法又十分高深繁複，他學起來異常艱難，許多招式不管他多麼認眞努力，都無法順暢地使出。但他不肯鬆懈，一直不斷埋首苦練之下，竟也感到自己的勁道和耐力逐漸增強，身手也比以前輕巧靈活了許多。

最初他跟通海對打時，只有挨打的份兒；後來他慢慢懂得運用在一場場實戰中領悟出的訣竅，偶爾能夠避開通海的拳腳，或是卸開他的力道，中拳挨腳時不致於太過疼痛。儘管他仍然打不到通海半拳，踢不到他半腳，至少能夠自衛，不致受傷太重。

直到一個月後，這一日韓峰好似忽然開竅一般，使雷撼拳時每拳都似有風雷之聲，勁道威猛；使狂命拳時也能比平時快捷順暢許多。他不知道這是武功初有小成的跡象，由於他自身體格資質甚佳，加上日日苦練筋骨、時時與師兄對打，終於能夠完全掌握身上的每寸筋肉，指使自如，武功因此突飛猛進。

神力大師一直冷眼旁觀，除了時時對韓峰挑剔責罵、嘲諷恥笑之外，從未給過他任何指點或鼓勵。通山教得對不對，好不好，他也完全不置可否。

幾日之後，神力大師忽然叫了韓峰過來，扔給他一根木棍，讓他開始「使棍」。說讓他「使棍」而不是「學棍」，因爲神力大師並不教韓峰任何使棍之法，只要他拿著一根木棍，讓通山也持一根木棍，兩人就這麼開始對打。

韓峰從來沒使過木棍，根本不知道該如何以木棍對敵，通山則嫻熟「勁罡棍」，出棍章法嚴謹，力道又強，不一會兒便將韓峰打得滿身都是一道道的棒痕。

如此捱了幾日打後，韓峰又是惱怒，又是不服，苦思該如何才能將棍子變成趁手的武器。他發現當雙手握著棍子的中間時，最容易操控棍子的走勢，可以旋轉棍身，同時用兩頭抵擋或攻擊；然而如此持棍，棍子便等於短了一半，攻擊時不易打到對手。

他於是想出一個辦法，抵擋時雙手握住棍中央，攻擊時則立即轉換握棍的位置，改成單手握住棍的一端，如此棍子橫掃出或直戳時，便能擊出更遠。

當他摸索到正確的使棍方法時，便逐漸能夠擋住通山的攻勢，甚至反攻；方法摸索得不對時，便得狠狠挨上好幾棍。

神力大師眼看著韓峰獨自摸索棍子的用法，從不出聲指點。只不時對通山喝道：「不准手下留情！這小子資質太差，不嚴厲一些，他哪能學得會？」

不論和通海對拳，或是跟通山對棍，每回練功完畢後，神力大師總要找各種藉口處罰韓峰和小石頭一頓，等他們回到山下時，廚房和食堂都早已收拾好，他們錯過早齋，只能餓著肚子幹活兒。神力大師又故意分派二人最重最苦的活兒，讓他們忙得連吃午齋的功夫都沒有，有時直到天黑還不得休息。

儘管韓峰一肩挑起最沉重勞苦的活兒，小石頭的活兒卻也不輕鬆，每晚都累得好似全身筋骨都要散開了一般，一走進食堂，往往身子還沒躺倒，便已閉上眼睛，打起鼾來，昏睡過去。

此時寺中糧食充足，早齋午齋份量雖仍不多，一眾大小僧人卻都能吃飽喝足；唯有韓峰和小石頭老是吃不到早齋，午齋也只能匆匆解決，餓肚子已成了他們的家常便飯。若不是通吃好心，總在暗中留點食物偷偷塞給他們，他們老早便要餓倒了。

小石頭爲此憤怒之極，對韓峰恨恨地道：「老和尚特別交代過，不能讓我們餓肚子。如今山上食物又不是不夠，神力故意苛待我們，讓我們每日餓肚子，難道他想逼我們上山打獵？」

韓峰搖搖頭，說道：「他不是想逼我們上山打獵，而是想逼我們自己下山去。」

小石頭一拍大腿，大聲道：「走就走！我們還待在這鬼地方幹什麼？」

韓峰望望天際，沒有言語。小石頭明白他的意思，說道：「我知道，現在正值寒冬，天太冷，我們走不了。但是我們有通雲師姊給我們做的棉衣，還怕什麼？」

韓峰聽他這麼說，搖了搖頭，說道：「我們因此更加不能走。」

小石頭呆了呆，最後終於嘆了口氣，說道：「你說得沒錯，我們欠老和尚一份情，也欠通雲師姊一份情，不能就此一走了之。好吧！忍耐便忍耐。我小石頭什麼苦沒有吃過？嘿，神力狗熊算得什麼，我就不信我熬不過去！」

卻說韓峰日日上山挑水砍柴，手指皮膚都被冰雪凍得裂開了，久久無法癒合。

小石頭見到了，甚是不忍，忽然想起初上山時獵到的兔子，自己曾蓄意留下一塊兔皮，藏在樹洞中。他靈機一動，心想：「通雲師姊替我大哥縫了棉衣，我也該學學她的樣，替我大哥縫對兔毛手套才是。」

於是他便找了個機會，偷偷跑回山上，在樹林中找了許久，才找到當時藏兔皮的樹洞，將兔皮從樹洞中挖了出來。

他將那張軟綿綿的兔皮捧在手中，說道：「兔子啊兔子，我們殺死了你，當眞對不住得很。但我們並沒眞吃了你，將你好生埋葬了，還跟著魏居士爲你念了一百遍往生咒，希望你已經往生極樂世界，去阿彌陀佛那裡過好日子啦。你既然已經往生，應該不會在乎自己前世的皮毛吧？我大哥的手凍壞了，我得借你的皮毛一用，請你多多見諒啊！」

他自言自語了一會兒，才將兔皮藏在懷裡，帶回寺中。

他多年來孤身流浪，老早學會了如何用動物的皮毛製作帽子手套等物。他在廚房中找到一簍桐油，塗在兔皮內層，偷偷將兔皮掛在灶後烘乾。如此烘了數日，等內皮完全乾燥了，才向通雲借了剪刀和針線，將兔子皮剪開，向內對摺，縫起邊緣，留下一個開口，便成爲兩只簡單而溫暖的手套了。

他怕人看出手套是用兔皮做成的，特地在手套外面加縫了一層破棉布，這樣既看不到摺在裡面的兔毛，外表也看不見兔皮，當眞是天衣無縫。最後他用粗針在開口處戳了一圈的洞，穿上麻繩，打個活結，如此戴上手套後，只要拉緊麻繩綁起，手套便不會掉下來了。

小石頭做好手套後，左看右看，甚是得意，又戴在自己手上試試，感覺大了些，心想：「我大哥的手比我的手大了許多，戴上這對手套應當剛剛好。」

第二日早晨恰好氣候特生嚴寒，大雪紛飛，天寒地凍。韓峰上山挑水前，小石頭叫住了他，將那對兔毛手套扔過去給他，說道：「戴上吧！」

韓峰見那對手套以破棉布製成，微微一怔，心想：「棉布手套在雪中一會兒就濕透了，有什麼用？」

但他見小石頭對自己眨眨眼，便將手套戴了。戴上後，才發現手套內層竟是溫暖柔軟的兔毛，登時想起上回兩人一起獵到兔子時，小石頭曾特意藏起一塊兔皮，心中明白：「這對手套定是小石頭用那塊兔皮做成的。」

他想起往事，嘴角不禁露出微笑，說道：「這不算犯殺生戒吧？」

小石頭吐吐舌頭，說道：「別擔心，兔子已經往生極樂世界啦，牠不會介意的。」又低聲道：「別讓人見到了。」

韓峰心中感動，手上戴了這對手套，的確暖和得多，不禁好生感激小石頭的心意，點點頭，說道：「我理會得。」心想：「若是被人見到，可白費了小石頭一番辛苦。」

第二十五章　鴿樓祕

韓峰一肩扛起挑水、砍柴的粗重活兒，小石頭則負責去魏居士的鴿樓幫忙清掃，餵飼鴿子。

魏居士對他越來越信任倚重，每當有鴿子飛入鴿樓，鈴鐺響起，他便讓小石頭爬上梯子，去樓上將鴿子抓下來，並教他如何取下鴿腳上的竹管，如何從鴿腳上的鐵環分辨這隻鴿子該放入哪一個籠子。

小石頭對鴿信十分好奇，觀察了數日，見魏居士已對自己放心，趁機問魏居士道：「魏居士，你將鴿子放出去後，牠們怎麼知道該飛去哪兒？」

魏居士平時不多話，但是一說起跟鴿子或鴿信有關的事情，他的興致便來了，滔滔不絕地道：「這便是信鴿的難得聰明之處啊！這些鴿子是好幾間鴿樓各自豢養的，每隻都認得自己的家。你瞧，鴿腳的鐵環上都刻有鴿子的來處：寶光寺的鴿子，鐵環上刻著蓮花；大興城小鐘寺的鴿子，鐵環上刻著一只鐘；洛陽無名寺的鴿子，鐵環上則刻著一個圓圈。你一放走牠們，不論多遠，牠們便會飛回自己的家去。」

他一一指給小石頭看各種符號，又取出數枝裝鴿信的竹管，說道：「你瞧，同樣的道理，我們在竹管上也做上同樣的記號：從寶光寺傳出去的信，竹管上便先刻一朵蓮花；如果信要傳到江都鐵佛寺，便在蓮花下面刻個小佛；如果信要傳到魯北龍華寺，便在蓮花下面刻一條代表龍的曲線。送出信之前，只要查看竹管上和鴿腳鐵環上的圖畫是否相符，就知道鴿信是否綁在對的鴿子腳上了。」

小石頭見到有些竹管上刻著三四個圖案，便問道：「這枝竹管為何刻了這麼多圖案，究竟是要送去哪兒？」

魏居士道：「那是因為有些信要送的地方太遠，需得經過許多站才能送到，這時我們便會在竹管上刻上三至四個圖案。比如說從五臺塔院寺送到江都鐵佛寺的信，中途需得轉送三次，送信人便在竹管上先刻一座塔，再刻小鐘，讓信鴿將信從塔院寺送到大興小鐘寺；鐘下再刻一個圓圈，轉送到洛陽無名寺；圓圈下再刻一條小龍，送到魯北龍華寺；小龍下最後再刻一尊小佛，送到江都鐵佛寺。」

小石頭聽得津津有味，大開眼界。他又問道：「那麼竹管上的數字是什麼意思？」

魏居士道：「數字表示信的緩急。『一』表示『一帆風順』，按時送出即可，不用著急；『三』表示姍姍來遲，表示這是已經遲到的信件；『七』表示『急』，需得立即派鴿子轉送；『十』表示十萬火急，一刻都不能耽擱，需得立即派許多隻鴿子同時轉送出去。」

小石頭頓時想起：「我們在山腳打下那隻鴿子，信管上先刻了一朵蓮花，表示那是從寶光寺送出的信；其下是三條波浪，魏居士卻沒提到那是送到哪兒的記號。管上寫的數字是『十』，竟是封十萬火急的信。」

他想詢問三條並排的波浪代表哪間鴿樓，又怕引起魏居士疑心，便壓下了好奇心，問道：「魏居士，請問鴿信上的字，爲什麼要寫得這麼小？」

魏居士點頭道：「你問得很好，這當然是有原因的。鴿子往往需將信送到幾百里外的地方，爲了不讓牠們負擔太重，飛得太辛苦或是太緩慢，因此竹管和信都得非常輕。你看這竹管這麼細小，要能將鴿信塞進去，一定得用最薄最小的紙；信紙又薄又小，若要傳遞長一些的訊息，那麼字便非得寫得更加小不可了。」

小石頭恍然大悟，又想詢問爲何鴿信要以密語書寫，但立即警覺，想起自己假裝不識得字，不應看得懂那封鴿信，可別因爲好奇而露出了馬腳，便趕緊閉上嘴。

魏居士有些感嘆地道：「可惜你不識字，不然要能來幫我抄抄鴿信就好了。我老眼昏花，很快就要抄不了鴿信啦。老和尚讓我教幾個小沙彌讀書認字，好來分擔鴿樓的工作。唉，可我連抄信都忙不過來了，哪有時間教他們讀書認字？而且他們之中資質好的也沒有幾個，我就算有心想教，也教不來啊！」

小石頭不禁有些心動，暗想：「我若能幫忙魏居士抄信，便可以探究暗語的祕密了。」但他不敢忘記自己不識字的謊言，這時只好忍住了沒有出聲。

小石頭每日都來鴿樓幫忙，如此過了一段時日，對鴿樓的運作漸漸瞭若指掌。他知道鴿樓每日都收到五六十封信，送出的信也有四五十封；大多數的信到寶光寺都只是個中站，接著再換另一隻鴿子，往東南西北不同的方向送到下一站。

這些日子以來，小石頭早晚與鴿子相處，對鴿子不自覺地生起了感情，鴿樓中的每一隻鴿子叫什麼名字，脾氣如何，伴侶是誰，會飛往何處，他都一清二楚。

他原本身手靈巧，來山上後又跟著通雲學過一些輕功，攀爬縱躍更是靈活自如。每當有鴿信送到，他總是飛快地爬上梯子，以前得費好些功夫才能捉住鴿子，如今只要一伸手，鴿子便手到擒來。他好整以暇地取下鴿管，將鴿子放入正確的籠子裡，駕輕就熟。

魏居士看他處事認眞細心，從不出錯，對他又是讚賞，又是信任，便開始教他如何綁信管、放信鴿，甚至讓他將抄好的信捲起，放入適當的竹管。

小石頭趁這個機會，偷偷看了許多鴿信，發現幾乎所有的鴿信都是以一般文字寫成，一看便懂，其中大多是報平安的家書，通消息的商信，也不乏緊急的軍情通報，一個月中只見到一封鴿信是以暗語寫成。

他心中更加好奇：「使用暗語的鴿信，想必是非常祕密的信件。我們偷看到的那封信究竟有何緊要？那段暗語究竟有何意義？」他知道自己不能正面詢問，只能旁敲側擊，在暗中慢慢留意探索。

一個冬天過去，小石頭不但成了魏居士在鴿樓的得力幫手，輕功也頗有進境，奔跑縱躍都比以前靈活了許多。

韓峰則在最艱難困苦的情境下，咬牙苦練，武功進步神速，勉強能與通海對打而不立即落敗，偶爾竟也能打到通海一兩拳。

等到冬天結束後，這日通海又與韓峰對打，韓峰身上中了通海數拳，卻全然不覺得疼痛，心中暗覺奇怪：「通海的力道怎地減弱了？」

他卻不知自己在數月的勤苦鍛鍊之下，筋肉結實了許多，身子也自然而然懂得卸去敵人的力道，避免直接受力，因此通海的力道並沒有減弱，打在他身上卻已沒有以往那麼疼痛。他不相信通海會好心讓自己，當下拚命反擊，使出雷撼拳和狂命拳中的招數，向通海猛攻而去。

通海平日跟韓峰對打時，總是一派輕鬆，如貓兒玩弄老鼠般慢慢整治他，口中嘲弄取笑。然而這回他卻笑不出來了；他發覺韓峰的拳腳一日比一日勁猛，一日比一日快捷，竟能逼退自己數回，自己擊中他的身子，他也渾若無事，繼續攻上。

通海不禁又驚又怒：「這小子皮厚肉粗，不怕打不怕痛，當眞難纏得緊！」一咬牙，使出「擒龍手」中的很辣招數「鎖喉爪」，兩指直出，戳向韓峰的雙眼。韓峰趕緊低頭躲避，不料這招乃是虛招，通海見他仰頭躲避，五指便立即轉成爪，抓向韓峰的咽喉。

韓峰驚詫已極，閃避不及，通海的這一爪便在他的喉嚨抓出了三道血痕。韓峰感到咽喉熱辣辣地疼痛，鮮血流出，怒吼一聲，不但不認輸退下，更且猱身衝上，雙拳齊出，使出雷撼拳的招數「如雷貫耳」，往通海的太陽穴打去。

通海不料他受傷之下，竟然還發狠攻上，大吃一驚，趕緊後退，但左面頰已被韓峰的右拳擊中，臉頰一陣劇痛，仰天跌倒在地。

韓峰搶上還要打，神力卻躍上前，伸手攔阻住他，喝道：「做什麼！師兄已經倒下了，你還想上前追打麼？可有半點武人的風度？」

韓峰心中大怒，每回通海打倒自己，必定追上來拳打腳踢一番，這回自己打倒通海，卻得保持什麼武人風度，不能多踢他一腳，世上哪有這等不公平之事？

他望著通海，心中對他的憎恨無可排解，整個人憤怒得如要爆炸一般。他大步衝到一棵大樹旁，對著大樹一陣狠劈猛踢，直打得樹幹搖晃，樹葉紛紛落下。

通山、通雲、通吃和小石頭等在旁望見他瘋狂般地擊打大樹，都驚得呆了。

小石頭緩緩走上前，望著韓峰擊打大樹，等了一會兒，才道：「大哥！你打贏了通海，如今打算挑戰這棵大樹麼？」

韓峰聽了他的話，稍稍冷靜下來，噓出一口長氣，終於停手不打，扶著大樹的樹幹喘息。

小石頭走上前，說道：「你的脖子還在流血，快坐下吧。」

韓峰坐下了，小石頭替他包紮起脖子上的三道血痕。韓峰閉上眼睛，任由小石頭替自己包紮，過了許久，激動的情緒才慢慢平復下來。

自此一戰之後，通海便再也不肯跟韓峰對打，憤憤地對師兄弟們道：「這小子的武功跟我相差十萬八千里，只知道發瘋胡打，誰要跟一隻瘋狗互咬廝纏！」此後便總讓通山去對敵韓峰，自己只負手站在一旁，不斷出言譏嘲。

通山不似通海那般出手殘狠無情，對韓峰多所容讓，有時還會悄悄指點他一些拳法棍法，將「勁罡棍」和「嘯野棍」的招式講解給他聽，韓峰自此學武進步得更快。通海雖高傲自負，卻頗有自知之明，知道韓峰的武功已開始超越自己，儘管口中仍將韓峰的武功說得一錢不值，卻再也不敢隨意向他挑釁。

這日，韓峰上山砍柴，小石頭從通吃那兒偷偷拿到兩塊燒餅，藏在懷中，準備上山去找韓峰，送給他吃。不料才走到後門，便正好撞見了神力大師。

神力大師叫住了他，喝道：「鬼鬼祟祟的，你要去哪裡？」

小石頭反應甚快，眼珠一轉，立即答道：「魏居士那兒的柴火快用完了，他命我來廚房取。」

神力大師凶巴巴地道：「廚房的柴是用來燒火煮食的。你要替鴿樓添柴火，便自己上山去砍，不准從廚房拿！」

小石頭心想：「只要能上山找我大哥便好，非得去砍幾捆柴回來，那也罷了。」當下立即應道：「是！」便去廚房取了柴刀，出寺上山而去。

他來到井邊，卻沒有找到韓峰，想來他已挑完水，回到寺中了。

小石頭心想自己不能空手回去，只好走入樹林，開始砍柴。他隨手砍了一些枯枝，用麻繩綁好，感覺能夠交代過去了，便趕緊往山下走去。

走到一個轉彎處，忽聽前面一人怒喊道：「我怎能忘記我爹的仇恨？你不斷勸我忍氣吞聲，是何用心？我就是忍不下這口氣！」聲音尖銳，說話之人顯然惱怒已極。

但聽另一人低聲下氣地勸道：「少爺，下僕不是這個意思。我……我們離開前，老爺嚴厲囑咐過我，命我一定要保護您，不能讓您下山涉險。下僕竊想，那人的話並不可信，要您做的事又太過危險，老爺若在世，也絕不會讓您去犯這個險，請少爺再想想啊……」

前一人仍舊發怒不止，高吼道：「你再阻止我下山，我就要對你不客氣了！我爹爹當年手擁重兵，天下英雄無不服從擁戴，他只差一點點兒便能打敗楊廣，奪得皇位了！如今我爹爹兵敗身亡，山下有多少英雄豪傑等著我出面，登高一呼，一同去為我爹爹報仇？我怎能躲在這荒山之中，做個縮頭烏龜？」

另一人結結巴巴道：「不，不，老爺的仇當然是要報的。但是……但是少爺，您現在被官府通緝，那些所謂的老爺舊部，是不是真心請您出面召集大夥，還是只是想騙您出山，將您抓給楊廣，換取功勞賞金，我們不知……」

小石頭聽這兩個聲音都十分熟悉，緩緩蹲下身子，悄悄往前移動，從樹叢間偷望去，但見兩個沙彌站在樹下爭論著，果然如他所猜想，正是三師兄通山和四師兄通海。

小石頭頓時想起通吃曾經悄悄告訴他，三師兄通海出身名門大族，家裡既富且貴；他父親不服當今皇帝楊廣，想起兵推翻皇帝，又不知起義會不會成功，才事先將愛子送來寶光寺躲藏。這時他自己將事情拼湊起來，便猜出了事情的大概：通海的父親反叛不成，兵敗身死，通海受到通緝，情況跟韓峰十分相似。如今那些曾跟隨通海父親起義失敗的將領們想找通海出山，推舉他擔任領袖，好再次起義推翻楊廣；通海一心想下山為父報仇，通山卻不願他去涉險，苦勸他應小心謹慎，不要上當。

小石頭心想：「我若是通海，便不會離開這山上。如今老百姓雖然都討厭楊廣，但忠於他的將軍並不少，手下的軍隊也十分驍勇。那些他父親的舊部當中，只要有一個人出賣了通海，他便是死路一條。」

但聽通山說道：「少爺，這些話都是竹林中那人跟您說的吧？下僕以為，那人雖曾是老爺的謀士，但他心機深沉，看來並不可信賴……」

通海憤怒地哼了一聲，說道：「不錯，這些話都是他跟我說的，那又如何？我不管這人能不能信任，我爹爹的仇總是要報的！」

小石頭聽見通山說「竹林中那人」，不禁一怔，先想：「竹林中那人？莫非是老和尚？」隨即想起老和尚已然下山去了，那麼他們口中的「竹林中那人」，莫非便是躲在竹屋之後的石壁中，時而怒吼、時而哭泣的鬼怪？

他一想到鬼怪，不自由主打了個寒顫，又想：「且慢，這人既然會勸通海下山，又曾是通海他老爹的謀士，那麼定然不是鬼怪，而是個人了。」

這麼一想，才略略安下心，繼續聽下去。

第二十六章　除暴志

然而師兄弟二人接下去的談話並無新意，總之是通海聽信了「竹林中那人」的言語，一心想下山去找他父親的舊部，再次招兵買馬，準備起義推翻楊廣；通山不斷勸他，說此舉過於危險，「竹林中那人」不可信任等，通海卻完全聽不入耳，堅持要下山。

最後通山只好使出殺手鐧，彎著腰，低著頭，無奈地說道：「少爺！您若執意不聽下僕勸告，那……那麼，下僕別無選擇，只能去向老和尚稟報了。」

通海聞言更加惱怒，一張俊臉氣得有如白紙一般，雙眉豎起，高聲道：「老和尚！哼，你別用老和尚來壓我，他才管不著我呢！爹爹託他保護照顧我，可沒讓他管束我一輩子！況且他此刻不在山上，也不知何時才會回來。你少用那老頭子來嚇我！」

通山聽他這麼說，顯得十分驚惶，連忙道：「不，不，老和尚是一位得道高僧，老爺往年對老和尚尊重非常，這些下僕都是看在眼裡的。依下僕淺見，老爺將少爺托付給寶光寺，多年來老和尚對您多所照顧保護，就算您要下山，也須先向老和尚稟報，得到他老人家的許可，才是道理。」

通海呸的一聲，說道：「哼！老和尚不過是個投機禿驢，見到誰得勢了，就去幫誰。他養著魏居士替他收發鴿信，藉此得知天下祕密，再運用這些祕密來挑選靠山，好擴大自己的勢力。要不然，嘿，他收留通雲那小妮子在山上幹什麼？不擺明是她的老子派她來的麼？還有那兩個蠢蛋呆瓜大小石頭，又怎會被老和尚留在山上？那石峰若不是韓家的小崽子韓峰，我把頭摘下來給你！」

小石頭聽了，驚詫已極，頓時僵在當地，背上流下冷汗：「他們早知道我大哥便是韓峰了！我們並未露出任何破綻，他們怎會猜到？」

卻見通山滿面不解之色，說道：「少爺，韓峰年紀幼小，走投無路，老和尚願意收留他，自是因爲他老人家慈悲爲懷。這跟我們又有什麼關係？」

通海憤憤地道：「當然有關係！老和尚故意召集這些流亡子弟，當然有他的目的。他收留我時，是因爲奇貨可居，我爹爹起義若成功，登上天子之位，我便會成爲當朝太子，那時我父子怎能不感激老和尚當年藏匿迴護我的恩德，大大地回報於他？如今他收了通雲爲弟子，就是明白地告訴我，我已經沒用啦，他的寶已經押到李家那裡去了。哼！我瞧李家也成不了什麼氣候。李家小女娃也就罷了，老和尚將那沒出息的韓家子弟也招了來，這意思可清楚得很，他是在警告我，我的地位跟那韓家的廢物相差不遠，對他已經沒有用處，他隨時能一腳將我踢開！我若不下山，自己去闖一番事業，難道要等老和尚將我掃地出門，或是等他去告發我麼？」

通海怒氣沖沖地說了這一番話，通山想插嘴反駁，卻始終找不著機會，整張臉皺成一團，連嘆了好幾口氣，說道：「少爺！您心裡要這麼想，下僕眞是……眞是不知道該如何勸說才是。」

通海怒道：「那你就給我閉上嘴，少說兩句！」

通山靜了一陣，才鼓起勇氣，低聲道：「少爺，我是個粗人，什麼也不懂。但是我們在山上住了這些時日，下僕以爲老和尚不是這樣的人！當初老爺事情若成了，老和尚絕不會向老爺要求任何回報；如今老爺失敗了，他也依照著當初對老爺的承諾，好好地照顧保護於您，並未出賣您。」

通海哼了一聲，沒有言語。

通山見他沒有發怒，又小心翼翼地繼續道：「五師妹拜在老和尚的門下，是在我們上山之前；據說李家兄妹自從懂事起，便已跟隨老和尚修禪學武了。至於韓峰，他跟您一樣家破人亡，無家可歸，老和尚冒險收留了他，也是一番好心，怎會是拿他來警告我們呢？」

通海聽他提起韓峰，又呸了一聲，說道：「韓家那廢物，怎能跟我相提並論！」

通山忙道：「少爺說得極是。少爺您身分尊貴，地位緊要，千萬不可擅自離開，自蹈險境啊！請您聽信下僕之言，在此多待一些時日，練好了功夫，積存起自己的實力，再慢慢考慮下一步不遲。」

通海聽了通山的言語，似乎冷靜一些，低下頭沉思一會兒，才道：「我就算一時不走，也遲早要離開這個鬼地方的。哼，我累啦，我要先回去休息一下！」

通山躬身道：「是！是！待下僕服侍少爺先吃點東西，您再躺下休息吧。」

兩人說著，便一前一後往山下走去。

小石頭在原地等了好一陣子，確定通山和通海已離去甚遠，才覓路下山。他回到寺中，立即便去找韓峰，將聽到的對話一五一十地對他說了。

韓峰皺起眉頭，說道：「原來通海是一位反叛將領的兒子！那會是誰？」

小石頭道：「反叛楊廣的人可多了，只知道他姓楊，卻不知他是誰？」

韓峰奇道：「你怎知道他姓楊？」

小石頭道：「你不記得麼？我們第一次去山頂練武時，通海跟通雲師姊大打出手，那時我聽見通海說了一句：『我今日不教訓教訓妳，我不姓楊！』」

韓峰恍然大悟，一拍大腿，脫口道：「我知道了，通海想必便是楊玄感的兒子！」

小石頭道：「楊玄感，那是什麼人？」

韓峰神色沉鬱，說道：「我爹爹就是跟隨楊玄感起兵失敗，才不得不逃逸躲藏的。楊玄感和他父親楊素，曾是朝廷中炙手可熱的大臣。楊素受到先帝楊堅的信任，說動先帝廢了原來的太子楊勇，讓楊廣當上太子。楊廣登基做皇帝後，因感激楊素幫他奪得帝位，封楊素爲尚書令，讓他把持朝政，楊家一門自此權勢薰天。楊素死後，兒子楊玄感被封爲禮部尚書，但他一直擔心楊廣猜忌於他，生怕楊廣遲早會找個藉口，將他革職問罪。去年夏天，楊廣親征遼東，派楊玄感在黎陽押送軍糧，楊玄感便趁機起兵叛變。」

小石頭道：「你爹爹又怎會跟著楊玄感叛變？」

韓峰嘆了口氣，說道：「我們家跟楊家並沒有什麼交情，但我爹爹一向痛恨楊廣倒行逆施，危害百姓，因此當我爹聽說楊玄感發兵叛變時，便也跟著響應，幫助他攻城掠地。可嘆我爹爹即使驍勇善戰，楊玄感卻錯估情勢，以致全軍覆沒，兵敗自殺。我爹眼見大勢已去，也只能潛逃避難了。」

小石頭道：「原來如此。既然楊玄感錯估情勢，那麼他的『謀士』想必也不怎麼高明了。」

韓峰奇道：「什麼謀士？」

小石頭便說了通山通海多次提到「竹林中那人」的言語，說道：「我猜想他們提到的『謀士』，便是住在老和尚竹屋之後的石壁中，不時發出怪聲的傢伙了。大哥，你可知那是誰？」

韓峰側過頭，說道：「楊玄感的謀士是誰，我也不清楚。不如我們去竹林中看看便知。」

小石頭雖知道住在竹屋後石壁中的是人不是鬼，卻餘悸未滅，仍舊不敢進入竹林，說道：「算了吧！他躲在竹林裡，神力狗熊每日偷偷摸摸給他送飯，顯然不願意被人見到。

這人一定正被楊廣通緝，寶光寺幫助藏匿他，想必冒了很大的風險。我們若去撞破了，讓神力狗熊有藉口將我們趕下山去，可有多不值！」

韓峰聽他說得有理，點了點頭。

小石頭又道：「但我還是想不透，通海卻是如何猜知你的身世的？我們可從沒對人說你姓韓啊。」

韓峰想了想，說道：「有可能是從我那夜射的羽箭看出的。我韓家所用的黑身白羽箭，世間並不常見。」

小石頭恍然大悟，說道：「原來如此！」又道：「通海這傢伙高傲自大，對你更充滿敵意，沒想到他竟有這般的來歷背景，而他對老和尚竟也滿心不信任。這小子滿腔嫉妒憤怒，一有機會，可能眞會對你狠下殺手，我們得更加小心才是。」

韓峰擔憂的卻並非自身安危，沉吟道：「我卻想知道，寶光寺及老和尚是否也有心推翻楊廣？這山上藏著許多祕密，很可能跟起義反叛都有關係。」

兩人無法猜透其中內情，心中都又是好奇，又是警戒。

小石頭忽然抬起頭，問道：「大哥，你爹爹起義反抗楊廣，那麼你呢？你也想起義麼？」

韓峰沉默了好一陣子，小石頭只道他不會回答了，才聽韓峰低聲道：「我爹爹說得對。楊廣不除，天下不寧！」

小石頭聽他語氣堅決，感到一股莫名的震動，忽然明白了許多之前沒想過的事情——韓峰可以忍受寶光寺中的種種折磨痛苦，只因他胸中懷有大志：他要繼承父業，除去為天下百姓帶來無盡悲慘痛苦的暴君楊廣。

小石頭忍不住問道：「你卻想如何推翻楊廣？」

韓峰搖頭道：「我也不知道。我此刻年紀還小，等我長大了，或許投靠哪方義軍，或者跟隨哪位領袖，總之我必得做些什麼。只要是有助於推翻楊廣的事，我都願意去做！」

小石頭聽他這麼說，不禁勾起心事，陷入沉思，暗想：「不管是楊玄感、寶光寺還是我大哥，人人都想除去楊廣。怎地來來去去，我撞見的都是這些人？那麼我呢？我卻想做什麼？」

韓峰和小石頭每日苦練武藝輕功，挑水砍柴、餵鴿送信，不知不覺中，山上冰雪融盡，溫暖的春日已緩緩降臨。

寶光寺中的情況也有一些微妙的轉變；在通山、通海和通雲剛剛回來時，所有的小沙彌都十分畏懼通海的威勢，對他畢恭畢敬，言出必從，不敢稍有違抗；然而小沙彌們眼見通海用盡各種手段欺侮韓峰，韓峰卻極爲硬氣，不肯屈服，而且武功進步神速，慢慢地追上並超越通海，終令通海不再敢向他挑釁。

這些情形小沙彌們都看在眼中，對韓峰油然生起敬佩崇拜之心，不約而同地聚集在韓峰身旁，將他當成眾寶光弟子的首領一般；沙彌們也逐漸敢於反抗通海的淫威，不但敢於抵抗通海的命令，更對他的跋扈囂張流露出鄙夷和不齒之意。

另一方面，神力大師對韓峰和小石頭仍舊凶惡無比，動不動便處罰他們，分派他們去做最粗重的活兒，更時時故意讓他們挨餓罰跪。韓峰在小沙彌們之中越受歡迎，神力大師便越想壓下他的風頭，每日都找不同的藉口責罵處罰他，讓他的日子極不好過。韓峰勉強克制忍耐，埋首於種種粗活作務之中，盡量專注心思，試圖修習老和尚所傳授的「無念」，時時保持明覺。但他眼中的兩團火焰卻越來越熾盛，透露出他不認輸、不屈服的倔強性子。

小石頭在通雲、魏居士和韓峰的保護下，較少直接受到神力大師的凶暴波及，於是想出各種辦法在暗中幫助韓峰，盡力讓他的日子好過一些，包括替他張羅食物、包辦各種簡單活兒，並蓄意安排他和意中人通雲見面說話。

儘管有小石頭的牽針引線，然而韓峰仍舊維持一貫的沉默，他常有機會跟通雲一起練功或一塊做活兒，但在通雲面前卻常像個啞巴似的，極少開口說話。小石頭口齒伶俐，活潑開朗，妙語如珠，總逗得通雲格格而笑；韓峰雖不多言，卻偶爾會偷眼觀望通雲的笑靨，嘴角露出一抹若有若無的笑意。

通雲對所有的小沙彌們都非常溫柔親善，然而她對韓峰和小石頭兄弟的關懷卻似乎還要更深一層，對他們百般照顧。不知是因爲神力大師蓄意欺凌苛待他們兄弟，她看不過眼，心生憐憫，還是有別的原因？小石頭始終無法確知。

小石頭清楚知道韓峰對通雲暗懷傾慕，卻拿不準通雲對韓峰是否也有情意。他偶爾故意在通雲面前提起韓峰，通雲都只是笑笑，並不搭腔，或是轉開話題。儘管如此，小石頭還是注意到她望向韓峰時的眼神，與望向自己時全然不同，明顯地多了一分尊敬，一分好奇，和一分嚮往。

天氣漸漸暖和，小石頭想下山的心思也越來越濃厚，數度打算催促韓峰跟他一起下山。然而他見韓峰專注於練功，好似著了魔一般，除了清晨在山頂跟神力大師和師兄們一起練功之外，所有幹活兒的閒暇都用來練習拳法棍法，完全不顧疲累辛苦。此時他要打敗通海已是綽綽有餘，甚至連通山都漸漸不是他的對手，但他仍舊苦練不休。小石頭知道他內心的大敵乃是宇文述，然而要打敗宇文述，卻是談何容易？

他又想起韓峰對通雲師姊頗爲眷戀，暗忖：「我在此刻催促大哥下山，時機似乎不對。何況我輕功尚未練成，無法跳上大樑取回彈弓，也不能就此離去。」只好暫且壓下離去之心，並未去催促韓峰。如今他已在寶光寺住了數月，跟小沙彌們都混得熟了，寺中清苦單調的日子，好似也沒有那麼難熬了。

第二十七章　突變臨

這日早課剛剛結束，通山忽然急急忙忙地奔入大殿，在神力大師面前跪下，叫道：「事情不好了，通海師弟……通海師弟……他下山去了！」

神力大師臉色一變，說道：「當眞？什麼時候走的？」

通山將一張紙條遞給神力大師，說道：「我猜想是昨夜下山去的。他留下了這張紙條，大師請看！」

神力大師接過看了，臉色更加難看，憤憤地道：「渾帳小子，竟然如此糊塗！」

他抬起頭，下令道：「通山、通雲，立即收拾包袱，跟我下山，去把通海追回來！」他想了想，眼光掃向一眾小沙彌，最後落在韓峰身上，眼睛微瞇，似乎在盤算什麼，最後道：「石峰，你也一起來！」

這話一出，韓峰和小石頭都吃了一驚，韓峰一如平時，什麼話都沒有說，只默然點了點頭。小石頭卻忍不住道：「我大哥也去？他去幹什麼？」

神力大師更不理會他，一揮手，對佛堂中的其他弟子說道：「大家聽好了！事情緊急，我得立即帶你們師兄師姊下山辦事。這一去，不知要多少時日才會回來，但是十日之內，老和尚便會帶著你們的大師兄回到山上。你們不必著急，乖乖待在寺裡，有事便去找魏先生請教，沒事便乖乖做早晚課，幹活睡覺，別到處亂跑，如果遇上什麼事情，千萬別輕舉妄動，自做主張。聽明白了麼？」

小沙彌們聽得一楞一楞地，只能一齊點頭，回答道：「聽明白了。」

神力大師交代完畢之後，便命令通山、通雲和韓峰趕緊收拾包袱，立即出發。

韓峰來到食堂，放眼一望，發現自己什麼也不必收拾，因爲他什麼也沒有。去年初冬，他孤身流落大興城，輾轉來到終南山寶光寺，身上原本便沒帶著什麼物事，這時天氣暖和了，連棉衣也不必帶上。

他想了想，跑去柴房的隱密處，取出了包著自己家傳弓箭和箭袋的黑布包袱，打算就帶這個包袱下山去。

小石頭心細，老早跑去廚房向通吃要了十多塊大餅，用油紙包好，又取出自己的寶貝牛皮水袋，裝滿了清水，另收拾了火刀、火石、繩索等可能有用的雜物，外加換洗衫褲和幾枚五銖錢，用布巾包成一包，交給韓峰。

韓峰見那包袱甚大，皺眉道：「用不著帶上這麼多物事吧？」

小石頭道：「不怕一萬，只怕萬一。出門在外，還是準備得充足些好。」

韓峰卻嫌麻煩累贅，遲疑不決。

便在此時，通雲忽然匆匆來到食堂，叫道：「小石頭！」

小石頭抬起頭，見到是她，連忙迎上前，叫道：「通雲師姊！妳快來評評理，我大哥就要下山去了，我給我大哥帶上這些物事，吃的喝的穿的用的，一應俱全，妳瞧合不合適？」

通雲低頭去看，伸手點了點包袱中的事物，點頭道：「很好，這些物事路上都用得著，你想得很周到。」

小石頭十分得意，望了韓峰一眼，說道：「你瞧，連通雲師姊都這麼說！」

韓峰無言可對，只得接過了包袱。

通雲轉向小石頭，從懷中取出一樣物事，交到小石頭手中。

小石頭一望，又驚又喜，但見躺在手中的，竟然正是他日思夜想的彈弓！他知道定是通雲施展輕功，從佛堂的大樑上替自己取下來的，心中感動，低聲問道：「通雲師姊，妳不是說……」

通雲微微一笑，說道：「你說過，這是你的趁手武器，趕快收起來吧。」

小石頭怕被神力大師見到，趕緊將彈弓插入腰帶，用衣衫遮住，喜孜孜地道：「多謝師姊！」

通雲點了點頭，神色中帶著幾分擔憂，凝望著小石頭，說道：「小石頭，我們下山之後，保護寶光寺的責任，就落在你的肩頭了。」

小石頭聽了這話，不禁心中感到一陣不祥，說道：「師姊，妳是開玩笑吧？我哪能保護寶光寺？這兒又會發生什麼事？」

通雲嘆了口氣，說道：「最好什麼事都不發生，但是事情難說得很。總之你多多小心注意便是。」

小石頭點點頭，忽然湊上前，在她耳邊低聲道：「通雲師姊，這回下山，請妳一定要多多關照我大哥！」

通雲點了點頭，兩人目光相交，算是承擔下了對方的託付。

通雲微微一笑，轉頭對韓峰道：「走吧！大師在寺門口等著我們呢。」便先出了食堂。

韓峰並未立即跟出，卻轉頭望向小石頭。兩人從半年前在終南山腳相遇以來，便日夜相處，不曾暫離，這還是第一次需得分別，心中都甚感不捨。

韓峰道：「兄弟，你好好保重，等我回來。」

小石頭微微一笑，說道：「你才該好好保重。別忘了我們的約定，我倆要一起下山！」

兩人相視一笑，伸手在彼此的肩頭輕輕捶了一拳，韓峰才揹起包袱，走出食堂，來到寺門口與通雲會合。

小石頭一路送他到寺門，通吃這時也跟了出來，和小石頭並肩站在寺門口，望著韓峰、通雲和通山三個弟子跟著神力大師跨出寺門，踏上下山的道路。

小石頭望著四人的背影，心中百味雜陳。凶惡的神力大師離開了，令他大大鬆了一口氣；然而他的大哥韓峰也離開了，他不禁擔憂韓峰在山下仍受到通緝，出外行走會遇到凶險；又想起通雲臨走交代他「保護寶光寺」，更感到一股難言的憂慮，彷彿自己肩上多了一副沉重的擔子。

直到四人的背影都看不見了，通吃才道：「我們回去吧。」

小石頭跟著他回入寺廟，看著通吃關上寺門，插上門閂。

他對寶光寺並沒有什麼好感，原本打算等到天氣暖和了，便想法取回放在佛堂大樑上的彈弓，跟韓峰一起溜之大吉，去過他們打獵流浪的日子。如今通雲師姊替他取回了他的寶貝彈弓，趁著春光明媚，他大可一走了之，離開這個窮困破爛、死板嚴厲、規矩多多又神祕古怪的寶光寺。然而韓峰跟著神力大師下山去了，他不能不等大哥回來；加上通雲臨走前囑咐他「保護寶光寺」，他更加無法就此狠心離去，只好暗暗嘆了一口氣，心想：「我還是乖乖留下，等我大哥回來後，再做打算吧。」

卻說神力大師和師兄姊們離開後，通吃在眾沙彌中年紀最大，便由他負責帶領其他的小沙彌們做早晚課。他誦經誦得荒腔走板，木魚也敲得一忽兒快一忽兒慢，但總算沒荒廢了功課。

小石頭眼見老和尚、神力大師和幾位師兄師姊都已下山而去，整個寺廟便只靠著一個十歲的通吃來撐持，他也不好意思袖手旁觀，便主動幫忙通吃砍柴挑水、生火蒸餅、照顧一眾年幼的小沙彌，忙得不可開交。

平日神力大師在寺中時，韓峰和小石頭兩個總有幹不完的活兒，吃盡了苦頭。小石頭尤其厭惡各種差使，能偷懶便偷懶，能卸責便卸責。如今他在寶光寺的一群孩子之中年紀最大，雖不好意思偷懶，卻也絕不肯如通吃那般，一肩挑起所有的工作。

他心眼兒快，立即心生一計，對通吃道：「大人們都不在，我們兩個就算做到累死，也做不完所有的事情。依我說，多找一些人來幫手，才是上策。」

通吃沒了主意，便聽從小石頭的主張，挑了四個年紀較大的小沙彌——八歲的通平、通定，七歲的通安、通靜，分派各種工作給他們。通平被任命爲「挑水羅漢」，通定被任命爲「掌炊天人」，通安被任命爲「撿柴頭陀」，通靜則被任命爲「打掃菩薩」，由小石頭和通吃統籌總管所有事務，六人分工合作，打理著五十多個小沙彌的吃喝穿住，日子便也這麼過了下去。

魏居士平日便很少露面，老和尚與神力大師下山後，他一如平時，守著他的鴿樓，並不來寺裡管事，通吃也從沒什麼大事需要去請教他。

小石頭每日仍舊去鴿樓幫忙收發鴿信，發現魏居士每夜都挑燈抄信，工作似乎比平日還要繁重許多。唯一和平時的不同的是，魏居士早晚都要離開鴿樓一次，去廚房取通吃準備好的食盒，獨自走入竹林，想是去給那「謀士」送吃的去了。

小石頭看在眼中，心想：「老和尚和神力都下山後，便輪到魏居士給那人送吃食啦。那人長年累月住在竹林的山壁中，從不出來透透氣，豈不悶壞了他？也難怪他脾氣不好，時不時要怒吼哀哭幾聲了。」

轉眼十日過去了，那傳說中的大師兄通天卻沒有跟著老和尚回來，老和尚自己也不見影蹤。小石頭想或許他仍帶著大師兄在山下「辦事」，看來辦的似乎是件挺大的事兒。

寶光寺是間清淨佛寺，寺中清規戒律既多，活兒也重，平日一眾小沙彌不是忙著做早晚課、念經參禪，便是忙著幹清掃挑水等活兒，從來沒有半點輕鬆玩樂的時間，而且時時得小心翼翼地遵守規矩，不能亂跳亂跑、高聲說笑，如此束縛重重的日子，對一群孩子來說實是再沉悶枯燥不過了。

此時大人走的走，不管事的不管事，一眾小沙彌有如被放出牢籠的猴子一般，在小石頭的慫恿帶領下，每日一做完活兒，便聚集在佛堂外玩耍，有時玩踢毬、踢毽子，有時玩抓鬼、躲貓貓，整間寺廟充滿了孩子的歡笑叫嚣之聲。

小沙彌們擺脫了大人的管束，一個個都露出眞面目，顯出眞本色。通吃愛吃如命，烹飪手藝絕佳，煮出來的菜餚越來越美味；冬天時險些病死的通定聰明伶俐，鬼主意最多，與小石頭一拍即合，兩人總是聚在一起異想天開，出盡壞主意；高瘦如竹竿的通平性情退縮懦弱，寡言木訥，卻水術精湛，能夠潛入深潭中拔水草、撿石子；安靜文秀的通靜則擅長醫藥，懂得辨認多種藥草，能夠醫治師兄弟的種種傷痛怪病，最喜歡照料別人；傻楞骯髒的通安則懷有他們都料想不到的絕技——能夠辨認甚至捕捉各種奇異的蟲蛇鳥獸。

此時已入春季，氣候晴朗，小石頭總率領著一眾小沙彌，成群結隊地上山去摘果子、採香菇、挖野菜、抓蝌蚪。眾孩子在終南山上滿山亂跑時，往往讓通安打頭陣，他不時撲入草叢，捉出一隻黃身黑圈的毒蛇，說道：「這叫做高砂蛇，很毒的，千萬別碰。」隨手扔去。

或是他從樹枝上拈下一隻全身青色，身側有一道細細白線的小蛇，說道：「這是竹葉青，喜歡在晚上躲在樹上，攻擊經過的動物。夜晚走過低垂的樹枝，千萬要小心，別用手去拉扯樹枝。這蛇若咬你一口，很快就沒命。」

只要有通安在，沙彌們便有看不盡的新鮮。他不時會捕捉各種飛禽走獸、蟲魚蛙蛇，讓大家大開眼界：他捉過滿樹跳躍的金絲猴，色彩繽紛的各種蝴蝶，水盆大的赤面蜘蛛，巴掌大的碧綠螳螂，全身鮮綠配上兩排天藍色蟲足的皇蛾幼蟲，擅長游泳的大蜥蜴，盤踞高樹的大蟒蛇，躲在溪水專咬人腳趾的大頭龜，甚至遇到危險便捲成一團的穿山甲，不一而足。其中最古怪的是一種叫做「蠑螈」的蜥蜴，被山豬一口咬住時，便會拱起背，將自己的脊椎骨刺穿過皮膚，刺得山豬怪叫吐出，趕緊逃走。

通安後來更收養了一隻穿山甲。這隻穿山甲平日最愛吃各種蟻類，常常在佛堂內外穿梭，尋找蝕蛀木頭的白蟻吃，也算是在護衛佛堂，眾小沙彌都戲稱牠爲「護法龍王」。龍王平日誰都不理，只聽通安的話，夜晚還會捲成一團睡在通鋪的大炕上，充當通安的枕頭。

第二十八章　道古今

到了夜晚，他們不敢多耗柴油點火點燈，早早便上炕就寢。通海離開之後，一眾小沙彌自然不睡食堂地板，全都搬回通鋪的大炕去睡了。

有時晚上小沙彌們睡不著，便慫恿著小石頭說故事。小石頭幼年時曾讀過不少書，滿肚子的古今故事，他將這些故事加上流浪時道聽塗說來的種種神怪異事，加油添醋地說出來，總令一群小沙彌嘖嘖稱奇，感到大開眼界。

通定還記得小石頭曾經借給他穿、救了他一命的那件白狐裘，懇求他再次拿出那件白狐裘來，讓他摸一摸。

小石頭甚是大方，將白狐裘取了出來，讓小沙彌們輪流撫摸。眾人驚嘆不已，都說從未摸過這麼輕柔滑軟的毛皮，央求他將「雞鳴狗盜」的故事再說一遍。

小石頭當下興沖沖地對五十多個小沙彌詳細說來：「『雞鳴狗盜』的故事是這樣的：戰國時期，齊國有個公子，叫做孟嘗君。孟嘗君最喜歡結交朋友，門下有三千食客。食客就是吃他的，穿他的，有事情時替主人出出主意這樣的一群人。

「有一回，孟嘗君來到秦國，秦昭王很喜歡孟嘗君，想要把他留下來當秦國的相國。但是秦國其他的臣子說：秦王啊，你昏了頭嗎？人家孟嘗君可是齊國的公子，怎麼會眞心爲秦國辦事呢？乾脆殺了他吧。

「秦昭王聽了覺得很有道理，就把孟嘗君給關起來，準備殺掉。孟嘗君嚇得要命，派人去找秦昭王最寵愛的姬妾，求她去替自己說話。這個姬妾說：『沒問題，但是你得把齊國最珍貴的那件白狐裘送給我！』

「孟嘗君可爲難了，這件白狐裘是以純白狐狸腋下最柔軟的皮毛做成的，天下無雙，世間再找不出第二件來。孟嘗君剛到秦國時，就已把這件白狐裘呈獻給了秦昭王。秦昭王不捨得穿，將白狐裘收藏在宮中的藏寶室中。那姬妾說要白狐裘，孟嘗君哪能變出第二件來呢？這時有個食客自告奮勇說：『我能取來那件白狐裘！』原來他最擅長鑽狗洞偷東西，是個高明的小賊。於是他在夜裡潛入秦國王宮的藏寶庫中，偷出了白狐裘。孟嘗君趕緊將白狐裘送給了姬妾，姬妾得到了珍貴的白狐裘，高興極了，立即就在秦昭王耳朵邊吹吹枕頭風，秦昭王果然決定不殺孟嘗君，還要在兩天後請他吃飯，好好送他回齊國。

「但是孟嘗君可不是笨蛋，哪敢再等兩天？立即率領手下，連夜偷偷騎馬向東逃去。到了秦國東邊的大門時，正是半夜，大門緊緊關著。按照秦國的規矩，這大門要在每天清晨雞叫了才會開門，現在三更半夜，四下一片黑摸摸的，離天亮還遠得很哩！孟嘗君生怕秦昭王派人來追殺自己，正發愁時，忽然有另一個食客出頭了，他站到高處，『喔，喔，喔』地學雄雞啼叫起來。這一叫，把大門附近的雄雞都叫醒了，一齊跟著啼叫起來。守門的士兵眼看天還黑著，怎麼雞就叫了呢？雖覺得奇怪，卻也不敢違反規矩，只得起身打開大門，放了孟嘗君一行人出去。原來這個食客沒有別的本領，就會學雞叫，學得像極了，別的雞聽到了，以爲眞的是雞在叫，都跟著啼叫起來。

「後來秦昭王得知孟嘗君一行人已經逃走，立刻派出人馬去追。追到東大門時，孟嘗君早已離開多時，再也追不回來了。孟嘗君平安逃回齊國，他死裡逃生，對這兩位食客感激得不得了，這就是『雞鳴狗盜』的由來。」

眾小沙彌聽得津津有味，吵著要小石頭再說幾個故事。

小石頭說得興起，又道：「這白狐裘還只是一般的寶物。春秋時代最珍貴的寶物是什麼，你們可知道？」

小沙彌們連「春秋時代」是什麼都不知道，當然更加不知道春秋時代有什麼寶物，這時一齊搖頭說不知。

小石頭洋洋得意，說道：「那就是『隨和二寶』了。所謂『隨和二寶』，就是『隨侯珠』和『和氏璧』。古代有個國家叫『隨』，不是今日的『隋』，是古代的『隨』。這個隨國的國王，叫做隨侯。他有天出門，碰見一條受了傷的大蛇，這隨侯心地好，救起了大蛇，還替牠治傷。後來這條蛇知恩圖報，啣了一顆巨大的珠子送給隨侯，直徑超過一寸，整顆珠子都是純白色的，夜裡還會發光，整間廳堂都可以被它照亮，眞是世間難得一見的寶貝！」

通安一聽見大蛇，登時雙眼發光，說道：「或許我們這終南山上也有大蛇，也能替我們啣回一顆珠子來！」

通定笑道：「通安，你還不快去收養一條大蛇？等牠啣了珠子回來送給你，就叫做『通安珠』好了！」

小沙彌們都笑了，嘰嘰呱呱地談論著關於大蛇和珠子的傳說。

通定忽然想起小石頭之前所說的「春秋二寶」，問小石頭道：「那麼和氏璧又是什麼？」

小石頭道：「和氏璧的故事發生在楚國，楚國也是古代的一個國家。有個叫做卞和的人，在山裡找到一塊石頭，奉獻給當時的楚國國王。那個國王叫做楚厲王，他派懂玉的官去看那塊石頭，那人說道：『這哪是玉啊？不過是塊石頭罷了。』楚厲王見卞和竟敢欺騙自己，一怒之下，就把他的左腳砍斷了。

「後來厲王死了，楚武王即位，卞和又把這塊石頭獻給武王。武王又叫懂玉的官去看，這玉官又說：『這是塊石頭啦。』武王也很不高興，把卞和的右腳也砍斷了。

「後來武王死了，楚國的新國王叫做文王。卞和抱著那塊璞玉在楚山下大哭，哭了三日三夜，哭得眼淚都乾枯了，眼睛流出血來。楚文王覺得很奇怪，派人去問他：『天下被砍掉腳的人多著呢，爲何就你一個哭得這麼悲傷呢？』卞和說：『我不是悲傷我的兩腳被砍掉了，而是悲傷這明明是塊寶玉，人家卻叫它石頭；我明明是個忠臣，卻被人家認爲是騙子。我是因爲受到冤枉，才這麼悲傷啊！』

「文王聽了，派人琢磨那塊石頭，果然發現裡面藏著一塊純淨無暇的美玉，確實是件天下罕見的無價之寶。因爲這塊玉是卞和發現的，後世就把這塊美玉叫做『和氏璧』。」

小沙彌們聽完了，都嘖嘖稱奇。

通安傻楞楞地問道：「但是不對啊，怎麼三個王都死掉了，這個卞和還沒有死？他一定很長命吧！」

小石頭搖頭道：「這你就不懂了。做帝王的都很短命，而且一坐上王位，往往很快就嗚呼哀哉了。不是病死累死，就是被敵人殺死害死，通常沒有壽終正寢，好好死去的。」

通安恍然大悟道：「原來如此。那麼還是不要做皇帝才對！」

小石頭笑道：「對啦。大家聽了這故事，都要學個乖，知道聰明人是不會去做皇帝的。」

通定問道：「那麼這隨和二寶，今日卻在哪裡？」

小石頭聳聳肩，說道：「後來隨國啦，楚國啦，通通都沒有了，都被秦國併吞了。秦始皇得到了這兩樣寶物，將和氏璧製成皇帝的玉璽。秦朝滅亡後，楚漢相爭，漢高祖取得天下，這玉璽就成了漢朝皇帝的玉璽。之後三國、魏晉以來，天下大亂，這玉璽的下落就沒有人知道了。至於那隨侯珠，自從秦始皇後就不見了，大概被他帶到墳墓裡去了吧。」

眾小沙彌都道：「這等天下至寶，要能見一見就好了！」

如此又過了十來日，老和尚、神力大師和師兄們仍舊沒有回來。通吃開始擔心了，找小石頭商量道：「我們這寺裡不能老是沒有大人。我們還是去找魏居士，問問他知不知道發生了什麼事。」

二人討論之下，決定一塊兒去鴿樓找魏居士。他們敲了門，過了好一會兒，魏居士卻都沒有來開門。小石頭想重施故技，湊上紙窗的破洞往裡偷看，不料紙窗上的破洞已在不知何時全給補上了。通吃又敲了一會兒門，門內才傳來腳步聲，門開了一條縫，魏居士的半張臉出現在門縫中。

但見他蓬頭垢面，雙眼布滿血絲，睜著一雙小眼瞪向門外的通吃和小石頭，好似不認得他們一般，低吼道：「誰來吵我？什麼事？」

魏居士脾氣向來和氣溫吞，動不動就爲了心愛的鴿子掉淚，二人從未見過他大吼大叫，也從未見過他露出如此凶惡的神情，一時都驚得呆了。

通吃張大口說不出話，還是小石頭比較鎮定，說道：「魏居士，神力大師他們下山去，已超過二十日了。他臨走前說老和尚與大師兄十日之內會回到山上，可到現在還沒有見到他們的人影。您可知道發生了什麼事麼？」

魏居士低頭望向小石頭，似乎終於認出了他，神色轉和。他皺起眉頭，神色又是激動，又是焦慮，似乎想說什麼，卻咬緊牙關，忍住了沒有出口。

小石頭和通吃對望一眼，都甚覺奇怪，暗想：「魏居士究竟是怎麼回事？看他這副骯髒狼狽的樣子，倒像許多日子沒有梳洗睡覺了。」

小石頭不禁擔心，問道：「魏居士，您沒事麼？他們若在山下出了什麼事，您可得替寺裡的小沙彌們作主哪！」

魏居士聽了這話，才稍稍定下神來，臉色恢復平靜，揮手說道：「沒事，沒事！哪有什麼出事不出事的！你們回去吧。放心好了，他們很快就會回來了。」說著便砰一聲關上了門。

通吃和小石頭面面相覷，都不知道魏居士是吃錯了什麼藥，怎地變得如此暴躁古怪？二人別無他策，也只好回到寺中，對其他小沙彌道：「別擔心，魏居士說了，老和尚他們很快就會回來。」

小沙彌們都感到事情有點兒不對勁，卻也不敢多問。

小石頭仍舊每日去鴿樓餵鴿子、清鴿糞、收鴿信，他發現魏居士變得越來越神祕古怪，幾乎從不離開自己的書房。需要轉送的鴿信，他便讓小石頭自行處理；送到寶光寺的鴿信，便要小石頭將竹管放在窗沿上的竹籃裡，過一會兒才收進去看；要送出的鴿信，則放在另一個竹籃裡，讓小石頭取去發送。魏居士自己整日窩在房中，全不露面，只吩咐通吃多送些吃食來。每回通吃來收籃子，裡面的食物都已被吃了個精光。

有時小石頭隔著窗子向屋內請示問話，魏居士大多時候都不回答，或只嗯嗯兩聲。小石頭見他無心回應，便也不再去問他話了，心中卻暗暗懷疑：「魏居士閉門不出，難道不必去給竹林中那人送吃食了麼？那人會不會餓死哪？」

又想：「魏居士的身子原本便已經很胖了，如今整日躲在房中大吃大喝，難道在修習什麼變成巨大胖子的功夫不成？」

但見魏居士的脾氣變得愈發暴躁易怒，便也不敢多問。

轉眼又過了七八日，神力大師和老和尚仍舊沒有回來。

通吃又來找小石頭商量，決定再次去找魏居士，詢問狀況。

他們來到鴿樓旁的木屋，敲了好一陣子門，卻沒有人答應。二人互相望望，心中都是又驚又疑。

小石頭皺眉道：「我昨日來這兒，他還遞了一籃子竹管出來讓我發送，他人應該在的呀！莫非他病倒了？不如我們闖進去瞧瞧。」

通吃沒了主意，說道：「好吧，就聽你的。」

二人合力用肩頭撞門，撞了兩下，門便開了。只見魏居士的書房比平時還要混亂，屋中空無一人，魏居士竟已不知去向。

二人全沒想到魏居士人竟會不在屋中，一時都呆在當地，不知所措。

他們在屋中走了一圈，除了滿地的竹管、薄紙、筆墨、乾掉的糧食、污穢的衣物等，也沒什麼其他特異的物事。

小石頭皺起眉頭，說道：「難道魏居士也下山辦事去了？」

通吃連連叫苦，說道：「他怎地連說也沒跟我們說一聲，就自己離去了？那我們該怎麼辦呢？」

小石頭聳聳肩膀，說道：「還能怎麼辦？把日子繼續過下去罷了。」

他表面上雖裝得若無其事，心中卻充滿不祥的預感，彷彿寶光寺就將大難臨頭。他沒有說出自己的預感，免得讓通吃擔心，但是他從此便將彈弓和一袋彈子貼身而藏，如果當眞發生什麼事，至少有件趁手的武器可以防身。他並沒忘記那竹林中多半還藏著一個人，卻始終無法鼓起勇氣，踏入竹林去一探究竟。

小石頭和通吃當時卻沒有料想到，「把日子繼續過下去」也不是件容易的事。不多久，他們便發現寶光寺正面臨著一個巨大的問題：上回師兄們帶回來的糧食已經快吃光了。通吃不敢將這個壞消息告訴其他的小沙彌，只悄悄抓了小石頭商量。

小石頭問道：「我們寺中就這一個地窖？沒有別的地方收藏糧食了？」

通吃苦著臉，說道：「老和尚說，地窖裡存的糧食是爲了應急的，通常我們是不去碰的。每隔幾個月，神力大師或師兄師姊們便會送些新的糧食上山，我們就靠那些糧食過日子。如今我們連收藏在地窖的糧食都快吃完了，再也沒有別的食物啦。」

小石頭不相信，兩人在廚房、鴿樓、佛堂、通鋪各處搜索了一番，果然找不到別的收藏糧食的倉庫或地窖。

二人只好看著一日日減少的小麥，每日盡量少用一些麥子，多加一些水，將麥粥越煮越稀薄，比小石頭初上山時還要更加稀薄，簡直跟清水沒有兩樣，只希望能撐到老和尚他們回來的那一日。

小石頭也不時帶著大家上山去採果子和蘑菇、野菜，但是春季果子畢竟不多，他們很快便將寺廟附近能吃的的果子、菇類和野菜全都採完吃完了，面對著越來越少的糧食，仍舊束手無策。

自從魏居士失蹤之後，寺中連一個大人也沒有了。小石頭年紀最大，自然而然便成了一群小沙彌的首領。他眼見大家餓得頭昏眼花，自己的肚子也總咕嚕咕嚕地叫個不停。這日晚間，他餓得睡不著覺，便拉著通吃去廚房地窖裡查看存糧，但見麥粉只剩下小半袋子，大概只夠一眾小沙彌吃個兩三日，之後便什麼也沒有了。

通吃急得如熱鍋上的螞蟻，連聲道：「這該怎麼辦？這該怎麼辦？莫非大家就一起餓死在這裡？」

小石頭道：「眼下我們處境危急，神力大師雖吩咐我們不可輕舉妄動，但是世上還有什麼比塡飽肚子更加重要？這樣下去不行！我們得想個法子，先讓大家塡飽肚子再說！」

通吃這時已餓得整張圓臉都瘦了一圈，愁眉苦臉，連連嘆息，說道：「有什麼法子，你快說吧！」

小石頭也沒有什麼主意，他手上有那件白狐皮裘，價值不菲，但是他知道自己若持著這件白狐裘去大興城變賣，實在太過招搖，只怕東西還沒賣出去，自己便已被人當成小賊捉起。

他心想：「變賣我這件祖傳的寶貝狐裘，該是絕路上的最後一著了。如今應當還沒到山窮水盡的那一步，總還有別的辦法吧？」

他皺起眉頭，抱著手臂，在地窖踱了一圈，心想：「若是依我的主意，拿著彈弓去山上打獵，打個幾隻兔子野雉回來，烤了吃了，立即便可塡飽大家的肚子，那是最最上策。但是小沙彌們都吃素，我又答應了老和尚要守五戒的『不殺生』戒，打獵可就行不通啦。」

又想：「其他四戒，偷盜、邪淫、妄語、飲酒，我雖沒答應要遵守，但最好還是勉爲其難，盡量遵守它兩個三個，免得老和尚回來後不高興，大狗熊又有藉口趕我們下山了。」

想到此處，心中不禁生起疑惑：「那其餘四戒裡，『邪淫』究竟是什麼意思？沒人講解給我們聽，我也沒讀到過。嘿，既然連意思都不知道，那麼這個戒我大約也就不會去犯了。至於飲酒，這山上大夥兒連肚子都吃不飽了，哪來的酒喝？飲酒這一戒就算我想犯，也無從犯起，算是被迫遵守了。」

小石頭想到此處，心中釋然：「是了，我不殺生，不邪淫，不飲酒，五戒中守了三戒，已超過一半啦。至於偷盜和妄語，我看就不必守了吧。是了，偷盜，這主意不錯！」

第二十九章　闖莊園

小石頭一拍手，興沖沖地對通吃道：「喂，我有辦法了。我和我大哥去年上山時，在山腳下見到大路旁有座很大的莊園，那兒有穀倉，有菜園和果樹，我們去那兒取些糧食蔬豆瓜果回來，不就解決了麼？」

通吃一聽，立即跳起身來，神色又是驚訝，又是遲疑，說道：「你說我們去……去偷山腳田莊的東西來吃？」

小石頭連連搖頭，說道：「不是，不是！我什麼時候說去偷了？不是偷，是去取，只不過是不給錢而已。」

通吃滿面狐疑，說道：「取而不給錢，那跟偷有什麼不同？」

小石頭不耐煩地擺擺手，說道：「不同就是不同，你認得字麼？『偷』和『取』兩個字長得一點兒也不像，當然不同啦。」

通吃道：「我不認得字，難道你就認得？」

小石頭發現自己說溜了嘴，趕緊遮掩道：「我當然也不認得字。總之『偷』和『取』就是不一樣的。你別管那麼多了，我只問你，你是想填飽肚子，還是想在這兒等著餓死，你自己決定吧！」

通吃一手摸摸肚子，一手摸摸頭，看來很難決定是該對得起肚子，還是該對得起自己的腦袋。最後還是肚子占了上風，他跳起身，說道：「好，我跟你去！」

小石頭甚是高興，伸手摸摸他的光頭，說道：「好極，好極！你去將通平、通定幾個都叫上了，人多好辦事嘛！」

通吃匆匆奔去了，不多時便找回了通平、通定、通安、通靜四個小沙彌，一個比一個面黃飢瘦，無精打采。

小石頭摸摸藏在腰間的彈弓和彈子，並從地窖中取出了七八個以前裝麥子的空麻布袋子，放在地上。

他望著一群小沙彌，雙手叉腰，喝道：「喂，大夥兒振作點兒！這麼沒精神，待會兒可要怎麼辦事哪？我們這就出發，去取吃的回來！」

一眾小沙彌聽了「吃」字，眼睛一亮，歡呼一聲，也不問要去哪裡取吃的，從地上撿起布袋，一窩蜂地跟著小石頭去了。

小石頭領著一群小沙彌出了寺門，逕往山下走去。

才走出幾步，小石頭忽然想起一事，停下腳步，回頭望望小沙彌們，問通吃道：「這山上還有別的寺廟麼？」

通吃搖搖頭，說道：「這左近只有我們寶光寺。」

小石頭皺起眉頭，說道：「你們全是光頭，若是被人瞧見了，立即便知道我們是從寶光寺來的，那怎麼行？」

通定說道：「那我們去找些布來，將頭包起來吧？」

小石頭點頭道：「這主意不錯，只是小孩兒通常不戴帽子，我們個個頭上包了布，人家看了一定起疑。」

通定攤攤手，說道：「那該怎麼辦？」

小石頭抱著手臂走了幾步，忽然靈光一閃，拍手笑道：「我有辦法了！」對一眾沙彌揮揮手，說道：「跟我來！」

他領著大夥兒來到鴿樓旁魏居士的木屋之外，魏居士早已離去多時，房中一片漆黑。他推門闖入屋中，從亂糟糟的書案上找出一方硯臺，一條黑墨，一枝毛筆，又偷偷溜出來，對小沙彌們道：「你們沒有頭髮，一群人光著頭太過顯眼，讓我替你們畫上頭髮，那就不怕被人認出了。」

通平和通定等面面相覷，雖不情願，但小石頭哪裡由得他們拒絕，早已興沖沖地在硯臺裡加了水，命令通靜道：「喂，通靜，你來磨墨，快！」

通靜人如其名，性情安靜害羞，乖巧細心，立即蹲在地上，乖乖地磨起墨來。

小石頭性子急，也不等墨磨到很濃很黑，便提起筆蘸了飽飽的淡墨，對通平道：「喂，通平，你最大，你先來！」

通平雖只有八歲，個子卻跟小石頭差不多高，他得彎下腰來，才能讓小石頭畫上他的頭頂。他性情膽小順從，乖乖地彎下腰，將頭對著小石頭，讓小石頭揮毫作畫。

小石頭舉起筆，先在他的頭頂畫了一小團黑墨，看來效果不錯，便放手大畫起來，將他整個頭都塗滿了墨水，額頭也豎著畫了幾道，算是劉海。

其他沙彌見到了，都忍俊不住，哈哈大笑起來。

小石頭忍著笑，喝道：「笑什麼？我大畫家小石頭在你們的頭上作畫，可是你們這些光頭的福氣哪！」推開通平，將其他沙彌們一個個抓來畫頭髮，有的長，有的短，有的多，有的少，總之都如鬼畫符一般。

通安年紀最小，他雙眼不斷往上翻，希望能瞧見自己的「頭髮」究竟畫成什麼模樣，最後忍耐不住，終於伸手去摸了一下自己的光頭，結果自然是摸了一手的黑墨。他一焦急，順手就往身上臉上抹去，抹得滿身滿臉都是黑烏烏的墨漬。其他沙彌見到了，更是指著他嘻哈大笑起來。

小石頭望著通安，連連搖頭，說道：「罷了，罷了，你弄成一張花貓臉，人家更加認你不出，也非壞事。大家聽好了：墨乾了之前，不准去摸頭；如果摸了頭，就別去摸臉面衣服。聽清楚了沒有？」

一眾小沙彌齊聲答應。

小石頭甚是高興，趾高氣揚地揮手道：「好了，大夥兒出發吧！」便率領著五個小沙彌，浩浩蕩蕩地往山下的田莊走去。

當夜月色甚明，六個孩子沿著山路下山，走了約莫一個時辰，便來到山腳的莊園之外。可能因爲時局不平靖，山腳的流民強盜小賊增多，莊園的周圍新設下了三丈高的柵欄，還有莊丁打著火把到處巡邏。

小石頭低聲問通吃道：「這是誰家的莊園，這麼大陣仗？」

通吃有些吃驚，說道：「你不知道麼？這是唐國公的莊園啊。」

小石頭一呆，說道：「唐國公？哪個唐國公？」

通吃道：「就是唐國公李淵啊。」

小石頭嘿了一聲，點點頭，說道：「啊，李淵是麼？我知道他，不就是楊廣的表哥麼？」

通吃聽他說得起皇帝公侯，好似在說自家的親戚一般，忍不住道：「你對皇帝也敢稱名道姓的，不怕丟掉小命啊？」

小石頭笑道：「皇親國戚又怎地？天高皇帝遠的，我們在終南山腳，三更半夜，怕他們什麼？管他皇帝還是唐國公，我們肚子餓了，他們就得關照關照，送點糧食給我們吃才像話啊。」

通吃聽他胡說八道，不禁著急道：「我們來這地方取糧食，本已十分危險，你還這麼吊兒郎當的，當是兒戲麼！」

小石頭伸手拍拍他的肩頭，笑道：「怎地如此不信任我？我小石頭的本事，你難道還不清楚麼？」

通吃嘟囔道：「你大哥的本事，我當然清楚。至於你嘛，我也只知道那麼一丁半點兒。」

小石頭嘿嘿一笑，說道：「你知道一丁半點兒，那就夠啦！」對一眾小沙彌下令道：「大家跟著我，慢慢靠近前去。到了柵欄邊上，便蹲在暗處等候，讓我先觀察觀察狀況，再喚你們進去。不准出聲，不准亂動，聽見了麼？」

小沙彌們都十分緊張，連連點頭，低聲答應。

小石頭便率領五個小沙彌，悄悄從草叢中掩上，來到莊園的柵欄邊。他抬頭望望夜空中的滿天繁星，只見星星們一閃一閃地眨著眼，看來都像小賊兒似的。他暗想：「連星星都知道我們做賊來啦！」

他觀察了一陣子，等到巡邏的莊丁走遠了，便竄上前，一湧身，攀到了柵欄之上，輕輕一縱，翻過了柵欄，落地無聲。

他感到自己身體輕捷，心中也不禁頗爲得意：「我跟通雲師姊練了幾個月的功夫，果然有些長進。以前這麼高的柵欄，我連爬都爬不上，哪還能跳得過來！」

他在欄內等待了一陣子，確定沒有守衛，才悄悄打開了門，讓小沙彌們一個接一個溜入了莊園。

小石頭關好了門，低聲吩咐道：「通吃，你跟我一塊兒去穀倉找麥子，有一整袋的，搬了就走。通平和通定，你們兩個揹著布袋，去菜園果園裡走一圈，看到什麼瓜果，隔三五個便摘了來，別讓人瞧出少了一大片。摘了便放在布袋裡，揹回來這兒等候。通安、通靜，你們兩個蹲在這兒把風，見到有人來，不管是守夜的、巡邏的、打更的或是別的小賊，就立即學貓叫，知道了麼？」

五個小沙彌都點頭答應，當下便分頭去辦事。

小石頭見面前一排一排地，總有五六十座倉房，不知該從何開始，便帶著通吃來到東首一間倉房外，悄悄打開門閂，闖了進去，但見裡面堆得高高的都是麻布袋子。

小石頭伸手一摸，感到裡面軟軟鬆鬆的，似乎都是棉絮。他低聲道：「你摸摸看，是什麼？」

通吃也伸手摸了摸，說道：「是棉絮？」

小石頭道：「我想也是。我們去隔壁看看。」

兩人偷偷摸摸地走出這間倉房，來到隔壁倉房，推門闖入，又小心地將門掩上。但見這間倉房中也堆滿了麻布袋子，摸上去甚是結實。小石頭從懷中摸出小刀，小心地劃開了一個麻袋的角落，裡面流出細細的粉粒，也不知是什麼。

倉裡太黑看不清楚，他們又不敢點火，小石頭對通吃道：「你嚐嚐，這是什麼？」

通吃遲疑道：「嚐嚐？若是給馬吃的草料怎麼辦？」

小石頭低聲罵道：「就算是草料，你也得吃一口才知道哪！快吃！」

通吃萬分不情願，又不敢不聽小石頭的話，用手取了幾粒粉末，先聞一聞，沒有臭味，才放在口中嚐一嚐，咂咂嘴，喜道：「是小米！」

小石頭忙問道：「你確定是小米？」

通吃連連點頭，說道：「我日日在廚房裡是幹什麼的，怎會嚐不出小米？」

小石頭十分高興，又割開了另一袋，這袋中卻是些雜果乾糧，有花生、棗子、瓜子、松子等。小石頭道：「這也不錯，先取回去再說。」

當下與通吃一人扛起兩個麻袋，準備溜出穀倉。忽聽不遠處傳來貓叫聲，小石頭立時警覺，拉著通吃蹲下，說道：「別出聲！」

通靜人如其名，性情安靜害羞，乖巧細心，立即蹲在地上，乖乖地磨起墨來。

小石頭舉起筆，先在通平的頭頂畫了一小團黑墨，看來效果不錯，便放手大畫起來，將他整個頭都塗滿了墨水，額頭也豎著畫了幾道，算是劉海。

其他沙彌見到了，都忍俊不住，哈哈大笑起來。

第三十章 惡犬臨

便在此時，但聽門聲響動，兩人立即回頭去看，卻沒見到倉門打開。接著腳步聲響，有人往穀倉這邊走來。

小石頭這才醒悟：「剛才開門的聲音，是從隔壁那間堆滿棉絮的倉房傳來的。有人從棉絮倉房走出，往我們這兒走過來了。這可奇了，我們剛剛才從那間倉房出來，並沒看見人哪？」

正疑惑間，便聽穀倉的門咿呀一聲打開了，一個身形高大的男子提著一盞油燈，大步走了進來。小石頭和通吃趕緊悄聲退到角落，將麻袋頂在頭上遮住自己，有如偷油盜米的小老鼠一般，吱也不敢吱一聲。

外邊靜了一會兒。小石頭大著膽子，將麻袋移開一些，從縫隙中偷眼望去，但見那男子衣著落拓，留著大鬍子，既像個朝廷武將，又似個江湖豪傑，面目看來竟有幾分眼熟，卻想不起曾在何處見過。

那男子提著油燈，在穀倉四處照了一下，照到角落時，小石頭和通吃趕緊僵住不動，連大氣都不敢出一口。

那男子看了一會兒，並沒有發現他們。小石頭悄悄噓了一口氣，心中暗暗禱祝：「看完了，穀倉沒人，你這就趕緊出去吧！」

不料那男子竟將油燈放在穀倉中央，在油燈旁坐下，似乎不打算走了。

小石頭見那男子在穀倉中坐定了不走，心中大急，幸而這時油燈的燈光照不到角落，見不到他們，但他二人也被困穀倉裡，逃不出去了。

小石頭悄悄轉過身，往後看去，正巧見到不遠處的牆腳有個破洞，心中一喜：「我們可以從這個洞鑽出去。」當下用手肘輕輕碰了碰通吃，往後一指。

通吃回頭見到了那個破洞，也露出喜色。兩人小心翼翼，一寸一寸地往那破洞移去；小石頭先將麻袋慢慢從洞中塞出去，等四個袋子都推出去後，便讓通吃從洞中鑽出。

通吃湧身往洞中一鑽，不料他身子太胖，肚子竟然卡在洞口，鑽不過去。小石頭見了，趕緊伸手去推他的屁股，又不敢弄出聲響來，兩人只急得滿頭大汗。

那男子似乎聽見了一些聲響，猛然轉頭往角落望來，喝問：「什麼人？」

小石頭生怕他提著油燈走過來，將二人捉個正著，正想自己該學貓叫還是老鼠叫，便聽門外一人說道：「大哥，我來了！」

但見一個樣貌富泰的中年人從門外跨了進來，背上揹了一個大布袋。他喘了幾口氣，將布袋放在地上。

粗豪男子見到那人，十分歡喜，站起身迎上前，說道：「呼延總管，你可來了！這回帶來了什麼好東西？」

呼延總管笑道：「牛肉二十斤，美酒五罈，應當夠大家吃喝了吧！」

粗豪男子撫掌大笑，說道：「我們在地窖裡悶得慌，不知有多久沒見到天日，沒好好吃喝啦。快，快，我叫大家都出來，痛痛快快地吃喝一頓！」

呼延總管連忙道：「慢來，慢來！大哥請聽我一言。這幾日外邊搜查得很緊，宇文述這廝成天派了手下守在我們莊園四周，看守監視所有出入的人。各位若出來吃喝，難保不被他的手下聽見聲響，若是報告上去，那可就危險了。」

粗豪男子聞言一驚，說道：「你說宇文述派了人在莊園附近巡視？他怎會對這地方起疑？」

呼延總管嘆了口氣，說道：「自從楊玄感起事之後，皇帝便下令徵召這個莊園的存糧充當軍糧，派兵嚴密看守。最近宇文述更是大張旗鼓，親自守在莊園左近，日夜巡視。我猜想定是有人去告了密，他才敢明目張膽地來此巡邏。」

粗豪男子道：「誰會去告密？」

呼延總管壓低聲音，憤憤地道：「我懷疑是山上那人。我聽說山上出了點事，給那人逃下山去了。我猜想他下山後第一件事，便是去向宇文述告發主公藏匿義士之事。」

粗豪男子罵道：「李密這渾帳，奸詐無義，賣友求榮，他是不會有好下場的！」

小石頭聽見「李密」兩個字，心中好奇：「李密，李密是誰？」轉念又想：「他們說『山上出了點事』，『那人逃下山了』，莫非……莫非李密就是那個藏在竹林裡的人，楊玄感的謀士？」

隨即又想：「不，事情不會這麼巧吧？終南山多大的地方，這兩人說的事情，哪能就跟我們寶光寺有關？」

才這麼想著，便聽那男子道：「寶光寺不是將他關起來了麼，怎會讓他逃了出來？」

小石頭聽見「寶光寺」三字，不禁一呆，這才確信事情果然與自己猜想一致，連忙豎起耳朵，繼續傾聽。

但聽呼延總管答道：「這也是二十多日前的事了。詳情如何，我也不很清楚，只知道那人趁老和尚不在時，想法子溜出了囚室，逃下山去，匿名投信向宇文述告密。宇文述得到密報，立即派人到主公的各處莊園搜查。我們這兒因爲離京城較近，又在終南山腳，宇文述因此特別重視，派了大批人馬在四周巡查。但他知道主公跟皇帝關係匪淺，只敢在莊園周圍勘查，還不敢進來搜索。主公特別吩咐大家需得萬分仔細，一點痕跡也不能露出。大哥，你將酒肉都帶回那邊地窨裡，請各位英雄悄悄享用吧，可千萬別出來才好！」

那粗豪男子呸了一聲，怒罵道：「去他的渾帳楊廣，去他的渾帳走狗宇文述！」

呼延總管勸道：「大哥，老和尚和主公爲了保護大夥兒的安危，可是費盡了心思。老和尚冒險發出密信，就是希望能夠救助更多的義士。你需顧念主公收留保護大夥兒的恩情，千萬不可連累了主公啊！」

小石頭聽見「密信」二字，手一緊，不小心捏了一下通吃的大腿。通吃上半身在外，下半身在內，不敢出力掙扎，又痛又急，雙腳亂踢，小石頭趕緊捉住了他的腿，在他的屁股上輕拍一下，低聲威嚇道：「別動！再動我可要不客氣了！」

但聽那粗豪男子嘆了口氣，說道：「貴主公對我等恩深似海，我等自然不敢或忘。呼延總管，你快去吧，多謝你了！」提起地上的袋子，持起油燈，往穀倉門口走去。

呼延總管道：「多多委屈諸位了。」跟在他身後出去了。

小石頭見兩人出了穀倉，大大鬆了一口氣，等他們走遠後，雙手在通吃的屁股上用力一推，終於將他推出了破洞。

小石頭自己也鑽了出去，通吃忙問：「他們說了些什麼？我上半身在外面，一個字也聽不到！」

小石頭低聲道：「回去再說！」

兩人趕緊扛起米袋，離開倉房，悄悄摸黑走回圍牆的門邊。

這時通平、通定揹著兩袋瓜果，加上通靜、通安兩個，都在門口等候。

小石頭並沒有提起他在穀倉中聽到的對話，只道：「東西拿齊了，咱們走吧！」開了門，領著大家溜出莊園。

六個孩子這回下山「取食物」，有驚無險，滿載而歸，都甚是高興，歡歡喜喜地往山上走去。不料才走到半路，天就下起大雨，不但黑摸摸地看不清路，腳下的山路更是極爲滑溜。

小石頭暗罵老天不作美，只好讓通吃在前領路，自己在後押陣，中間誰若失足滑跤了，往山下滾來，他便能在後攔住。

一行人拖泥帶水、千辛萬苦，直走了兩個多時辰，才回到寶光寺。

進了寺門，六人都如落湯雞一般，從頭到腳濕得透了，這時天上忽然一道閃電打下，通靜尖叫一聲：「鬼啊！」

眾人都嚇了一跳，小石頭在後大聲問道：「什麼鬼？」

但聽通靜顫聲道：「我……我看到黑臉鬼……」

這時天邊又是一道閃電，小石頭這才看清，原來一眾沙彌頭上的墨水在大雨沖洗之下，全都流到了臉上，個個都如黑臉小鬼一般。他不由得哈哈大笑起來，說道：「什麼黑臉鬼？不過是頭上的墨汁被雨水沖下罷啦，不要大驚小怪。」

眾小沙彌看看彼此的花臉，都嘻嘻哈哈地笑了起來。

小石頭道：「別只顧著笑，先將東西搬入廚房，去外面溪裡將頭臉洗了，換身乾淨衣服，趕緊回來做菜！」

眾小沙彌這才想起自己肚子有多餓，七手八腳地將糧食搬入廚房，又趕緊跑出去洗刷一番，換上乾淨衣衫。

這邊小石頭催著通吃立即洗了小米，配上從莊園搬回來的花生、棗子、瓜子、松子、栗子、杏仁、桃仁等，煮出了一鍋香噴噴、美滋滋的「八寶粥」。

他們將所有的小沙彌都叫醒了，也不管什麼不吃晚齋的規矩，大家坐在食堂中大啖一頓，都感到這輩子從來沒有這麼飽足過，不禁都對小石頭萬分佩服感激。

次日天明，通吃習慣了早起，仍舊爬起身打板，將大家叫醒，洗臉穿衣，去佛堂做早課。

小石頭也難得地起了個早，一起身便趕緊跑去廚房，將昨夜搬回來的小米、瓜果等全都藏在地窖裡面，又推過大水缸，將地窖的入口遮住了。他擔心莊園的人發現東西被偷，跑上山來質問，心想東西若藏得隱密，讓人難以找到，那便死無對證了。

一切打點好後，他才來到佛堂，跟其他小沙彌們一起做了早課。大家昨夜吃了個飽，今晨精神充沛，唱念都比平時要大聲許多。

早課剛完，便聽寺外傳來一陣狗吠，有人砰砰砰地用力敲門。

小石頭心中一跳，和通吃對望一眼，心中都大為擔憂：「啊喲不好，難道我們取食的事情，這麼快就被發現了？」

二人別無他策，也只能硬著頭皮，一齊去打開寺門。

但見門外站著一群二十多個官兵，手中拉著七八頭巨犬，眾犬在地上聞聞嗅嗅，見到門開了，便對著通吃和小石頭狂吠起來。

小石頭往地上一望，暗叫一聲不好，原來昨夜一場大雨，將沙彌們頭上的墨水洗掉了，墨汁一路滴著回到寺廟，留下一道墨跡，被狗子聞著氣味，追上山來了。

他心中焦急：「糟了，莊園的人發現我們偷了東西，追上山來討取啦。」一轉念間，隨即知道事情更加嚴重：「不對，不對，他們身穿士兵服色，不是莊園的人……可能是昨夜那兩人說的宇文述守在莊園外的手下！」頓時感到手心出汗，心跳加快。

爲首的官兵是個禿頭矮子，大步走上前來，向通吃喝道：「小和尚，你們的住持呢？快叫他出來！」

小石頭看這人十分眼熟，頓時想起：「啊，這禿頭矮子，不就是去年在大興城中打算抓我大哥去領賞的傢伙？我還曾偷過他的錢袋呢。他叫什麼來著，是了，好像叫做禿頭宋九。這人欺善怕惡，十足走狗一隻。」

但見禿頭宋九做軍官打扮，服飾鮮明，似乎剛剛升了官，趾高氣昂，不可一世。

通吃從未跟什麼軍官打過交道，臉色蒼白，吞了口口水，戰戰兢兢地答道：「住持大師……住持大師……那個住持大師……」

禿頭宋九不耐煩地喝道：「不錯，我找的就是你們的住持！他人在哪兒？快叫他出來！」

通吃嚇得趕緊把這句話說完：「住持大師下山去了。」

禿頭宋九又喝道：「那管事的是誰？快把他給我叫出來！」

通吃左右望望，放眼望去都是年紀比自己更小的小沙彌，沒有人可以幫他解圍，只能硬著頭皮，指指自己，說道：「大人都不在山上，這兒管事的……管事的就是我了。」心中暗暗叫苦：「啊喲，我們去山下取食物，可被他們發現啦！那該怎麼辦才好？剩下的吃食就還給他們罷了，但是已經吃下肚子的，該怎麼還好呢？」

正煩惱時，禿頭宋九已逼上前來，彎下腰，一張醜臉正對著他的胖臉，怒喝道：「小和尚，少給我裝傻扮呆！快將昨夜逃來這兒的叛賊通通交出來，不然我立即將你綁起，軍棍伺候，放火燒了這間破寺！」

通吃一聽，又是驚訝，又是糊塗，支支吾吾地道：「什麼……什麼叛賊？」

小石頭在旁聽了，登時明白：「他們見到墨跡一路來到山上，以爲那些躲藏在地窖中的叛賊趁夜逃上山來躲藏，因此才追到寶光寺來。」

但聽通吃結結巴巴地道：「施主，您……您一定是搞錯啦！我們這裡沒有叛賊，只有……只有小沙彌。」

禿頭宋九怒道：「胡說八道，還要裝傻！你意圖瞞騙本將軍，該當何罪！來人，將他押下了，用軍棍狠狠給我打一百棍，打到他老實招供爲止！來人！跟我進去這破廟裡搜上一搜，叛賊不肯出來，我們將這破廟一把火燒了乾淨！」

通吃聽了，一張胖臉白得全無血色，睜大眼瞪著那些如狼似虎的官兵，全身發抖，雙腿發軟，不知所措。

第三十一章　漫天謊

就在此時，小石頭踏上一步，張開雙臂，攔住了官兵，高聲道：「慢著！你們來搜我寶光寺，是奉了誰的命令？」他原本並非大膽威猛之輩，當此情境，也只能硬著頭皮，努力模仿韓峰的語氣神態，給自己壯壯膽，鼓起勇氣，挺身攔阻官兵。

禿頭宋九見他人雖小，說起話來口氣竟頗有威嚴，不禁呆了一呆，斜眼向小石頭打量去，見小石頭雖然身穿羅漢衫，但並沒有剃光頭，是個在家人，面目乾淨，一臉聰明相。他卻未能認出，這男孩兒便是數月前曾在大興城偷過他的錢袋，將他的錢滿地亂撒，把他幾乎氣瘋了的小乞兒。當時小石頭滿臉污漬，頭髮散亂，衣著破爛，這時換了一副裝扮，禿頭宋九自然認不出。

宋九見小石頭年紀雖小，卻似乎是個見過世面的，便問道：「小孩子，你是什麼人？」

小石頭抬頭望著宋九，勉強壓下心頭畏懼，上前一步，行禮說道：「這位將軍！您老看來挺眼熟的，莫非我們在山下曾有一面之緣？是了，我想起來了，將軍想必是左衛大將軍宇文大人的得力手下，姓宋行九的宋九爺？」

禿頭宋九聽他叫出自己的名號，微微一驚，頓時收斂了氣燄，又聽他說自己是「左衛大將軍宇文大人的得力手下」，事實上他充其量不過是個剛剛升了職的小兵，根本連皇帝眼前的大紅人、炙手可熱的左衛大將軍宇文述大人的面都沒見過幾次，這孩子的言語著實捧了他一把，讓他在其他士兵之前臉上有光，當下便露出笑容，神態也客氣起來，回禮說道：「本將軍正是宋九。小孩子，你怎會見過我？」

小石頭見自己幾句恭維奏效了，暗暗鬆了一口氣，說道：「我跟我舅舅去大興城替唐國公辦事時，曾造訪過宇文大人的府衙，我想很可能就是在那兒見到宋將軍的吧。」

禿頭宋九聽他抬出「唐國公」這面大招牌，說得似模似樣，心中便信了七八分，又問道：「請問令舅是哪位？」

小石頭面不改色，繼續撒他的漫天大謊，說道：「說出來怕嚇你一跳；我親舅舅便是終南山腳下李家莊園的呼延總管。將軍口口聲聲說什麼叛賊，難道眞以爲我們寶光寺這般無法無天，膽敢私藏叛賊麼？爲何你不去搜索山下的莊園，卻來這兒找我們這群小孩子？」

禿頭宋九聽他這麼說，先是一呆，隨即喜道：「你們寶光寺果眞跟李家關係不淺！」

小石頭聽他這麼說，心中一跳，暗想：「寶光寺跟李家關係深淺，我可不知道，我拉上李家莊園的呼延總管，只不過是因爲知道他們害怕李家，不敢輕易冒犯，可別反而惹出麻煩來！」

他勉強鎭定，說道：「那當然了。我們這兒的糧食，大多是從山下的莊園取來的。」心想：「這話可不假，我們昨夜不是才去取了一些糧食回來麼？」

禿頭宋九聽了這話，立即問道：「你們昨日去過山腳的莊園麼？」

小石頭道：「是啊。我舅舅聽說我們這兒需要補給糧食，叫我下山一趟，我昨日便帶了幾位師兄弟下山去搬運糧食。回來時天晚了些，又碰上大雨，將我們替住持大師帶回來的一盒墨全給淋濕了，墨汁漏了一地。我舅舅若知道了，定要臭罵我一頓。」說著一臉懊惱憂急的模樣。

禿頭宋九聽他說得活靈活現，不由得不信，望向通吃，說道：「你這寺廟中還有什麼其他的大人在？」

通吃在一旁聽小石頭信口胡說，只聽得一楞一楞地，這時見禿頭宋九向自己發問，連忙答道：「我們這兒真的只有小沙彌，沒有大人，更沒有藏匿什麼……什麼叛賊。你若不信，不妨問問這兒的小沙彌們。我們出家人是不說謊的，你們說是不是？」

一眾小沙彌們都擠在門口觀望，這時七嘴八舌地道：「是啊，我們五戒中有『不妄語』，不能說謊話的。」「我們這兒沒有叛賊。」「叛賊是什麼？」

禿頭宋九想了想，對身後一名士兵招招手，吩咐了幾句。

那士兵從懷中取出七八張懸賞叛逆的畫像，一一展開來給一眾小沙彌看，說道：「你們見過這些人沒有？」

小石頭見到其中一張畫的是個大鬍子男子，容貌倜儻，正是他昨夜在李家莊園的穀倉中見到的人，旁邊寫的大字是：「懸賞一萬兩。逆賊韓世諤。」

小石頭不禁一呆，這才恍然大悟：「韓世諤，那不就是我大哥的爹爹麼？原來昨夜我見到的那個男子，就是大哥的爹爹！難怪我見他面目有些眼熟，大哥長得跟他爹爹果然有七八分相似。大哥一定料想不到，他爹爹就藏在山腳莊園的地窖裡吧！」

他正想時，五歲的小沙彌通剛見到其中一張畫的正是韓峰，旁邊寫著：「懸賞一千兩。逆賊眷屬韓峰」。

通剛天眞地指著那畫像道：「你瞧，這人長得多像大石頭啊！」

禿頭宋九聞言，大喜過望，連忙追問道：「你見過這人？他在你們寺裡？」通吃年紀較大，機警一些，立即從後面扯了通剛一把，要他別亂說，小石頭則趕緊想法遮掩，走上一步，假裝仔細看那畫像，點頭道：「是啊！這人長得確實挺像我大哥的。只不過我們不姓韓，我哥哥也不叫做韓峰。」

禿頭宋九聽他這麼說，心想：「那又不對了，韓峰是獨子，怎會跑出個兄弟來？」問道：「你說你大哥長得很像這圖畫上的人？」

小石頭擠眉弄眼，裝模作樣地觀望那畫像，點頭道：「依我說，還眞有七八分像哩！只是我哥哥左臉上有一顆大痣，這圖畫上的人沒有；還有我哥哥的鼻子是塌的，嘴巴也大些，這人可比我哥哥英俊多了。」

通剛在旁想要開口爭辯，說大石頭臉上沒有痣，但被通吃捏住了脖子，吞了口口水，不敢再說。

禿頭宋九半信半疑，問道：「你們兄弟姓什麼？家鄉在哪兒？」

小石頭道：「我們姓石，石頭的石。我不是跟您說了麼？我們兄弟倆平時跟著爹爹媽媽住在山下的莊園裡。後來我媽的哥哥，也就是我舅舅呼延總管，見老和尚這兒人手不夠，就派了我們兄弟上山來，幫忙挑水砍柴，煮飯打掃，順便學點兒佛經禪坐，算來也住了三四個月啦。您要不信，問問這兒大家就知道了。」

一眾小沙彌並不知道大石頭和小石頭的來歷，聽他這麼說，都面面相覷，也沒人敢出口質疑或反駁。

禿頭宋九猶自懷疑，問道：「你大哥此刻人在何處？」

小石頭道：「老和尚去五臺山佛光寺拜訪他的好友方丈大師。我大哥幫老和尚挑行李，一塊兒出門去了。」

禿頭宋九疑心略減，但他自不會憑著這小孩子的幾句話，便放過他們，說道：「石家小兄弟，你既然是個明理的，那我也不多爲難你們。這樣吧，你讓我們進去搜一搜，看看有沒有藏著嫌疑人等，如果沒有，那就沒事了。你若不讓我搜，我可不好跟宇文大人交代。」

小石頭知道他已降低疑心，寺中原本沒有什麼叛賊，不怕他進來搜索，當下說道：「宋九爺所言有理。我等問心無愧，讓各位進來搜索，自然不是問題。但是您卻不可毀壞我寺裡的一草一木，不然我去跟我舅舅說，我舅舅去跟唐國公說，唐國公肯定要去找宇文將軍說的。」

禿頭宋九道：「這我理會得，你們不用擔心。」當即率領手下官兵進入寶光寺搜索，一群巨犬也跟了進來，到處聞聞嗅嗅。眾小沙彌害怕巨犬，全都躲到通鋪的炕上去了。

寶光寺原本不大，就是三間屋子，十多個官兵湧進來搜索，再加上七八頭巨犬，幾乎已擠不下了；也不過一轉眼功夫，就將每間屋子都搜遍了。

寺中當然不曾藏了什麼人，也沒見到什麼可疑的事物，禿頭宋九只好收兵出寺。這些官兵原本凶悍跋扈，若不是因爲小石頭的一番言語，禿頭宋九早就將小沙彌全數抓下山去，一把火將寶光寺燒了。

小石頭見他們一如預期，什麼也沒找到，正打算收兵離開，暗暗鬆了一口氣，對宋九行禮說道：「宋九爺嚴加管束手下，對我寶光寺絲毫無犯，我一定會向我舅舅如實稟報。」

禿頭宋九點頭道：「那就好了。」卻忽然伸出手，抓住了小石頭的肩頭，說道：「石小兄弟，既然你舅舅在山下莊園裡做總管，不如你跟我一起下山去，當面跟你舅舅報告此事，順便勸勸他也讓我們去莊園裡這麼搜上一搜，你宋老哥感激不盡。走，走！」

小石頭眼見他口吻雖是邀請自己下山，但緊緊抓著自己的肩頭不放，顯然打算強押自己下山去，心中又驚又急，知道一到了山下莊園，自己的一派謊言立即便要拆穿，不禁冷汗直流，忙道：「不成的，我舅舅命我在這兒幫忙，我若擅自離開，他一定要大大惱我！」

禿頭宋九道：「你就說是我宋九請你下山的，你舅舅總不能不給我這個面子吧！」

小石頭只能繼續扯謊，說道：「俗話說：『隔親如隔山。』我舅舅畢竟不是我親生爹娘，再親也不過是舅甥，他隨時可以翻臉不認我這個甥兒。我帶了你們一大群人回去莊園，我舅舅不打死我才怪！」

禿頭宋九不再理會他，只道：「哪有那麼多話好囉嗦？快跟我走！」一揮手，手下士兵一齊圍了上來，那幾隻巨犬也虎視眈眈地盯著小石頭，似乎只要士兵們一聲令下，便會衝上去將他撕成碎片。

到此時節，小石頭也只能硬著頭皮，說道：「那成，我便跟您下山去。違背我舅舅的命令，也不是什麼大事，最多他去跟我爹媽告狀，我爹媽打我一頓了事。我去收拾幾件物事，這就跟您走。」

禿頭宋九聽他這麼說，便放開了他。

小石頭走進寺中，通吃甚是靈光，前腳後腳跟了進來。小石頭趕緊拉著通吃的手臂，鑽入廚房，低聲道：「我剛剛說的全是假的，這一下山，謊言立即就要拆穿。我怕官兵大舉上山來爲難你們，這山上有沒有什麼地方可以躲一躲？」

他這一問，原也知道希望渺茫，但這是無法中的唯一辦法了。沒想到通吃立即答道：「有的。老和尚平日便交代過我們，若是遇上危險，可以到山上的大山洞裡躲藏。山頂練功坪那兒有個隱密的大山洞，入口就在上回通海師兄站著的那塊大石後面。我們如今糧食足夠，大家揹了糧食上去，在那大山洞裡，總能躲上一個多月吧。」

小石頭大喜過望，說道：「那好極了！老和尚設想當眞周到得緊，早替你們找好了緊急藏身之處。我跟那些官兵一離開，你們就立即帶了糧食上山去，小心掃除腳印，可別留下任何痕跡！」

通吃知道事態嚴重，連連點頭，忽然伸出小胖手，抓住了小石頭的手，說道：「你保重！」又從灶上抓過兩塊大餅塞在他懷中，說道：「帶在路上吃！」

小石頭心中又是好笑，又是感動，心想：「通吃總怕別人挨餓，從不忘關照別人的肚子。我這回跟這群凶神惡煞的官兵下山，只怕性命不保，哪裡還顧得到塡飽肚子！」

他心頭一熱，也握緊了通吃的手，說道：「別擔心，我一定會回來的。」口中雖這麼說，心裡可連半點把握也沒有。

禿頭宋九在外面一疊聲地催促：「姓石的小子，還不快點！」

小石頭匆忙中也拿不了什麼，摸摸藏在腰間的彈弓和一袋彈子，又摸摸塞在懷中的大餅，快步來到寺廟門口，說道：「我來啦！」

禿頭宋九便押著小石頭，率領士兵巨犬，往山下行去。通吃站在寺門口，目送著小石頭被宋九和手下官兵押下山去，一張圓臉上滿是恐懼擔憂，口中喃喃禱祝：「阿彌陀佛，佛祖保佑，讓小石頭平安回來！阿彌陀佛，佛祖保佑！」

小石頭在一眾官兵惡犬的圍繞下，一步步往山下走去，心中暗想：「自從我來到這終南山上，便沒有一日不想逃下山去。誰料得到如今終於能夠下山了，卻是這般情景！」但見身邊官兵個個高大勇武，自己雖在山上學了些功夫，想來也不可能打得過一群二十多個壯丁，心中暗暗叫苦不迭：「大哥啊大哥，希望你在山下平安無事才好！小石頭這回只怕小命不保了。我們原本約定好了，我在山上等你回來，咱弟兄倆一起下山。現在看來，我是等不到你啦。」

第三十二章　徵兵苦

卻說那時通海留信出走，神力大師立即帶著通山、通雲和韓峰匆匆離寺，追尋通海的下落。一行人盡全力快奔下山，不到一個時辰，便已來到山腳。韓峰雖未曾練過輕功，但這段日子中在山上挑水砍柴，苦練功夫，腳下自然輕健了許多，勉強能跟上眾人，不致落後。當日晚間，四人並不休息，只在路邊吃了些乾糧，便又繼續快行。

這時韓峰才感謝小石頭替他帶上了一包大餅；神力大師和通山、通雲都帶著自己的糧食，神力大師和通山完全沒有跟他分食的意思，他也不可能厚著臉皮去向通雲討東西吃，所幸自己包袱中帶了不少大餅，足夠他吃上數日。

吃完之後，四人又繼續急行，行了一整夜，到天明才略事休息。當日神力大師領著三個弟子在山腳附近的城鎮探問尋訪，居民都說未曾見到一個少年僧人經過此地。

四人走遍了終南山腳的城鎮村落，尋找了十餘日，卻始終沒有任何通海的消息，神力大師日益焦躁憂急。

又過數日，神力大師收到一封鴿信，立即對弟子道：「大興城中有消息傳來，我們趕緊去城中看看！」便率領三個弟子往大興城趕去。

來到城門之外，神力大師並不急著入城，讓弟子在城外一棵樹下坐下歇息，對他們叮囑道：「入城之後，你們需得謹慎行事，小心形跡，千萬別多生事端！」又對通雲道：「通雲，妳先去城門口，看看有沒有貼著什麼懸賞的告示，守衛情況如何。」

通雲答應了，便向城門走去。

神力、韓峰與通山坐在樹下等候，忽聽城門口傳來一陣哭號之聲，韓峰轉頭望去，但見五六十個衣衫襤褸、手腳都被麻繩子綁住的男子正跌跌撞撞地從城門中出來，後面跟著一群十多名官兵，爲首的是個高大軍官，手持皮鞭，一邊揮鞭亂打，一邊粗聲呼喝：「快走，快走！皇帝在遼東等著你們去打仗呢！誰敢不去的，立即斬首！」

韓峰見那高大軍官甚是眼熟，竟然便是數月之前曾意圖拉自己去充軍的眾士兵之一，好像是名叫衛三的，心中怒氣頓起。他兩度來到大興城，上回親見官兵押解無辜百姓進城屠殺，這回則目睹官兵押解強徵來的民兵出城打仗。難道這大隋王朝的皇帝楊廣除了殺戮驅使百姓，便沒有其他的事情好幹了？

上回他無法壓下心頭衝動，發箭阻止士兵砍死無辜的孩子，陷己於危；這回他心頭的怒火也同樣難以壓抑，熊熊在胸中燃起。然而他過去數月早晚在山上禪坐修行，對自己的起心動念能夠看得更加清楚，憤怒之中更多了一層深刻的悲憫哀憐與自制。

只見一眾被拉伕的眾男丁身後跟了一群哭哭啼啼的親人，有白頭髮的老婆婆，有懷中抱著孩子的婦人，也有剛會走路的孩子；眾人口中哭叫不絕，拉著親人的衣衫不肯放手，有的喊爹，有的呼兒，也有喚丈夫或兄弟的，情狀之淒慘，任誰見了都要動容。

韓峰不禁想起去年在大興城中，禿頭宋九和衛三在街頭強拉自己一個孩子去充軍的情景；又想起通吃曾說起他的父兄在蓋完洛陽城後，全數被捉去充軍，一去不回；通平、通定的家人也都因挖運河、征遼東而喪命。此時他眼見官兵強拉這群無辜百姓去遼東送死，情狀悲慘，再難壓抑心中怒火，抬頭瞪向爲首的軍官衛三，眼中如要冒出火來，咬牙道：「可恥，可恨！」

神力大師瞪了他一眼，壓低聲音警告道：「給我閉上嘴！我們另有要事去辦，你別給我添麻煩！」

正此時，只見衛三搶上幾步，對一個拉著兒子衣袖不放的白髮老婆婆喝罵道：「老不死的，給我滾遠一點！」揮鞭便朝那老婆婆臉上打去。老婆婆慘叫一聲，額頭被鞭子抽出一道血痕，鮮血淋漓，撲倒在地。

韓峰再也按捺不住，霍然站起身，忽覺手臂一緊，他回頭一望，見是神力大師伸出大手，握住了他的手臂，銅鈴般的眼睛直瞪著他，厲聲道：「給我坐下！」

韓峰怒道：「放開我！」用力一掙，卻無法掙脫。

神力低喝道：「你跟我下山，就得乖乖聽我的話。我叫你不要多管閒事，給我坐下！」

韓峰忽然抬起左腿，左膝直向神力大師的小腹頂去，卻是一招「五禽戲」中的「鹿奔」。

神力大師反應極快，左掌下斬，擋住了這一招。韓峰左掌劈出，擊向神力大師面門，神力大師及時側頭避開。

兩人各自施展擒拿手，快速交了數十招，一時三刻之間，韓峰既無法掙脫神力大師的掌握，神力大師也無法打倒韓峰。

韓峰眼看官兵押著那群百姓越走越遠，心中焦急，又過了十餘招，忽然使出「雷撼拳」中的招數「如雷貫耳」，握拳往神力大師的耳際捶去，力道極大。神力大師知道這招厲害，不得不撤手後退。

韓峰感到手臂一鬆，立即轉身向那群官兵和百姓奔去，但這時他們早已走得遠了，只看得到官道上飛揚得老高的塵土。

韓峰暗罵一聲，側頭見那方才被鞭打的老婆婆仍趴在地上，動也不動，便奔上前，將她扶了起來，但見她已昏暈了過去。

老婆婆被他扶起，悠悠醒轉，一醒來又是「兒啊」、「兒啊」地呼喊著，痛哭不止。

韓峰心中難受，卻不知該如何安慰她。

忽聽身後腳步聲響，一人奔上前來，問道：「怎麼回事？」

韓峰一回頭，但見來者正是通雲，原來她剛好從城門口回來，見到了這一幕，便趕緊奔上前探問。

韓峰咬牙道：「那群天殺的士兵，強拉了老婆婆的兒子去充軍！」

通雲從懷中掏出一張手帕，蹲下身，替老婆婆擦去臉上血跡，柔聲說道：「老婆婆，別擔心，我們來幫您想辦法。」

老婆婆緊緊握著通雲的手，哭道：「這位姑娘，我年紀老邁，就這一個體弱多病的兒子，被他們這麼捉去，我這輩子哪裡還能再見得到他呀！妳怎會懂得失去兒子的痛苦啊！」

通雲伸臂摟住老婆婆，低聲安慰。

這時神力大師大步走了過來，對韓峰喝道：「跟我來！」

韓峰站起身，跟著他走到一旁。

神力低頭盯著他，神色猙獰，說道：「小子，你竟敢違背我的命令，不要命了麼？」

韓峰抬頭直視著神力大師，大聲道：「我若見死不救，還算是人麼？」

神力大師逼近一步，臉色更加可怖，低吼道：「我們這回下山，只有一個目的，就是要儘快把通海給找回來。你添什麼亂？」

韓峰道：「找通海一個人，怎能比解救眼前無辜的百姓更加重要？」

神力大師怒吼道：「你一派莽撞，能成什麼事？憑你那點本事，又能救得出誰？」

韓峰大聲道：「就算我武功不濟，又怎能見死不救？救得一個是一個！」

神力怒叫道：「只怕你一個也救不出來，反要我們分神去救你！你聽好了，你若被官兵捉住，我可沒空理會你的死活！」

韓峰道：「我若被官兵捉住，死活全憑天命，原不需你來理會！」

神力大師見他全不聽命，更大膽頂嘴，暴吼道：「你到底聽不聽我的命令？」

韓峰冷然道：「你的命令若是有理，我自然聽。你的命令若是無理，我自然不聽！」

兩人越吵聲音越大，神力大師臉色通紅，握緊拳頭，顯然在極力忍耐，才未曾出拳往韓峰的臉上打去；韓峰也是激動已極，眼中火焰熾盛，雙拳緊握。

通山站在一旁，眼看二人就要大打出手，震驚之餘，更不敢上前勸阻。

最後還是通雲走上前來排解，她伸出手，扶在韓峰的肩上，說道：「石大哥，請聽我一言。」

韓峰一聳肩膀，甩開她的手，說道：「莫攔我！」

通雲和韓峰相處的時日雖不長，卻很清楚他的火爆性子。她想起那回韓峰在山頂練武坪上發怒，瘋了般地擊打大樹，令所有人驚詫不已，全看得呆了；小石頭卻只用一兩句話便安撫了他，心想：「石大哥平日沉默內斂，但一發起火來，便驚天動地，不可收拾。能夠勸得住他的，大概只有小石頭一個人了。」

眼見他怒氣未消，再次伸手扶上他的肩膀，這回使了七分力道，穩穩按住，輕聲道：「小石頭讓我下山後多多關照你，你就算不願聽我的話，也該聽小石頭的。」

韓峰聽她提起小石頭，深吸一口氣，臉色和緩了一些，這才沒有再次掙脫她的手。

通雲接著道：「我們先將老婆婆送回家去安頓了。這兒的事情，我們從長計議，總有辦法解決的。」

韓峰聽了，冷靜下來，收回瞪向神力大師的目光，跟著通雲走了開去。

神力大師哼了一聲，說道：「動作快些！我們可沒工夫等你們。送完人後立刻到小鐘寺去，知道了麼？」

通雲答應了，說道：「我理會得。」

於是韓峰過去扶起老婆婆，通雲問明了她的住處，韓峰便揹起老婆婆，走入大興城。老婆婆的家在安邑里中，位在韓峰曾去過的都會市以南。

韓峰和通雲一路行去，眼中所見淨是追不回親人、痛哭而歸的妻子、母親、姊妹、兒女，耳邊充斥著此起彼落的哀哭之聲，兩人心頭都感到無比沉重。

送老婆婆回到家之後，通雲安慰了老婆婆一陣，才告別離去，對韓峰道：「小鐘寺在城西，我們快去跟他們會合吧。」

二人並肩往城西走去，通雲側頭望向韓峰，見他臉色鐵青，顯然心中仍記掛著那位老婆婆與兒子生離死別的慘事，不禁輕輕嘆了口氣，說道：「我不喜歡下山，就是因爲每次下山，不管去哪兒辦事，都不免見到這樣讓人傷心的情景。」

韓峰想起自己從洛陽來到大興城的路上，也曾見過無數被軍官拉去充軍的百姓，無數親人不得不面臨生離死別，心中更是抑鬱，嘆了口長氣。

通雲將他的神情都看在眼中，卻沒有多說什麼。

兩人穿過六條大街，來到城西朱雀街西第二街北數第三里的興化里。

大興城中寺廟道觀甚多，總數超過數百座，幾乎每一里都有寺廟，大的寺廟如大興善寺，占有靖善里一里之地；昊天觀也占有寶寧里一里之地。

通雲和韓峰一路往西，途中經過了十餘座寺觀，包括安邑里的玄法寺，宣平里的法輪寺，永寧里的明覺寺，長興里的靈感觀，永樂里的寶勝寺和資敬尼寺，光福里的聖敬寺和大興寺，豐樂里的法界尼寺、弘業尼寺和勝光寺，安業里的資善尼寺和修善寺，弘德里的濟度尼寺、道德尼寺和月愛寺等，繼而往北到了興化里，里中出名的寺廟也有成道寺和西南隅的空觀寺。

小鐘寺坐落於興化里東南角，占地甚小，所在隱密，甚難尋找。通雲帶著韓峰左彎右繞地走了好一會兒，才來到小鐘寺門口。她對韓峰道：「小鐘寺的住持是通木師兄，他也是老和尚的弟子。我們平時來到大興城，多半在小鐘寺落腳。」

韓峰點點頭，但見這寺廟既小又舊，破爛之處跟寶光寺簡直不相上下，不禁頗感親切。他抬起頭，望見廟頂有座高高的塔，塔頂以鐵網圍住；他早晚在寶光寺幹活兒，一看便知那是座鴿樓。他卻不知這座位於大興城的鴿樓就叫做「小鐘樓」，符號是一個小鐘，小石頭時時幫魏居士將鴿信轉送入大興城小鐘寺，讓城中人來此取信。

兩人跨入小鐘寺，見神力大師站在佛堂外，神色凝重，正跟一個瘸了腿的僧人談話。

韓峰見那瘸腿僧人約莫二十來歲年紀，穿著一身樸素的僧袍，臉容醜陋，左腿瘸了，腋下撐著拐杖，心想：「不知他怎會瘸了一條腿？」

神力大師轉頭見到通雲和韓峰，閉口不再談話，說道：「通雲，石峰，來見過通木師兄。」

通雲和韓峰一齊向那瘸腿僧人問訊，稱呼道：「通木師兄。」瘸腿僧人合十回禮。

通雲問神力大師道：「有通海師兄的消息麼？」

神力大師皺眉道：「通木師兄說道，有人見到他進入城南一座廢棄的大宅，據說是漢王昔時的府第。眼下天色還早，我們先吃點東西，休息一下，等天黑了，再去探探情況。」

通雲問道：「他和什麼人在一起？」

神力大師哼了一聲，說道：「還能有誰？當然是李密那奸賊了！」話一出口，似乎發現說溜了嘴，望了韓峰一眼，沒有再說下去，只道：「我們先吃點東西再說。」

那瘸腿僧人通木說道：「各位請在此稍後，我去取飲食來。」

他撐著拐杖走入廚房，不多時便端了幾塊素餅、幾碗米粥來給四人，四人道了謝，坐在小廳中吃了。

此時天色尚早，韓峰心中記掛著那白髮老婆婆，心神難安，不斷往窗外望去。

通雲悄悄走近他身邊，低聲道：「石大哥，你若不累，可願意陪我出去走走？」

韓峰見她向自己使眼色，知道她有話要說，便點點頭，跟著她出了寺院後門。

第三十三章　黑白馬

兩人來到寺外安靜之處，通雲道：「石大哥，你心中還記掛著那位老婆婆，是麼？」

韓峰點了點頭，心中激動，脫口說道：「我……我只恨自己什麼辦法都沒有，什麼都不能做！」

通雲道：「辦法倒是有的。」

韓峰聞言眼睛一亮，忙問：「什麼辦法？」

通雲道：「那些軍官最是貪財，只要給他們一點好處，便能讓他們放走老婆婆的兒子。」

韓峰聽了，趕緊問道：「我們能給他們什麼好處？」

通雲眨眨眼，臉上露出一抹調皮的神色，說道：「你若眞願意去救人，便跟我來！」

韓峰立即點了點頭，於是便跟著通雲離開小鐘寺，往北行去，來到朱雀街西第二街從北數的第二里，韓峰見里牌上寫著「通義里」三個字。

二人來到通義里西南方一座大宅之後，但見後門敞開，一個僕人坐在門口。他見到通雲，立即站起身，垂著雙手，恭恭敬敬地喚道：「小姐！」

韓峰見了，微微一呆，忽然想起：「小石頭曾偷聽通海和通山對話，說他們提到通雲師姊乃是一位李家小姐，看來眞正不假！」

通雲向韓峰招招手，領他來到大宅裡。轉過幾個彎後，迎面便是一座馬廄，廄中圈著十多匹駿馬。

韓峰往年在家中時最喜愛馬，眼見這些馬匹匹高大神駿，忍不住讚道：「好馬！」

通雲一笑，來到一間馬房之前，打開了門，但見左右馬房中各有一匹胡馬，一黑一白。

通雲伸手撫摸那匹白色胡馬的鼻子，說道：「這是踏燕，我從小就騎牠的。那匹黑色的叫做追龍，是我二哥的愛馬。你若不介意，就騎追龍吧。」

韓峰聽說自己可以騎這匹神駿的胡馬，甚感欣喜，但也不禁懷疑，問道：「我們爲何要騎馬？」

通雲道：「那些官兵出城已久，我們若不騎馬，怎麼追得上他們？」

韓峰全沒想到這一點，聽她這麼說，覺得自己這一問眞是問得笨了，不禁臉上一紅，說道：「原來如此。」

方才那僕人聽見通雲的話，早已取過鞍韉轡頭等物，替白馬套轡上鞍。

韓峰自己取了馬房中的鞍韉轡頭等物，替黑馬套上轡頭，扣住韁繩，放上鞍墊和皮鞍，束緊鞍繩，調妥腳蹬，很快便準備妥當。

通雲見他套馬備鞍，手法極爲熟練，顯然是個懂得騎馬之人，微感驚訝，卻沒有多說，只道：「我們走吧！」

兩人翻身上馬，策馬小跑出了大宅後門，往東馳過一個里，來到大興城正中心的朱雀門街，一齊右轉，往南馳去。

朱雀門街亦稱「天街」，東西兩百五十步，極爲寬敞；北起朱雀門，南至明德門，共經九里，每里一百七十五步，將大興城分隔爲東邊大興和西邊長安二縣。

韓峰這時才注意到，通雲不知何時已換上了一套合身的褶褲短衫，外罩一件輕軟的淺綠絲綢掛披，腳踏小蠻靴，頭上戴了一頂鑲滿珍珠的胡帽，俐落中又顯得高雅華貴。

韓峰出身世家貴宦，自然能辨別物品的美惡，見那件絲綢披掛薄軟輕暖，繡工精緻，胡帽上的珍珠一顆顆又圓又大，兩樣顯然都是極爲珍貴罕見之物，心中暗暗稱奇：「看來通雲師姊不但是位小姐，還是位大富大貴人家的小姐！難怪我第一次見到她時，便覺得她氣質高雅不凡，原來我並沒有想錯！卻不知她究竟是哪個高官貴宦家的千金？」他心中暗暗納罕，卻也不便多問。

二人並轡出了明德門，來到一條筆直的官道上，通雲一聲嬌叱，一夾馬肚，踏燕便放蹄快奔起來。

韓峰也驅使追龍放蹄快奔，緊追在後。他感到胯下的追龍四蹄輕健，奔馳迅速平穩，甚是驚喜珍愛，讚道：「眞是好馬！比起我家當年那匹胡馬……」話才出口，登時想起從西域引進的胡馬十分珍奇少見，只有大富大貴之家才可能擁有西域胡馬，他一來不願透露自己的家世，二來無心炫耀，當即住口。

通雲側頭望了他一眼，也沒有追問，只笑道：「追龍的腳力可是數一數二的。我們放蹄快奔一陣吧！」

兩人縱馬在官道上快馳一段，兩匹馬落蹄輕健，迅速穩妥，兩人騎在馬上，有如風馳電掣一般，都大覺暢快。

不到半個時辰的功夫，韓峰和通雲便追上了那群士兵。

通雲縱馬趕在前頭，縱聲叫道：「諸位軍官，且請留步！」

爲首的軍官衛三回頭望去，只見一個少女快馳而來，身上穿的是精緻稀有的絲綢掛披，頭上戴的是昂貴華美的明珠胡帽，胯下騎的是高大神駿的西域胡馬，健壯矯捷，鞍轡鮮明，不由得肅然起敬，心知這定是哪位高官貴宦家的小姐，絕對不能得罪了。

他是個識時務的，立即勒馬而止，翻身下馬，快步趨前，對通雲恭敬行禮，客客氣氣地問道：「這位小姐呼喚下官，不知有何吩咐？」

通雲並不下馬，只低頭望向他，從懷中取出一串指頭大的珍珠，托在她白嫩的手掌中，微笑道：「也沒什麼，只想請軍官幫個忙，這串珍珠權充謝禮。」

衛三見到那串珍珠，登時雙眼發光，滿面堆笑，忙道：「小姐千萬不必如此客氣，小姐有何吩咐，下官一定照辦不誤！」

通雲指著那群被強拉去充軍的百姓，說道：「你這兒有一個人，是我好友的兒子。他母親年老，需要他留在家裡照顧。請軍官高抬貴手，讓他留下吧。」

衛三聽了，心想：「一串珍珠換一個百姓的賤命，這筆生意太划得來了。」當即笑著道：「沒問題！沒問題！請小姐告知貴友的尊名，我立即讓貴友的兒子回家去。」

通雲道：「我朋友是位姓吳的老婦人，她住在安邑里。」

衛三當即走到拉來的百姓之中，高聲叫道：「哪個是住在安邑里吳老夫人的兒子？快出來！」

一個衣衫襤褸的男子怯怯地舉起了手，衛三立即讓士兵將他帶上來，親自用佩刀割斷綁縛他手腳的繩索，將他領到通雲面前，恭敬地問道：「請問小姐貴友之子，可是這位？」

通雲並未見過吳家兒子，自然難以辨認，便問他道：「你姓什麼，住在何處？家中有什麼人？」

那男子不知道發生了什麼事，支支吾吾地道：「我姓吳，住在安邑里西南三町，家中只有一位老母親。」

通雲對衛三點點頭，說道：「就是這位了。」

衛三伸手推了推那男子，那人踉蹌走上前，抬頭望向通雲和韓峰，滿面驚疑，不知所措。

韓峰跳下馬，上前扶住他，讓他跨上追龍，坐在自己身後。

通雲對衛三道：「多謝軍官了！這串珍珠謝禮，還請笑納。」

她一揮手，將那串珍珠向衛三扔了過去。扔出之前，她已使巧勁捏斷了繫著珍珠的絲線，這一扔之下，五粒珍珠便分成五個方位飛出，一粒正打在衛三的左頰，一粒打在他的胸口，一粒打在他的手腕，一粒打在他的膝頭，一粒打上他的佩刀。

衛三吃痛，忍不住啊喲大叫起來，疼得蹲下身，望向通雲的眼光中滿是敬畏。

通雲眼神轉爲凌厲，冷冷地道：「我勸軍官最好收斂一些，切勿隨意鞭打凌虐百姓。不然下回小姐再送你珍珠，只怕你要吃不消了。」說完便掉轉馬頭，揚長而去。

衛三摀著臉，連聲稱是，直到通雲和韓峰的馬奔出數里，再也看不見影蹤了，他才趕緊忍著痛，彎腰去撿散落滿地的珍珠，口中喃喃罵道：「哪裡來的小妮子，武功這般厲害！」

韓峰和通雲隨後並轡騎馬回到城中，將吳家兒子平安送回了吳老婆婆家中。

吳老婆婆見到兒子，簡直不敢相信自己的眼睛，又哭又笑地抱著兒子，不肯放手。她定下神來後，又忙向韓峰和通雲跪倒道謝，哭道：「我平時便早晚祈禱禮拜，菩薩可終於靈驗了！多謝菩薩派遣兩位少年英雄替我將兒子救了回來！請問兩位恩人高姓大名，老婆子未來好日夜爲兩位祈禱，將功德迴向給兩位！」

通雲趕緊扶她起來，說道：「老婆婆千萬別放在心上！這是您自己行善積福，今日才得到好報。」並未說出自己姓名，便與韓峰相偕離去。

兩人牽著馬，走回通義里西南隅的大宅外。方才那僕人已在後門口等候，見到二人，立即趨前，恭敬地接過兩匹馬的馬韁。

兩人離開通義里時，韓峰注意到通雲已換下了那件珍貴的絲綢掛披，脫下了珍珠胡帽，換上了平時在寶光寺中穿的舊棉布袍，頭上也只綁了塊樸素的花布。

韓峰心中好生驚奇：「通雲顯然是位大富大貴人家的小姐，但是她在山上跟著大夥兒一起練功，一起幹活兒，挑水縫衣，吃苦耐勞，一點兒嬌氣也沒有，眞讓人完全看不出來，實在難得！」

但聽通雲道：「天快黑了，我們快回去小鐘寺吧。免得神力大師找不著我們，開始擔心。」

韓峰點點頭。走出一段路後，他的眉頭卻又皺了起來，神色凝重。

通雲見了，問道：「怎麼？你怕神力大師知道我們跑去救人，會不高興？我們別告訴他便是了。」

韓峰搖頭道：「不，我只是在想，救出吳老婆婆的兒子，是我們力所能及；但是如何才能救出千千萬萬的百姓，讓所有人都免去家破人亡的痛苦？」

通雲側過頭，睜著一雙妙目望向他，靜了一會兒，才道：「石大哥，你不知道麼？這正是我們想做的事啊。」

韓峰心頭一震，正想問「我們」是指誰，兩人卻已來到小鐘寺後門外，但聽神力大師洪亮的聲音從寺中傳出，吼道：「他們還沒回來麼？究竟跑去哪兒了？一男一女兩個小娃子，一起溜出去這麼久，成什麼樣子？」

通雲吐吐舌頭，臉上微微一紅，低聲道：「我先進去吧！你等一會兒再進來。」

韓峰點點頭，通雲便先跨進寺去了。韓峰留在寺外的小巷中等候，只聽通雲的聲音從寺中傳來：「大師，我回來了。」

神力大師急問道：「石峰呢？」

通雲道：「石大哥說從沒來過大興城，我帶他去城西的利人市開開眼界。他說想自己多逛一會兒，應該很快就會回來了。」

神力大師怒道：「哼，事情緊急，他還有閒情逸致去逛市集！通雲，妳快回房去換衣服，我在這兒等他。」

通雲答應一聲，便走入後面的房中去了。

韓峰在小巷中等候了一陣子，正準備回入小鐘寺，忽聽牆內神力大師壓低聲音，說道：「通木，那傢伙機伶得很，你這兒關得住他麼？」

瘸腳僧人通木答道：「寺裡的地窖有兩丈深，暗門用鐵鍊鎖住，任誰也逃不出來的。」

神力大師道：「如此甚好。這傢伙緊要非常，是我們手中最關鍵的一張王牌。眼下情勢，非得將他擒住，設法用他去換回通海，可千萬不能讓他跑了。」

通木道：「我理會得。」

韓峰聽了，不知道他們說的是誰，並未留意，心想自己已在外面等候一陣子了，便走出小巷，跨入寺門。

神力大師見到他回來，明顯地鬆了口氣，罵道：「臭小子，你自己跑去市集閒逛，膽子倒大！若被官兵拉了去遼東充軍，也是活該！」韓峰轉過頭不答。

神力大師罵了一陣，通雲和通山來到佛堂外，兩人都已換上一身黑色的夜行衣。

神力大師見到他們，才停下不罵，說道：「時候到了，我們該出發了。你們兩個到外面的街角等我，我一會兒就來。」兩人答應了，出寺而去。

第三十四章　困地窖

這時瘸腿僧人通木走過來，遞給韓峰一套黑色的夜行衣。

神力大師卻伸手攔住，說道：「不必了。石峰，你輕功太差，今夜不要去了，免得壞了我們的事兒。你就留在這兒等我們回來吧。」

韓峰一呆，一時不知該如何反應。

神力大師轉對通木道：「你帶他去後面待著，別讓他到處亂跑。我們兩個時辰之內一定會回來。」

通木應道：「是。」便領著韓峰走到廚下，神力大師也跟了進來。

你去裡面等候吧。」

通木俯下身，掀開地上的一扇暗門，對韓峰道：「這下面是間密室，十分安全隱密，

韓峰一呆，眼見暗門下黑漆漆的，似乎是個地窖，忽然想起方才偷聽到神力大師和通木之間的對話，心中一驚：「他們說要將什麼人關入地窖，難道便是我？他們卻爲何要把我關起？」

腦中念頭還沒轉完，神力大師已伸手在他後心用力一推，韓峰身不由主地跌入暗門。那地窖並沒有階梯，只有一條垂下的繩索，韓峰被神力大師陡然一推，當然未能抓著繩索，直直跌落到兩丈深的地窖底下。

幸好他已練了數月功夫，一落地便立即滾了一圈，卸去跌下的力道，但肩頭仍然撞得好不疼痛。

但聽神力大師在頭頂上說道：「慢吞吞地，誰有耐性等你？乖乖在這兒呆著，別吵別鬧！等我們回來，就放你出來。」說著便將繩梯抽了上去，砰一聲關上了暗門。但聽鐵鍊聲響，想是用鐵鍊鎖住了地窖的暗門。

韓峰眼前頓時一片漆黑，不禁驚慌起來，仰頭大叫道：「快開門，放我出去！」地窖中迴盪著他喊叫的回音：「開門！出去！開門！出去！」

然而頭上一片死寂，神力和通木想來早已離開了。

韓峰又叫了一陣子，才終於死心，知道他們絕對不會回過頭來放自己出去，忽然感到全身無力，坐倒在地，雙手抱頭，內心冰涼，胸口充斥著一股難言的恐懼和憤怒。神力方才跟通木的對話霎時湧上心頭：「這傢伙緊要非常，是我們手中最關鍵的一張王牌。眼下

情勢，非得將他擒住，設法用他去換回通海，可千萬不能讓他跑了。」

韓峰想到此處，頓時醒悟：「我明白了！神力是要用我去換回通海！通海猜知我的家世，想必老早跟神力說了。通海受到通緝，我也受到通緝；神力這回無緣無故叫我跟他下山，原來是因爲我有此用途！」

轉念又想：「老和尚一定不會容許神力這麼做，他一定是背著老和尚幹的。老和尚若發現他打算用我去換回通海，絕對不會放過他！」

隨即又想：「但是老和尚已經下山那麼久了，或許神力能夠瞞天過海，完全不讓老和尚知道這件事。他可以說我是自己下山逃走的，誰也不會知道眞相。我一條命就此送掉，可有多不値！」心中又是憤怒，又是憂慮。

地窖中甚是悶熱，韓峰在黑暗中抹去額頭汗水，忽然想起通雲巧笑倩兮，身穿淺綠掛披、腳跨西域駿馬的俏美模樣，心頭一暖，暗想：「神力出賣我，通雲師姊卻一定不會出賣我。她定然不知道神力的奸計。剛才神力要她和通山先出去等候，想來便是故意不讓她見到我被推入地窖中。之後神力若跟她說我自己逃跑了，她或許也會相信的。唉！若是換成小石頭，他機伶警醒，又了解我的性子，一定不會被神力瞞過。」

想起小石頭，當即想起臨下山前，小石頭曾幫自己準備了一個包袱。他想到那個包袱，心中頓時生起一線希望：「火刀火石！小石頭替我帶上了火刀火石！」

他立即跳起身，摸摸身上，發現包袱就揹在身後，歡呼一聲，趕緊將包袱解下，在黑暗中打開，伸手一一摸索包中事物，摸到了火刀火石，開始打火。他心中焦躁，直打了十幾次，才終於點起火來，眼前出現一線光明。

韓峰終於看得到眼前事物，精神一振，跳起身，舉起火摺四下觀望。

他生怕火摺燒盡，地窖又將陷入一片黑暗，趕緊尋找可以燃燒的事物，匆忙中在角落找到了一堆木棍，趕緊用火摺點燃了一枝，持在手中，搖熄了火摺，將火摺和火刀火石都收回包袱之中。

他持著燃燒的火把，在地窖中四處查看。那地窖甚大，長寬各有五十步，似乎整座小鐘寺底下都挖空了做成地窖，中間立有不少支柱撐著，但在靠近暗門處並沒有支柱，無法攀爬而上。牆邊堆了許多麻袋和木箱，上面積滿灰塵，也不知袋裡裝了些什麼。

他一路走去，見到兩邊的麻袋越來越多，走道越來越窄，走到盡頭時，只見到一堵石牆，沒有門，也沒有其他的出路。

韓峰走回最初跌下的地方，收集了更多的木頭，等這枝火把燒完，便能點起下一枝。他仰頭對著暗門高叫道：「喂，喂，上面有人麼？快放我出去！」

暗門仍舊毫無反應，也無人聲。

韓峰不禁怒從心起，不但惱恨神力大師惡意陷害自己，更惱怒自己愚蠢輕信，忍不住對著地窖中的木箱麻袋亂踢出氣，只踢得砰砰大響，木箱、麻袋滿地亂滾。

踢了好一陣子，他才冷靜下來，開始思慮如何才能逃出此地：「這地窖看來並沒有其他的出路，唯一的出路，只有頭上那扇暗門。但是他們將麻繩收去了，我如何才能攀爬上去？」

他的眼光落在牆邊被自己踢得東倒西歪的箱子和麻袋之上，腦中靈光一閃：「是了，我可以將那些麻袋箱子疊在一起，爬將上去！」

他一想到這主意，便立即動手，將火把插在土地上，捲起袖子，搬了九個箱子，放在暗門之下，排成方陣之形；跟著上面再放六個箱子，空出位子讓自己可以落腳，之後再往上疊三個、兩個及一個箱子，築起一座下寬上窄的階梯。

他忙了一盞茶的功夫，終於將箱子疊到一丈半高，舉起手便可以觸摸到暗門了。

韓峰甚是高興，伸手便往那暗門推去，不料卻無法推動。他蹲下身，雙手舉過頭頂，使盡全身力氣，又往上推去，那暗門仍舊紋絲不動。

韓峰心想：「暗門外面一定已被通木用鐵鍊給鎖上，我從下面往上推，難以使勁，更不可能推斷鐵鍊。」

他原本十分興奮，此時卻如洩了氣的球一般，坐倒在最高的箱子上，低頭望向地上的火把，但見那火把越燒越微弱，就將熄滅，心情也如那火把一般，萬念俱灰：「熄滅就熄滅吧，我白忙了一場，如今也只能讓他們用我去換回通海了。」

不多時，火把果然熄滅了，地窖中又恢復了一片漆黑。

韓峰索性躺倒在最高的箱子上，鼻中聞著地窖潮溼的霉味，心中又是惱怒，又是悔恨，暗想：「我怎地如此輕信他人！神力明明對我不懷好意，我卻傻楞楞地跟著他下山，完全沒防備他會算計我！」又想：「若是小石頭跟我在一起，他定會早早看出事情有些不對，想辦法助我逃過一劫。」

想起小石頭，不禁好生懷念他的聰明機警，惋惜他此刻不在自己身邊，不能替自己想辦法、出主意。他想起自己和小石頭在大興城的都會市包子攤前邂逅，也不過是數月前的事；之後兩人一起獵鴿，一起上終南山寶光寺，一起受神力大師處罰，一起在寒風刺骨的山頂練功，眞可謂有福同享、有難同當，友情在不知不覺中已變得萬分堅固。

他躺在黑暗的地窖中，心中一會兒充斥著對神力的惱恨，一會兒又滿懷對小石頭的懷念，又累了一場，不久便漸漸沉入夢鄉。

過了不知多久，韓峰迷迷糊糊地醒轉過來，睜眼只見到一片漆黑，一時忘了身在何處，揉揉眼睛，想要翻個身再睡，忽然清醒過來，想起自己的處境，趕緊僵住，不然這一翻身，便要從自己辛苦疊起的木箱高塔上滾落下去了。

他小心翼翼地坐起身，伸手去摸頭上地窖的門，仍舊是牢固的鐵板一塊，無法推動。他睡了一覺，心頭平靜了許多，坐在木箱頂端凝神聆聽，但聽頭上一片寂靜，不知外面是否已然天明。

他感到肚子有些餓，但在寶光寺時早已慣於挨餓，倒也不怎麼在意，知道自己就算再餓上一日一夜，也不會餓倒。但是若沒有水，可就撐不了那麼久了。想到此處，他頓時覺得有些口渴，記起小石頭替他帶上的牛皮水袋，便爬下木箱階梯，打算去取包袱中的水袋。

爬到一半，忽聽頭上傳來腳步聲，夾雜著拐杖點地之聲。

韓峰心中一跳：「定是通木來了。他來這裡做什麼？他是來捉我出去的麼？」

又聽見鐵鍊聲響，韓峰心中一動：「他絕對料想不到我會堆起箱子，人在離暗門這麼近的地方。我可以趁他不備，闖將出去。」

隨即想起：「我若要逃出，應當將包袱帶上才是。」

他這時已爬下了一半，趁著頭上鐵鍊噹噹聲響不絕、通木正在解開鐵鍊之際，他趕緊摸黑爬下階梯，俯身在地上摸索，找到了自己的包袱，匆匆綁妥揹上，又從地上抓起一根木棍，插在腰帶上，接著手腳並用，爬回階梯最高一層，蓄勢以待。

就在這時，眼前陡然出現一道光線，暗門打開了一條縫。

韓峰抬頭望去，正見到通木的臉出現在門縫中。他更不遲疑，左手用力往上一推，將暗門推得大開，右手握緊木棍，便往暗門外打去。

他這一棍原本意在將通木逼退，不料通木瘸了腿，見到棍影，卻來不及後退，這棍便正正打在了他的臉上。

通木打開暗門時，滿心只道韓峰一定仍在兩丈以外的地窖底下，全沒料到門下會有人揮棍打自己，更無防備，臉上中棍，慘叫一聲，仰天跌倒在地。

韓峰湧身一跳，跳出了暗門，伸腳踏在通木身上，舉起木棍，喝道：「別動！」

通木滿面鮮血，又是驚惶，又是害怕，揮手尖聲道：「別打！別打！我是通木！我是通木啊！」

韓峰原本無意傷他，見他模樣狼狽，受傷不輕，心中略感歉疚，但他知道自己身處險地，這時只能板著臉，冷冷地道：「我當然知道你是通木。你們將我關在地窖中，究竟有何意圖？」

通木結結巴巴地道：「關在……關在地窖？喔，那是神力大師的意思。他怕你到處亂跑，壞了他的事情，才讓你在地窖中等候。我擔心你在下面餓了，來給你送點吃的。」

韓峰側過頭，果然見到幾塊烙餅跌在暗門旁的地上，心中微一遲疑，隨即想：「他們狠心將我推入地窖，哪會懷著什麼好心？廚房中當然有烙餅，誰知道是要給我的，還是他自己要吃的？」當下喝道：「你不必騙我！你們到底打算如何對付我？」

通木躺在地上，眼見韓峰凶神惡煞一般，一腳踩在自己的胸口，一手舉著木棍，似乎隨時能將自己打死，只嚇得臉色蒼白，顫聲道：「對付……對付你？你不是寶光寺的師兄弟麼？幹麼要對付你？我……我什麼都不知道，你別打我！」

韓峰哼了一聲，心想：「神力懷藏著什麼奸計，通木或許確實不知道內情。我卻該如何處置他？若是放走他，他定會立即去向神力報訊，那我可就不易逃走了。」

忽然想起小石頭替自己帶了繩索，正好派上用場，當下反手從包袱中掏出繩索，將通木的手腳綁起，讓他躺在廚房地上，揚長離開了小鐘寺。

第三十五章　漢王府

韓峰來到寺外，一片漆黑，街上更無行人。

他獨自走在空曠昏暗的大興城街道上，心中思潮起伏。此時已近仲春時節，但清晨的微風中仍帶著凜冽的寒氣。

他抬頭望望夜空，見到北斗七星的斗柄招搖指向卯位，建星在南天的中央，算算應是丑寅交界，還有幾個時辰便要天明了，心中不禁感到一陣孤單淒涼。

他吸了一口氣，勉強讓自己振作起來，心想：「有什麼好害怕的！自從爹爹離家投入起義之後，我便已是孤身一人了。之後官兵來家裡抄家抓人，我帶著僅剩的錢財逃出家門，四處躲藏流浪，天地之間，除了我自己，早已沒有任何別人可以倚靠。我到寶光寺過冬，也只是一時權宜之計，並沒有長居久留的打算。老和尚對我雖有恩，如今神力大師惡意陷害我，我就此離去，也不算辜負了寶光寺。」

他想到此處，自然又想起了小石頭：「但是小石頭還在山上。我們是好朋友，可不能如此不講義氣，一聲招呼也不打，便獨自離去。是了，我應該趕回山上，叫上小石頭跟我一起走。」

想到這裡，便打算往城門走去，等清晨城門開了之後，便趁早出城南行，趕在神力大師之前回到終南山，叫了小石頭一起離開。

但他轉念又想：「神力他們去了甚久，很可能就快回到小鐘寺。他打算用我去換回通海，一旦發現我逃跑了，想必極爲焦急憤怒，多半猜想得到我會回寶光寺找小石頭，定會立即追趕上來。出城往南就這一條官道，他又怎會追不上我？尤其他們若騎了馬追來……」

想到騎馬，不禁又想到通雲，心想：「通雲師姊的馬腳程極快，他們要是騎馬，不用半個時辰就能追上我了。但是通雲師姊會借馬給神力麼？她究竟會幫神力，還是會幫我？」又想起兩人先前一番對話，「她說的『我們想要解救天下百姓』，『我們』指的究竟是誰？」

韓峰越想越疑惑，又擔心通雲跟著神力大師半夜去敵人的地盤上探查，遲遲未歸，安危難測，終於停下腳步，心想：「我還是該回去看看。」

他快步走回小鐘寺門外，但見寺內一片漆黑，杳無人聲。

他在門外傾聽了一陣子，心想：「他們一定還沒回來。如果回來了，怎會還沒發現我已逃走，通木被我綁了起來？通雲師姊又怎會不問我去了何處？」心中不禁又擔憂起來：「神力和通雲師姊他們已去了一整夜，遠遠超過了兩個時辰，不知吉凶如何？我可不能放下通雲師姊不管，應當趕去看看。」

這個念頭一動，當即推門回入小鐘寺，但見通木仍舊躺在廚房地上，手腳被自己的繩索牢牢綁著，臉上的血跡都已乾了。

韓峰俯身扶他坐起，說道：「你告訴我，神力他們去了何處？」

通木見他回來，只道他是回來行凶的，嚇得全身微微顫抖，聽他這一問，才稍稍鬆一口氣，戰戰兢兢地答道：「他們去了舊時漢王諒的府第。」

韓峰問道：「漢王府？那是在何處？」

通木道：「漢王府位在明昌里。那兒荒涼得很，整個里都是舊漢王宅第。里東北有座宅院，圍牆上滿是裂痕，牆頭長滿雜草的，就是漢王府了。」

韓峰問道：「他們爲何去漢王府？」

通木道：「我得到消息，通海師兄下山之後，便跟著李密去找瓦崗寨的人，相約在漢王府見面。神力大師帶了通山師兄和通雲師妹去那兒，打算趁夜救回通海師兄。」

韓峰問道：「瓦崗寨是什麼？李密又是誰？」

通木消息靈通，這時聽他問起，便回答道：「瓦崗寨是一股在洛陽城外的反抗勢力。大約兩年前，有個叫翟讓的人在瓦崗聚眾起義，自稱『瓦崗寨』。寨中弟兄大多是漁夫獵手，勇猛善戰。他們占領了永濟渠邊的地盤，專在運河上打劫運糧船隻。李密是楊玄感反叛時的主要謀士，事敗後受到通緝，逃上寶光寺，乞求老和尚收留。老和尚收留他後，他卻想偷偷出賣寶光寺，老和尚只好將他軟禁在寶光寺中。後來他不知如何逃下山來，走前還勸了通海也離開終南山。」

韓峰這才明白：「原來被關在老和尚竹舍後的那人名叫李密。」問道：「李密爲何要帶通海去找瓦崗寨？」

通木道：「我猜想他應是想投靠瓦崗寨。」

韓峰點點頭，說道：「我去找他們。」他正要離去，通木卻叫住他，說道：「石峰師兄且慢！請聽我一言。此刻天色未明，你又不熟城裡道路，一定找不到漢王府的。不如你放開我，讓我帶你去。」

韓峰沉吟不決。

通木又道：「我跛了腿，你不必怕我。說老實話，他們去了那麼久還沒回來，我也很擔心，也想去看看狀況。瓦崗寨人多勢眾，不乏武功高強之士，很不好對付。神力大師武功雖高，但敵多我少，他們很可能已陷入危境。」

韓峰很擔心通雲的安危，心想：「通木跛了腿，我確實不必怕他。到了那兒，若有必要，我便再次將他綁起，不讓他大聲嚷嚷便是。此時天色昏暗，我不識得路，不如便讓他帶路罷了。」

當下便解開了他的繩索，仍不放心，取出木棍指在他後心，說道：「你先走，我跟在你後頭。」

通木活動活動被綁得麻木了的手腳，拄著拐杖站起身，到灶邊借火，點起了一盞燈籠，才抬頭對韓峰道：「走吧！」一跛一拐地往寺門走去。

韓峰見他並沒有異動，稍稍放心，跟在他身後走出了小鐘寺，望著他關上寺門，兩人往南行去。

韓峰跟在通木身後，走在沉寂的街道之上，兩人如同兩條鬼影一般，沿著朱雀街西第二街，悄然往城南明昌里飄去。

通木顯然十分熟悉城中道路，很快便找到了明昌里東北隅的舊漢王宅第，迎面只見一座長長的圍牆，牆身破裂，牆頭長滿了雜草。

韓峰在牆外傾聽一陣，牆內一點兒人聲也無，便道：「我們進去。」

通木一腳跛了，無法躍上高牆，韓峰托著他，讓他攀上牆頭，自己跟著跳上牆頭，當先躍下，再讓通木落地。

通木跛腳不便，落地時跌了一跤，拐杖脫手，滾到遠處草叢中。

韓峰伸手扶起他，通木爬在雜草中找了好一陣子，才終於找到自己的拐杖，一邊低聲咒罵，一邊撐著拐杖，狼狽地站起身來。

韓峰忍不住問道：「通木，你的腿怎會跛了？」

通木苦笑道：「嘿，我說出來，你定要不信。這腿是我自己給打斷的。」

韓峰一呆，脫口道：「卻是為何？」

通木滿面苦澀，說道：「我這叫做『福腿』。一年多前，皇帝徵召了數十萬名男丁去遼東打仗，十個人中只有一個活著回來。去年第二次徵兵，誰還敢去？當時我爹娘尚在，我也還未出家，爲了留下照顧我年老的爹娘，我故意打斷自己的腿，才沒被他們抓去遼東送死。後來很多人都學我，有的斬斷自己的手，稱做『福手』；有的打斷自己的腿，稱做『福腿』。我要不是靠了這條福腿，就不會有福氣活到今日啦。」

韓峰聽了，忍不住罵道：「造孽的楊廣！」

通木聽他公然咒罵皇帝，撇嘴一笑，並沒有接口，只道：「這宅子占地甚廣，我也不知道他們究竟在何處。我們四處找找吧。」

韓峰正要舉步，通木卻止住他，說道：「你身上帶著什麼武器，快準備好了。」

韓峰醒悟，趕緊從包袱中取出弓箭，繫好弓弦，備好白羽黑箭，持弓在手，一顆心便定了許多。

通木並沒攜帶武器，只是握緊了拐杖，往前一指，說道：「我們走吧。」

天色漸漸亮起，兩人快步往前走去。

但見那大宅廣闊無比，往年顯然曾建有無數廳堂屋宇、樓閣亭臺，此時都已倒塌傾毀，只留下一堆堆的亂石破瓦，處處雜草叢生，牆上原有的金漆也早已斑駁不堪。

韓峰忍不住問道：「你說這兒乃是舊漢王楊諒的府第，漢王怎麼了，他的府第怎會如此破敗荒涼？」

通木望了他一眼，似乎很驚訝他不知道這些皇子之間你死我活的爭鬥往事，當下解釋道：「漢王楊諒是隋文帝楊堅的第五子。他眼見二哥楊廣從大哥楊勇處奪得太子之位，心中不滿。楊廣登基之後，楊諒便起兵造反，後來被楊素率兵擊敗。楊廣說不忍誅殺兄弟，便將楊諒囚禁起來，這漢王府當然也就作廢了。幾年之後，就變得這麼荒涼了。」

韓峰道：「原來如此。」

通木感嘆道：「文帝和獨孤皇后一共生了五個兒子，一個當上了皇帝，其餘四個，兩個喪命，兩個被囚禁，兄弟相殘之慘烈，委實可怖。廢太子楊勇在先帝病重時，被楊廣假詔處死；三子楊俊被妻子毒成廢人，久病而死；四子楊秀暴虐奢侈，被先帝廢爲庶民，囚禁起來。楊廣即位後，仍將這個弟弟關著不放。老和尚曾說，這就是因果報應，當年文帝篡奪周室，將周室王族宇文氏趕盡殺絕。豈知現世報立即便到，自己的幾個兒子也都不得善終。」

韓峰聽他提起前朝宇文氏，記得父親也跟自己提起過此事，問道：「前朝宇文氏皇族，眞的都已滅絕了麼？」

通木點頭道：「不錯。文帝在這件事情上，做得也未免太狠毒決絕了些。他的女兒楊麗華是大周宣帝皇后，文帝趁著宣帝病危暴死，小皇帝宇文衍又年僅八歲，藉機捏造遺旨，以國丈的身分奪得了輔政大權。他一掌權，便開始剪除宇文氏王族，先誣指勢力龐大的趙王宇文招打算造反，將他全家處死，又將其他外地的王爺誘騙來大興城，說他們意圖謀反，全家處死，將宇文氏的所有親王一網打盡。接著他逼迫小皇帝宇文衍禪位給他，滅了周朝，建立隋朝。改朝換代，那也罷了，文帝這時已登上皇位，又已翦除了宇文氏幾位有權有勢的王爺，但他做了件不該做的事，那就是下手誅殺周室皇族。只要是太祖宇文泰的子孫親族，一律處死，一個不留，包括小皇帝宇文衍在內。」

韓峰聽了，也不禁背脊發涼，問道：「宇文皇族的子孫當眞全數死了，一個不留？」

通木道：「宇文宗室的男子全都死了，女子則留下了幾個，其中一個便是楊堅自己的外孫女。楊堅的女兒楊麗華嫁給了周朝皇帝宇文贇，當上了皇后。她生了一個女兒，名叫宇文娥英。她是楊堅的外孫女，也就是當今皇帝楊廣的外甥女；在楊麗華公主的保護下，宇文娥英仍舊過得挺好的，後來嫁給了太師李穆的孫子李敏。」

兩人說話間，忽聽前方隱隱傳來兵刃相交之聲。兩人頓時停口，快步向聲音來處奔去。

他們翻過一座矮牆，微弱的晨光之下，但見面前好大一片池塘，水面黑沉沉地，原本應是一片秀麗的荷塘，如今卻只剩一潭混濁的黑泥髒水。池塘中間有座破敗的八角涼亭，一條曲曲折折的石橋連接到岸邊，但石橋中間已有兩處毀壞，淹沒在黑水污泥之中。

韓峰放眼望去，但見池塘周圍站了許多勁裝男子，各自手持兵器，目光炯炯地望向池塘當中的亭子。

亭中二人正激烈對打，左首那人身形高大，壯如一頭巨熊，光頭僧袍，手中使著一根八尺長的熟銅棍，虎虎生風，正是神力大師；對手身形同樣高大，壯碩魁梧，留著一部大鬍子，神態威猛，使的似是一柄六尺長矛，但是頂端並無矛尖，卻是個金色圓錘，球上密密地排著七八行鐵齒，棍尾還有三稜鐵刺，兩頭都可用於攻擊敵人，是件十分狠辣的兵器。

但聽通木噫的一聲，說道：「這人使的是『金頂棗陽槊』，想必便是瓦崗寨二頭目單雄信了。」

韓峰這才知道那武器並不是矛，而是「槊」。他從未聽過單雄信的名頭，但見神力和單雄信兩人一棍一槊正打得激烈，勢均力敵，每當棍槊相交，便發出噹然巨響，夾雜著兩人的狂呼暴喝之聲，這場打鬥直如在八角亭中掀起一場颶風雷雨，氣勢磅礡，只讓人看得目不暇給。

韓峰雖跟神力大師學了數月功夫，卻從未見過他跟人動手，這是他第一次見識到神力大師全力施展武功。

但見神力下盤紮實，膂力強勁，反應迅捷，熟銅棍招數精妙，確實是個高手。單雄信功夫也自不弱，一柄長槊橫掃直戳，錘上鐵齒尖利，又不時反過來以槊柄的鐵刺攻敵，變幻莫測，甚難對付。

韓峰觀望了一陣，看不出輸贏，心想：「通雲師姊呢？」

忽聽通木低呼一聲，說道：「快看，亭子之後！」

韓峰趕緊轉頭去看，這才注意到八角亭後的一段石橋上另有一場打鬥，只因對打二人都不出聲，而且這段石橋被亭子遮住，因此韓峰先前未曾留意。

這時他凝目細觀，但見打鬥二人中，一人全身黑衣，嬌小靈活，來回縱躍，落下時雙足總穩穩落在石橋的欄杆之上，手持長劍，正是通雲；另一人身形甚高，瘦骨嶙峋，一張方臉稜角分明，手中揮舞著一柄八卦宣花長斧，招式狠猛，風聲呼呼，勢道狠猛。

那使斧的男子踩著弓步，落步穩健，輕功雖不及通雲，但手中長斧下劈、橫抹、斜挑，封鎖嚴密，招數變幻，攻勢凌厲。

通雲默默接招，一聲不出，但她顯然處於劣勢，左臂衣衫上沾染了鮮血，已然受傷。

韓峰心中一驚，環望一周，見池塘周圍黑壓壓地不知站了多少人，顯然都是瓦崗寨的手下，神力大師這方只有他們二人，情勢不利已極。

韓峰心想：「通山呢？通海呢？」游目四顧，卻並未見到二人。通木猜知他的心思，用手肘輕輕碰了碰他，往東首指去。池塘之東有座二層高的樓臺，臺上站站坐坐共有七八人，正自觀看八角亭和石橋上的激戰。

韓峰凝目望去，赫然見到通海高瘦的身形正在其中。

亭中二人正激烈對打，左首那人身形高大，壯如一頭巨熊，光頭僧袍，手中使著一根八尺長的熟銅棍，虎虎生風，正是神力大師；對手身形同樣高大，留著一部大鬍子，神態威猛，使的似是一柄六尺長矛，但是頂端並無矛尖，卻是個金色圓錘。

第三十六章 先擒王

只見通海抱著雙臂，神態好整以暇，眼望神力和通雲處境艱難，臉上竟露出嘲弄鄙夷之色，與身旁之人指點談笑，顯得輕鬆自若。通山高壯的身形隨侍在通海身後，眉頭緊皺，臉上露出慚愧擔憂之色。

韓峰見他二人竟然置身事外，不禁又驚又怒。

但聽通木咬牙道：「通海這小子，跟李密一般無恥，吃裡扒外，背叛師門！」

韓峰問道：「這是怎麼回事？雙方為何打鬥？」

通木皺起眉頭，說道：「神力大師走前跟我說，他估量通海可能已落入瓦崗眾人手中。通海師兄受到官府通緝，瓦崗寨定會將他送去官府，領取賞金。李密也遭到懸賞，因此神力大師打算捉住李密，用他去換回通海。」

韓峰一呆，說道：「這麼說來，他之前問你地窖是否牢固，乃是為了關起李密？」

通木點頭道：「正是。李密這人狡詐非常，連寶光寺都關他不住，因此地牢必得非常嚴密不可。」

韓峰聽到此處，大感慚愧，暗想：「我只道神力想捉起我去換回通海，原來我完全誤會了！」

通木望了他一眼，又道：「若非我去給你送食物，自己打開了鐵鍊，即使你疊起木箱，也不可能逃得出來。」

韓峰只覺無地自容，連忙行禮道：「通木師兄，眞正對不住！是我誤會了，我以爲你們蓄意關起我，打算用我去換回通海，才對你動手，還將你綁起。請師兄原諒！」

通木搖搖手，笑道：「罷了，我的臉原本醜陋，多打幾棍也沒什麼差別。」他伸手指著臺上，說道：「你見到臺上那書生麼？那就是李密了。看來李密棋高一著，不知如何已取得瓦崗寨的信任，並且騙得通海師兄也跟他一起投靠瓦崗寨。神力大師來此解救通海，豈知通海根本就是心甘情願留下，還叫了通山師兄過去，跟李密、瓦崗眾人合力對付神力大師和通雲！」

韓峰仔細往臺上眾人望去，但見臺上八人之中，當中是個身形矮胖的黑臉男子，坐在一張交椅上，他身後站了四名壯丁，個個手持武器，顯然是護衛。黑臉男子的斜後方站著一個身材高瘦、方臉白面，一身書生袍服的男子，模樣跟其他男子的粗獷威猛截然相反；那書生一手輕搖摺扇，悠閒地望著場中的打鬥，嘴露微笑，顯得一派胸有成竹。

韓峰心想：「原來這人就是李密！之前躲在竹林後山壁中的那人，就是他了。」他看清了眼前情勢，又望見通海傲慢冷酷的神態，心中頓時升起一股強大的怒氣，暗想：「神力大師和通雲師姊匆匆趕下山來解救通海，他竟眼睜睜地看著他們受人圍攻，見死不救！」當即舉弓搭箭，對準通海，便要射出。

通木見了，趕緊伸手搭上他的手臂，低聲道：「且慢！」

韓峰停下手，問道：「怎麼？」

通木道：「俗話說：『打蛇打七寸，擒賊先擒王。』你瞧對方人多勢眾，就算加上我們兩個，也決計打他們不過。只有制住對方那黑臉首領，大夥兒才可能全身而退。」

韓峰發覺自己誤會了神力大師和通木，又擔心通雲的安危，眼見寶光寺中人受到強敵環伺，自然而然便將通木當成自己人，聽他說得有理，便點頭道：「你說得不錯。但要如何才能制住那黑臉首領？」

通木道：「你箭法如何？」

韓峰道：「尚可。」

通木伸手取過他搭在弓上的白羽黑箭，從懷中取出一張厚厚的棉手帕，將箭頭包起，打了個結，還給韓峰，說道：「箭頭用布包上，就射不死人了。你在這兒等一會兒，待我偷偷爬上樓臺，埋伏在側。我準備好後，你便發箭射那黑臉，對準他肩膀手腳，別射他臉面，不必重傷他，只求嚇他一嚇。我趁亂衝上去制服他，逼他放過神力大師和通雲師妹。我到了臺上，給你個暗號，你便可以發箭了。」

韓峰聽通木的計畫雖冒險，但當此情境，自己也拿不出更好的辦法，心想：「通木這人看來頗有智計，我且照他的計畫去做。」便點了點頭。

通木當下俯身鑽入草叢，手腳並用，往那樓臺爬去，動作甚是敏捷，不多時便消失在矮牆之後。

韓峰握緊弓箭，蓄勢待發，只等通木給自己暗號，便往那黑臉首領發箭。正等得心急時，忽聽八角亭中使槊的單雄信大喝一聲，一槊橫掃，逼得神力大師往後退出數步，最後一步已靠近亭邊。

神力大師一個不慎，左腳踩上一堆亂石，腳下一蹎，仰天跌倒，背心撞上一段凸起的斷木，登時鮮血迸流，手一鬆，熟銅棍遠遠飛了出去，撲通一聲，落入混濁的泥水之中。

下。

單雄信見他跌倒，又失去兵刃，怎會放過這個機會，高舉長槊，便要向神力大師戳

通雲在橋上見到了，驚呼一聲：「住手！」不顧使斧者的攻勢，轉身從石橋飛躍縱入八角亭，一劍直往單雄信的背心刺去。

單雄信不得不收槊回身攔開，但此時那使斧男子已然追上，長斧伸出，抵在通雲後心，叫道：「別動！扔下長劍，我不傷妳性命！」

通雲爲了救神力大師的性命，不惜露出破綻，這時受制於那使斧的男子，已無反擊之力，當下哼了一聲，扔下長劍，傲然不語。

單雄信回過長槊，對準神力的胸口，喝道：「你也別動！」

韓峰只看得心驚肉跳，生怕二人就此死傷在對頭的兵器之下，心中大急：「通木究竟爬上樓臺了沒有？」

他焦急地往樓臺上張望，沒見到通木的影子，卻見到通海哈哈大笑，走到臺邊，大聲道：「你們不自量力，竟敢跟瓦崗寨的諸位英雄作對！這可是你們自找的！」

他一湧身，跳下樓臺，直往通雲走去，滿面不屑之色，說道：「姓李的娘們，妳不斷跟我作對，我早就看妳不順眼了！如今落入我手中，我非得給妳點顏色瞧瞧不可！」

通雲冷然道：「瓦崗寨諸位英雄豪傑抗暴起義，小妹心中十分佩服。通雲所看不起的，乃是忘恩負義、欺師滅祖的小人！」說著一雙秀目直瞪著通海。

通海聽她出言譏刺自己，白俊的臉上竟然一點兒也沒有紅，反而走上一步，聲音冰冷，說道：「妳這回落入了我的手中，我自當好好整治妳。別以爲妳老爹老哥這回還能救

得了妳！」

神力大師受制於單雄信的長槊，躺在地上無法動彈，大聲道：「通海，讓通雲走！你們把我捉去便是，我任憑你們處置！不准你們傷害通雲！」

通海轉頭望向神力，往地上吐了口唾沫，冷笑道：「捉你去有什麼用？一頭毫無用處的莽撞狗熊，將你捉去不過是自找麻煩！我怎會蠢到留下你的性命？我要的是那姓韓的小子！聽好，交出韓峰，我便放過你們兩個！」

韓峰聽通海忽然提起自己的名字，極爲驚訝，連忙留神傾聽。

但見神力瞪著銅鈴般的雙眼，怒喝道：「通海，你竟敢如此對我！我們寶光寺收留照顧你這許多年，你竟如此反臉不認人？你還有點良心麼？」

通海有若不聞，說道：「少給我廢話！你告訴我韓峰躲在何處，我就放你走。你跟他原本便有深仇大恨，何必護著他？」

神力大師怒道：「你自己喪盡天良，出賣同伴，別以爲人人都跟你一般無恥！我們寶光寺絕不出賣自己人！」

韓峰聽了，心中又驚又愧：「我原本以爲神力大師打算捉住我，做爲換回通海的籌碼，後來才知乃是誤會。神力大師不讓我跟來，並將我關入地窖，竟是爲了保護我！當此生死關頭，他竟然還不肯說出我的所在，那是真正以生命維護我了。原來我一直錯怪他了！」轉念又想：「但他爲何不坦白跟我說明，卻要偷偷將我推入地窖？聽通海所言，他跟我似乎又有什麼『深仇大恨』？」

便在此時，臺上那書生忽然湊上前，在黑臉首領的耳邊說了幾句話，黑臉首領不斷點頭認可。

那書生走上一步，開口說道：「神力！寶光寺倒行逆施，幫助萬惡暴君楊廣迫害忠臣義士，人神共憤。我瓦崗寨替天行道，今日你若不乖乖交出那姓韓的小子，翟老大即刻率領弟兄上終南山去，一把火燒了你的破廟！」

神力大師聽了，只氣得向那書生戳指大罵：「李密！老和尚冒了生命危險，在你遇險時收留你，保全你的性命，若不是因爲你打算偷偷去向楊廣通報義士的藏身處，老和尚又怎會不得已而將你關起來？你和通海兩個，狼狽爲奸，忘恩負義，業力果報絕不會放過你們的！」

李密面色不改，說道：「神力師父言重了。是非對錯，自有公論。寶光寺將我囚禁起來，不見天日，不給飲食，讓我飢渴交集，將我折磨得人不像人、鬼不像鬼，幾乎沒送掉一條性命。我爲求自保，不得不假意謊稱我要去向皇帝告狀，你想我負罪之身，怎麼可能去向皇帝告狀呢？師父怎地就當眞了？」

他這麼一說，倒像是寶光寺先將他關了起來，大加虐待，他才假意出言威脅，以保住自己性命。

神力原本不善言詞，只氣得說不出話來，半晌才道：「你……你……你胡說！」

李密微微一笑，轉對通海道：「通海，你在翟老大和眾兄弟面前殺了這人，以示你與寶光寺恩斷義絕，此後永遠效忠瓦崗寨！」

通海聞言微微一呆，隨即眼神一硬，從懷中抽出一柄亮晃晃的匕首，走到神力面前，舉起匕首，便要往神力胸口刺下。

通雲眼見通海竟敢對神力大師狠下殺手，驚叫道：「通海師兄，住手！老和尚對你的恩情，你難道全忘記了？你若眞的殺害神力大師，還是人麼？」不顧指著自己背心的斧頭，衝上前想要阻止通海，通海的匕首卻已揮下，眼見便要刺入神力的胸口。

韓峰正要發箭阻止通海，便在此時，但聽噹的一聲，通海的匕首忽然脫手飛出，卻是單雄信忽然出手，長槊斜挑，打飛了通海的匕首。通雲眼明手快，伸手抄住了飛出的匕首。

通海驚愕抬頭，對單雄信喝道：「你爲何攔阻我？」

單雄信皺起濃眉，高聲說道：「我們瓦崗寨即使是響馬山寨，也不興犯上殺師，更不興殺害出家師父！」

旁觀瓦崗群雄聽了，都紛紛高聲叫好稱是。

李密臉色一沉，對大鬍子首領道：「翟老大，你請單二哥別插手！」對通海厲聲道：「快殺了，以絕後患！」

通海對通雲叫道：「小妮子，快把匕首還給我！」

通雲冷笑道：「你道我會還給你麼？」

通海怒道：「那是我楊家家傳的『天降大刃』，快還我！」

韓峰聽見「天降大刃」四字，心中一動：「天降大刃，那不是我韓家的傳家之寶麼？」想起父親曾對自己說過，這柄「天降大刃」乃是祖父韓擒虎攻破陳朝後，從陳宮中尋得的鋒利寶刃，削鐵如泥。隋文帝爲犒賞韓擒虎的平陳大功，特將匕首賞賜給了他。

韓峰心想：「這柄匕首怎會落在通海手中？是了，早幾年爹爹說尙書令楊素將匕首借去一觀，從此便沒有歸還，原來卻傳給了楊家子孫。」

但見通雲右手直伸，持著匕首懸在泥潭之上，說道：「我一鬆手，匕首便落入污泥中了。你自己跳進去撿吧！」

通海大怒，忽然甩出長鞭，向通雲手中的匕首捲去。

通雲不願讓他奪去匕首，趕緊收手，順勢將匕首往後一扔，匕首遠遠飛出，落入草叢之中，好巧不巧便落在韓峰藏身的樹叢之旁。

韓峰趕緊奔上前，撿起匕首，打定主意：「這是我家的匕首，豈能落入奸人手中？通海若過來找，我便一匕首刺向他。」

但聽通海怒吼一聲，並不過來尋找匕首，卻是從旁邊一人的腰間抽出一柄大刀，持在手中，又向神力斬去。

韓峰眼見通海狠下殺手，心中又急又怒，隨手將匕首插在腰間，彎弓搭箭，正準備發箭射倒通海，忽然瞥見臺上角落處伸出了一隻手來，向這邊揮了揮。

韓峰大喜，知道通木已偷偷爬上樓臺，立即改變弓箭的方向，凝神瞄準那黑臉首領，毫不遲疑，一箭疾出，飛越半空，正中那首領的左肩。

第三十七章　車中囚

這時眾人的眼光都集中在通海、通雲、神力等人的身上，全然沒料到黑暗中會有人放冷箭，那黑臉首領陡然中箭，悶哼一聲，仰天倒下。

韓峰趁眾人陷入一團混亂，又是一箭射出，正中通海的手腕，大刀脫手，飛入泥潭之中。

樓臺之上，黑臉首領身後的守衛們不知發生何事，還沒回過神來，通木已從角落滾出，直滾到黑臉首領的身側，手中持著一柄短刀，抵在黑臉首領的咽喉之上，喝道：「誰也不准動，不然我殺了你們老大！」

臺上眾人見此變故，無不大驚失色，紛紛大叫起來：「渾帳，快放了翟大哥！」「狗崽子，對頭還藏了幫手！」

眾守衛衝上前，意圖搶救那黑臉首領，韓峰又是兩箭射出，正中兩人肩頭，這回他的箭沒有包上綿布，中箭兩人登時鮮血長流。

眾人又是一陣驚呼：「小心冷箭！」「賊人還有埋伏！」

韓峰見通木已制住那黑臉首領，當即轉向八角涼亭，再發出兩箭，直往單雄信和那使長斧者射去，逼得他們急忙閃身，躲到柱子之後。

韓峰湧身翻過矮牆，快奔上前，跳上小橋，直往八角亭奔去。瓦崗群雄眼見首領被敵人制住，投鼠忌器，都不敢出手攔截韓峰。

韓峰一逕奔過小橋，來到八角亭中。這時通雲已扶神力大師站起身，韓峰見通雲左臂流血已止，傷勢並不嚴重，略略鬆了一口氣。

神力大師後背傷口卻不輕，鮮血流了一身，但他仍舊威風凜凜，見到韓峰，臉上又是驚訝，又是憤怒，似乎想要狠狠臭罵他一頓。礙於身在敵營，他強忍住了沒有罵出口，轉向樓臺上的通木叫道：「通木，幹得好！制住了翟弘，他們不敢輕舉妄動。我們挾持著翟弘，慢慢退去。」

就在此時，忽聽啪的一聲，接著傳來一陣清亮的笑聲，卻是那書生李密收起摺扇，大笑著走下臺來。

他神色自若地步過小橋，來到八角亭前，微笑著向韓峰拱手爲禮，說道：「這位小兄弟當眞好俊功夫，佩服，佩服！請問小兄弟高姓大名？」

韓峰瞪著他，並不回答。

通海在旁叫道：「李相公，這小子就是韓峰！」

李密臉上露出驚喜之色，說道：「哦！原來小兄弟便是聞名已久的韓峰！」說完緩步上前，往韓峰走去。

韓峰心生警戒，舉起弓對準李密的面門，喝道：「站住！」

李密一臉無辜之色，攤手說道：「在下一介書生，韓賢侄何須懼我？不過是想結識一位天下少見的少年英雄，閣下又何必如此拒人於千里之外？往年我曾與令尊世諤兄並肩作戰，世諤兄攻城時身先士卒，勇武非凡，眞不愧是開國大將軍韓擒虎之子！我和世諤兄乃是生死之交，你稱我一聲世叔便可。」

韓峰聽他提起父親和祖父，心中半信半疑，忽聽身後神力大師怒吼一聲，接著通雲一聲尖叫，卻是通海抓著機會，忽然一躍上前，舉鞭攻向神力大師。神力大師已然受傷，無力抵擋，通雲趕緊撿起地上長劍，揮劍去擋架長鞭。

不料通海這招乃是虛招，鞭子圈轉，捲住了通雲的劍，一扯之下，通雲長劍脫手，跟神力大師的銅棍一般，落入了黑泥之中。

通海趁勢衝上前，使出「擒龍手」，手臂扣住通雲的咽喉，對韓峰喝道：「扔下弓箭！」

韓峰聞聲回頭，在一剎那間看清了形勢，心中大急，側頭只見李密眼中閃過一抹狡猾的光芒，心中大悔，痛罵自己：「韓峰啊韓峰，你竟如此大意，被這狐狸的一番甜言蜜語騙得降低了戒心，才讓通海偷襲得逞！」

他知道大錯已然鑄成，如今通雲落入對方手中，自己不能再猶疑，立即放低了弓箭。

通雲雖受制於人，卻毫不驚懼，高聲叫道：「石大哥，你別管我，先射倒李密再說！」

通海怒道：「給我閉嘴！待我扭斷妳的脖子，看妳還能不能鬼叫！」手中用力，通雲咽喉緊縮，無法出聲，面頰漸漸轉爲紫色。

韓峰猜想通海應當只是虛張聲勢，爲求嚇唬自己，不會眞的就此殺死通雲，但他關心情切，生怕通海用力稍大，就此傷害了通雲，那可是永遠也無法彌補了。

他心中一亂，連忙扔下了弓箭，叫道：「快放開她！」

通海見這招奏效，白俊的臉上露出狡詐得意的笑容，說道：「要我放開她是可以，但你得跟我們走！」

便在此時，神力大師開口了，他語氣沉重，說道：「韓峰，你不能跟他們去！他們不敢對通雲如何的。你快拾起弓箭，立即離開！」

神力大師轉頭望向樓臺上的通木，又道：「通木，他們若有任何一人敢攔阻韓峰，你便殺了翟弘！」

通木高聲應道：「是！」

李密和通海對望一眼，李密瞇起眼睛，眼中露出精光，緩緩說道：「韓峰，你要走便走吧。那小姑娘對我們也十分有用。你要保住自己的性命，寧可讓這位姑娘代替你落入我們手中，那也由得你。」

這話說得十分陰險，韓峰聽在耳中，雖知道李密故意引自己上當，仍不禁心驚，腦中念頭急轉，他雖非如小石頭那般聰明伶俐的人，卻也看清楚了此時的情勢；神力大師自信他們不敢輕易傷害通雲，因此要自己先行逃脫。但是就算通雲能夠得救，又怎知他們不會傷害神力大師或通木？方才神力大師寧死也不肯說出自己的所在，他又怎能眼睜睜地看著神力大師和通雲落入李密和通海的手中？

但聽通雲叫道：「石大哥，不要上他們的當！我父親是什麼來頭，他們清楚得很，他們不敢傷害我的！你快走！」對通海喝道：「通海，你不要命了麼？竟敢對我如此！」

通海聽了她的話，心中果然有些忌憚，略一猶疑，扣住通雲咽喉的手臂稍稍鬆了一些，似乎便想將她放開。

便在這時，李密忽然欺上前去，從袖中翻出一柄小刀，推開通海，將小刀抵在通雲喉頭，刀鋒陷入肌膚，通雲驚呼一聲，再也說不出話來。

李密惡狠狠地喝道：「韓峰，你若不立即答應跟我們走，我便殺了她！通海不敢殺她，我敢！」

通海見狀，也不禁呆了，張大了口，說道：「李相公……」

李密反手揮出，按在通海的胸膛上，將他一把推得往後跌出數步，一腳踏過池邊，撲通一聲，整個人都跌入了黑色的泥水之中。通山見狀大驚，趕忙奔過去他身邊。

李密高聲喝道：「誰也別廢話！我要的是韓峰，誰也別想攔阻我！」

眾人料不到他對通海說反目就反目，盡皆呆在當地，四周一時鴉雀無聲。

韓峰心中好生疑惑：「我和李密素不相識，他爲什麼指名要抓我？」

這時通木在臺上叫道：「李密，你若敢傷害通雲，我立即便殺了翟弘！」

李密縱聲大笑，說道：「我要的是韓峰，翟弘不過是翟讓的老哥，又不是瓦崗寨的大首領。他是死是活我可不在乎，你要殺便殺！」

通木聽他如此說，也不禁一呆，心想這人要不是極端聰明，便是極端陰險狠辣，或許兩者皆是；此人並非瓦崗寨中人，自不需關心翟弘這個小頭目的死活，自己手中這張王牌能夠威脅瓦崗寨群雄，卻威脅不到李密。

神力大師顯然也想到了這一點，臉上倏然變色。

在瓦崗群雄眾目睽睽之下，李密直視著韓峰，神色陰狠，尖聲喝道：「你聽清楚了麼？你不跟我走，我立時便殺了她！」

韓峰見李密臉色狠厲，語氣決絕，明白這人心狠手辣，說到做到，大可能不顧通雲的家世背景，就此殺了她。他見通雲神色驚慌，顯然意識到自己命在旦夕，一時心亂如麻。

韓峰吸了一口氣，目光與李密相對，將他眼中的狡詐殘狠看得一清二楚，心中感到一陣難言的冰冷恐懼。他雖厭惡通海，卻並不怕他；對於李密，他卻打從心底感到恐懼。這人的野心、狡詐、殘忍，在在顯示他是個爲達目的不擇手段的人物。

韓峰吸了一口氣，高聲道：「好，我跟你去！但你須立刻放開通雲！」

李密喝道：「不必廢話！你若自願跟我去，我自當將通雲交給神力，加上臺上那個賊禿，放他們三個一條生路。不然的話，他們三個都是死路一條！」

當此情勢，神力大師也無法再要韓峰自行離去，臉色鐵青，緊閉著嘴。

韓峰叫道：「李密，你可得說話算話！」

李密道：「一言既出，駟馬難追！」

韓峰吸了口氣，點了點頭，說道：「好！我便跟你去！」

李密便對旁邊一人使個眼色，一個高大男子走了上來，手持麻繩。韓峰伸出雙手，讓那人綁起自己的手，高聲道：「快放開通雲！」

李密嘿了一聲，鬆開手中短刀，通雲掙脫他的掌握，倉皇奔到神力大師身邊。

便在此時，但聽通雲驚叫一聲：「石大哥小心！」

韓峰感到背後風聲響起，但他雙手已被繩索綁住，未及回身，更無法閃避，只覺後腦一痛，眼前一黑，連自己是往前還是往後倒下的都不知道，就此失去了知覺。

韓峰醒來之時，第一個感覺便是後腦一片劇痛，好似腦殼破了一個大洞。

他睜開眼，只見到眼前一片漆黑，更不知身在何處。他想伸手去摸後腦，又怕真的摸到一個大洞，他猶疑了好一陣子，才決定還是去摸摸看，剛想奮力移動右手，這才發現雙手都被綁在身前，完全無法動彈。

他心頭泛起一股強大的恐懼和絕望，知道自己落入了敵人手中，手腳都被綁起，處境糟糕已極。他難受地閉上眼睛，又昏睡了過去。

過了不知多久，他再次醒轉來，感覺身子搖搖晃晃地，顛簸不已，好似身處一輛車或一艘船中。

他睜開眼，只見四周仍然很黑，但灰濛濛中隱約能看見一些事物。他發現自己身處一個密閉的車廂之中，甚是悶熱，身下有輪軸滾地之聲，前面有鞭聲和馬蹄聲，果然是在一輛大車之中。瞧這大車顛簸的情狀，顯然不是行走在平穩的官道上，而是駛在鄉間小路或泥土碎石小道。聽馬蹄之聲，這輛車似乎由兩匹馬拉著，前後還有成片的馬蹄聲響，自己這車應是處於大隊人馬之中。

他略略清醒過來之後，立時便想起自己昏倒前的情形，記得他們確實放了通雲，但仍不禁擔憂：「不知通雲是否眞的走脫了？他們又爲何要將我打昏？」

他擔憂了一陣，只覺頭昏腦脹，在車子的顛簸搖晃下，又昏睡了過去。

過了不知多久，他感到車子停下，再次清醒過來，聽得周圍人聲嘈雜，不少人在車外談笑叫嚷，眾人似乎正停下打尖。

韓峰感到肚子甚餓，但肚子飢餓遠不如頭上的疼痛厲害。此時大約是日正當中，車廂在長時的日照之下，炎熱無比，韓峰身上汗流如雨，又濕又癢，十分難受。

忽然眼前一亮，一個人探頭進來。

韓峰瞇起眼睛，才看清了那人的面目，但見一張俊臉上滿是冷笑，正是通海。

通海望著他冷笑一陣，忽然雙眉一豎，伸手抓住他的小腿，用力一扯，將他拖下車來。韓峰手腳被縛，無法抵抗，頓時跌落在地。

通海低頭望著他，獰笑道：「小子，你可終於落入我手中了！」說著便一腳狠狠踢上他的肚腹，韓峰痛得縮成一團。通海意猶未盡，蹲下身，握拳對著他狂揍起來。旁邊站了三五名男子，見到通海毆打囚犯，都駐足旁觀，皺起眉頭，卻沒有上前阻止。

韓峰雙手被縛，毫無反抗之能，只能縮在地上，一聲不吭，讓通海盡情踢打。過了不知多久，通海終於打得夠了，將韓峰拎起，扔回車上，轉頭對旁邊的人吩咐道：「不要給他任何食物，水也別給！讓他挨餓挨渴！」也不等車旁的人回答，便洋洋自得地走了開去。

韓峰後腦受到重擊，又挨了這頓毒打，只覺周身無處不痛，想起自己下山的初衷，竟是要「救回」通海，如今卻落得這番下場，真覺世上沒有比此更加荒謬的事了。自己向來痛恨通海，神力逼他一同下山去找通海，他一來無心幫助通海，二來寧可通海永遠不要回來；豈知想來救人的卻被想救的人捉住，轉眼自己竟成了通海的俘虜，任由他踢打出氣，世上可有比這更加無稽之事？

第三十八章　義相救

韓峰躺在悶熱的車廂中，全身疼痛，腹中餓極，雙唇渴得如要裂開，真盼望自己就此死了。自從他父親起義失敗，受到通緝以來，他便知道自己必得學會吃苦。他從一個怒馬鮮裘的貴宦子弟，淪落爲一個無家可歸、身無分文的孤兒，確是一場從天上跌入地獄的劇變。

但他出身武將世家，自幼跟著父親騎馬射箭、練武強身，因此頗能忍受身體上的勞苦。唯一不曾經歷過的，乃是挨餓以及遭人冷眼。他孤身流浪時，身上還有一些錢財，自己也能打獵，因此並沒眞的餓著；但在寶光寺中，由於神力大師的蓄意苛待，挨餓已成爲家常便飯，飢餓對他乃是常態，吃飽反而覺得奇怪。這時通海故意讓他挨餓，他因平時餓慣了，倒也並不覺得難捱。至於遭人冷眼，他在神力和通海手上不知受了多少欺負奚落，聽了多少冷言冷語，原本還會暴怒憤恨，如今早已處之淡然，聽而不聞。

韓峰躺在車中，閉上眼睛，回想老和尚傳授的禪坐調息之法，慢慢調勻呼吸，專注於起心動念之際，心境漸漸歸於平和，只有口渴之感難以驅退。他不禁想起小石頭的牛皮水袋，繼而想起小石頭調皮笑鬧、機靈古怪的神態，以及他對自己的一片眞心關懷，心中暗想：「小石頭若知道我落到這等地步，一定擔心得很。」

過了一會兒，突然一個約莫十七八歲的少年探頭進車來，手中拿著一個水袋，說道：「喂，喝點水吧！這等大熱天，不喝水，你絕對撐不到晚上的。」說著便將水袋湊到韓峰的口邊。

韓峰趕緊大口吞下溫熱的水，感到全身都舒暢了許多，啞著嗓子說道：「多謝。」

那少年一笑，說道：「不用謝。我就是看不慣別人挨餓挨渴！」說著將一塊餅餵到他口中，又將水袋留在車中，逕自去了。

韓峰慢慢咀嚼那塊餅，腹中多了一點食物，感覺好得多了。他靜靜躺在車中，不時用下顎去推動水袋，將嘴湊過去喝幾口水，一個下午也就這麼撐過去了。

到了傍晚，當通海掀開車帘時，見到韓峰的氣色竟然好了許多，精神充沛，不禁一呆。通海見這小子不怕打、不怕餓，萬分驚怒，心想自己需得換個方法對付他。

當晚大夥兒停車打尖時，通海又將韓峰拖下車，冷笑著道：「你知道神力他們爲何棄你而去麼？原因很簡單：寶光寺是最識時務的，見風轉舵，看哪邊勢力大，便往哪邊靠攏。瓦崗軍此刻勢力龐大，老和尚頗爲忌憚，老早就命令神力，隨時可以放棄你這個無關緊要的卒子！你懂了麼？你在他們眼中，已是個無用之人！」

當時神力曾要韓峰自己逃走，但是韓峰爲了解救通雲，甘願就擒，他自然清楚其中的輕重緩急。然而自己被捉走了這些時日，神力卻爲何並未來相救？韓峰心中猜測，要不是因爲神力受傷太重，無法來救，便是因爲他已默許同意交出自己，換得通雲、通木和他自己的平安。

無論如何，韓峰對神力原本便沒有多少好感，也清楚知道神力對他更加沒有好感。而且根據通海所說，神力甚至跟他有著「深仇大恨」。神力不來相救，自己不欠他這份情，或許也是好事。這時韓峰聽通海蓄意以言語挑撥，只管閉上眼睛，不去理會。

通海並不放棄，又接著道：「寶光寺趨炎附勢的嘴臉，從通雲那小妮子身上便可看得一清二楚。這小妮子容貌醜陋，舉止粗野，整日穿得破破爛爛，簡直就如個鄉鄙村姑一般。若非她老爹身居高位，老和尚他們又怎會如此重視她？」

韓峰聽他將通雲說得一無是處，想起他曾威逼通雲，險些傷她性命，不禁怒從中來，忍不住喝道：「不准你胡說污衊通雲師姊！」

通海見終於激怒了他，心下大喜：「原來這小子如此關心通雲！」當下笑嘻嘻地道：「嘿，你對通雲可是有情有義得緊啊！難不成你對她有意思？小子，你可知道她老爹是誰？讓我告訴你吧，她老爹便是大名鼎鼎的唐國公李淵！憑你哪能高攀得上？你可想過，你韓家的出身原本便算不上高，到你爹那一代更已然沒落，哪裡能跟皇親國戚的唐國公相提並論？人家可是關隴高官貴宦，當今皇帝的親表哥，你又是什麼？一個家道中落，身無分文，朝不保夕的通緝犯，竟敢對一位千金小姐癡心妄想！哼哼，也不看看自己是什麼身分，有幾斤幾兩，眞正可笑！」

這番話如同一根尖針一般，直直刺入韓峰的心中。自從他第一眼見到通雲以來，就已隱約猜知她定然出身顯赫的世家大族，對她傾慕之餘，高攀不上的想法也油然而生，這也是他始終不敢親近通雲的原因之一。這時他才知道，原來通雲正是唐國公李淵的女兒，而自己這層顧慮又被通海直言說破，並且說得如此難聽，韓峰心中猛然感到一陣酸苦，只能咬緊牙根，儘量壓抑下這股椎心之痛。他忽然想起小石頭，隨即想到小石頭會如何回應通海的這番話，當下縱聲大笑，說道：「家道中落，身無分文，朝不保夕的通緝犯，我瞧這說的不是別人，正是你通海，楊玄感的寶貝兒子！」

通海聽了大怒，伸腿便往韓峰小腹踢去，口中咒罵，拳腳兼施，出手極重，顯然要將韓峰往死裡打去。

便在此時，忽聽一人喝道：「住手！」

通海轉頭望去，但見出聲的正是白日使斧頭、跟通雲對打的方臉男子。

他原本坐在一旁吃喝，這時霍然站了起來，直瞪著通海，大聲道：「是英雄好漢的，就別毆打無力反抗之人！」

通海回瞪了他一眼，冷冷地道：「你算是老幾，要你多管閒事？」

那使斧男子聽通海出言不遜，不禁吹鬍子瞪眼睛，怒氣勃發，喝道：「你問老子是老幾，你自己又是老幾？」衝上前，一拳揮出，打向通海的臉頰。

通海側頭避開，他見識過這人與通雲對敵，知道他長斧功夫十分厲害，但並不擅長拳腳，眞打起來並不怕他；然而其他瓦崗寨群雄圍坐在一旁，虎視鷹瞵地望著自己，心知自己若跟這人打將起來，不論輸贏，都決計討不了好去，當下退開幾步，冷然道：「你跟這姓韓的通緝犯有何交情，爲何要迴護他？」

剛才來送水的少年在旁插口道：「長眼睛的，都看得出這姓韓的是個硬漢。你若有種，便放開你師弟，跟他好好打上一架！趁他被綁時胡踢亂打，算他奶奶的什麼狗熊？」

通海呸了一聲，說道：「這小子哪配稱是我師弟？他的武功跟我相差十萬八千里，我楊觀海是何等身份，怎屑跟他對打！」他叛離寶光寺後，便不再以法號「通海」自稱，重新用起俗家姓名「楊觀海」了。

使斧男子道：「那敢情好！我這便放開他，你哥兒倆公公平平打一場，誰輸誰贏，手底下見眞章，大夥兒在旁都是見證！」說著便大步上前，用斧頭斬斷了綁縛韓峰的繩索。

韓峰被綁了一整日，手腳早就痠麻不堪，加上後腦的傷口和通海的一頓毆打，渾身上下無處不痛，這時連站起身都不大容易，更別說跟通海對打了。然而他個性中最頑強的一面，便是他那股不肯服輸的堅韌強悍之氣；這時他深深吸了一口氣，站起身，勉強活動手腳筋骨，眼中的火焰愈發熾盛，直瞪著通海，雖不言不語，全身卻上下散發著一股拚死一搏的氣勢，直直逼人而來。

通海看在眼中，打了個寒戰，竟不由自主退後了一步。

眾人見通海畏懼退縮，都哈哈大笑起來。

使斧男子笑道：「人家的武功既然跟你相差十萬八千里，你還怕什麼？快上去打啊！」

那少年也道：「人家的個頭比你小，又已經被你打得七殘八傷，你還不敢跟他打，難道要將他的手腳再綁起來，你才敢跟他打？」

這話一說，旁邊眾人全都大笑起來。

通海聽眾人鼓譟嘲笑，知道自己眼下定然討不了好去，當下勉強昂起頭，傲然道：「你們擅自釋放囚犯，待我去告訴李相公和翟大哥，讓你們一個個吃不了兜著走！」

少年大笑道：「公子爺怕挨打，不敢出手，夾著尾巴溜去告狀啦！」

其餘眾人也一齊噓了起來。

在眾人的噓聲中，通海俊美的臉上泛起一抹紅色，憤憤然快步離去。

韓峰轉過身，向使斧男子和那少年抱拳說道：「多謝二位英雄出手解救。敢問二位高姓大名？」

那少年甚是友善，走上來抱拳回禮，說道：「在下姓徐，名世勣。」

韓峰稱呼道：「徐小哥。」

使斧男子指著徐世勣，笑道：「你別看咱們徐小哥年紀輕輕，可是個重義輕財的好漢。他與他父親二人樂善好施，在鄉里中不問親疏，拯貧濟困，咱們大夥都對徐家好生敬重。」又道：「在下姓程，名知節，排行第三，你叫我程老三便是。」

韓峰稱呼道：「程三哥。」

徐世勣笑道：「程三哥乃是我瓦崗寨中的頭目，一柄斧頭使得滴水不漏，那才是眞功夫。」

程知節對韓峰舉起大拇指，說道：「韓小兄弟，你一個孩子，便如此硬氣，不愧是韓家後代！韓家兩代將才，果然名不虛傳！」

韓峰知道自己遠遠不如祖父、父親，心中甚感慚愧，搖頭不答。

徐世勣親自替韓峰清洗包紮頭上的傷口，這時大鬍子單雄信也走近前來，徐世勣替韓峰介紹道：「韓小兄弟，這位是我同鄉前輩，單雄信單二哥。」韓峰向他行禮見過。

單雄信拍拍韓峰的肩膀，說道：「韓小兄弟，我們對寶光寺的眾位師父一直十分佩服。貴寺神力大師天生神力，那是沒話說的。我也算是力氣大的了，但是前日跟神力大師對戰一場，兩隻胳膊到現在還痠痛不已！」說著拍拍自己的雙臂，笑了起來。

程知節也道：「我對自己這手斧頭功夫頗爲得意，豈知竟險些輸在你師姊的劍下！一個小小姑娘，劍術便已如此高明，當眞不簡單。」

韓峰聽他們誇讚通雲和神力大師，顯然對寶光寺並無敵意，更且頗有好感，心中對他們甚感親近，說道：「我的武功跟神力大師和師姊相比，自是差得遠了。」

程知節道：「你身受重傷，咱們一時三刻也無法見識到你的功夫。但是你箭法之精，大夥兒可都是親眼瞧見的。」

餘人那夜都在舊漢王府見識過韓峰的神箭，這時同聲稱讚起來。韓峰也不禁臉紅，說道：「各位過獎了。小子那夜發箭傷了各位哥哥的夥伴，好生過意不去。」

程知節笑道：「弟兄們中箭都不在要害，還要多謝小兄弟手下留情。」

單雄信十分熱情，招呼韓峰坐在野地火堆之旁，一起吃肉喝酒，當他自己弟兄一般，著實親熱。韓峰與這些血性男子相處甚覺舒坦，也很喜歡他們的豪爽直率。

眾人正吃喝得高興，忽聽腳步聲響，數人大步走來，爲首的正是那黑臉頭目翟弘。

翟弘見到韓峰坐在當地吃喝，頓時橫眉怒目，衝上前戳指大吼道：「渾帳，渾帳！誰讓你們解開這小子的綁縛了？我老弟指名要抓回這人，人要跑了，你們誰擔得起責任哪？回去我怎麼跟我老弟交代？」

李密跟在翟弘的身後，神色嚴肅。韓峰心想：「這翟弘竟不計較李密先前作爲，看來又是信了李密一番花言巧語。」通海跟在李密之後，滿面得意之色，顯然很高興自己告狀成功，讓單雄信、程知節和徐世勣等惹上了麻煩。

單雄信和程知節對望一眼，單雄信道：「他一個孩子，我們這麼多人看著，哪裡能被他逃走了？你綁著他不放，不給他吃喝，難道要餓死渴死了他不成？」

程知節也道：「我們知道大首領要這人，但那叫通海的傢伙對他又打又踢，眼看就要打死了他，大首領要的是個死人麼？」

翟弘氣得直跳腳，罵道：「一群渾帳，蠢豬！我們要領得一千兩賞金，全靠這小子。人要跑了，你們賠得起麼？你們誰拿得出一千兩？」

單雄信無言可答，程知節咕噥道：「天下受通緝的人可多了，又不只是他一個。這孩子聰明又有義氣，不如讓他留在寨裡幫手吧。」

翟弘罵道：「豬腦！找幫手的人還不容易？天下流亡之人成千上萬，受通緝而賞金高的，也不過就那麼幾個。」說著眼光不自禁往通海瞟了一下。

韓峰留意到了，心中一動：「不錯，我是遭受通緝懸賞，但通海又何嘗不是？他們要將我交給官府領賞，爲何不將通海也送官領賞？他是叛軍領袖楊玄感的兒子，能領到的賞金想必比我還要多上許多倍。」

想到這裡，眼光不禁向通海望去，但見通海絲毫不覺，只顧冷笑著望向程知節等人，李密的臉色卻微微變了變。

韓峰留上了心，又仔細向李密打量去，但見他仍舊穿著書生服飾，手揮摺扇，在這群粗魯的瓦崗群雄當中，越發顯得格格不入；而他臉上高傲自持的神情，淡然疏離的微笑，透露出他心中對翟弘等這群瓦崗土匪十分瞧之不起，此刻只不過是在利用他們。只要一有機會，他便會將這些人一腳踢開，就如他前日隨手將通海推入爛泥潭中一般。

這時徐世勣走上一步，一拍胸脯，說道：「我徐家身家豐厚，怎會拿不出一千兩銀子！我徐世勣自願做韓小兄弟的擔保，他若逃了，一千兩銀子便由我來出，如何？」

翟弘聽徐世勣這麼說，才不再嘟囔，只道：「這事情我不能作主。總之人絕對不能逃了，還是綁起來比較穩當。」當下命令手下重新綁起韓峰，才跟李密和通海相偕離去。

李密離開時，伸手拍拍通海的肩膀，臉上的笑容益發親切，好似將他當成自己的親兒子一般，韓峰看在眼中，卻不禁背上發涼。

注：程知節，本名程咬金，唐初猛將，在唐太宗凌煙閣二十四功臣中名列十九。民間故事往往將程知節描繪爲一位「福將」，說他在睡夢中得仙人傳授斧法，但只記得三招半，便憑此三招半斧頭在戰陣中建功立業，號稱「程咬金三板斧」。

歷史上程知節並不使斧，而是使槊。隋末天下大亂時，程知節組織地方民兵，投靠李密，爲李密所重用。故事中說他原本就跟隨翟讓的瓦崗軍，乃爲作者所添改。

隋朝末年，單雄信與同鄉徐世勣一起投奔瓦崗首領翟讓，成爲瓦崗寨中的重要人物。徐世勣家財萬貫，在地方上仗義疏財，極得人心，手下有數千壯士投效。他年紀雖輕，但因家中有財有勢，在瓦崗寨中地位甚高。唐興之後，賜徐世勣姓李，在唐太宗凌煙閣二十四功臣中名列二十三。

第三十九章　瓦崗寨

之後數日，瓦崗眾人繼續趕路，往東回向瓦崗寨的大本營。

韓峰被綁縛得沒有之前那麼緊，又在徐世勣、單雄信和程知節等的照料下，有吃有喝，日子自是好過了許多。

將近瓦崗寨尚有數日路程，這夜韓峰躺在大車中，忽聽前面傳來大呼小叫之聲，留心一聽，竟然是通海的聲音。但聽他語音又是驚訝，又是憤怒，大喝道：「你們這是做什麼？犯上作亂，快放手！放開我！李相公在哪裡？你們膽敢如此，李相公一定不會放過你們的……」

一陣紛亂之後，韓峰便見一個人被五花大綁地扔進了自己的大車，正是通海。

韓峰老早料知李密會對通海下手，卻也沒料到他會這麼快便跟通海撕破臉，將他捉起，當成階下囚對待。

通海手腳都被綁起，無法動彈，口中咒罵不絕，罵完了瓦崗寨群雄，又罵翟弘，接著又大呼小叫，要求見李密。

車外一人踢了車子一腳，喝道：「李相公老早走了，你見不到他的！別再鬼叫了，不然我連你的嘴巴也給封上！」

通海聽說李密已然離去，再不會有人來救出自己，心中一片驚惶，這才停口不罵。

韓峰聽他終於停口，冷笑道：「陷害你的正是李密，你竟然還不知道麼？」

通海聽他出聲，也不理會他說了什麼，一腔怒氣全轉移到他身上，尖聲罵道：「要你這渾小子多嘴多舌！就是你這姓韓的渾帳陷害我！你這無恥無賴，下三濫的狗賊！我楊觀海遲早要將你千刀萬剮，讓你永世不得超生……」

韓峰聽他語無倫次，心想：「你不怪自己愚蠢，卻怪我害了你，這才是眞正愚蠢！」也不去跟他計較，閉上眼睛不去理會，逕自睡去。

通海一直罵到半夜，直到聲音啞了，才終於閉嘴，安靜下來。

次日大車繼續行進，單雄信和程知節等都是粗豪男子，對韓峰的硬氣和義氣頗爲讚賞，待他甚好，每到用膳時，便來解開他的束縛，邀他一起吃喝。至於通海，他們便讓他躺在大車中，只扔點大餅到他頭邊，讓他自己想辦法湊過去咬著吃。

韓峰想起不過數日之前，通海還在車外頤指氣使，命令別人不要給自己吃喝；如今風水輪流轉，正所謂「現世報，來得快」，轉眼通海成了被綁在車上、動彈不得的囚犯，而自己卻在車外自由吃喝，兩人位置陡然反轉對掉，思之委實可笑。

韓峰並非生性殘忍之人，不致於趁機復仇，對通海報以毒打，但也不會好心到去放開通海，或去關心他吃飽喝足了沒有。他自認能克制自己不對通海加以報復，已算是盡到最大的努力了。不過也登時想起，一路上竟未見通山，不知他為何不在通海身旁。

瓦崗群雄原本便對通海鄙視厭惡得緊，自不免對他諸般奚落嘲笑，他若不出聲懇求，便不給他吃喝。通海初時氣燄猶盛，總是對人大吼大罵，瓦崗眾人便對他相應不理。後來他終於學乖了，知道自己必得好聲好氣地求人給他飲食，才不致餓死渴死。

如此行出兩日，這日程知節放開韓峰之後，便沒有再將他綁起。

韓峰甚覺奇怪，問道：「你們不怕被翟弘見到麼？」

程知節搖搖手，說道：「別擔心！那兩位這回是真的走了。他們先趕回瓦崗，管不著我們啦！」

徐世勣道：「單二哥也跟著去了。他們若回頭來，單二哥會事先通知我們的。來，來，莫擔心，快跟我們一起吃肉喝酒，才是正經！」

韓峰跟著瓦崗群豪圍著營火，吃喝了一回，忍不住心中好奇，問道：「程三哥，徐小哥，你們怎會投身瓦崗軍之中？」

程知節皺起眉頭，嘆了口氣，說道：「還不是因為徵伕、徵兵！過去幾年中，我們整村的男子都被拉去挖運河、蓋宮殿、征遼東，沒人種田，整片整片的農田全都荒蕪了。官吏還不斷來催我們繳稅，我們眞是活不下去了，才決心起來反抗！」

徐世勣道：「我和單二哥乃是同鄉。單二哥和他兄長單雄忠，文武雙全，在我們家鄉被稱爲『二賢』。我和單家兄弟也是因爲看不下去世道混亂，才投身瓦崗軍的。」

韓峰聽了，想起自己在流浪途中見到的流民，餓死在路邊的屍首，自願打斷腿的通木，被強拉去充軍的吳家兒子，挨軍官狠狠鞭打的白髮吳老婆婆，不禁義憤塡膺，站起身，高聲道：「楊廣這個暴君！不除了他，人民怎能活得下去！」

眾人聽他說得激昂，紛紛站起身，揮拳高聲道：「韓小兄弟說得好！不殺楊廣，我等誓不爲人！」「誅殺暴君，解救百姓！」「惡賊楊廣，害人無數，該死！」群情激動，良久才平復下來。

眾人重又在營火邊坐下，程知節拍拍韓峰的肩膀，說道：「韓小兄弟，你父親當年曾跟隨楊玄感起義，你可知道楊玄感爲何會失敗？」

韓峰的父親投效楊玄感時，他因年紀尚幼，待在家中，並不知道實際戰況，說道：「是因爲他的人馬不夠麼？」

程知節搖了搖頭，說道：「不是。是因爲楊玄感只想著做皇帝，壓根兒沒想到要解救百姓。」他轉頭往通海的大車望去，說道：「你只要看看楊玄感兒子的那副德性就知道了。他老子是什麼樣的人，便會教出什麼樣的兒子。這小子不過十多歲年紀，便擺出一副高高在上的架子，冷漠驕傲，度量狹小，性情殘忍，不管他人死活。他老子楊玄感和爺爺楊素都是這樣的人，難怪老百姓恨他們楊家恨得牙癢癢的。楊玄感領軍起義，就算成功殺死楊廣，他自己做了皇帝，百姓又怎會有好日子過？」

韓峰不禁點頭，說道：「程三哥這話說得極是。」又問道：「那你們瓦崗寨的首領，又是怎麼樣的人？」

程知節聽了，皺起眉頭，想了想，才慢慢說道：「我們翟讓翟大首領原本是個法曹，因爲自己犯了法，不願被官府逮捕下獄，才領著大夥起義反抗。我們原本在東郡一帶，後來北上占領了永濟渠邊上的瓦崗，打劫河上的船隻商旅，以此維生，勢力就這麼慢慢地大了起來。」

他頓了頓，左右望望，又壓低聲音道：「至於他的爲人，豪爽是很豪爽，我們都很服他。但他性格固執，不是個深思熟慮的人。」

徐世勣坐在另一邊，聽見了這話，微微點頭，說道：「翟大首領那麼著緊要請到李密，依我猜想，就是因爲他看中了李密的智謀。我們單二哥兄弟雖讀過書，尙武勇敢，但謀略卻非其所長。」

韓峰忍不住道：「李密這人奸詐險狠，他到了瓦崗，對你們絕對不是好事！」

程知節和徐世勣聽了，都沉重地點點頭，各自嘆了口氣。程知節道：「我們又不是大首領，做不得主，還能如何？也只能走著瞧啦。」

三人談得甚是投機，直至半夜，韓峰才跟著眾人在火堆旁睡倒。

自從翟弘和李密離開之後，程知節和徐世勣便不再綁縛韓峰，他若想趁夜逃走，實是再容易不過。然而他見程知節和徐世勣對自己如此有義氣，認爲自己不能辜負了他們的信任，因此一路都沒有行動。

數日之後，一行人終於來到了瓦崗寨。

韓峰從馬車往外偷看，但見當地是個不大不小的市鎮，一排整整齊齊的房舍沿著運河而造，運河邊上停滿了各式各樣的船隻。此地原是運河邊的一個尋常小鎮，後來瓦崗眾人在此據地建寨，於是搖身一變，成了一個盜匪窟。

但見鎮口設有重重關卡，數十名手持武器的大漢負責守衛，詳細盤查，詢問口令，之後才放行。進入鎮中後，路上來往的多爲勁裝結束的壯漢，人人身負武器，形貌剽悍。

翟弘已在鎮口等候，見到程知節等，劈頭便罵道：「一群豬玀，怎地走了這麼久才到！」匆匆率領著程知節和徐世勣等，押著兩個躺在車中的囚犯，來到寨中最大的一座宅子外，停車下馬。

翟弘對宅子外的守衛道：「我們是來見大首領的，快讓我們進去！」守衛自然認得大首領的兄長翟弘，立即恭恭敬敬地讓翟弘等人進入大宅，引他們來到一座正廳之上。程知節等早已又將韓峰綁上，領著他和通海去見大首領翟讓。

韓峰抬頭望去，但見廳上坐著一個留著長鬚的中年人，面目跟翟弘頗爲相似，只是更加高大體面一些，想來便是瓦崗大首領翟讓了。翟讓身上穿的雖是文人服飾，言行舉止卻仍舊帶著難以遮掩的粗魯之氣。他讓身旁坐著一人，一身書生打扮，正是李密。

翟讓見到韓峰和通海兩個俘虜，哈哈大笑，對身邊的李密伸出大拇指，說道：「不愧是李相公，你一出馬，便將這兩個小賊手到……那個手到抓來！」

韓峰猜他想說「手到擒來」，卻忘了「擒」字，隨口說了「手到抓來」。

李密只淡淡一笑，拱手說道：「全仗大首領威風。」

翟讓不斷點頭，神態中顯出對李密十二萬分的敬重佩服。他離開座位，走上前，仔細望了望通海，說道：「這楊玄感的兒子，可眞是一表……那個一表人樣。李相公，我們該怎樣處置他才是？」他想說「一表人才」，卻又說錯了一個字。

李密道：「楊玄感這人高傲自負，自以爲聰明瀟灑，實則毫無智謀才幹，又不聽信他人的建言，注定會身敗名裂，一敗塗地。這小子的性情跟他老子一模一樣，留著是個禍根。上上之策，自是將他交給官府，換取賞金，取得官府的信任。」

翟讓點頭道：「此計極妙！李相公見解果然高明，眞是高人一『籌』。我們立即照你所說去辦。弘哥！你帶了單雄信他們幾個，明日便將這姓楊的小子押去交給官府，領取賞金！」

通海此時已被綁得手腳麻木，又餓又渴又累，原本還滿懷希望地望著李密，盼他立即命令瓦崗眾人放過自己，此時聽見李密這幾句冷冰冰的言語，如同當頭被澆了一桶冰水一般，頓時陷入絕望。

韓峰側頭望向通海，但見他臉色蒼白如紙，眼中噙滿了淚水，口唇顫抖，整個人已在崩潰邊緣。

翟讓又問道：「那這姓韓的小子，又該如何處置？」

李密道：「這人也是貴宦子弟，他父親忠於楊玄感，跟這楊觀海是一夥的。我們斬草除根，將他一併送給官府，多拿一份賞金便是。」

翟讓點頭道：「如此甚好！明日一早，你們便押了兩人去領賞吧。」

翟弘和幾個手下答應了，便將韓峰和通海帶了下去。一個手下用黑布罩住了二人的頭，推著走出一段路，又往下走落一段階梯，最後似乎被扔入了一間地牢。

韓峰感到有人將自己頭上的套子掀開了，伸手捏了捏他的肩膀，在他腳邊扔下一物，便退了出去，接著門聲嘎嘎響動，韓峰只見眼前一道直長的光線慢慢變窄，最後終於消失不見，沉重的石門已然關上。

韓峰低頭望去，但見那人扔在自己腳邊的，竟是小石頭給自己帶上的牛皮水袋！他抬頭四望，見這地牢中甚是陰暗，隱約能見到四壁似乎都是粗石所製，看來十分堅固。

他掙扎了一下，感到手腕的繩索似乎有些鬆動，再掙扎幾次，那繩索竟然完全鬆開了。

韓峰一怔，隨即省悟：「定是程三哥或徐小哥偷偷替我切斷了繩子，讓我想辦法逃走。水袋想必也是他們從我的包袱中找出，扔給我的。」

他趕緊坐起身，伸手解開腳上繩索，跳起身，在囚室中走了一圈，伸手去推石門，石門紋絲不動，想是從外面鎖上了。

通海見到韓峰解脫綁縛，起身行走，大叫道：「喂，蠢蛋！你在那兒發什麼楞？還不快替我解開繩索！」

韓峰見他當此情境，竟還敢以這等無禮的口吻對自己發號施令，實在荒謬可笑已極，當然毫不理會。

通海又叫了一會兒，見韓峰不理睬自己，便破口大罵起來：「渾帳小子，殺千刀的，你若不替我解開綁縛，下回你落入我手中，看我怎麼對付你！」

韓峰對他的恐嚇之言聽如不聞，在囚室四周走了一圈，找不到其他出口，心想：「或許程三哥和徐小哥遲些會來放我出去。」

於是他便坐下等候，拿起牛皮水袋喝了一口水，感到一條冰涼的直線透入腹中，甚是舒暢。

通海罵得口乾舌燥，見到他喝水，又叫了起來：「快拿水給我喝！」

韓峰瞪了他一眼，冷冷地道：「我可不是通山。」

通海破口大罵起來，直到口唇實在太乾，聲音嘶啞，再也罵不下去了，才終於停口。

韓峰一直等到晚間，都沒有人來相救。

他靠牆而坐，忽然留意到石門的縫隙似乎飄入一股淡淡的煙霧，接著便感到一陣難言的疲倦昏沉。他連忙提醒自己：「緊要關頭，千萬不可睡著！」

但是不知如何，眼皮越來越沉重，實在無法抗拒，終於閉上了眼睛。

第四十章 刑求問

過了不知多久，但覺鼻中聞到一股辛辣的味道，耳中聽一人冷冷地道：「小子，快醒來！」

韓峰一驚睜眼，但見眼前一張書生臉面，正是李密。他手中持著火燭，臉色在燭光下顯得異常陰森。

韓峰想跳起身，才發現自己手腳又被綁住了，不禁大驚失色，側頭望向地上，但見通海仍舊被綁得結實，趴在地上，雙目翻白，嘴巴微張，口中都是白沫，不知是死是活。

李密好整以暇地在韓峰面前坐下，說道：「姓韓的小子，你倒是挺有辦法的，放你在這兒不過一會兒，便自己掙脫了繩索。不用點兒迷藥，怎麼制得住你？」

韓峰這才知道自己突然感到昏昏欲睡，乃是因爲中了迷藥。他坐在當地，掙扎了一會兒，知道自己無法掙開繩索，只好放棄，抬眼冷冷地瞪著李密，心想：「他來找我，不知有何目的？」

但見李密笑了笑，說道：「你可知楊玄感兵敗後，楊廣如何對付他和他的家人麼？」

韓峰沒有回答。

李密自顧自說了下去：「楊玄感當時兵敗如山倒，窮途末路，只好讓弟弟楊積善砍死他。楊積善殺了楊玄感後，也想自殺，卻沒有成功。宇文述捉住了楊積善，將楊玄感的首級和楊積善送去給楊廣。楊廣氣得瘋了，哪管隋朝有何法律，下令將楊玄感的屍首五馬分屍，又將他的屍身碎塊陳列在街頭曝曬，整整三日，之後將屍塊剁成肉醬，骨頭磨成灰，用火焚燒，最後將骨灰四散揚棄。楊玄感的其他弟弟，不論官做到多大，全部斬首示眾。楊廣並命楊玄感全家改姓『梟』氏，世世代代都爲賤族，不得翻身。」

李密凝望著韓峰的臉面，微微一笑，說道：「小子，楊廣對叛徒心狠手辣，絕不留情。你明日被送到官府，想必也會被他們斬首示眾，毀屍揚灰。你怕不怕？」

韓峰哼了一聲，冷冷地道：「你若被捉，命運也是一般，卻來恐嚇我？」

李密臉上毫無懼色，笑道：「我不會被捉，你卻在明日便要送官了。」

他頓了頓，又道：「你聽好了。你若告訴我一件事，我便放你一條生路。」

韓峰望著他，心中又是疑惑，又是警惕：「這人究竟想從我口中問出什麼？我又有什麼祕密可以告訴他？」

李密湊近韓峰的臉，直盯著他，說道：「通海告訴我，你到寶光寺前，曾經看過一封飛鴿密信。你跟我說那密信裡寫了什麼，我便立即放你走。」

韓峰聽他提到飛鴿密信，不禁一呆，腦中頓時閃過密信的字句：

余女多人　冬幸木草　土穴启示　咼辛告也　壯子刂糸　半果林阜

他心中又驚又疑：「他爲什麼想知道那封密信的內容？當時老和尚和神力大師得知我們看過信後，神情極爲嚴肅，那封信顯然非常隱密緊要。但是到底爲何緊要？」

隨即想起在漢王府的對峙中，通海指名要神力交出自己；李密甚至親自出手，不惜將通海推入黑泥潭中，挾持通雲師姊，逼迫自己束手就擒。

韓峰想到此處，恍然大悟：「李密堅持要捉我，就是爲了要得知那封密信的內容！這就是他要捉我的目的！那封密信一定與寶光寺的安危有關，我絕不能說出密信的內容！」

韓峰深知李密奸詐多詭，就算自己老實說出密信的內容，他也絕對不會當眞放走自己。而且他料想密信定然萬分重要，自己無論如何也要守住祕密，立即道：「什麼密信？我不知道。」

李密冷冷地望著他，說道：「我知道你識得字，從魏居士口中，也知道你確實看過那封信。韓家子弟，要記得一封信的內容，想必不難吧？那封信中究竟說了些什麼，你快告訴我！」

韓峰搖頭道：「我不記得了！」

李密盯著他，獰笑道：「我也不跟你虛耗光陰。這樣吧，我問你五次，你一次不肯說，我便斬去你右手一根手指。失去了手指，你便再也不能射箭了。韓家聞名天下的白羽黑箭就此失傳，豈不可惜？」說著抓起韓峰的右手，掏出小刀，對準了他的右手食指，冰冷地道：「第一次！密信的內容，你說不說？」

韓峰額頭出汗，他不怕毆打折磨，但要眼睜睜地看著自己的手指被人斬斷，苦練多年的弓箭之術毀於一旦，心中怎能不恐懼，怎能不掙扎？

他額頭上泛起豆大的汗珠，咬緊牙根，心中只存一念：「我不能出賣寶光寺！我不能說！」

李密臉色愈發猙獰，舉起刀子，便要斬下。

便在此時，忽聽門外一人叫道：「李相公，李相公！翟大首領有急事相請！」

但見一個少年閃身竄進囚室，直奔到李密身旁，正是徐世勣。

李密不得不收起小刀，藏入懷中，站起身，慍道：「是誰讓你進來的？你是何人？」

徐世勣道：「我叫徐世勣，是翟大首領的貼身護衛。他老人家說有急事需和李相公商量，吩咐我立即請您過去，一刻也不能延遲。我四處找不到您，原來您在這兒審問囚犯啊！」

李密恨恨地哼了一聲，他私下跑來拷問韓峰，原本不想讓任何人知道，現在被這少年撞見，又不能殺他滅口，只能掩飾道：「我只是來看看他們是否還活著。明日便要將他們送官領賞，可不能送兩個死人過去。」

徐世勣點頭道：「李相公想得當眞周到。」

李密恨恨地瞪了韓峰一眼，只能跟著徐世勣走出了牢房。

韓峰躺在牢房中，喘息不斷，一時不敢相信自己竟如此幸運，保住了手指！心中對徐世勣仗義出手相救感激無已。

正此時，但見房門推開，一個人影便閃入牢房，蹲下身，掏出小刀，割斷了自己手腳的綁縛，低聲道：「你能走路麼？快跟我走！」正是程知節。

韓峰又驚又喜，連忙爬起身，跟著程知節匆匆奔出地牢。

程知節提著長斧，護衛著韓峰奔出地牢，在黑暗中穿過幾道門，來到一座高牆之前。他停下傾聽觀望一陣，確定沒有人追來，才伸手打開了一扇門，說道：「快出去，我送你一程。」

但見外面便是一塊空地，樹下已備好了兩匹馬。

程知節道：「李密不信任我，今兒一早便把我派去南方辦事。我知道他要下手對付你，偷偷跑了回來，並且讓徐世勣小兄弟出面騙走了李密。你快走，他們不知道我偷偷回來，追究不到我頭上的。」

韓峰遲疑道：「那徐小哥呢？」

程知節道：「不要緊，翟首領很信任他，他人又機伶，定能編出一套說法。你放心吧！」

韓峰略略放心，說道：「程三哥，李密為人奸險毒辣，你們一定要當心他！」

程知節點頭嘆道：「這我們又何嘗不知？翟大首領跟我們一般，都是粗人，一見到讀書人，自己就先矮了一截。他聽李密大道理說得一通一通的，只能不停地點頭稱是，半句也不敢質疑。」

他頓了頓，又道：「韓小兄弟，你若被送去官府，自是難逃一死。你是英雄之後，命不該絕。至於通海那小子，他知道太多李密的祕密，若被送入官府，一定會招出李密來，李密絕不會讓他活著被送官的。」說著將韓峰的弓箭包袱交還給他，催他上馬，說道：「快去吧！」

韓峰心中感激，含淚抱拳道：「多謝程三哥！」

程知節道：「小兄弟多多保重！我也得趕緊離開了。後會有期！」騎上馬，往南馳去。

韓峰也跳上馬，縱馬往西奔出半里，忽然感到有些口渴，伸手在包袱中一摸，卻沒有找到小石頭的牛皮水袋。他心中一驚，頓時想起：「我將牛皮水袋留在囚室中了！」

他立即勒馬停下，心中猶疑掙扎：「該不該回去取水袋？」他自然清楚，自己好不容易才脫離牢籠，若回頭去取牛皮水袋，等於重返虎口，實在太過冒險。但他想起小石頭對這水袋的心愛重視，多次說這是他的「寶貝」，自己怎能將水袋扔下不顧？心中籌思：「我離開不久，或許李密尚未回到囚室，還來得及取走水袋，不被人發現。無論如何，我都該悄悄回去看看。若是不成，再趕緊離開便是。」

想到此處，便即調轉馬頭，回往瓦崗寨馳去。

他在離瓦崗寨一里外便放緩馬蹄，將馬繫在一棵樹上，往瓦崗寨奔去。

四周一片黑暗寂靜，他找到之前逃出來的那扇門，推門鑽入，沿著原路回到自己和通海被囚禁的地牢，推開石門，小心跨入，但見一切如常，心神稍定。他四下一望，找到了牛皮水袋，俯身撿起，立即往外奔出。

韓峰奔出牢門，大大鬆了一口氣，偶一回頭，見到通海仍直挺挺地躺在牢房地上，心想：「程三哥說李密定會殺死通海，以李密的爲人，通海今夜定然沒命。」

他對通海並無絲毫好感，卻也無法見他被奸險的李密所害，心想：「不如我去割斷了他的繩索，他能否逃走，就看他自己的運數了。」

當即取出包袱中的小刀，回入囚室，就著月光，摸索著割斷了通海手上的繩索。

韓峰正要舉步離去，忽覺小腿一陣劇痛，似乎被什麼利器鉤住，連忙往後退出數步，但覺小腿疼痛加劇，傷口似乎被割得更大了，忍不住悶哼一聲。

但聽通海冷笑道：「誰要你來假慈悲！」跳起身，手上握著不知什麼兵刃，直往韓峰斬去。

韓峰腿上負傷，只能在黑暗中倉促後退，腳下一絆，仰天跌倒，掙扎著想爬起身來，但腿上實在太痛，一時無法爬起身。

通海冷笑一聲，緩步上前，舉起兵刃，接連在黑暗中使勁劈砍，顯然想就此解決了韓峰。幸而牢房中黑暗，韓峰趕緊滾開，避了開去。

通海一邊咒罵，一邊上步追殺，但聽一人在門口道：「少爺，快走吧！」卻是通山的聲音。

通海哼了一聲，說道：「我不解決你，讓他們將你交給楊廣，慢慢宰殺了更好！」收起兵刃，跟著通山快步奔出牢房，順手帶上了石門。

第四十一章 意中人

韓峰躺在地上喘息一陣，勉強坐起身，伸手去摸腿上傷口，發現腿上被一支彎鉤勾住，刺入甚深，傷口在自己剛才一退一扯之下，裂開甚寬，足有三寸長短。

他咬牙忍痛，小心地將彎鉤取出，喘了幾口氣，打開弓箭包袱，用布巾緊緊包裹住腿上傷口。他心想：「李密隨時會回來，我得想辦法趕緊逃出！」

當下手腳並用，往地牢門口爬去，但小腿實在疼痛得很，爬出不多遠，剛到門口，便聽人聲響動，十多人打著火把奔來地窖查看，見到韓峰爬在地上，通海不見影蹤，都大呼小叫起來：「囚犯逃跑了！囚犯逃跑了！」

幾個人上前將他扳倒在地，重新綁起，四處查看，未見通海的蹤跡，取走了韓峰留在地上的弓箭包袱，便關上石門，出去追查。

韓峰躺倒在地，只覺萬念俱灰，心中狠狠痛罵自己：「愚蠢，愚蠢！世上沒有比你韓峰更加愚蠢的人了！一念慈悲，竟想解救自己的大對頭，寄望對方會有一分良心！如今你再度陷入危難，全是自找的，枉費了程三哥和徐小哥冒險救你的一番苦心！」

他自責了一陣子，知道無濟於事，只能咬牙下定決心：「我若能逃過此劫，往後對敵人絕對不能心軟！」

如此被關了一日一夜，沒有人來理會他，卻也沒有人將他送去官府領賞。韓峰手腳被縛，只能掙扎著爬到牛皮水袋邊，湊在水袋口，啜幾口水來解渴。又過了一日，沒有人送飲食進來，他飢渴交集，全靠牛皮水袋中的少許清水撐持下去。他感到腿上的傷口火辣辣地疼痛難忍，不知是否已潰爛；身上漸漸開始發熱，頭暈目眩，身體虛弱已極。

在漫長無邊的等待之中，他腦中思緒紛沓，想起對自己極講義氣的單雄信、程知節和徐世勣等好朋友，想起莫逆之交小石頭，想起貴為唐國公愛女、美貌隨和的通雲，想起慈祥平和的老和尚，凶暴蠻橫的神力大師，還有溫柔慈愛、早已去世的母親以及失蹤已久、生死不明的父親。

他不論想到誰，心中都是一陣難受，最後盤桓在他腦中最多的，只剩小石頭和通雲兩個身影。小石頭的調皮伶俐、友情義氣總能讓他的嘴角泛起一絲微笑，而通雲的俏美爽朗、關懷可親，又總令他心頭湧起一股又酸又苦又甜的滋味。

這日也不知是什麼時分，他忽然清醒過來，睜大眼睛，但見面前出現了一張他日思夜想的面龐：那是通雲！

他以為自己在做夢，微弱的火光下見通雲俏美的臉龐異常蒼白，顯得十分關注擔憂；她正用佩劍切斷綁縛自己手腳的繩索，見到他清醒過來，明顯地鬆了口氣，拍拍胸口，說道：「謝天謝地，我沒來遲了！」伸手握住他的手，說道：「快跟我走！」

韓峰拉著她的手，勉強坐起身，但他的身子實在太過虛弱，更無法站起身。

通雲矮下身，將他的手臂搭在自己的肩上，撐著他站起。

韓峰瞥眼見到地上的牛皮水袋，心念一動，先俯身伸手抓緊了水袋，才站起身。他左腳一踏上地，便覺小腿上傷處一陣劇痛，忍不住悶哼一聲。

通雲驚道：「你腿上受傷了？」

韓峰腿上傷口疼得厲害，說不出話，只點了點頭。

通雲見他無法行走，索性將他揹在身上，快步往外走去，說道：「兩匹馬就在外邊，我們趕緊上馬。」

她輕功絕佳，即使揹著一個比她自己高大的少年，仍舊健步如飛，在黑暗中悄然奔過地道，來到地牢之外。

但見外面正是深夜，四下一片漆黑，天上只有幾點微弱的星光，似乎正好奇地俯視著一個妙齡少女在黑夜中揹著一個負傷少年逃亡。

通雲悄聲離開牢房，來到數丈外的土牆邊，揹著韓峰翻牆出去，落地後又奔出一陣，但見一株大樹下繫了一黑一白兩匹馬，正是踏燕和追龍。

通雲讓韓峰坐倒在地，自己過去解開兩匹馬的繩索，問韓峰道：「你能騎馬麼？」

韓峰吸了一口氣，勉強說道：「能。」

通雲見他手中緊緊攢著一個空的牛皮水袋，微微一怔，不知是何用意，伸手接過水袋，掛在馬鞍之旁，伸手抱起他，將他放上馬鞍，又將馬韁交在他手中，確定他坐穩了，自己才翻身躍上踏燕，用鞭子在追龍的馬臀上輕輕抽了一下，說道：「我們快走！」

兩人怕馬蹄聲太響，在黑夜的雜草荒道上小跑了一陣，跑出半里之後，才放蹄快奔。奔出五六里，聽得後面無人追來，才放慢馬蹄。

韓峰感到自己全身發熱，手腳虛弱，傷口疼痛，隨時都能跌下馬去，全靠一口氣緊抓著馬韁，勉強撐著。兩人放慢下來後，他再也支撐不住，身子前傾，靠在馬頭子上，大口喘息，只覺口乾舌燥，人已處在半昏半醒之間。

通雲從鞍邊解下一個水囊，扔過去給韓峰，說道：「喝點水！」

韓峰伸手接住，大大地喝了幾口水，感到溫溫的水緩緩滲入五臟六腑，十多日來從沒有感到如此舒暢，精神一振。

他喝完水，抹抹嘴，欲將水囊扔回去給通雲，通雲卻搖手不接，說道：「我這兒還有一個，你留著吧。」

韓峰又喝了幾口水，才將水囊掛在小石頭的牛皮水袋之旁，說道：「多謝……多謝師姊。」

通雲凝望著他，嘆了口氣，說道：「你不必謝我，我險些來遲了！自從你被李密捉去之後，我便和神力大師、通木師兄尾隨追來瓦崗寨，卻一直無法查知你被關在何處。我們只好在瓦崗寨大鬧一場，到處宣揚李密躲在此地，逼得李密不得不趕緊逃走。」

韓峰心想：「李密未曾再次向我逼問密信的內容，原來是因爲他被逼著離開了瓦崗寨。」

通雲續道：「數日之前，我們得知通海在通山的協助下逃出了瓦崗寨，才輾轉找到這個隱密的地窖。神力大師和通木師兄去寨裡放火，引開他們的注意，讓我趁夜來救你出去。我們約定分頭離開此地，在大興城會合。」

韓峰點了點頭，說道：「多謝師姊冒險相救。」

通雲淡然一笑，說道：「倒也不怎麼危險。那些守衛並不難對付，我自有辦法。」

韓峰聽了，心中猛然一震，暗想：「莫非她此番救我，跟她上回解救吳老婆婆的兒子一般，也是花了一筆錢財賄賂守衛，才買回我一條命？不知我這條命又值得幾兩銀子？」想到此處，心頭忽然升起一股難言的慚愧，頓感無地自容。

他轉過頭去，不想讓通雲見到自己的臉色，雙手握緊馬韁，勉強整理一團混亂的思緒：「為什麼我聽聞她以財物賄賂守衛救出我時，竟感到如此卑下？難道因為我認為自己理當比吳老婆婆的兒子高貴，不應讓通雲師姊用錢財換回我的性命？」

再想：「我雖出身貴宦，但此時家破人亡，一無所有，更受到通緝，地位比一個平民百姓還要低下。她用金錢賄賂瓦崗寨的人，讓他們放過我，那也是理所當然之事，我何須為此感到丟臉？」

轉念又想：「但我心中卻盼望通雲師姊待我會有些不同，盼望她待我不是以上對下的憐憫施捨。她此番救了我的命，便是我的救命恩人，往後怎會看得起我？我又怎能再跟她平起平坐？」

他想到此處，通海刻薄譏刺的言語又浮上心頭：「她老爹便是大名鼎鼎的唐國公李淵！憑你哪能高攀得上？也不看看自己是什麼身分，有幾斤幾兩，真正可笑！」

韓峰頓時只覺心情低落到極點：「從此以後，我再也無法在通雲師姊面前抬頭做人，也再不必對她存有任何癡心妄想了。」

接著又責備自己：「我原本便不應對她懷有任何癡心妄想，她是皇親國戚之女，高高在上，我卻是什麼？不過是個四處流浪、無家可歸的通緝犯罷了。」他越想越難受，似乎寧可自己仍被關在瓦崗寨的地牢中，也不願意被意中人通雲救出來。

通雲自然不知道他心中轉著的種種念頭，說道：「這兒離瓦崗太近，並不安全。我們快馳一陣，到了日出再停下休息吧。前面林中有座尼庵，與寶光寺素有聯繫，我們可以去那兒休息半日，過了午後再啓程。」

韓峰不答話，點了點頭，等通雲縱馬行出一段，才策馬在後跟上。他低著頭，不敢去看通雲，只遠遠跟在她的馬後。他腿上受傷甚重，全身發熱，雙目酸澀，腦子更是昏得難受，思緒只有越理越混亂，越想越煩惱，恨不得抓來一把掃帚，將腦子裡的胡思亂想、妄想雜念全都掃個一乾二淨。

騎出一陣，兩人來到林中的尼庵之外，勒馬而止。韓峰倚靠在馬頸子上，除了滾跌下來，再也沒有力氣自己下馬。通雲看出他虛弱無比，便先行下馬，來到他的馬旁，將他抱下馬來，揹著他進入尼庵。

庵中師太似乎老早知道他們會來，已然有備，立即領二人來到一間單房，通雲扶著韓峰躺在榻上。

韓峰傷重病弱已極，又騎馬逃亡，此刻已是全身脫力，一躺下榻，便再也無法移動一根手指頭了。那師太拿了清水藥物來到單房中，和通雲一起檢查韓峰腿上的傷口。但見他左小腿上一道半尺長的刀傷，傷口周圍都已發紫，看來十分嚴重。

通雲皺起眉頭，輕咬嘴唇，顯得極爲擔心，目不轉睛地望著師太用清水替韓峰清洗傷口，敷上傷藥。

韓峰疼得全身發抖，只能咬緊牙根，握緊拳頭，盡量不讓自己叫出聲來。

那師太神情凝重，說道：「腿上的傷口有些潰瘍，情況不大樂觀。需讓他得好好休息幾日。」替他包紮好腿上傷口，又檢視他身上其他大大小小的傷口，一一敷了藥。

通雲在旁看著，眼神中滿是疼惜。儘管師太落手甚輕，韓峰仍痛得需得咬緊牙關，才不致呻吟出聲。他沉浸在自卑自憐之中，無法自拔，始終不敢抬頭望向通雲，維持著一貫的沉默。

師太包紮完後，伸手輕輕摸了摸他的額頭，感覺觸手極熱。她對通雲道：「需得退熱。我去替他熬藥，妳也去歇息一下吧。」

韓峰喘了幾口氣，定下神，低聲向師太道謝，那師太便和通雲一起出去了。

門一關上，韓峰忍耐多時的情緒終於潰堤，眼淚便不由自主地流了下來。他老早便感到自己雙眼發燙，隨時能痛哭出聲，只因不願在通雲面前失態，才努力忍著。此時好不容易等到通雲出去了，才終於能讓眼淚滾出。不知爲何，他萬分希望此刻陪伴在自己身邊不是通雲，而是小石頭；小石頭是他最親近的摯友，在小石頭面前流淚，他不但不會覺得丟臉，而是感到無比的舒坦寬慰。

他記得那回跟小石頭一塊兒在雪夜中上山砍柴，兩人又餓又冷，筋疲力盡，小石頭不斷跌跤，最後終於坐在地上哭了起來的往事。韓峰想起這一幕，心頭不禁一暖，他多麼希望自己此刻也能像小石頭那般，在好友面前盡情痛哭一場。唯有最要好最知心的朋友，才能在彼此面前毫無顧忌地哭泣，毫無遮掩地顯露出自己最軟弱的一面。

韓峰痛哭了好一陣子，才力氣放盡，昏沉睡去。

韓峰在那尼庵中睡了一日一夜，中間迷迷糊糊地喝了幾次師太送來的藥，直睡到次日晚間，才清醒過來。

他感到身子不那麼熱了，氣力也恢復了不少，能夠自己坐起身來。他坐了沒一會兒，便見紙門打開，通雲走了進來，見到他氣色，甚是喜慰，說道：「你終於醒啦！肚子餓不餓？」也不等韓峰回答，便道：「我去給你拿吃的來，你等一會兒。」說著便出房去了。

不多時，通雲便端了清水和米粥回來，放在韓峰身前。

韓峰道了謝，這時才感到自己有多麼飢餓，大口吃喝起來，吃完之後，吐出一口長氣，精神一振。

這時師太敲門進來，替他查看腿上傷勢，神色憂慮，說道：「傷口稍稍好了些，但我擔心仍會惡化。你若能上路，還是儘快回去寶光寺，讓老和尚替你醫治，較爲穩妥。」

韓峰道：「多謝師太替弟子醫治。我感覺好得多了，不如明日便上路吧。」

師太望向通雲，通雲點頭道：「多謝師太照顧。那麼我們明日清晨便出發吧。」

第四十二章　求援信

通雲正要出屋，忽然想起一事，說道：「韓大哥，我有件物事要交還給你。」

她走出屋去，不多時便取了一個包袱回來，裡面包的正是韓峰的家傳寶弓和白羽黑箭，另有一柄匕首，卻是曾落入通海手中的那柄「天降大刃」。

韓峰一呆，忍不住問道：「我的弓箭和這柄匕首，怎會在師姊手中？」

通雲道：「我去瓦崗寨時，見到一個姓徐的少年，他說通海逃走了，李密離開，大首領翟讓又出門辦事，因此他們才將你關著，要等他們回來發落。又說弓箭和匕首是你被俘虜時從你身上取走的，託我交還給你。」

韓峰對徐世勣的心意好生感動，伸手接過，說道：「多謝師姊！」

通雲側頭望向他，問道：「這不是通海的匕首麼？」

韓峰點點頭，又搖搖頭，說道：「這原是我爺爺的匕首，是他從陳國皇宮中取得的。後來這匕首被通海的祖父借去，便再也沒有歸還。」

通雲懷疑道：「那日通海取出這柄匕首，意欲傷害神力大師，被單雄信用長槊打飛。我接住了，隨手扔出，莫非正好被你撿到？」

韓峰道：「正是。匕首落在我左近，我便拾起帶在身上了。」

通雲點頭道：「我聽聞這柄匕首鋒銳無比，是件寶物。通海意圖用它傷人，實在是褻瀆了寶物。如今物歸原主，你好好收藏，善加利用吧。」

韓峰點頭稱是。

次日天明，兩人見瓦崗寨並沒有人追來，放下了心，放慢馬蹄，緩緩上路。

韓峰腿傷甚重，不時需要停下來休息，將腳架高，免得腳踝和傷處因瘀血而腫脹不堪。通雲極有耐心，一路對他細心照顧，張羅飲食，治傷換藥，無微不至。韓峰只能不斷低頭道謝，心中卻越來越覺得自己承受不起通雲的好意和關照。他對通雲仍懷有愛慕之心，然而愛慕越深，卑下之感便越重，與通雲相處時只覺萬分不自在。通雲關懷的言詞，在他耳中似乎全出自憐憫施捨；通雲溫柔的神態，在他眼中似乎隱含著生分隔閡。總之他既想接近意中人，又害怕接近她，心中矛盾掙扎不已。

兩人並騎西歸，同行同宿，整日卻往往連半句話也不曾交談。韓峰心中抑鬱消沉，在通雲面前什麼話也不肯多說，通雲數次試圖引他說話，都未成功，也就不再試了。

兩人便這麼默默地趕路，十多日後，便回到了大興城。

韓峰這回被李密和瓦崗寨捉去，挨打挨餓，囚禁多日，腿上又受了重傷，著實吃了不少苦頭。但他年輕力壯，身子恢復得甚快，到大興城時，人已全然恢復了精神，除了小腿傷口尚未完全癒合，走路還有些跛之外，體力氣色幾乎已與一個月前沒有分別。

兩人牽馬入城，來到小鐘寺落腳。

通木較二人早了數日回到大興城，正在廚下煮飯。他見韓峰平安回來，甚是歡喜，一跛一拐地走上前，用力拍了拍他的肩膀，又低頭望了望他的腿，笑道：「咦，你竟學我跑去弄了條福腿麼？嘿！但是你可騙不倒我，你這是假福腿，是會好起來的那種，不算數！」

韓峰被他逗得笑了，也拍了拍他的肩膀，說道：「多謝師兄前來相救！」

通木哈哈一笑，說道：「你爲了保住我等的性命，自願跟隨李密而去，我們若不去救，還算是人麼？」

韓峰不禁露出微笑；經過舊漢王府一役，他和通木間的交情和互信已盡在不言之中。

韓峰問道：「神力大師呢？」

通木道：「我二人一起回到了大興城，神力大師擔心山上諸事，先回寶光寺去了。」

韓峰點了點頭，暗暗噓了一口氣。他實在不知道自己在見到神力大師時，是該向他道謝、告罪，還是怒責？他無法淡忘在寶光寺的那段時日中，神力對他百般處罰苛待，讓他吃盡了苦頭，心底對神力仍帶著極深的憎恨芥蒂。他認定神力這回出力救他，全是出於老和尚的旨意，而非發自本心。他隱約猜知神力對自己同樣懷有深重的厭惡仇恨，而且是一種難以化解的怨憎。

三人吃了晚齋後，通雲和韓峰便各自去單房休息。

韓峰躺在竹榻之上，想著心事，良久無法入睡。

到了半夜，忽聽拐杖聲響，通木匆匆走到紙門外，低聲喚道：「峰師兄，峰師兄！你睡了麼？」

韓峰坐起身，應道：「我還沒睡，師兄快請進來。」

通木推開紙門，一手持著一盞油燈，另一手揑著一支竹管，臉色凝重，說道：「我剛剛收到一封求救鴿信，似乎是從寶光寺寄來的。」

韓峰聽說是從寶光寺發出的求救信，大爲擔心，忙問道：「信上說什麼？」

通木道：「鴿信以暗語寫成，我已解開重新謄過，你看。」說著遞過一張紙。

韓峰湊頭去看，但見紙上潦草地寫著一行字：

「魏二沙彌傷困靜思谷，待救急急」

韓峰吃了一驚，完全忘了自己曾假裝不識字，脫口道：「魏居士和兩個沙彌受了傷，急待救援！」

通木其實並不知道小石頭曾假稱他們二人不識字，並未感到驚奇，只皺眉道：「正是。但是這封信有個很大的疑點，我還未能參透。魏居士的字跡我看得極熟，這封信絕對不是出於魏居士之手，我卻看不出是誰所寫，因此懷疑這信可能是有人蓄意假造的。」又道：「還有，信末畫了一個圓圓的黑點，魏居士從來不曾畫過這樣的記號。」

韓峰一怔，說道：「你說信末有個圓圓的黑點？」

通木點了點頭，說道：「也不完全是黑點，倒似個空心的圈圈，左上方還有個帽子似的一彎。」

韓峰心中一動，說道：「可以給我看看麼？」

通木略一遲疑，點了點頭。他甚是謹慎，從懷中掏出那封密信，將信折起，掩蓋了內容，只給他看信尾的那個記號。

韓峰低頭看了，登時想起小石頭的寶貝彈弓上便有這樣一個記號，小石頭曾得意洋洋地告訴他，那是個篆刻的「石」字，是他自己刻上去的。

韓峰恍然道：「我知道了，這封信一定是小石頭寫的！」

通木奇道：「小石頭是誰？」

韓峰道：「他是我兄弟，去年我倆一塊兒去到寶光寺，老和尚收留了我們。」

通木道：「你確定這是他的筆跡？」

韓峰點點頭，又搖搖頭，他雖知道小石頭識字，卻從未見過他寫字，自然無法辨識他的字跡，當下說道：「我無法確知，但我知道他在自己的彈弓上刻了同樣的記號，寫這封信的應當便是他。」

通木點頭道：「原來如此，那麼這封信並非假造，而是眞的了。」

韓峰想起信的內容提到「傷、待救、急急」等字眼，卻不知道受傷待救的是魏居士、小石頭還是小沙彌，心急如焚，說道：「我們得趕快去救他們！師兄，靜思谷在何處？」

通木伸手按上他的肩膀，說道：「你別著急。這信我才剛剛收到，估量當是今日早晨寄出的。我們需得等到天明城門開了之後，才能出城去。靜思谷位在終南山西側，詳細位置通雲一定清楚。你們等明日天一亮後便出發，出城後快馬加鞭，午時前便能趕到山腳，午後便可以找到靜思谷了。我給你帶上治傷的藥物和食物，準備充足了，再去救人。你且寬心，魏居士謹慎思明，等上一日應當不會出差錯的。」

韓峰聽他說得有理，也知道此時三更半夜的，自己哪兒也不能去，什麼也不能做，只好點頭答應。

然而他擔心小石頭的安危，再也無法入睡，躺在單房之中，望著窗戶，只盼天快一點亮起來，他好趕回終南山，確定小石頭平安無事。

他想起自己被瓦崗寨眾人俘虜時，曾經多次想起小石頭，懷念那段與他相依爲命、彼此照顧、互相安慰的時光。他在心中暗暗禱祝：「希望小石頭平安無事！小石頭，你一定要等我回來！」

卻說神力和韓峰等下山去追通海之後，寶光寺中糧食吃盡，小石頭帶了通吃等五個小沙彌跑到山下李家莊園取食，次日卻被軍官宋九率領士兵追上山來，揚言要燒寺抓人，全靠小石頭一番胡言亂語，自稱是山下李家莊園呼延總管的外甥，才將宋九矇騙了過去。

豈知他弄巧成拙，被宋九強押下山，心中忐忑，知道這一下山，謊言拆穿，自己可就完蛋大吉了。

他心想：「上回我被神力大師捉住，使『屎遁』被他識破；這回該試試『屎遁』。」走出一段路後，他便滿面痛苦地捧著肚子，對宋九道：「宋九將軍，我肚子突然疼起來，請你等我一下，我去樹林裡解個手。」

宋九道：「這兒又沒有姑娘家，你就地解手便是。」

小石頭愁眉苦臉，說道：「那可不成，我這是大解，不是小解。有人看著，我解不出來。」

宋九不耐煩地道：「那就快去！快去快回，別給我作怪！」

小石頭嘟囔道：「大解便是大解，哪能做什麼怪？」提著褲子，匆匆鑽入樹叢，走出十多步，便高聲道：「我就在這兒辦事啦！你們要怕臭，就走遠點兒！」

他蹲下身時故意發出唰唰聲響，假裝在此脫褲；他當然並沒有眞的脫下褲子，一蹲入草叢，便伏倒在地，快速往草叢深處爬去，直爬出十多丈，見到一個下坡，當即手腳並用地往下爬去。

他攀下一段，見到一條小溪，看來十分眼熟，認出便是從寶光寺後流過的小溪，心中一喜，知道自己只要沿著小溪而上，多半便能找到去往山頂練武坪的小路，當下舉步在亂石雜草中快奔。

但聽身後隱隱傳來喊叫之聲，想是官兵們發現了他的「屎遁」之計，分頭包抄，追趕了上來。

小石頭加快腳步，不料迎面便見到宋九率領著一群官兵，守在溪旁，小石頭暗叫一聲不好，只好停步，回頭見官兵就將追上，已無退路，心中大急。

宋九獰笑道：「你想逃跑，哪有那麼容易！大夥兒上，捉住了這小子！」

眾官兵當即圍繞奔上。

小石頭只好轉而向左，拔腿急奔。但見身後官兵越追越近，他情急之下，掏出腰間彈弓，回身連發數彈，打傷了奔在前面的幾個士兵，其中一枚彈子剛好打上宋九的嘴巴，打落了他的一枚門牙。

宋九又驚又痛，勃然大怒，一手按口，口齒不清地喝道：「給我捉住了這天殺的渾帳小賊！我要把他滿口牙齒全打落了來！」

小石頭心中惶急，只想：「完蛋了，完蛋了！小石頭這回眞正完蛋了！」

他不辨方向，亂奔一通，不時回頭觀望追兵，忽然眼前一黑，竟爾撞到了一人身上，砰的一聲，仰天跌倒在地。

他趕緊爬起身，舉起彈弓便要往那人打去，但見那人身上穿的並非官兵服飾，卻是一件陳舊的棉衣，顯然並非官兵。

小石頭連忙放低彈弓，抬頭往那人的臉容打量去，只覺眼前一亮，但見那是個十四五歲的少年，身形高大健壯，丰神俊朗，雙目明亮，臉上稚氣未脫，但氣度不凡，手中握著一根齊眉棍。

少年蹲下身，伸手去扶小石頭，問道：「你沒事麼？」

小石頭還未回答，那群官兵已然追到，凶神惡煞般地上來要捉拿小石頭。

那少年站起身，跨上一步，伸手攔住，喝道：「幹什麼？光天化日之下，一群大人，卻來欺侮一個小孩兒！」

宋九怒道：「這小子乃是朝廷要犯，膽敢拒補，還用彈子射老子，老子要捉他去好好教訓一頓！」

只見那少年將手中齊眉棍一橫，喝道：「竟然這般蠻橫！要捉人，先過我這一關！」

宋九見這少年橫來插手，多管閒事，還打算以一對多，心想：「這可是你自找的！」揮手喝道：「先拿下了這小子再說！」

一眾官兵拔出大刀，群起攻上。

那少年不慌不忙，齊眉棍橫掃而出，勁風響動，正打在當先三個官兵的小腿脛骨之上，三名官兵盡皆跌倒在地，各自哀叫呻吟，沒有一個能站起身來。

少年接著單手握棍，快點而出，分別點向之後五名官兵的腿上穴道。他認穴奇準，無一虛發，眾官兵腿上穴道被點，只能僵立在當地，再也無法動彈，手中雖仍握著大刀，卻已無法傷人。

少年收回齊眉棍，對著宋九當頭打下，勁風呼呼，力道奇猛，眼見就要打得他腦漿迸裂。

宋九從未見過這般出神入化的棍法，幾招間便打倒了自己八名手下，知道遇上了高手，不禁顫抖股慄，立即雙膝一軟，跪倒求饒道：「大俠饒命！」

少年手上使勁，齊眉棍停在半空中，沒有打下，冷然道：「你知道厲害就好。我今日便饒了你性命，立即給我滾下山去！」齊眉棍連連點出，解開了眾官兵的穴道。

官兵們趕緊扶起小腿受傷的同伴們，在宋九領頭下，狼狽萬分地逃下山去。

第四十三章　大師兄

小石頭只看得目瞪口呆，心想：「這人身手不凡，不知是何方神聖？」

這時那少年回過身，望向小石頭，問道：「小兄弟，你是從哪兒來的？」

小石頭留意到他棉衣下穿著一件羅漢衫，心中一動，當下合十道：「多謝這位大哥相救。請問你可知道寶光寺？」

那少年聽他提起寶光寺，又合十相詢，便也合十回禮，說道：「自然知道。在下正是寶光寺大弟子，法名通天。」

小石頭聽說他便是大師兄通天，不禁大喜過望，叫道：「原來你便是大師兄！我叫小石頭，我也是住寶光寺的。我們一直在等你回來，已經等了好久好久啦！」

那少年雙目一亮，喜道：「原來你便是小石頭！老和尚跟我提起過你和你大哥。我陪老和尚在山下設法籌措寺中未來數月的糧食，花了許多功夫，沒法早些回山，可讓你們擔心了。寺裡糧食還夠麼？你怎會單獨跑下山來？」

小石頭便將山上糧食吃盡，他率領小沙彌們下山去李家莊園「取食」的前後說了。

通天不禁笑了，說道：「眞眞對不住。山下莊園的糧食，你們儘管搬回去吃便是，一點兒不要緊。」

小石頭暗暗稱奇：「我們大師兄的口氣可眞大，莫非山下莊園是他家的？」

但聽通天又問道：「那些官兵爲何追捕你？」

小石頭便將禿頭宋九奉了宇文述之命守在李家莊園之外，惡犬跟著墨跡追上山來的前後說了，最後道：「我騙他們說莊園的呼延總管是我舅舅，他們相信了，才沒敢打人抓人，放火燒寺。但他們押我下山，要我去勸我『舅舅』，好讓他們進去莊園搜索。」

通天聽了，微微皺眉，說道：「你甚有急智，但是謊言被拆穿後，卻又如何？他們難道不會再度找上山去麼？」

小石頭一攤手，說道：「所以我才要逃走啊！至於寶光寺，我下山前便要通吃帶著師弟們趕緊避禍去了。通吃說山頂練武坪那兒有個大山洞，遇上危難時可去洞裡藏身。他們帶著糧食，在洞裡應可躲上一段時日。」

通天聽他頭腦清楚，想事周到，不禁對這個小孩兒另眼相看，點頭道：「不錯，你做得很好。」拍拍他的肩頭，說道：「走吧，我們回山上去看看。」

小石頭點點頭，便跟著通天回到寶光寺。

但見寺門緊閉，推之不開，想是從裡面上了鎖。小石頭躍牆進去，打開了門。

通天見小石頭身輕如燕，讚道：「你的輕功挺不錯的！」

小石頭得意地道：「我的輕功是跟通雲師姊學的。」

通天微微一笑，說道：「通雲這小妮子，竟然也開始收徒弟啦！」

兩人見寺中一片空曠寂靜，一個人都沒有，佛像前的香火全數捻熄了，廚房中的食物也都搬走了，看來通吃動作很快，已然領著小沙彌們揹著糧食逃上山去了。

小石頭道：「我們快去山上找他們吧。」

通天道：「不忙。我先在寺中看看。」

他舉步往竹林走去，小石頭跟在他身後，忍不住問道：「大師兄，這竹林中到底住著……住著什麼人？」

通天神色凝肅，舉起手讓他先別說話，逕自來到老和尚竹屋後的山壁前，用手拍落山壁上的青苔，伸手進入山壁上的一個洞穴，摸索了一下，扳動一個機括，石壁上一扇石門忽然向內打開了。

小石頭一驚，生怕關在裡面那人會猛衝出來，連忙退後了幾步。

但見通天緩步走入石門，整個人都沒入了黑暗之中。小石頭在外頭觀望了一陣子，確定室中沒有妖怪，才小心翼翼地跟了進去。

但見那是一間八尺見方的小室，說大不大，說小也不小，整間屋子只有一個細長的縫隙可以通風，微弱的光線從細縫中射進來，在地上映出一道長長的光痕。房角落有張蓆子，細縫旁放著一張矮几，可以就著光線看書寫字。

小石頭心想：「要是不怕寂寞，住在這兒倒是挺清淨的。做爲一間牢房，這地方雖不算十分狹小，但是關久了，只怕也要發瘋。」

他見通天蹲在密室的角落，撿起一條鐵鍊，說道：「你瞧，這人自己鋸斷了鐵鍊，逃了出去。」

小石頭忍不住問道：「被關在這兒的，是不是一個叫做李密的人？老和尚爲什麼要把他關在這兒？」

通天神色嚴肅，說道：「不錯，正是李密。跟我來。」

他出了石室，關上石門，快步來到寺後的鴿樓，進入魏居士的書房，細細檢查。

小石頭也跟了進來，書房跟他上回進來拿毛筆墨盒時一模一樣，雜亂無章，鴿信、鴿管、筆墨、衣物等散了一地。

通天問道：「魏居士離開多久了？」

小石頭屈指算算，說道：「有一個多月了。」

通天問道：「才一個月？之前你見過他本人，確定他沒有離開？」

小石頭想了想，說道：「大約兩個月前開始，他就變得怪怪的，我和通吃來問他爲什麼老和尚還沒回來，他一反平時溫和的模樣，對我們大吼大叫，要我們不要來吵他。之後我就很少見到他了，平時通吃給他送食物過來，就把食籃子留在門口；我則隔著窗臺替他收發鴿信，鴿信越發越多，他卻整日躲在屋裡，房門緊閉，從不出來。」

通天一拍手，說道：「我明白了！李密逃走之後，定是躲在魏居士這兒！」

小石頭腦子十分靈光，聽他這麼說，恍然大悟，說道：「你是說……李密逃出來後，便躲在魏居士這兒，挾持著他，因此他才變得這麼古怪？是了，那陣子他都不露面，通吃還說他食量增大了許多。啊，還有，紙窗上原本有些破洞，也被補上了，讓人無法看進去。」

通天道：「如此事情就很清楚了。老和尚下山後，通海便在李密的鼓動下，自己跑下山去。他臨走前，一定偷偷給了李密刀子鋸子一類的事物。後來神力大師帶著其他人下山去追通海，李密便趁機鋸斷鐵鍊，逃了出來，闖入鴿樓，挾持了魏居士，逼他替自己發出多封鴿信，可能想探尋什麼祕密，卻始終不得要領。估計一個月前，他終於放棄，便押著魏居士下山去了。」

小石頭想起那段時候魏居士忽然變得暴躁易怒，原來是因爲他被李密挾持，又可能擔心李密傷害寺中其他小沙彌，才避不露面，並且裝出凶惡的樣子，好讓他們少去找他。想到此處，小石頭不禁擔憂，說道：「魏居士若是被李密押下山去，情勢便危險得很。我們得趕緊去救他！」

通天點頭道：「你放心，這事交給我。我這就下山去，探尋魏居士的下落。至於你，我想請你到山頂的躲藏處，看看通吃他們那邊情況如何，小沙彌們是否都平安。請你跟大家說，在山洞裡小心躲藏，不要出來，等事情平靖了，我或老和尚定會去找你們，帶你們回寶光寺的。」

小石頭點頭答應，說道：「沒問題，交給我吧。大師兄，你一切小心！」

通天微微一笑，說道：「我理會得。你也小心。」便大步下山而去。

小石頭目送大師兄下山後，看看天色偏晚，便趕緊往山頂跑去。他來到山頂練武坪時，已是傍晚時分。見空地上一片荒涼寂靜，完全不似有人來過的模樣，心中不禁想：「難道通吃說得不對，還是我找錯了地方？」

他繞到通海曾經站過的大石之後，但見石頭背後也就是石頭，並沒有通吃所說的山洞入口，心中更是懷疑。

他走了一圈，又回到石頭背後，用手敲敲石壁，低聲喚道：「通吃，通吃！」石頭紋絲不動，當然也沒有回答。

小石頭覺得自己對著一塊石頭說話頗爲愚蠢可笑，心道：「找錯地方啦。入口不在這塊石頭後面，卻在哪塊石頭後面？」

正要走開去，忽聽一個細微的聲音道：「小石頭，小石頭！」

小石頭立即回身，但見剛才那大石邊上露出一條細縫，一個圓圓的頭從縫裡鑽出來，說道：「是我通吃！你快進來！」

小石頭大喜，趕緊從細縫中鑽了進去，原來那是一塊可以移動的石板，從裡面可以開關，闔上時毫無縫隙，因此從外面很難發現這道門。

小石頭鑽進去後，通吃便趕緊關上了石板門。

但見迎面便是一條狹長往下的甬道，小石頭跟著通吃走下十多步，便進入了一個巨大的山洞，高闊各有七八丈，甚是寬敞。

洞中昏暗，只石洞中央點著一盞油燈，向四周散發著微弱的光芒。山洞邊上另有許多小洞穴，每個洞穴裡都躺著蹲著一兩個小沙彌，放眼望去，寶光寺中五十多個小沙彌全都躲在這兒了。

小石頭點頭道：「這地方好極了，隱密得很！」

通吃道：「可不是？我們帶了乾糧上來，足夠吃一個月。那些可惡的官兵怎麼了？你沒事麼？」

小石頭便向通吃述說了自己屎遁失敗，被官兵追殺，又被大師兄救了的經過。

通吃喜道：「大師兄回來了，那可太好啦！大師兄武功高強，人又機智勇敢，有他在，我們就什麼都不怕啦。」隨即眉頭一皺，說道：「大師兄怎地沒跟你一塊兒上山來？」

小石頭道：「他下山去找魏居士了。」

通吃眉頭越皺越緊，忽道：「你剛才上山來，有沒有見到通靜？」

小石頭一呆，說道：「通靜？沒有呀。」

通吃滿面憂急，說道：「我剛剛點過一次人數，少了通靜。」

小石頭嚇了一跳，說道：「什麼？少了通靜？你確定沒弄錯？」

通吃臉色蒼白，點了點頭，說道：「我看到他跟在最後面，低著頭，好像在尋找草藥，不知怎地人就不見了。我正準備出去找他，但又不放心將其他人留在這兒。你來了就好了，請你在這兒看著大家，守著門，我出去找通靜。」

小石頭搖頭道：「天都快黑了，下山的路那麼難走，你打算怎麼找？」

通吃伸手抓抓大頭，說道：「打著火把去找啊。」

小石頭想了想，說道：「這樣吧，我跑得比較快，讓我去找通靜。你留在這兒，先餵大家吃飽了再說。」

通吃也知道自己跑起路來笨拙緩慢，小石頭輕功遠勝於己，便點頭道：「好，那你快去快回。我猜想他可能是在最陡的那段彎路上，不小心跌下了山坡。那山坡下便是河谷，很不容易爬上來。你要眞找不到他，也不可在外面多待，見到天色全黑了，就趕緊回頭吧。山上有狼，千萬小心。」

小石頭點頭道：「我理會得。」

通吃道：「拜託你了！」遞給他一根木棍，一支火把，小石頭便從剛才進來的石門鑽了出去。

第四十四章　群狼圍

這時太陽正要下山，天際鋪灑著一片紫紅色的晚霞，煞是燦爛壯麗。小石頭卻哪有心情觀看，藉著火把的光芒，快步往山下奔去。

他奔出數里，便見到太陽沉入了山邊；太陽下山之後，天色黑得很快，不多時晚霞中的紅色便已全數隱去，只剩下一片淡紫，接著又轉爲一片深紫，夾雜著一抹日暮時分特有的暗灰色。

過去數月中，小石頭每日清晨都得走這條山路上山練功，練完功又得走同一條路下山，風雨無阻，即使下大雪也一般，對這山路可說再熟悉不過。但他從未在天黑後走過這山路，這時只能憑著記憶和火把的微光，小心翼翼地往山下走去，不多時便來到了通吃所說的那段又彎又陡的山路上。

他不禁想起他和韓峰第一回上山練功時，神力大師命二人蹲馬步，自己支撐不住，蹲了一段香後便昏暈過去，醒後雙腿仍舊麻痺，需得靠韓峰揹負自己下山。經過這段彎路時，韓峰自己的腿也痠疼得很，幾乎無法舉步。那時通雲師姊說她願意代替他揹負自己，但韓峰卻拒絕了，堅持要親自揹他下山。當時小石頭就已知韓峰對通雲暗生情愫，下定決心想湊合二人。

然而在借居寶光寺的時日中，他們兄弟倆受盡神力大師的折磨，從早到晚不是練功、挨罰，就是挑水、劈柴、清鴿樓，加上時時刻刻得忍受飢餓，實在沒有一刻空閒。即使自己盡量找機會讓韓峰和通雲相處，兩人的情感似乎也仍舊淡薄如水，毫無進展。

小石頭想到此處，不禁嘆口氣，心想：「大哥跟隨神力大師、通山和通雲師姊下山去，已有一個多月了。不知他是否平安？不知他和通雲師姊在路上是否有機會多說說話，談談心？」

小石頭胡思亂想了一陣子，眼見天色越來越黑，趕緊收回心思，在山路邊上來回尋找，又低頭往山坡下看去，揚聲叫道：「通靜，通靜，通靜！」

山坡下沒有任何回應。

小石頭又沿著山道往下走出半里，邊走邊呼喚通靜，但是山間除了風聲和樹葉被風吹過的沙沙聲之外，一點兒人聲也無。他正準備轉身走回頭路，忽聽不遠處傳來驚呼之聲，聲音稚嫩，尖呼一聲接著一聲，顯然極爲緊急。

小石頭心中一跳，立即止步，細聽聲音來處，發現果然是從山坡之下傳來，當即將木棍往腰帶上一插，一手持著火把，手腳並用，往山坡下爬去，叫道：「通靜！通靜！你別怕，小石頭來了！」

如此爬落一段，山坡下傳來的叫聲越來越急，小石頭心慌意亂，一不小心，失手放脫了火把。那火把沿著山坡滾出一段，滾入一堆草叢，火光登時黯淡下去。

小石頭咒罵一聲，好在此時雙手得便，可以攀爬得快些，便一路半跳半爬半滾地落下山坡，最後雙腳踏上一堆亂石，心中一定：「終於踏上平地了。」

他辨別方向，提步往呼聲傳來處奔去，奔出一段，忽聽水流聲響，昏暗中隱約可見一條黑色的小溪橫在眼前。溪邊大石上蹲踞著一個小小的身影，石頭下一個黑影抓住了石上之人的腿，不斷拉扯，顯然想將他拉下來；石上之人死命抓著石頭，高聲尖叫，正是通靜。

小石頭定睛瞧去，這才看出石頭下的黑影並不是人，卻是一頭巨大的野狼！那野狼咬著通靜的小腿，不斷甩著脖子，試圖將他扯下大石。

小石頭老早知道山上有狼，也聽過狼嚎，這卻是第一次親眼見到一頭猙獰的野狼。他眼見情勢危急，心中怦怦亂跳，吞了口口水，抓緊木棍，快步往野狼和通靜所在的大石奔去。

他知道若在平地上與野狼相遇，自己很快便會被野狼撲倒咬死，於是當機立斷，避開正面，繞道奔入小溪之中，跨過溪水，從石頭背面爬上大石，衝到通靜身後，舉起木棍，使勁往狼頭打下。

野狼不料石頭上會多出一個人，頭上陡然挨了一棍，吃痛嚎叫，終於放開了通靜的小腿。

小石頭趕緊拉起通靜，讓他躲到石頭高處，低頭望去，但見那匹野狼頭上雖中了一棍，卻恍若無事，又湧身往石頭上跳來，張口亂咬。小石頭這時才看出那匹野狼有多麼巨大；牠從頭到腳足足有通靜的兩倍長，看來比自己至少重上幾倍。

他倒吸一口涼氣，握緊木棍，一見到野狼躍起，便用力揮舞木棍，再次往狼頭擊去。這回野狼學乖了，見到棍子打來，趕緊閃避開去，退開數丈，仰頭嚎叫。

小石頭見那狼不再繼續跳起攻擊，喘了口氣，回頭問通靜道：「你沒事麼？你的腿怎樣？」

通靜臉色蒼白，大約因驚嚇過度，一時竟說不出話來。

小石頭蹲下身，伸手拍拍他的臉，說道：「喂，喂，醒醒啊！我是小石頭，你認不認得我啊？」

通靜伸出一隻瘦小的手，緊緊抓著小石頭的手臂，尖著嗓子道：「我……我知道……你是小石頭……小石頭師兄……」

小石頭滿意地點點頭，低頭去看他的腿，見他瘦瘦白白的小腿上，被野狼咬出幾個深深的齒孔，鮮血長流。

小石頭皺眉道：「好厲害！」撕下身上羅漢衫的衣襟，替通靜包紮起腿上傷口。

小石頭一邊包紮，一邊低頭去看那匹狼，但見牠不再攻擊，只在石頭左近圍繞，不時仰頭嚎叫。

小石頭心中發毛：「牠既不攻擊，也不離開，卻在這兒鬼叫鬼叫，到底想幹麼？啊喲不好，莫非牠在呼喚同伴？」

正想時，果聽樹叢聲響，十多隻野狼從樹叢中鑽了出來，眼神閃著凶光，緩緩逼近二人所在的大石。

小石頭這下也嚇得呆了，只見群狼群聚在石頭下，仰頭觀望一陣，大約認定石頭上的兩個小孩兒不但好吃，而且不難對付，低吼一陣，便一齊往上蹦跳，張口亂咬，準備將兩個小孩兒扯下大石，飽餐一頓。

小石頭高聲喝罵，右手舉起木棍，往下胡亂揮打，一棍戳出，棍尖戳入了一隻狼的眼睛，登時鮮血四濺。其餘狼隻聞到血腥味，更加瘋狂地往上縱躍，一排排利齒越來越靠近小石頭站立之處。

小石頭心中越發驚懼，鼓起勇氣，低頭大吼道：「滾開！滾開！」握緊木棍用力揮打，忽地一隻狼縱躍而起，張口咬住了木棍的一端，扭頭使勁一扯，小石頭手掌劇痛，再也握不住木棍，只能放手。

他眼見手中武器被野狼奪了去，這群狼只消一隻疊在另一隻身上，很快便能攀上石頭，心中大急，往懷中一摸，摸到了自己最趁手的武器——彈弓，心中一定，暗罵自己怎地如此愚蠢，沒早一點想到使用彈弓，趕緊取出彈弓，從皮囊中掏出三粒彈子，對準了躍得最高那隻狼的頭，狠命射去，啪一聲正中眉心。那狼哀嚎一聲，往後摔倒。

小石頭連射三彈，正中三隻狼的額頭或眼睛，三隻狼盡皆跌倒在地，其中兩隻滾在地上掙扎，無法爬起，只有一隻勉強爬起身，但也沒有先前那麼凶猛了。

其餘眾狼仍舊嘶吼跳躍，想搶上大石來，小石頭又射出三彈，打中兩隻野狼的腦袋，鮮血迸流。

狼群漸漸知道厲害，紛紛退去，不敢太靠近大石，但仍虎視眈眈，在數丈外徘徊，不肯離去。

小石頭略略喘了一口氣，伸袖子擦去臉上如雨水般流下的冷汗，忽聽通靜驚叫一聲，小石頭立即回頭，但見一隻野狼悄悄從後掩上，原來牠循著自己剛才攀上大石的老路，從小溪中跳上大石背後，冷不防地撲向通靜，張口便咬。

小石頭毫不遲疑，一彈射出，正中狼頭，那狼慘叫一聲，翻身跌落溪中。其餘諸狼見到同伴找到攀上大石的路，都紛紛繞到溪中，準備搶上大石。

小石頭眼見自己就將失去藉以自保的大石，知道大事不妙，匆匆又射出兩彈，逼退當先的兩頭狼，對通靜道：「快過來，我們跳下去！」伸手抱住通靜，湧身跳下大石。

這時大石前的空地上只有三四隻受傷的野狼，小石頭大吼一聲，作勢要用彈弓射擊，便將牠們嚇退了去。小石頭將彈弓往腰間一插，矮身揹起通靜，叫道：「快逃命去！」

他提一口氣，施展輕功，往樹叢中狂奔而去。但聽身後狼嚎不絕，步聲雜遝，小石頭回頭一看，見至少有五六隻野狼仍舊跟在自己身後，他估量野狼一時三刻間應當無法追上自己，但此時天色越來越黑，眼前什麼也看不見，只能盲目亂奔，加上背後揹著一個人，自己力氣有限，遲早會被野狼追上。

他念頭急轉，心想：「需得找個高處。高處，是了，我可以帶通靜爬到樹上。狼是不會爬樹的。」

想到此處，當即舉目四望，尋找一株好爬的樹。但見遠處有一棵頗爲高大的樹，低處長有不少枝幹，容易落腳，高處的樹枝斜斜往旁邊伸去。

此時也由不他精挑細選，拔步便往那株樹跑去，對通靜道：「緊緊抓著我！我得緩出手爬樹了！」通靜應了，雙手使勁，緊緊抱住了小石頭的肩頭。

小石頭吸一口氣，快步跑去，將近離地約一丈的一根樹枝之下時，膝蓋微彎，雙足一蹬，離地躍起，雙手抓住了橫出的樹枝，身子便懸掛在半空。

狼群此時已追將上來，紛紛躍起，試圖咬住他的腳踝。小石頭使勁將身子往後一盪，再往前盪去，腰背用力一挺，翻身站上了樹枝。

那樹枝雖有海碗粗細，卻也禁不起兩個孩子陡然跳上，在半空中搖擺不定，樹葉聲沙沙亂響。小石頭想起通雲師姊曾經教過自己如何在樹枝上縱躍，當即沉氣於雙腿，順著樹枝的起伏，藉力穩住身子。

通靜攀在小石頭的背後，只覺他的身子上下搖晃不已，眼前黑漆漆地，耳中滿是樹葉聲響，好似就將摔下樹去，忍不住大聲尖叫起來。

小石頭反手一拍通靜的屁股，喝道：「叫什麼?有我小石頭揹著你，難道還能讓你摔下去不成？」

通靜聽他發狠罵人，這才趕緊閉上嘴。

不一會兒，樹枝不再搖晃，小石頭也站穩了腳步，低頭見群狼仍在樹下環繞嘶嚎不已，卻顯然爬不上樹，略略鬆了一口氣。

他在黑暗中勉強觀望樹上形勢，想找個更安穩的所在，至少能坐著等候狼群離去。他揹著通靜，小心翼翼地往大樹的主幹攀去，將通靜放在一個樹叉上，囑咐道：「別亂動！」伸手扶住主幹，摸索著往旁邊的樹枝上攀去。

但覺樹幹觸手濕濕滑滑地，他自言自語道：「又沒下雨，這樹幹怎地如此冰涼濕滑？」湊近一看，但見手上摸的不是樹幹，竟是一條巨大的蟒蛇！

那蟒蛇長長的身體盤據在樹幹樹枝之間，拳頭大的蛇頭從一旁繞過來，一對紅色的眼睛正晶亮凝視著他的臉。

小石頭一驚未過，一驚又起，趕緊鬆手後退，叫道：「媽呀！蛇！」

通靜最害怕蛇，一聽有蛇，登時全身僵硬，尖聲連問：「在哪裡？在哪裡？」

小石頭緩過氣來，罵道：「樹下有狼，樹上有蛇。這終南山眞不是人住的地方！」又道：「可惜通安不在這兒，不然便讓他去對付蟒蛇，可是駕輕就熟。」

他慢慢移回方才躍上的那根樹枝，抱起通靜，不敢再往主幹移動，看準了旁邊的樹枝，一躍過去，如此跳躍數次，遠遠避開那條大蛇，移轉到大樹另一邊的樹枝之上，找了個離主幹較遠的樹叉，讓通靜坐下。

他喘了口氣，說道：「幸好天才剛剛暗下，若是再暗一點，我可就無法摸黑跳過樹枝，繞到這兒來了。我方才見到這樹長得歪歪的，樹枝斜斜往這邊伸出。你放心吧，這兒應當離那條蛇甚遠，我們坐在這兒休息一會兒，再做打算。」

第四十五章　山谷中

話才說完，忽聽咔嚓聲響，似是樹枝斷裂之聲，伴隨著通靜的驚呼聲，直往下落。

小石頭一驚，立即伸手去抓通靜，卻抓了個空，原來這段樹枝較細，無法承載通靜的重量，竟爾從中折斷。

小石頭耳中聽得通靜的尖叫聲，趕緊俯身一撈，只撈到他的半片衣袖，人還是跌了下去。

小石頭驚聲大叫：「通靜！」

他生怕通靜落地後立時被群狼圍攻咬死，趕緊跟著跳下，滿擬這樹枝離地不過一兩丈，自己縱落應當不致受傷；豈料落下兩丈之後，並未碰到地，腳下空空如也，原來這樹枝橫生而出，下面便是一個深不見底的山谷。

這時天色已黑，加上四周枝葉茂密，小石頭哪能看得清楚？落下之後才知道不妙，卻已太遲，趕緊伸手亂抓，右手抓到一條不知是樹枝還是藤蔓的事物，抓住後手掌火辣辣地疼痛，他顧不得痛，仍舊牢牢地捉住，死也不肯放手。

然而那條不知是樹枝還是藤蔓的事物也支撐不了他的重量，只略微阻了阻他往下跌落之勢，便啪的一聲，從中斷絕。

小石頭又往下跌了五六丈，才感覺雙腳碰到了土地。他趕緊矮身彎膝，減緩下跌之勢，但覺那土地不是平的，而是一道斜坡，他無法站穩，不由自主地往下跌去，雙手奮力想抓住什麼，但斜坡上只有泥土石塊雜草之類，什麼也抓不住，只能骨碌碌地往下滾。

小石頭初初上山時，也曾被通海一腳踢出，險些滾下山坡，跌落懸崖，幸而通雲師姊施展輕功趕上攔截住；此時他的輕功已與當時不可同日而語，雖然也是沿著斜坡骨碌碌地往下滾，即使在一片黑暗之中，他也能使動巧勁，盡量減緩滾下之勢，讓自己滾得不至於完全失去控制。

但聽通靜的尖叫聲斷斷續續地從下方傳來，想來他也跟自己一樣，正沿著斜坡往下滾。

小石頭張口叫道：「通靜別……怕我小……石頭就……在你後……頭！」

他每說三個字便滾到面向下，滿口泥草，只好停一停再說，也不知通靜聽懂了沒有。兩個孩子就這麼一前一後，沿著斜坡往下滾去，也不知滾了多久，這山谷似乎深得永遠也滾不完，只滾得小石頭頭昏眼花，心想：「我這『小石頭』的外號取得不好。小石頭沒什麼別的用處，只能被人踢著滿地滾。如今我身不由主地滾下山坡，不就跟一粒小石頭一般？」

又想：「但是通靜也跟我一起滾下坡，通靜這名字並沒什麼不好，爲何他也跟我一起滾呢？或許滾不滾下坡，跟取什麼外號或法號都沒半點關係。」

正胡思亂想間，忽然全身一痛，滾入了一叢不知是矮樹叢還是荊棘叢，身上被樹枝刮得火辣辣地痛，但滾勢總算慢了下來，又滾出十餘丈，才終於停下。

小石頭在矮樹叢中躺了好一會兒，才掙扎著坐起身，慢慢爬出樹叢，撥開甩去黏在戳在身上的眾多樹枝樹葉，只覺全身疼痛，但沒有什麼地方感到劇痛，想來天幸並未受到重傷。他出聲喚道：「通靜，你在哪兒？」

通靜的聲音在前方不遠處響起，聲音微弱：「我在這兒！小石頭師兄，你在哪兒？快來，我被卡在這兒，動彈不得。」

小石頭叫道：「你別動，我這就過去。」

他摸黑往通靜的聲音方向走去，只覺腳下身邊都是矮樹叢，扎手扎腳，甚難穿過。他口中咒罵，但不得不承認：「幸虧山坡底下不是一大堆石頭，而是這堆樹叢，阻住了我們滾下的力道。不然我們滾勢又快又急，若撞上石頭，非立即撞死不可。」

他慢慢摸到了通靜身邊，伸手探去，發覺通靜被深深地卡在矮樹叢中，手腳都被枝葉纏住，無法掙脫。

小石頭道：「你別動，我來幫你。」伸手折斷扯開了五六根樹枝，將通靜的雙手釋放出來。兩人合力又折扯了十多根樹枝，才將通靜從樹叢深處拉了出來，只見他從頭到腳都蓋滿了枯枝樹葉。

小石頭問道：「有沒有受傷？有沒有哪兒痛得厲害？」

通靜人小體輕，又滾入厚厚的樹叢之中，受創並不重，自己摸了摸頭臉身子，搖頭道：「我還好。除了腿上狼咬的傷口之外，沒有別處痛得厲害。我們……我們這是在哪兒？」

小石頭道：「黑濛濛的，誰知道？我們滾下這麼長的斜坡，想來是個山谷吧？」

便在此時，黑暗中忽然響起一個聲音，說道：「小石頭？通靜？你們來啦！」

小石頭和通靜哪裡料想得到這深山谷底竟然會有人，而且還叫得出兩人的名號來！

小石頭只覺毛骨悚然，大叫一聲：「鬼！」拉著通靜往後跳開七八步，直到撞到山壁才停下。通靜緊緊抓著他的手臂，只嚇得全身發抖。

雖在驚嚇之中，小石頭仍留意到這人的語音有些耳熟，他鼓起勇氣，對著黑暗叫道：「喂！你是誰？你是人是鬼？」

那聲音道：「我是人是鬼？我當然是人。啊喲，我的手臂好痛。你們等我一會兒……」

但聽前面發出擦擦聲響，小石頭不知道那人在做什麼，滿懷警戒地望著前方，甚至掏出彈弓對準了聲音來處。

那擦擦之聲響了一陣子之後，十餘丈外火光一閃，卻是那人打起了火摺，一張胖胖的圓臉出現在火光之下，小石頭這才看清，那人竟然便是魏居士！

他大大鬆了口氣，叫道：「魏居士，是你！」

魏居士瞇起小眼，臉色蒼白，神情痛苦，伸出持著火摺的左手，說道：「我右手臂很疼……快，快接去了火摺子。」

小石頭趕緊奔近前，接過了火摺，低頭望去，見魏居士右臂手肘處一片血肉模糊，驚道：「你的手臂可傷得不輕哪！」

魏居士喘息道：「可不是？我從山坡滾下來，撞斷了手臂。」

小石頭趕忙再度撕下衣襟，準備替魏居士包紮。他不久前才撕下衣襟包紮通靜腿上狼咬的傷口，眼見自己的衣襟已經被撕得不成模樣，心道：「最好我自己別受傷，不然我這衣衫再撕下去，可真要衣不蔽體了。下回出門，得隨身多帶些布條手巾什麼的，免得每回見人受傷，老得撕自己的衣襟替人包紮。寶光寺的這些羅漢衫原本就很破爛了，哪禁得起我一撕再撕？」

他撕下了衣襟，低頭望著魏居士血肉模糊的手臂，卻不知該從何下手包紮。

這時通靜一跛一拐地走近前，手中拿著兩段木枝，說道：「讓我來吧。」

他檢視了魏居士的手臂，說道：「看來骨頭折斷了，我得先將斷骨固定住。」

他將兩段木枝夾在魏居士手臂的兩側，接過小石頭手中撕下的衣襟，繞著木頭一層層裹起，緊緊打了個結，說道：「先這麼綁著，別讓斷骨互相碰著，免得受傷更重。」

包紮完後，魏居士噓了口氣，說道：「通靜，多謝你了。我這手臂包紮起來後，便不似剛才那般痛澈骨髓了。」

通靜道：「我也只能先這麼替你包著，等天亮了，須得趕緊找藥敷上。」

小石頭忍不住問道：「魏居士，你那日不告而別，怎會忽然跑到這深谷底下來？」

魏居士苦笑道：「我不是不告而別，而是被人擄走的。我也不是自己跑來這深谷底下，我從那人手中逃出來之後，正回往寶光寺；不料在路上遇到宇文述率領的一群官兵，攔下我盤問，又要將我捉走，我只好逃跑，慌不擇路，一腳踩空，便一路滾進了這個深谷。」

小石頭又問道：「你是被李密捉下山去的麼？」

魏居士一呆，奇道：「你怎麼知道？」

小石頭道：「是大師兄猜想到的。」

當下簡略說了魏居士離去之後發生的事，從寶光寺糧食斷絕、自己領著小沙彌下山偷糧、官兵帶著獵犬追上山來、自己胡吹大氣騙走他們、被禿頭官兵押下山、大師兄通天出手相救、通吃帶小沙彌到山頂洞穴避難，以及自己在天黑前出來尋找通靜等情。

魏居士聽完之後，說道：「原來如此。小石頭，你盡力保護寶光寺，有智有勇，老和尚知道了，一定非常欣慰！小沙彌們都平安，我就放心了。我們休息一會兒，到天明後再做打算吧。」

三人在黑暗中閉目休息，魏居士喘息不斷，通靜靠在小石頭身上，很快便睡著了。小石頭甚覺寒冷，只能摟著通靜取暖，不一會兒也沉沉睡了過去。

漫漫長夜終於過去，東方天空出現一抹淡淡的青白色。

小石頭冷得受不了，清醒過來，見到通靜在他懷中縮成一團，仍沉睡未醒。

小石頭揉揉眼睛，見魏居士坐在一旁，睜眼望著天空，神色痛苦疲憊，似乎終夜未眠，問道：「魏居士，你還好麼？」

魏居士苦苦一笑，胖臉上布滿汗珠，顯然手臂傷處疼厲害，無法入睡。

小石頭甚是擔心，說道：「你這傷看來頗爲嚴重，我們得趕緊帶你出谷，替你找藥敷上。」

魏居士抬頭望向遠處的谷口，說道：「出谷可不容易。這座谷該有百來丈深。」

小石頭道：「可不是？我們滾了好久，才滾到谷底。」

魏居士抬頭四望，說道：「這谷不但深，而且沒有出路，必得攀緣出去。眼下我手臂受傷，是不可能攀出去的。」

小石頭道：「我沒受傷，可以攀出去求救。」

魏居士側頭想了想，說道：「你最好還是留在這兒。我怕那些官兵追入谷來，我和通靜無法抵擋。」

小石頭點頭道：「說得也是。不如我留在這兒，等到你們的傷勢好些了，再跟你們一起出谷去。但是這山谷裡有東西可以吃麼？」

魏居士道：「山谷中有泉水可喝，我瞧植物也不少，應能尋得些野菜果子充飢，熬過幾日應當不是問題。問題是我這手臂傷得甚重，不趕緊敷藥，只怕好不起來。」

小石頭皺眉道：「通靜的腿被野狼咬傷了，也需要醫治。」

魏居士抬頭望天，說道：「唯一的辦法，是傳鴿信出去，向人求救。」

小石頭眼睛一亮，心中頓時升起一線希望，喜道：「你帶了鴿子來？那太好了，我們快送信求救吧！」他這才注意到，魏居士的背囊旁掛了一個小小的竹籠，裡面果然裝著幾隻久違不見的信鴿。

然而魏居士卻垂頭喪氣，搖頭道：「鴿子是有，但是我的右手傷成這樣，哪能寫字？」

小石頭脫口道：「那還不簡單？讓我來寫就是了。」

這話一說，魏居士立時抬頭望向他，睜大了眼，問道：「你會寫字？」

小石頭暗惱自己說溜了嘴，但眼下情勢緊急，若不寫信求救，他們三人很可能便會死在這谷中，哪裡還顧得了那麼多，當下只好點點頭，理所當然地道：「是啊，我會寫字。你有紙筆麼？」

魏居士甚覺不可置信，呆了半晌，才要小石頭從自己的包裹中取出一張小小的薄紙，一支細筆，一小方硯臺，一小塊墨條。

小石頭見所有的事物都這麼小，不禁一呆，這時也不容他挑剔，趕緊收集了一些草上的露珠，灑在硯臺上，用墨條磨了起來。磨好之後，他找了塊較爲平整的石頭，將薄紙鋪在上面，用細筆沾了一點墨汁，說道：「魏居士，這求救信要怎麼寫？」

魏居士呆呆地望著小石頭的一舉一動，如在夢中，這時聽他詢問自己，才回過神來，說道：「我們須得告知有三人在這谷裡，受傷待救。但是就怕這信被士兵攔截，讓他們知曉我們身在何處……」

他想了想，說道：「是了，你這麼寫：女鬼一水……」

小石頭一呆，說道：「什麼女鬼男鬼？」

魏居士道：「你聽我念，照寫就是了，不要多問。」

小石頭登時醒悟：「他在使用暗語。」正要落筆，又想起一事，問道：「一共有多少字？字該寫得多小才成？」

魏居士屈指算了算，說道：「一共二十八個字，你從右上角開始寫，字越小越好。來，你寫『女鬼一水』。女鬼知道麼？會寫麼？」

小石頭道：「知道，會寫。」乖乖地在紙的右上角寫了「女鬼一水」一行四個小字。

魏居士低頭看看，說道：「很好，字大了些，但這張紙應該還夠寫。接下來寫：弓人口青。」

他一路讀下去，小石頭一路寫，最後寫成了一封二十八個字的密信：

女鬼一水　弓人口青　田八彳求　刍刍心心　攵寺合心　爭木昜爾　少一千八

小石頭已有一陣子未曾寫字了，所幸魏居士念出的字都不很難，他全部都能寫出，而且字跡還頗爲工整，一張小小的薄紙剛剛夠寫。

寫完之後，他甚是得意，在角落上畫了個小小的篆刻「石」字，算是落款，便將薄紙拿給魏居士看。

魏居士看了，不斷點頭，說道：「很好！很好！筆劃工整，架構嚴謹，只要再多練練小字，便能開始寫鴿信了。」又道：「請你將紙捲起來，放入信管。」

小石頭正要捲信，望望信紙上的字，心中好奇，忍不住問道：「魏居士，這信裡寫的究竟是什麼？」

魏居士道：「很簡單，我告訴收信人：我和兩個沙彌被困在靜思谷裡，受了傷，等待救援。」

小石頭道：「這地方叫做靜思谷？你怎麼知道？」

魏居士道：「這個山谷，便是老和尚年輕時閉關隱居之處，寶光寺和附近的鴿樓應當都知道這個山谷。好了，別多問了，快將信紙放入信管吧。」

小石頭在寶光寺時，日日幫忙魏居士處理鴿信，這時駕輕就熟，很快便捲好了信，放入信管，問道：「這信該送往何處？你我都在這兒，寶光寺的鴿樓可沒人收信。」

魏居士沉吟道：「離此最近的鴿樓，是大興城的小鐘寺。你在竹管上刻個小鐘，再刻個『十』字。」

小石頭依言在竹管上刻了個鐘，表明這是送給小鐘寺的信；又刻了個「十」，表示十萬火急。

魏居士指著一隻白鴿，說道：「白雲是從小鐘寺來的。我特意帶上牠，就是預料到我可能需要送信到小鐘寺。你將信管綁在牠腳上吧。」

小石頭將白雲從竹籠中抓出，檢查了鴿腳上的鐵環，說道：「確實是飛往小鐘寺的。」將竹管綁在白雲的腳爪上，輕輕撫摸白雲的羽毛，說道：「好白雲，乖白雲，快快飛去，找人來救我們出去！」

他鬆手放了白雲，和魏居士一起望著白鴿振翅飛上藍天，消失在雲層中，滿懷希望都寄託於那個逐漸遠去的小小白點身上。

第四十六章　尋草藥

放走信鴿之後，小石頭振作精神，心想：「這裡三個人中，只有我沒有受傷，趁現在是大白天，我得找個地方安頓魏居士和通靜，順便找點吃的。」

他望望日頭的方位，這時應是辰時，陽光照入山谷，四周漸漸暖和了起來。

他在山谷中走了一圈，但見這谷裡一片荒蕪，除了雜草就是矮樹，只在西方有個小瀑布，瀑布邊上立著一間破舊不堪的茅廬，裡面空蕩蕩地，地上有個破敗的蒲團，想來便是老和尚往年閉關之處。

他到處走了一圈，這時已滿身大汗，抬頭只見日頭高照，即使身處山谷之中，在烈日的曝曬之下也十分難耐，心中籌思：「最好能讓魏居士和通靜躲進這茅廬裡，多少可以避避熱氣。」

打定主意，便去外面抓了一束蘆草，將茅廬內的灰塵、破蒲團和蜘蛛網都清掃了一遍，又找了些乾草鋪在地上。

他回到魏居士和通靜坐臥之處，但見通靜已然醒來，正拿著一枝帶葉的樹枝在魏居士旁邊替他搧風，兩人都是汗流浹背。

小石頭抹去額上汗水，對魏居士道：「那邊有間茅廬，我扶你們去裡面歇息吧。」他蹲下身，扶魏居士坐起身，魏居士身形肥胖，小石頭費了好大的勁兒，才終於扶他站起，接著又得用盡全身力氣，才能撐著他不讓他倒下，一步一步往茅廬走去。他心想：「我識得魏居士的時候也不算短了，卻從不知道他的身子竟如此沉重！」

他一步一頓，走了許久，才終於扶著魏居士來到茅廬中。他讓魏居士在乾草上躺下，又回去將通靜揹進茅廬，讓他躺在魏居士身旁。

小石頭喘了一會氣，感到口渴得緊，心想：「他們受傷失血，想必更加口渴。」當下出了茅廬，來到小瀑布邊取水。他的牛皮水袋借給韓峰帶下山去了，好生想念，這時只能用布包沾了清涼的泉水，回來擠出給兩人喝下，再讓二人躺下休息。

魏居士平躺在角落，閉目養神，雖沒有呻吟出聲，但喘息粗重，傷勢顯然十分嚴重。

小石頭對醫藥一竅不通，儘管擔心，卻不知道該怎麼辦才好。他過去看望通靜，解開他腿上的布條查看；昨夜他匆匆替通靜包紮，並未仔細觀察傷口，這時才見到他右小腿上有兩個寸許深的齒孔，血已凝結了。

通靜睜大眼睛，十分清醒，沒有出聲。

小石頭問道：「你沒事麼？腿痛不痛？」

通靜搖搖頭，說道：「多謝小石頭師兄關心，我腿上的傷口已然止血，不礙事的。」

小石頭見他一臉秀氣，說話斯文，心想：「我以前倒未曾注意，這通靜小娃兒可長得挺清秀的，說話又文文靜靜，倒似個乖巧的小女娃兒。」

正想時，但見通靜側頭望向魏居士，神色憂慮，說道：「但是魏居士手臂上的傷口還在流血，看來頗為嚴重，需得趕緊敷藥才行。」

小石頭搖頭道：「我們跌落荒谷，上哪兒找藥？」

通靜眨眨眼，說道：「老和尚以前說過，許多難得一見的珍貴草藥，都是長在人煙罕至的山谷裡。小石頭師兄，你揹我出去找找看，好麼？」

小石頭想起通靜曾背出治療傷寒症的「大青龍湯」藥方，救了通定一命，顯然對藥草頗為熟稔，這時聽他這麼說，便道：「好吧！我們便出去找找看。」

當下將他揹起，走出茅廬，聽從他的指點，沿著河谷走去。

兩人在河谷旁走了有半個時辰，通靜不斷要小石頭採些花草給他聞嗅，之後又搖搖頭說不是，將花草扔掉。

小石頭昨夜一夜未曾睡好，這時揹著一個人在烈日下行走，直走得腰痠背痛，疲累不堪，只想放棄，說道：「找不到也沒法子，我們回去吧。」

通靜道：「不，小石頭師兄，請你再往前走一段，我想去那個山崖下看看。」

小石頭無奈，只好揹著他繼續往下走。

兩人來到山崖旁，通靜忽然指著高處的一束藥草，說道：「小石頭師兄，你輕功好，可以請你爬上山壁去，替我採下那束藥草麼？」

小石頭抬頭望去，只見一束藥草長在山壁上七八丈高處，不禁吐吐舌頭，說道：「你這是要我的命麼？藥草怎會長在那麼高的地方？你確定沒看錯？」

通靜道：「我有一回跟老和尚去採藥，那藥也是長在高高的山壁上。小石頭師兄，請你試試看好麼？」

小石頭禁不住通靜的軟語懇求，只好將他放下地，說道：「好，我便試試看。若是不小心摔了下來，弄得咱們三個全都身受重傷，那可唯你是問！」

通靜臉一紅，低聲道：「應該不會錯的。」

小石頭觀察了一陣，見這石壁凹凸不平，長滿野草，看來並不難攀爬，便吸了一口氣，施展通雲師姊教過他的輕功，微微蹲下，提氣往上一竄，躍起數丈，抓住了一塊凸起的石頭；接著便四處尋找手腳著落處，慢慢往上攀，終於攀到了那束藥草之旁。

但見那藥草葉子甚是長大，從根部伸出，有如一片片的風帆；當中有一根細細的莖，莖上開著幾朵粉白色的花。

他緩出右手，抓住那藥草的葉子，低頭問通靜道：「要葉子，還是要花？」

通靜仰頭叫道：「都不是，請你連根拔起。」

小石頭抓著藥草根部，用力一拔，卻拔不出來，心想：「這草藥橫著長在山壁岩石之間，不怕風吹雨打，根部想必生得十分牢固。」

於是手上加勁，卻仍舊拔不出來。他試了數次，幾乎失足跌下，始終拔不出那藥草。最後他只好從懷中掏出小刀，緩緩去挖那藥草的根部，發現那根又深又韌，即使用刀去挖，也得挖上許久，費了一番工夫，才挖出了一整塊的藥根，跌落下地。

通靜連忙撿起藥根，拿到鼻邊聞嗅，喜道：「就是這個了！這是白芨，我聽老和尚說過，白芨的根可以止血治傷。小石頭師兄，請你多挖一些好麼？」

小石頭已經在石壁上攀了一會兒，左手手指拚命抓著突出的石塊和雜草，又疼又疲，哀叫道：「什麼？還要更多？你想要我的命麼？」

通靜仰頭叫道：「小石頭師兄，麻煩你啦！」

小石頭知道這是爲了替魏居士治傷，也只能勉強撐著，左手緊緊抓著石塊，緩緩移動，找到另一束白芨，再用小刀去挖掘藥根，直到藥草的根跌落下地。

他又挖了五六塊白芨根，才聽通靜在下面叫道：「夠啦，夠啦！」

小石頭鬆了口氣，罷手收起小刀，緩緩攀爬下山壁，瞪了通靜一眼，說道：「讓我辛苦這麼久，你最好沒認錯草藥！」

通靜搖頭道：「我不會認錯的，這一定就是白芨。」

小石頭見他信心十足，也只好相信他。

當下通靜捧著那堆白芨根，小石頭揹著他，兩人沿著河谷尋路，回到了茅廬外。

小石頭將通靜放下地，問道：「這草根要怎麼用？」

通靜道：「用石頭搗爛了，便可敷上傷口。」

小石頭便找了塊中間凹下的石頭，用另一塊尖石將白芨根搗成糊狀。

通靜道：「可以了！我們快拿去給魏居士敷上吧。」當下捧著那碗白芨根糊，走入茅廬，替魏居士解開包紮，敷在他手臂的傷口上，流血果然很快便停止了。

魏居士受傷雖重，精神卻甚好，他向通靜道：「通靜，老和尚的草藥之術，只有你學得又快又好。這是治傷靈藥白芨根吧？你竟然能認得出，當眞不簡單！」

通靜紅著臉，說道：「魏居士過獎了，通靜當之有愧。還得多謝小石頭師兄，他輕功高明，才能夠攀爬到高高的山壁上，幫我們挖到白芨根。」

魏居士忽然轉過頭，睜大一雙小眼，直盯著小石頭看，問道：「小石頭，你究竟是何來歷？我瞧你寫的字，絕非初學。你的家學淵源必定十分深厚，才能讓你學得如此工整的字體。」

小石頭臉上一紅，說道：「我的字寫得跟鬼畫符似的，哪有什麼家學淵源？」

但見魏居士仍然盯著自己，顯然在等他說下去，只得勉強補上幾句：「我眞的沒有什麼家學淵源。我學會寫字，純粹是意外。老實說，我並沒有眞的學過寫字，只是看人家寫，看著看著就會了。」

魏居士搖頭表示不信，說道：「絕無可能！你的字，至少練過五年。你現在不過十歲，我想你五歲就開始寫字了，是麼？是誰教你的？」

小石頭在他的逼問下，甚感窘迫，大聲道：「我眞的沒學過，也沒人教過我！」

魏居士見他不肯說，搖頭說道：「沒人教過你？那怎麼可能！咳，也罷，總之你會寫字，那可是千眞萬確的。這太好啦，以後我們鴿樓就全靠你了！」說著臉上滿是興奮寬慰之色，萬分期待地望著小石頭，卻好似壓根忘了之前小石頭說不識字的謊言。

小石頭無言可答，心想：「我們此刻身處絕境，你竟然還想著什麼『鴿樓以後就全靠你了』這等遠在天邊的事兒！等我們離開這個鬼谷，逃出生天之後再說吧！」當下站起身，說道：「我去瞧瞧有沒有鴿子傳信回來。」趕緊逃出了茅廬。

注：白芨是一種止血良藥。《本草綱目》云：「白芨，斂氣，滲痰，止血，消癰之藥也。此藥質極黏膩，性極收澀，藉苦氣寒，善入肺經；凡肺葉破腡，因熱壅血瘀而成疾者，以此研末日服，能堅斂骿，封填破損，癰腫可消，潰敗可托，死肌可去，膿血可潔，有托早生新之妙用也。」現代醫學發現，白芨的塊根含有豐富可癒傷的黏液質，不但內服可修復臟器，外用也可癒合肌膚，是一種「膠黏性止血劑」。以白芨粉末塗抹敷蓋在傷口上，具有止血、止滲液的作用。白芨多生長在山野河谷中。

第四十七章　強敵至

小石頭出了茅廬，抬頭望向天空，但見日正當中，此時應是午時了。

他感到腹中飢餓，心想三人不知會困在谷中多少時候，該想法找些果子或野菜來充飢才是。但他對各種草木並不熟悉，生怕找來的野菜野果有毒，於是又回入茅廬，招手要通靜出來。

通靜緩緩走出茅廬，小石頭道：「你既然會認草藥，想必也認得出哪種野草可以吃，哪種不能吃，是麼？」

通靜側頭想了想，說道：「我應能辨認出一兩種。」

小石頭道：「能認出一兩種便夠了。我快餓死了，你跟我來，我們一塊兒去找點吃的。你的腿怎樣？要我揹你去麼？」

通靜赧然一笑，說道：「不敢麻煩小石頭師兄，我可以慢慢地走。」

兩人於是便慢慢地在山谷中行走，通靜低頭觀看，不多時便找到了一種野菜，說道：「兩年前我跟隨老和尚上山採藥，那時山上糧食不夠，老和尚讓我採了這種野菜，帶回去讓通吃師兄炒來給大家吃，味道挺不錯的。」

小石頭看那野菜黑烏烏的，模樣實在不怎麼可口，但他肚子實在餓得厲害，也由不得他挑三撿四，便蹲下身去拔菜，拔了一把，遞給通靜，說道：「拿著吧。你腿上受傷，不能幫我採菜，站在這兒曬太陽又有什麼用？不如到那邊樹下坐著等我好了。」

通靜確實感到身處日頭之下，炎熱得緊，便答應了，走去樹旁坐下。

樹蔭之下甚是清涼，通靜望著小石頭頂著大太陽，彎腰在野地中尋找採集野菜，心中忽然生起一股奇異的感動；石家兄弟來到寶光寺也有好幾個月了，他們一群小沙彌們對石家兄弟的印象，都是大石頭沉穩冷靜，勤勞刻苦，是個可以信賴的少年；至於小石頭，人人皆知他跳脫頑皮，懶散胡鬧，是個不怎麼靠得住的傢伙。

然而昨夜小石頭孤身冒黑出來尋他，將他從野狼群中救出，又陪著他滾到山谷底下，爬山壁採白芨，耐烈日拔野菜，令他不禁對小石頭另眼相看：這小石頭平時雖然嬉皮笑臉，但是到了危急之際，竟能展現出過人的勇氣能耐。

通靜正想得出神，但見小石頭抱著一大把的野菜，走到樹下，說道：「夠不夠我們三人吃一頓了？」

通靜微笑道：「兩頓都夠了。請小石頭師兄撿些柴火來，我去洗菜。」

小石頭在烈日下採野菜，早已全身大汗，頭暈眼花，滿心不願再回到烈日下撿柴，但他忍住了沒有開口抱怨，只道：「好，那我幫你把這些菜搬去泉水邊。」

他將野菜抱了個滿懷，走到泉水邊，找了個樹蔭之處，放下野菜，回頭高聲問通靜道：「要不要我揹你過來？」

通靜道：「不必了，我自己可以走。」慢慢站起身，緩緩走到泉水邊的樹蔭下。但見此地清涼舒適，他暗暗感激小石頭的細心體貼，替自己找了個涼快的地方洗菜。他在泉水邊坐下，捲起袖子，開始清洗野菜。

小石頭逕自去撿了柴，回到茅廬旁，找了個背風處，生起火來，又去泉水邊幫通靜搬回野菜，兩人蹲在火旁，討論該如何找個鍋子似的物事，好盛水煮菜。

忽聽魏居士在茅廬內叫道：「快熄火！有人來了。」

小石頭一驚，側耳聽去，果然聽見細微的說話聲順風傳來。

小石頭擔憂道：「不知是敵是友？」

魏居士坐起身，探頭往茅廬外看去，神色凝肅，說道：「來人很多，我想是敵非友。」

小石頭道：「他們卻是從何處落入谷中的？」

魏居士道：「可能是從北方的峭壁墜放繩索攀下來的。」

不多時，果聽腳步聲響，一群人往茅廬這邊走來。

這深谷並無其他處所可以躲藏，小石頭情急之下，拉過通靜，將他推入茅廬中，自己空著手，叉腰站在茅廬門口。

但見一群官兵從林木之間出現，帶頭的是個禿頭矮子，正是禿頭宋九。

禿頭宋九見到一個孩童站在破茅廬前，定睛一瞧，正是小石頭，當眞是仇人相見，分外眼紅，大步上前，獰笑道：「小子，我還以爲給你溜走了，原來你躲在這兒！」

小石頭暗叫不好，心中默數，見來到谷中的士兵約有三十多人，心想自己若施展輕功，應能越過眾士兵，搶到繩索處，攀上峭壁逃走，但要同時帶走受傷的通靜和魏居士，那就絕對辦不到了。

他念頭急轉，表面維持鎮定，笑道：「宋九將軍，我們又見面啦。我大師兄一直說，他上回沒能好好教訓你一頓，就讓你這麼夾著尾巴溜去了，眞是可惜。」

禿頭宋九對武功高妙的通天十分忌憚，心中一跳，口裡卻硬裝不當一回事，冷笑道：「你大師兄又如何？我才不怕他哩！如今我們也不需要你啦。我們宇文大將軍已經得到皇上御旨批准，就將率領軍隊闖入李家莊園搜索叛賊了。你那總管舅舅最好警醒些，合作一點，免得大家臉上難看！」

小石頭一驚，脫口道：「不可能，你胡說！」

禿頭宋九得意洋洋，說道：「我禿頭宋九豈是胡說之人？皇上親筆御旨，豈是玩笑？

那個胖子呢？有人見到他跌入這個山谷，是死了還是傷了？」

小石頭瞪著他，說道：「什麼胖子？我沒見到。我大師兄可不是胖子啊。」

禿頭宋九生怕通天當眞在此，探頭往茅廬張望，試探著問道：「什麼人躲在裡面？快叫他出來！」

小石頭道：「茅廬裡的，當然就是我大師兄啦。他說請你進去喝杯茶，你敢不敢進來？」

禿頭宋九跟小石頭對答了一會兒，但見通天並沒有現身，心想：「那少年若是在此，又怎會任由我們逼近茅廬，這麼久都不出頭抵擋？」心一橫，說道：「來人，上前捉住了這小賊！」

眾士兵發一聲喊，拔出兵器，向著小石頭衝來。

小石頭眼見情勢危急，只能再次掏出彈弓，啪啪兩彈，往當先兩個士兵射去。那兩個士兵臉上中彈，大叫著退去。

小石頭喝道：「誰再敢上前，便吃我一彈！」伸手往囊中一摸，卻不由得一驚，囊中竟然只剩下一粒彈子！

他心中一涼：「啊喲，我昨夜用彈弓射退野狼，用了十多枚彈子，倉促之中更無機會再撿，怎料彈子竟然就快用完了！」只能將那粒彈子搭上彈弓，不敢胡亂射出，站在茅廬門口，與士兵對峙著。

那群士兵見他不再射彈子，猜想他彈子用盡，在禿頭宋九的催促下，鼓起勇氣，又圍攻而上。小石頭不敢射出最後一粒彈子，一時心慌意亂，不知該如何是好。

便在此時，忽聽轟隆聲響，小石頭一回頭，但見一團灰影飛快地從茅廬中滾出，勢道凶猛，直往那群官兵滾去。

小石頭大驚失色，凝目望去，才看出那團灰影竟然是個人，不但是人，而且正是魏居士！也不知他使的是什麼功夫，整個人竟然能縮成如一團圓球一般，滾動起來快捷如飛，逕直滾入士兵之中。

只聽士兵們驚呼連連，一個個便如木頭人偶一般，被那大球擊倒在地，倒地後便動彈不得，似乎全被點了穴道。

只見灰球魏居士一路向禿頭宋九滾去，聲勢驚人。

禿頭宋九驚駭已極，慌忙中喝罵一聲：「何方妖怪！」舉起大刀，狠狠往那大球劈下。

眼見大刀就將劈到灰球之上，小石頭心知即使魏居士將身子捲成一團球，仍舊是血肉之軀，不可能抵擋得了大刀的砍劈，心中著急，大叫道：「住手！」舉起彈弓便要向宋九射去。

便在那電光火石的一剎那，灰球突然轉向，滾往禿頭宋九的左邊，這一刀便劈了個空。但見灰球隨即再次轉向，側滾而上，又往禿頭宋九撞去。禿頭宋九閃避不及，驚呼一聲，眼見便要被那大球壓倒。

便在此時，忽見禿頭宋九的身子陡然高高拔起，往後飛去，避開了魏居士這一擊。

小石頭正驚詫間，還道宋九的輕功如此高明，能夠拔地躍起閃避，便聽咔啦聲響，禿頭宋九狼狽地摔入樹叢之中，哇哇大叫。但見在他原本站立之處，出現了一個身形高大的將軍，一身金袍，面目黝黑，鬚髮蜷曲。小石頭這才醒悟，原來剛才禿頭宋九並非自己躍起，而是被那將軍抓起摔了出去。

金袍將軍身後跟了十多名護衛，手中持著亮晃晃的大刀長矛。那金袍將軍低頭望向魏居士，冷笑道：「師弟，我道你身上有病，已武功全失，沒想到你的『菩提地堂功』，可半點沒退步啊。」

魏居士這時已站起身，他站直了身時，似乎並不比他捲成球時高上許多。他睜著一對小眼，抬頭望向那金袍將軍，冷冷地道：「師兄，沒想到你會親自出馬！」

小石頭從金袍將軍望向魏居士，又從魏居士望向金袍將軍，肚中滿是疑惑。他早已認出，這金袍將軍正是左衛大將軍宇文述，楊廣眼前的大紅人，鎮壓搜捕叛軍不遺餘力的走狗。小石頭心中驚疑不定：「宇文述和魏居士怎會以師兄弟相稱？」

正驚愕間，但見宇文述亮出一柄長槍，說道：「你自該知道我為何要親自出手。這回你主子涉入太深，竟大膽收容叛賊，公然跟我主子作對，我主子怎會輕易放過？」

魏居士不知從何處摸出一盤繩子般的事物，手一抖，那事物啪一聲甩了出去，小石頭這才看出，他手中持著的是一條軟鞭。

但聽魏居士肅然道：「師兄，你有你的主子，但是我和師伯卻沒有什麼主子。我們只做該做的事，幫助該幫助的人。」

宇文述哈哈大笑，說道：「瞧你說話，和師伯那老不死的越來越像了！你們若沒有主子，為何對唐國公李家如此死心踏地，拚命迴護？」

魏居士冷冷地道：「道同則合，道不同不相為謀。唐國公得道多助，師伯也只不過是助其行義罷了。師父當年將你逐出師門，就是因為發現你是個見利忘義之徒，為了富貴顯達，什麼道義原則全都置之腦後了！」

宇文述雙眉豎起，長槍往前一挺，喝道：「少胡說八道，吃我一槍！」

魏居士就地往旁一滾，避開了這槍。他一邊滾開，一邊甩出長鞭，往宇文述的長槍捲去，小石頭看出，他的鞭法正是與通海同出一門的「霹靂鞭」。

宇文述見他長鞭攻勢凌厲，虛攻一槍後，便即收槍後退，避開了這一捲。

魏居士趁勢滾到了茅廬門邊，微微轉頭，低聲向小石頭道：「快帶了通靜，攀繩逃出谷去！快！」

小石頭還來不及答應，便見魏居士手持長鞭，面對著宇文述，冷笑道：「師父當年教你武藝的恩情，你早已忘得一乾二淨，現在卻仍有臉面使動『嘯野棍』？」

宇文述將長槍一抖，喝道：「這槍法乃是我自創的，跟師父的『嘯野棍』毫無關係！」

魏居士道：「你道我看不出來？你這槍法骨子裡全是『嘯野棍』的招式。」

宇文述大喝一聲，持槍衝上攻擊。魏居士閃身避開，身子又捲成一個大球，往東首滾去。宇文述大步追上，舉槍連刺。

魏居士激戰之中，仍不忘對小石頭叫道：「還不快走！」

第四十八章　棍槍戰

小石頭在魏居士的催促下，趕緊收起彈子彈弓，伸手拉過通靜，將他揹在身後，準備逃跑。

他臨走前回頭一望，正見到宇文述一槍刺上魏居士，鮮血飆出。魏居士顯然不是宇文述的敵手，此時不過是想將對頭纏住，好讓自己和通靜可以趁機逃出。

小石頭心中掙扎難決，當此生死危急時刻，他又怎能拋下魏居士，獨自逃命？然而他若留下，憑他低微的武功，也決計幫不上魏居士的忙，於事無補；若不逃走，難道自己就站在這兒，眼看著魏居士被宇文述打傷甚至喪命，再等宇文述來結束自己二人性命？

小石頭心中又是焦急，又是驚恐，猶豫不決，眼見魏居士再次捲成一個大球，使出「地堂功」在地上飛快地滾來滾去，不時揮出長鞭攻擊宇文述，逼得宇文述收槍後退躲避。然而小石頭也見到魏居士滾過的地上留下了一道血跡，顯然手臂傷口又開始流血，只看得他心驚肉跳，彷彿自己身上也有個傷口，也在不停地流血。

小石頭再也無法坐視，大叫一聲，放下通靜，俯身從地上撿起幾顆小石子，掏出彈弓，搭上小石子，連發三石，往宇文述激射而去。

宇文述見石子來勢凌厲，舉槍打下一顆，閃身避開兩顆，虎吼一聲，縱躍上前，回槍往小石頭刺去。

小石頭連忙矮身閃避，宇文述這一槍便刺在了茅廬的土牆上。那茅廬原本破敗，這一刺之下，那面土牆便嘩啦地崩倒下來。

小石頭連忙拉著通靜從紛紛跌落的茅草土石中竄出，左右一望，抱住通靜使勁往上一扔，叫道：「待在樹上！」

通靜尖呼一聲，伸手亂抓，抓住了一根樹枝，緊緊抱住，掙扎著翻過身，坐上了樹叉。他心中怦怦亂跳，趕緊低頭望去，但見小石頭施展輕功，避開了宇文述的長槍攻擊，匆忙鑽到樹叢中去了。跟隨宇文述同來的侍衛這時早已衝出，呼喊著往小石頭追去，將他包圍在樹叢之內，無法脫身。

宇文述咒罵一聲，不再追逐小石頭，回身舉槍，面對著魏居士。

只見魏居士又縮成一團球，快速向他滾來，長鞭如蛇信一般，在他圓圓的身周不斷飛舞，鞭梢直往宇文述的周身大穴點去。

宇文述看出魏居士右臂受傷，這時只能以左手使鞭，力道準頭都遠不如往昔，冷笑一聲，長槍橫掃，擊上魏居士的長鞭。這一擊力道極大，魏居士悶哼一聲，長鞭脫手飛出。他失去了兵刃，只得趕緊滾開避走。

宇文述搶上急攻，一槍接著一槍，往魏居士身上戳去，若非魏居士滾得快，身上早被戳出了好幾個窟窿。

小石頭眼見魏居士招架不住，就將受傷，連忙矮身去摸石子，偏偏地上石頭不多，他亂摸了一陣，始終摸不到一塊夠大的石頭能夠射出。他心急如焚，忽然想起口袋中還有最後一粒彈子，連忙掏出彈子，搭上彈弓，直往宇文述的後腦射去。

不料宇文述已將魏居士逼到一棵樹下，突然往前一衝，跨步攻擊，小石頭這一彈便落了空。

但聽宇文述高喝道：「認命吧！」高舉長槍，便要往魏居士的後心刺下。

便在此時，但聽一陣咻咻破空之聲，一枝白羽黑箭從樹後疾飛而出，正正射在宇文述的長槍之上，將他的長槍打飛了去。

小石頭見到大喜過望，叫道：「大哥！」轉頭望去，果見一個少年站在高石之上，手持弓箭，正是韓峰。

原來韓峰和通雲得鴿信趕來相救，正巧遇上這危急的一刻。

韓峰將弓箭往肩上一掛，手中持著一支銅棍，跳下大石，快步奔上，轉眼間便已來到宇文述面前。

他身後跟著一人，手持長劍，正是通雲。通雲仗劍上前，攔在宇文述的眾侍衛之前，喝道：「不准動！不然我的長劍可不留情！」

眾侍衛互相望望，眼見大將軍宇文述並未下令攻擊，便都站在當地，沒有上前搶攻。

小石頭這時已衝到魏居士身邊，但見他坐倒在地，臉色蒼白如紙，伸手捧著胸口，大口呼吸，卻似喘不過氣來，神色痛苦已極。小石頭急道：「魏居士，你還好麼？」

魏居士喘了一陣，咬緊牙根，滿面汗珠，低聲道：「我身上……有病，不能……不應動武。讓我……讓我躺下。」

小石頭忙扶他躺下，見他呼吸慢慢平穩，才放下心，趕緊轉頭望向韓峰和宇文述。

但見宇文逑低頭望向韓峰，冷冷地道：「白羽黑箭！姓韓的小漢子，我們又見面了。」

韓峰瞪著他，說道：「正是！上回你沒能殺死我，如今我還好好地活著。」

宇文逑笑道：「不錯，不錯！你那時被幾個小兵捉住，我要他們將你押去刑場活埋了。不料你滑溜得緊，竟從他們手中跑走了。很好，很好！現在你便跟我去吧。將你捉到手，不怕你老子不束手就擒！」

韓峰道：「想要捉我，沒那麼容易！」他舉起銅棍，說道：「撿起你的長槍！當日你說我爺爺和爹爹是你手下敗將，空口無憑，我看你連我都打不過，怎麼可能勝得過我的長輩？現下我們銅棍對長槍，看看是誰高明！」

宇文逑哈哈大笑，說道：「憑你一個乳臭未乾的小漢子，也敢向我挑戰？」

一個士兵甚是乖覺，早已奔去撿起宇文逑的長槍，雙手遞上。

宇文逑接過了長槍，拔下仍釘在長槍上的白羽黑箭，往地上一扔，說道：「好，我便接受你的挑戰。刀槍不長眼，斬傷刺死了你，可別說我以大欺小！」

韓峰橫過銅棍，守在身前，凝神望向宇文逑，深深地吸了一口氣。他心中自然清楚，自己就算再苦練七八年武功，也不可能是宇文逑的對手；然而他眼見魏居士身受重傷，小石頭和通靜年幼力弱，只憑他和通雲二人，絕對無法救出三人，全身而退。他出頭挑戰宇文逑，不過是沒辦法中的辦法：眼下形勢，他也只能憑著一股不怕死的狠勁，揚言爲了維護父祖的名聲，單挑宇文逑，而宇文逑竟也接受了他的挑戰。

韓峰心中暗自衡量，自己若是輸了，最多丟掉一條命，宇文逑以大欺小，也沒什麼光彩可言；自己若是僥倖贏了，便掙得了跟宇文述討價還價的餘地，或許能夠救出魏居士等人也未可知。他於是決定冒險出戰，心中存了寧死不降、不要命也要贏的意念。

韓峰在終南山上時，別的兵器都沒學過，只在跟通山對打中摸索過長棍的使法。木棍甚長，不便攜帶，因此他下山時並未帶著，手中這根銅棍卻是通木特地從小鐘寺的倉庫中找出來給他的。韓峰當時急著去靜思谷尋找小石頭，未曾多想，便用繩索將銅棍綁在背上，與通雲騎馬趕到終南山，又匆匆攀下靜思谷，及時趕到，發箭救了魏居士一命。

這時他將銅棍拿在手上，感到手中沉甸甸地，心中不禁暗自忐忑：「這熟銅棍比我以往使過的木棍要沉重得多，不知我能否使開平時使動的招數？」

韓峰面對大敵，知道自己不能先膽怯，當下調勻呼吸，息心凝神，拾起早晚課禪坐時的心境，拋開心中一切焦躁疑慮，漸入定境，猛然大喝一聲，跨步搶攻，銅棍橫掃，往宇文述的小腿打去。

宇文述躍起避開，長槍直刺，搗向韓峰胸口。韓峰感到手中銅棍沉重，橫掃之後，無法如木棍那般收放自如，只能順著銅棍的掃勢，整個人索性旋轉一整圈，避開了宇文述的這一槍，轉回來時提高銅棍，往宇文述的腰間打去。

宇文述原本以爲韓峰在寶光寺學藝，武功路數定然與神力大師或魏居士相近；沒想到韓峰出招完全沒有章法，遊戲也似地拿著棍子旋轉攻敵，眼見不知他還有什麼厲害後著，銅棍又來勢凶猛，不敢冒險，決定先後退閃避再說。

韓峰順著銅棍橫掃之勢，又轉一圈，這回銅棍又提高數尺，直往宇文述的頭部掃去。宇文述仍舊看不準對手的招式，只得再往後退。

韓峰轉了兩圈，已轉得有些頭昏目眩，而且左腿傷處開始疼痛，無法再上步進攻，當下雙手持棍往下壓，將銅棍砸到土地上，反彈而起，使出他自己發明、曾成功逼退通山的招數，單手持棍，銅棍陡長，直往對手面門戳去。

宇文泷見了這一招，不禁皺眉；韓峰這一招露出胸腹要害，門戶大開，就算是初學武功之人，也該懂得避免在臨敵時露出這麼大的破綻，懷疑莫非是誘敵之招？一時不敢搶攻，只舉起長槍擋架，試探著回槍向韓峰小腹刺去。

韓峰這招當然並非誘敵，眼見敵人一槍刺來，只能收回銅棍抵擋，雙手持著銅棍中段，噹噹噹三聲，擋開了宇文泷長槍刺向他小腹的三招攻勢。

韓峰從未正式學過棍法，因此使起棍來全無章法，更無招數，全是他在與通山實戰之中摸索而得；而宇文泷的槍法乃受名師指點，招數嚴謹，一絲不苟。他眼見韓峰使棍笨拙，亂七八糟，但偏偏總能擋住自己的攻擊，攻招竟也頗爲狠猛凌厲，不禁又是驚詫，又是納悶。

兩人一槍一棍纏鬥了二十多招，你來我往，鬥得極緊。每當韓峰有機會搶攻時，都因左腿傷處疼痛，無法追上，宇文泷只需後退一步，便可避開，大占便宜。若非他摸不清韓峰古怪的武功，心存顧忌，不然早已輕易取勝。

小石頭看出韓峰左腿不便，顯然受過傷，心中大爲著急，暗想：「是誰傷了我大哥？不知嚴不嚴重？大哥不過十二三歲，還受了傷，怎能跟這身經百戰的大將軍比鬥？」

如此過了數十招，宇文泷看出韓峰招式粗疏幼稚，並沒有什麼厲害的後著，而且腿上不便，無法搶攻，終於放低戒心，心中暗笑自己太過謹愼，當下大喝一聲，打算猛然進攻，打倒這個不知天高地厚的小娃子。

便在這時，韓峰忽然高舉銅棍，使出全身力道，斜劈而下，勢道勁猛。

宇文述知道他的銅棍沉重，生怕手中長槍被銅棍擊斷，決定不去硬拚，暫且回槍避開。他滿擬韓峰腿上受傷，無法追上攻擊，因此只退了一步，避開這棍，接著便舉槍準備反攻。

不料韓峰蓄意讓對方以爲自己腿傷不能進擊，這時咬緊牙關，忍著左腿傷口劇痛，立即搶上兩步，銅棍由下往上，從宇文述意想不到的方位斜掃而上。

宇文述此時長槍已然舉起，不及變招，槍身被韓峰的銅棍打中，銅棍畢竟比長槍沉重得多，宇文述雙手虎口震痛，長槍脫手，竟飛了出去。

這一下大大出宇文述的意料之外；他暗罵自己太過大意，對手料準自己輕敵托大，使出險招，竟然一舉擊飛了自己手中長槍。

宇文述身經百戰，反應極快，長槍一脫手，便飛腳踢出，正中韓峰手腕，逼得韓峰也不得不鬆手放脫銅棍，銅棍往旁飛出數尺，跌落在地。

韓峰想衝過去俯身撈起銅棍，但宇文述又是一腳踢來，他只得一滾避開，匆忙站起身，蹲穩步伐，握緊雙拳，準備空手對搏。

宇文述冷笑一聲，右手成掌欺上，取敵後頸。

韓峰眼見宇文述這一招甚是陰狠，跟通海平時所使的「擒龍手」招數十分相近，心中一動：「他怎麼會使通海的招數？」身子自然而然往右一側，閃了開去。

宇文述雙手時而握拳，時而成掌，輪番攻上。

韓峰觀望宇文述的招式，只覺越看越眼熟。他在寶光寺練功時，幾乎日日跟通海對打，三個月下來，被通海不知打到踢到多少次，早已摸索出如何才能避開他的招式。這時他閃避宇文述的拳腳，簡直是駕輕就熟，幾乎想都不用想便能躲避開去，並能立即反擊，將宇文述的攻招全數封鎖住，更打中了對手數拳。只是韓峰畢竟年少，力道不足，即使拳頭打到對手身上，也未能重傷高大壯健的宇文述，錯失傷敵取勝的機會。

即使如此，宇文述已感到驚怒交集，沒想到這個少年如此難纏，不但熟悉自己的招式，而且閃避反攻之際，竟顯得極爲老練，似乎全然不怕痛、不覺累，怎麼打都打不退，明明是個十多歲的少年，在面對比自己高大強健的對手時竟然毫無懼意，實在頗難對付。

宇文述一心想速戰速決，不斷轉換招式，但不論他如何轉變拳腳招式，韓峰似乎都曾經見過，並且預先猜知他要出什麼招數，提早抵擋，隨即反擊，令他完全施展不開手腳。

兩人以長槍銅棍對打時，雙方所使都是長兵器，揮舞開來時雖風聲颯然，畢竟兩人相距較遠；這時不使武器，以拳腳近身相搏，情勢又更驚險，一拳一掌、一肘一腳，似乎隨時能擊中對方要害。

小石頭和通雲在旁觀戰，手心都捏著一把冷汗，生怕韓峰一個失誤疏神，被宇文述打中要害，立時便能身受重傷，甚至斃命。

注：在魏晉南北朝時代，「漢子」乃是罵人的話，是北方少數民族對漢人的蔑稱。到了宋朝以後，「漢子」一詞才開始用作男子的通稱。本書故事發生在隋唐之際，人物使用「漢子」一詞時均爲罵人之貶義詞，並非指今日所知的「男子」。

第四十九章　險中勝

韓峰左腿傷勢不輕，這時苦戰已有三段香的功夫，他勉強忍住腿上疼痛，告訴自己道：「我平時蹲馬步蹲到雙腿麻木，蹲上五段香都不會倒下，蹲完照樣跟通海通山對打，哪有撐不下去的道理？撐不下去也得撐！現在不過打了三段香功夫，算得了什麼！」憑著一口氣，盡力不去理會腿上疼痛，繼續與宇文述對招。

如此又過了三十多招，宇文述一咬牙，使出一招「鎖喉爪」，伸出兩指，刺向敵人眼睛。這一招其實是虛招，等敵人仰頭躲避，五指便立即轉成爪，抓向敵人咽喉，是一記極爲陰狠的招數。

韓峰清楚記得自己最後一次在山頂練武坪跟通海對打時，他便曾使出這招，在自己的喉嚨上抓出三道血痕，早已學到了乖，更不仰頭閃避，反而蹲下身，右腿橫掃而去。

宇文述一戳落空，一抓又落空，但覺小腿疼痛，被韓峰的右腿掃上，一個踉蹌，往後退出數步，才站穩腳步。

韓峰怎會放過這個機會，立即快步搶上前，右手抽出腰間「天降大刃」匕首，抵在宇文述的咽喉之上。

韓峰和宇文述相對而望，一時之間，兩人都不敢相信韓峰竟然出奇制勝，贏了這場比試。宇文述感受到咽喉上冰涼的刀刃，全身僵硬，不敢動彈。

情勢丕變，旁觀的十多名親衛眼見大將軍受制於敵，都是大驚失色，先前來到谷底由禿頭宋九率領的三十多名士兵也是相顧愕然，不敢置信。

還是那些親衛先回過神來，高聲喝道：「放開將軍！不然教你死無葬身之地！」「大膽犯上，快快住手！」紛紛舉起兵刃攻上。

通雲一躍上前，舉劍攔阻，喝道：「退下！」

然而這些親衛和士兵都很清楚，如果左衛大將軍宇文述死在此地，他們全都別想保住腦袋；如果宇文述脫險，而他們未曾盡力解救，他們的腦袋照樣不保，因此此時都拚命揮刀上前，往韓峰狂攻而去。

通雲揮劍砍傷了數人，但她一人無法攔阻數十人一齊衝上前，仍有數人奔到宇文述和韓峰身邊，眼見就將揮刀斬上韓峰。

便在此時，宇文述大喝一聲：「通通住手！」

眾親衛和士兵聽將軍下令，這才趕緊收起兵刃，退開數步。

宇文述冷冷地望向韓峰，說道：「好，好！我竟輸在你這漢子手下！你有何條件，快快說出！」

韓峰對宇文述的凶殘暴虐深感憤恨，但他也知道在背後下令徵兵拉伕的乃是皇帝楊廣，宇文述只不過是個奉命行事的走狗而已。眼下形勢不利於己方，自己靠著發狠取巧和絕佳運氣，才險險制住了宇文述，已達到和他討價還價、讓寶光寺眾人全身而退的目的，他自忖不能再多加賭注，必須見好就收。

韓峰想了想，當即說道：「我可以饒你性命，但是有兩個條件。第一，你需立即帶領手下士兵離開終南山，此後再也不可來爲難寶光寺或寺中的任何人。」

宇文逑哼了一聲，說道：「只要寶光寺不窩藏叛賊，我自然不會去為難。」

韓峰冷然道：「我說什麼，你答應便是，不准自己再加條件！」

宇文逑感到架在自己喉頭上的匕首冰冷鋒銳，說道：「好！不管寶光寺窩藏什麼人，我都不去為難寶光寺。但我只能保證我自己遵守，如果皇帝派遣別人去寶光寺搜索叛賊，我可管不著。這是第一條，還有什麼？」

韓峰道：「第二，你今日敗在我手中，此後不可對任何人誇稱我爺爺爹爹曾是你手下敗將，不可對我韓家口出不敬之言，也不可再追捕我爹爹！」

宇文逑臉色一沉，開口道：「好！一言為定。」

韓峰凝望著他半晌，才移開匕首，站起身，退開一步。他左腿的傷口又開始流血，順著小腿緩緩流下。他忍住沒有低頭去看，目光冷冷地望著宇文逑。

宇文逑拍去身上灰土，臉色鐵青。谷中所有人的眼光都落在他身上，包括他的手下親衛和禿頭宋九等士兵，以及魏居士、韓峰、通雲、小石頭、通靜五個寶光寺中人。

在那一霎間，人人都知道宇文逑大可自毀其言，命手下圍攻寶光寺眾人，將他們亂刀殺死。他眼中閃爍著殘暴陰狠的光芒，顯然心中也正動著這個念頭，躍躍欲動。

便在此時，魏居士坐起身，嘆了一口氣，合掌說道：「言無常信，行無常貞，惟利所在，無所不傾。」

宇文逑聽了這四句話，猛然一震，臉上暴戾之色霎時轉為惱恨，氣燄漸消。他對手下一揮手道：「走！」隨即率領著十餘名親衛隊和一眾士兵，離谷而去。

韓峰望著宇文述高大的背影緩緩離去，一時彷如夢中，不敢相信自己竟打敗了大將軍宇文述！

他在震驚之中，倏然明白了一些事情：他在寶光寺短短數月，神力大師每日逼迫他蹲馬步，罰他挑水劈柴，並讓他跟通海、通山眞拳實腳地對打，甚至讓他挨餓，實是對他絕佳的磨練；唯有最艱苦最嚴厲的磨練，才能增進他的堅忍耐力；唯有經歷一場場你死我活的拚鬥，眞槍實棍的對打，才能讓他進步神速，在幾個月之間，從一個養尊處優的世家子弟，搖身變成一個懂得如何在實戰中克敵取勝的鬥士。

更甚者，神力大師顯然預知韓峰將與宇文述決鬥，因此蓄意讓韓峰日日與通海和通山對打。通海和通山的武功與宇文述的武功同出一門，韓峰因此對宇文述的武功瞭若指掌，熟知於胸，臨敵時大占便宜。

至於通海、通山和宇文述的武功爲何彷佛系出同門，韓峰卻不得而知。

正當韓峰站在當地發呆，忽聽一聲大叫道：「大哥！」接著一人撲到自己身上，卻是小石頭飛奔上前，伸臂緊緊地抱住了他。

韓峰被他這一衝撞，險些站立不定，趕緊穩住腳步，露出微笑，也伸臂抱住了小石頭，心中激動，一時說不出話來。

兩人相擁片刻，小石頭才鬆開手，長長地噓了一口氣，仰頭望向韓峰的臉，笑道：「大哥，你打敗了宇文述！你打敗了宇文述！」

韓峰自己也頗覺不敢相信，長長地吸了一口氣，伸袖子抹去滿臉的汗水血跡，嘴角露出微笑，對自己的驚險取勝不置一詞，只伸手拍拍小石頭的肩頭，問道：「你沒事麼？有沒有受傷？」

小石頭道：「我沒事。你的腿怎樣？怎會受了傷？」

韓峰搖搖頭，說道：「不礙事。」

小石頭連忙讓他坐下，替他包紮腿上的傷口，皺眉問道：「這傷口看來嚴重得很，是誰傷了你？你下山沒多久，怎地整個人都瘦了一圈？」

韓峰見他關心情切，心頭一暖，眞想將過去數月中發生的所有事情一古腦兒全都向他傾訴，一時卻又不知從何說起。小石頭明白他的心思，拍拍他的肩頭，說道：「你歇一會兒，回頭再慢慢跟我說。」

韓峰點點頭，反問小石頭過去數月發生了些什麼事，小石頭咭咭咯咯地說起自己的遭遇，韓峰凝神而聽，不斷詢問。

通雲在旁見到韓峰和小石頭兩人坐在一起，絮絮說起別來諸事，全沒想到沉默寡言的韓峰竟有這麼多話對小石頭說，暗自驚訝：「我們同行十餘日，途中韓峰對我說過的話，加起來也沒有他此時說的話多。」又見韓峰面帶微笑，更是詫異：「我從來沒見過他如此輕鬆開懷。他在小石頭身邊時，好似變了一個人一般。」

她輕蹙娥眉，不想去打擾二人，來到魏居士身邊，查看他的傷勢。但見他重傷激鬥之下，手臂傷口又開始流血，臉色極爲蒼白。

通靜已從樹上爬下，通雲取出帶來的傷藥，二人一起替魏居士清洗了手臂和其他傷處，敷上寶光寺祕製的治傷靈藥「白芨生肌續骨膏」，重新用木板和乾淨的布條固定起來。通雲從懷中取出幾粒補血益氣的「黃芪法身慧命丸」，餵魏居士服下。

韓峰和小石頭也過來探視，韓峰問道：「魏居士傷勢如何？」

通雲道：「應當不要緊，最好能儘快帶他回去寶光寺，讓他好好休養。但他一時無法走動，不如我們在此休息一會兒，趁天黑之前，便從剛才的來路出谷去。」

韓峰激戰之下，心神體力消耗甚鉅，也需要時間恢復精力，便點頭答應了。

他和小石頭來到一株大樹下，並肩坐下休息。

韓峰拿出牛皮水袋，遞過去給小石頭，小石頭接過喝了一口水，笑道：「呵，我的寶貝水袋！我可想念它了！你沒弄丟了就好。」

他自然不知，韓峰為了取回這個牛皮水袋，曾經冒了多大的危險，腿上更因此受了重傷，幾乎沒將一條命送在瓦崗寨的地牢之中。

韓峰聽小石頭這麼說，只是微微一笑，自己冒著生命危險取回水袋之事，自是一個字也沒提。

他忽然想起一事，問道：「小石頭，那封飛鴿送來的求救信，是你寫的麼？」

小石頭點頭道：「是啊，那封鴿信是我寫的。昨日情況危急，我若不寫信求救，咱們三人都要將命送在這谷裡了。至於當初我說我們兩人不識字的謊言，也不得不拆穿啦。」

韓峰卻並不是太在意拆穿謊言之事，追問道：「你懂得使用暗語？」

小石頭一呆，說道：「我並不懂得暗語，當時魏居士念什麼，我就寫什麼。那封信究竟說了什麼，我也不大清楚。」

韓峰問道：「他讓你寫了什麼？」

小石頭凝神回憶，伸出手指，將那二十八個字暗語寫在面前的土地上：

女鬼一水　弓人口青　田八彳求　刍刍心心　攵寺合心　爭木昜爾　少一千八

韓峰道：「我見到的，卻是這樣。」也伸出手，將他從通木那兒聽到的求救信寫在土地上：

「魏二沙彌傷困靜思谷，待救急急」

兩個少年盯著地上的兩行字，看了又看，忽然同時啊的一聲，小石頭道：「我明白了！」

韓峰道：「我也懂了！」

小石頭指著開頭的「女鬼」兩字和結尾的「千八」兩字，說道：「千八女鬼，就是魏居士的『魏』字。」

韓峰指著順數第三個字「一」和倒數第三個字「一」，說道：「兩個一放在一塊兒，就是『二』字了。」

小石頭大爲興奮，接著道：「『水』加『少』，是『沙』；『弓』加『爾』，是『彌』。」

韓峰道：「『人』加『昜』是『傷』，『口』加『木』是『困』。」

兩人對望一眼，臉上都露出興奮的笑容，知道他們已解開了密信之謎！

注：魏居士說出的那四句話，出自《荀子卷第二·不苟篇第三》，全文是：「言無常信，行無常貞，唯利所在，無所不傾，若是，則可謂小人矣。」魏居士在關鍵時刻說出這幾句話，自是暗刺宇文述若不遵守諾言，便是個道地的小人。重然諾乃是武林中人必遵的行爲準則。《史記·遊俠列傳》云：「今遊俠，其行雖不軌於正義，然其言必信，其行必果，已諾必誠，不愛其軀，赴士之厄困。既已存亡死生矣，而不矜其能，羞伐其德，蓋亦有足多者焉。」便是盛譽遊俠守信重諾的美德。

第五十章　趕救援

韓峰興奮地道：「原來這密信的解法並不困難，只需將信頭和信尾的字放在一起，合成一字，依序往中間推，便可湊成一個新的句子，即是暗語中所藏的眞正訊息。」

小石頭道：「原來如此！也恰好因爲我寫過密信，你又見過解開後的密信訊息，我們才能將兩者拼湊在一起，找出密信的解法。」忽然眼睛一亮，脫口道：「那我們偷瞧到的鴿書密信，到底含藏了什麼要緊的訊息？」立即伸手，將當初偷看到的鴿書密信寫在地上：

余女多人　冬幸木草　土穴启示　咼辛告也　壯子刂糸　半果林阜

韓峰一邊望著小石頭寫出的字，一邊伸手在地上描畫，口裡說道：「第一個字，『余』，加上最後一個字，『阜』，那是一個『除』字；接下來一個『女』加上一個『林』，那是個『婪』字。『除婪』，那是什麼意思？」

小石頭立即接口道：「我知道。楊廣小字廣婪，這裡指的定是楊廣！『除婪』，就是除去楊廣的意思。」用手指在地上灰塵中寫下「除婪」兩個字。

韓峰點點頭，說道：「順數和倒數第三個字，是『多』加『果』，那是一個『夥』；順數和倒數第四個字，『人』加『半』，那是『伴』字；『除婪夥伴』。」

小石頭續道：「順數倒數第五個字，『冬』加『糸』，那是『終』字；再來『幸』加上『刂』……這兩個字能湊成什麼？」

韓峰皺眉想了想，才道：「我知道了，幸寫在中間，刂寫在左右，那是一個『南』字。」一邊說，一邊在「除婪夥伴」之下寫了「終南」兩個字。

小石頭續道：「『木』加『子』，那是『李』；再來『草』加『壯』，那是『莊』。」寫下「李莊」二字。

小石頭道：「『土』加『也』，那是『地』；『穴』加『告』，那是『窖』；最後『启』加『辛』，那是『辟』；『示』加上『咼』，那是『禍』。」他邊說邊寫出「地窖辟禍」四字。寫完之後，兩人低頭望著地上的字跡，一齊讀道：

「除婪夥伴，終南李莊，地窖辟禍」！

小石頭跳起身來，說道：「是了！我和通吃他們下山去李家莊園取糧食時，確實見到有人躲在地窖之中。」便將當夜所見詳細跟韓峰說了，又道：「我在倉房中見到一個男子，面目長得跟你有幾分相似，後來又在寶光寺看到那禿頭宋九出示的懸賞圖，猜想那人很可能便是你的爹爹。」

韓峰聽了，又是欣喜，又是激動，說道：「信中說的除婪夥伴，想必是指起義反抗楊廣失敗的軍士，當然包括我爹爹在內！」

小石頭沉吟道：「然而這封信卻是寄給誰的？是了，我們當時看到的信管，上面畫著三道波浪，是要寄給滎陽左近的大海寺的。」他在鴿樓幫手數月，對每間鴿樓的標誌早已瞭若指掌。

韓峰恍然道：「我明白了！寶光寺冒險寄出這封以暗語寫成的信，是想讓受到通緝的義士們知道能去何處躲藏避禍。李密想知道密信內容，是因爲他想掌握唐國公藏匿叛賊的證據，也想知道義士們究竟躲藏在莊園中的什麼地方。原來唐國公一直在幫助藏匿逃亡的義士，保護他們的安危。幸好我不曾對李密說出密信的內容，不然不但害了保護義士的唐國公，更要害了我自己的爹爹！」

小石頭忽然想起一事，臉色一變，說道：「剛才禿頭宋九說道，宇文述已得到楊廣的同意，讓他闖入李家莊園搜捕叛徒……」

韓峰大驚失色，說道：「你說什麼？是眞的麼？」

小石頭道：「不錯，他確實是這麼說的。」

韓峰站起身，說道：「我得立即趕去李莊！」

小石頭遲疑道：「但是宇文述不是答應了你，再也不追捕你爹爹麼？」

韓峰搖頭道：「他雖這麼答應，但是我爹爹若遭到官兵圍捕，一定不會肯獨自脫身，定會竭力保護夥伴，抵抗官兵，難保不受到傷害。我一定得去阻止宇文述！」

小石頭張開嘴，想說他這一去不過是以卵擊石，以他一人之力，如何能對付宇文述和他手下的數百士兵？但他知道韓峰在這世間只剩下父親一個親人，父子之親，血濃於水，一旦得知父親身處危難，他如何能夠坐視不顧？

小石頭想到此處，吞回了原本想說的話，吸了一口氣，說道：「大哥，我跟你一起去！」

韓峰望向小石頭，心中極為感動。他知道小石頭最明白自己的性子，即使知道他要去做的是件知其不可為而為之的傻事，也一定會支持自己，更會挺身相助。得友如此，夫復何求？

韓峰站起身，快步來到通雲身邊，說道：「通雲師姊，魏居士情況如何？讓我揹他，我們這就出谷去吧！」

通雲見他並未休息多久，微覺詫異，望著他道：「你不累麼？」

韓峰道：「我不累。」說著便俯下身，揹起魏居士。

通雲知道他不喜多言，再問也沒用，便也揹起了通靜，小石頭跟在後面，一行人往出谷的通路走去。

這條路是往年老和尚閉關時進出谷中所使用的密道，通雲曾跟隨老和尚來過一回，因此知道這條通路。這道路略微陡峭，但可步行，不須攀爬。不多時，一行人來到谷口，遠遠已能望見那棵繫著踏燕和追龍的大樹。

通雲見韓峰腳下走得甚快，似乎有急事，心中知道有異，當下回過頭，攔住小石頭，低聲問道：「怎麼回事？你們莫非為了什麼急事，才需要趕出谷去？」

小石頭不願瞞她，便將剛才聽到宋九所說，宇文述已得到聖旨，就將去搜索李莊的事情說了。

通雲臉色一變，說道：「你們打算如何？」

小石頭道：「我和我大哥要趕去李莊，通知躲在地窖中的諸位義士，讓他們及早走避。」

通雲知道事態嚴重，立即道：「情勢危險，我跟你們一起去。」

小石頭搖頭道：「師姊若能同去，自是最好不過。但是魏居士和通靜都受了傷，需要保護，師姊武功比我高，最好留下保護他們，免得他們在回寺途中又遇上危險。」

通雲知道他說得有理，咬著嘴唇。她雖極想跟韓峰和小石頭同去李莊，卻也知道自己應當留下照顧保護受傷的魏居士和通靜。她思索了一陣，最後說道：「這兒離山腳的李莊不遠，我知道一條近路，你們抄近路去，應能趕在宇文述等人之前抵達。我陪著魏居士和通靜，隨後就到。」

小石頭趕緊找了韓峰過來，通雲便向二人詳細描述了近路的走法，最後對韓峰道：

「韓大哥，宇文述率領手下去李莊，主要目的便是搜捕反叛義士。別忘了你也在懸賞名單之中，因此千萬不可露面。最好你能躲在高處射箭，別讓人見到。對了，記著別用你們韓家的白羽黑箭。」說著走到自己的踏燕之旁，取下一袋尋常的羽箭，說道：「這些箭沒有標誌，你拿去用吧。」

韓峰聽她細心叮嚀，甚是感激，說道：「多謝師姊！」便與小石頭二人跳上追龍，沿著通雲指出的捷徑，往山下趕去。

下山的道路甚是陡峭，韓峰與小石頭共騎一馬，虧得韓峰騎術甚精，追龍又甚是聰明，腳步極穩，小跑下山，從未失足。

半個時辰後，二人便已來到山腳平地。韓峰只在上終南山前經過李莊，小石頭則曾偷偷潛進去過，當下辨別方向，往李莊的田園倉房縱馬馳去。馳出五六里，迎面便見到一排高高的圍牆。

小石頭道：「牆裡面是一片果園田園，我們得下馬翻牆進去。」

兩人當即下馬，韓峰將追龍綁在一棵樹上，兩人越過圍牆，遠遠能見到一片果樹瓜田之後，矗立著五六十座倉房。

小石頭道：「就是那兒。東邊數來第三座，便是積存棉絮的倉房，你爹爹他們就藏在那座倉房的地下。」

兩人快步奔到倉房之前，便在此時，但聽蹄聲響動，一群官兵乘馬從北方奔來，塵土飛揚，隱約能見到共有百來人，當先一人乘胡馬，披金袍，正是大將軍宇文述。

韓峰和小石頭對望一眼，心中都暗叫一聲不好。小石頭道：「我去警告地窖裡的人，讓他們趕緊出來，設法離去。你想辦法阻一阻那些士兵。」

韓峰想起通雲吩咐自己不應露面，說道：「好，你快去。我爬到倉房頂上，射箭阻住他們。」

小石頭鑽入那間存放棉絮的倉房，但他並不知道地窖的入口在何處，在倉房中四處走了一圈，卻找不到任何明顯的地窖入口，心中大急，只好抓起一根木棍，在地板上咚咚敲打，對著地下叫道：「躲在地窖裡面的英雄們，趕緊出來啊！外面有人來搜捕啦！」

生怕他們不相信，又叫道：「我是呼延總管派來的，宇文述帶著軍隊來搜查了，快快出來，還有足夠功夫逃出莊去！快，快！」

他敲打喊叫了一陣，地下卻全無回音，也不知那些躲在地窖中的人聽見了沒有。

但聽蹄聲越來越近，倉房外宇文述高聲下令道：「密報說反賊躲在倉房之中，你們十人一隊，一間間搜索，尤其留意倉房下的地窖，務必將反賊揪了出來！」

眾士兵齊聲答應，紛紛下馬，分頭衝入各間倉房搜索。

小石頭大急，別無他策，只好衝到倉房門外，張開雙臂，叫道：「不准進來！」

士兵見到倉房中跑出一個小孩兒，攔阻眾人，不由得一呆，齊聲喝道：「小子快讓開！」「我們奉宇文將軍之命來此搜索叛賊，閒雜人等，快滾一邊去！」

小石頭道：「我奉命守衛倉房，不論你們是誰派來的，都不可偷搶我莊園中的糧食！」

那幾個士兵見他不過是個小孩兒，哪裡放在心上，一個士兵上前伸手去推他，喝道：「誰來偷搶你的糧食了？快快滾開！」

小石頭退開一步，舉起手，叫道：「不准過來！不然我要發『無影箭』了。『無影箭』你們聽說過沒有？這箭射出之前，眼睛是看不到的，連影子都沒有，因此叫做『無影箭』。小心了！」

那士兵又往前一步，小石頭假做一揮手，韓峰便從屋頂放箭射出，正好射中那名士兵的肩頭，慘叫一聲，連忙後退。小石頭虛晃三次，韓峰連放三箭，又射中了三名士兵。眾士兵被小石頭的障眼法所惑，還以爲這箭眞是他發出的，全未注意屋頂上另藏了人。剩下未受傷的六名士兵都大驚失色，紛紛轉身奔去，向宇文述報告去了。

不多久，禿頭宋九奔上前來，見到小石頭，怒從心起，喝道：「又是你，寶光寺姓石的小賊娃！你在這兒做什麼？」

小石頭嬉皮笑臉地道：「宋大將軍，你好啊！我本來就是莊園裡的人，在此守衛，有什麼不對了？」

這時宇文述騎馬上前，問道：「什麼人？」

禿頭宋九回身對宇文述稟報道：「這小子自稱是李家莊園呼延總管的外甥，說他舅舅派他去寶光寺幫忙挑水砍柴。剛才在山谷中，試圖守護那大胖子魏居士的也是他。」

宇文述方才在山谷之中確實見過小石頭，還曾擋住他以彈弓射來的三粒石子。但他當時專注於對付魏居士，之後又與韓峰對敵，並未留心這個孩子，這時只皺眉道：「我不爲難寶光寺的人。但我奉皇帝之命搜索此地，小娃子快讓開了！」

小石頭道：「我不讓開！」

他的彈子早已用完，武功不高，顯然打不過這一大群人，只因知道宇文述曾承諾不傷害寶光寺中人，才大著膽子這麼說，但眼前面對著上百名手持武器的士兵，手心也不禁流出冷汗。

果聽宇文沭對禿頭宋九道：「制住了他，不傷他性命。」

禿頭宋九提起大刀，大步上前。

小石頭想起自己曾用彈弓打落宋九的門牙，即使他奉命不敢傷害自己性命，卻也不會輕饒自己，一頓狠揍是免不了的了，心中怦怦亂跳，長長地吸了一口氣，鼓起勇氣，挺立不動，直到禿頭宋九揮刀砍來，才施展輕功閃避，繞到禿頭宋九的身後，揮拳打上他的後腰。這一拳打中對頭要害，然而力道不足，禿頭宋九只悶哼了一聲，又轉身揮刀砍來。小石頭只能再次施展輕功，閃避開去。

宇文沭見這小孩兒身法輕靈，看出是寶光寺傳授的輕功，知道禿頭宋九捉不到他，不願見二人無止無盡地纏鬥下去，倏然跳下馬，右臂暴伸，捉住了小石頭的衣襟，將他甩出老遠，滾跌在地。

禿頭宋九趁機衝上前，用刀指著小石頭的胸口，喝道：「別動！」

小石頭被摔得頭昏眼花，卻生怕韓峰這時射箭現身，偷偷將手放在背後，向上搖一搖，要韓峰不要出手。

第五十一章　父子別

韓峰眼見小石頭被擒，大為憂急，但他知道他們應當不會傷害小石頭，又知道自己若在此時現身，便坐實了此地窩藏叛賊的罪名，只好伏在屋頂上，不敢動彈，暗暗祈禱他們找不到躲在地窖中的父親和其他反叛義士。

宇文述下令道：「搜！」

宋九率領手下百來名士兵，闖入數十間倉房，搜索叛賊。十多名士兵闖入藏放棉絮的倉房，在地上找到了一方活門，用刀撬開，發現了地窖的入口。眾士兵歡呼一聲，鑽入地窖。

小石頭從倉房外見到了，額汗涔涔，韓峰躲在屋頂上，更是憂急無已。他早已打定主意，如果父親被他們搜出，他便不顧一切，發箭射傷宇文述，設法逼他放走父親。

過不多時，但見那七八名士兵先後從地窖中鑽出，向宇文述報告道：「地窖裡沒有人，只堆了許多酒罈子。」

其他士兵紛紛過來報告道：「東邊十座倉房全都搜查完畢，倉中和地窖都沒有人。」「西方十座倉房也沒有人。」「南方十座倉房也沒有。」

不多時五十多座倉房都已搜索完畢，士兵報告倉房中堆滿了各般糧食棉絮雜物，但卻連一個人影也無。

小石頭越聽越高興，宇文述的臉色則越來越難看。他命令手下再三搜索，士兵們只好將每間倉房上上下下、裡裡外外都翻遍了數次，卻仍舊沒能搜出半個鬼影。

宇文述正沒做理會處，便在此時，一乘馬從莊園大屋的方向飛馳而至，馬上乘客是個高大健壯的少年，衣著華麗，丰神俊朗，眉目清俊。小石頭看清楚了他的面目，心中登時一喜：「是通天大師兄！」

但見他身穿一襲玄色短袍，袖口繡著金色花紋，簇新華美，足蹬皮靴，跟他在終南山時所穿著的簡樸棉袍和羅漢衫簡直有天壤之別，心中不禁疑惑：「大師兄穿著怎地如此華麗？」

卻聽通天朗聲道：「宇文將軍，聖上特准你率領軍隊搜索敝莊，我李家沐浴皇恩，不敢有違，自當俯首乞恩，謹遵皇命。爾等打算如何搜索，搜索多久，都任憑君意。然而你向聖上謊報消息，謬稱我等藏匿叛賊，如今搜索不到叛賊，卻有何話說？」

宇文述滿擬自己已掌握了叛賊藏匿之處，全沒想到倉房地窖中竟然空無一人，這時面對通天的質問，也不禁張口結舌，啞口無言。

當此情境，他也只能放軟身段，對通天行了一禮，陪笑道：「世子且請勿惱。末將不過是奉聖上之命行事，豈敢對唐國公有何謊報誣陷之舉？若有人膽敢中傷唐國公，我宇文述第一個跟他過不去。」

小石頭聽宇文述稱大師兄「世子」，不禁一呆：「世子？難道大師兄竟是唐國公的兒子？」

但見通天微微冷笑，說道：「原來當初謊報誣陷之人，並非宇文將軍。宇文將軍出力迴護我李家，著實令人感激不盡。如今宇文將軍已搜索過敝莊，確知唐國公一家對聖上忠心耿耿，並無任何藏匿叛賊之情事，將軍想必將如實向聖上稟報。」

宇文述道：「這個自然。」話鋒一轉，忽然指著小石頭，說道：「貴莊既然同意我等搜索，又爲何派人在此攔阻我等？」

通天哈哈一笑，說道：「這少年乃是本莊呼延總管的外甥，奉了他舅舅之命，在此守衛糧倉。他不知將軍奉皇帝之命前來搜索之事，只道你等是此來搶劫的流寇盜賊，因此奮力守衛抵禦。小小孩童，又怎能抵禦左衛大將軍的鋒芒？無心得罪之處，請宇文將軍多多見諒。」

宇文述聽他所說跟小石頭先前的謊言相符，又想自己率領數百軍隊，若承認被一個十歲孩童擋住，未免太過丟臉，而且他此番大肆搜索李家莊園，卻找不到半個叛賊，自知理虧，只能勉強又說了幾句場面話，便悻悻然收兵而去。

等宇文述一行人離莊遠去後，通天連忙來到小石頭身旁，扶他站起，問道：「小石頭，你沒事麼？有沒有受傷？」

小石頭搖了搖頭，說道：「我沒事。大師兄，我大哥韓峰在屋頂上。」

通天啊了一聲，往屋頂抱拳道：「韓峰師弟，快請下來相見！」

韓峰趕緊從屋頂躍下，回禮道：「韓峰拜見唐國公世子。」

小石頭忍不住問道：「大師兄，你當眞是唐國公世子？」

通天點頭道：「正是。我姓李，名叫世民，乃是家父唐國公的次子。家父很早便拜老和尙神光大師爲師，讓我自幼借居寶光寺，追隨老和尙學禪習武。你們晚我入門，喚我聲『大師兄』便是，別再叫我『世子』了。」

韓峰擔心父親的安危，說道：「多謝唐國公和大師兄藏匿保護家父。不知家父現在何處？」

通天神色轉爲嚴肅，說道：「我早先已得到消息，知道宇文述就將率領手下來此搜查，因此已命呼延總管帶領躲在這兒的義士們離莊避難去了。令尊等人正往西方而去，剛離去不到一個時辰。你若騎馬沿著莊外的土道追去，或能追上。」當下拍拍手，命隨從牽了追龍過來，將韁繩交給韓峰。

韓峰大喜，躬身拜謝道：「多謝大師兄！」他知道事不宜遲，立即翻身上馬，往西快馳而去。

他的腿傷仍十分嚴重，當日在山谷中苦戰宇文述，又兼程趕往山腳李家莊園，此時已感到萬分疲累。但他清楚明白這是自己見到父親的唯一機會，只能咬緊牙根勉強撐住，策馬在土道上快馳。

這時已近傍晚，夕陽西下，天色漸黑，四下一片蒼茫。

韓峰縱馬急奔，全身汗如雨下，不斷抹去臉上汗水，正當他感到頭腦暈眩，眼前變成白茫茫的一片時，遠處隱約出現一團黃色的灰塵，灰塵中似乎有著幾乘馬的影子。

韓峰振作精神，心想：「或許便是爹爹他們！」用力一夾馬肚，奮力策馬快奔，高聲叫道：「等等我！等等我！」

然而前面的灰塵並未停頓。韓峰縱馬急追，前面的乘客隱約可見，馬蹄聲也逐漸可聞。韓峰嘶聲喊叫，叫得喉嚨都啞了，感到自己氣力將盡，雙手幾乎握不住馬韁，禁不住顛簸，就將跌下馬來，心中焦急難受，啞著聲音叫道：「爹爹，是我峰兒！是我峰兒！」

他竭盡全力氣，才喊出這兩句，頓時喘不過氣來，再也無法策馬快奔，只能任由馬匹放慢四蹄，只見眼前那團灰塵越來越遠，心中的希望也跟著灰塵慢慢幻滅消逝。

韓峰知道自己無法追上，乾脆勒馬而止，伏在馬頸上喘息，心中痛苦難當，只有一片絕望。正當他沉浸悲苦之際，隱隱忽然聽得有人叫道：「峰兒？峰兒？」

韓峰立即抬頭，瞇起眼往遠方望去，但見灰塵中一騎向著自己奔來，馬上乘著一個高大男子，留著一部蓬鬆鬍子，眼神如火，正是自己的爹爹！

韓峰歡喜已極，卻已叫不出聲來，一夾馬肚，策馬緩緩上前，兩乘馬越靠越近，彼此的面目也越來越清晰。父子分別一年以來，各自逃亡流浪，連彼此的生死都不知道；此番重遇，兩人都不禁熱淚盈眶，一時不知是眞是幻，是醒是夢。

兩騎馬很快便聚在一處，韓世諤不及勒馬，便已跳下馬來，韓峰也翻身下馬，衝到父親身前，睁眼望著父親，說不出話來。

韓世諤臉露微笑，伸手拍拍兒子的肩頭，說道：「好兒子！你長高啦。」

韓峰伸臂抱住了父親，流下眼淚。

韓世諤也緊緊抱著兒子，用力拍著他的背脊，笑道：「你平安就好了。我聽他們說你去了寶光寺，一直想上山去找你。只是宇文述那惡賊窮追不捨，搜捕甚緊，我始終找不著機會。」

韓峰抬頭道：「爹，我今日以棍法和拳法打敗了宇文述！」

韓世諤又驚又喜，說道：「當眞？」

韓峰當下簡單說了自己和宇文述打鬥的經過，韓世諤聽了，連呼嘖嘖，摸著他的頭，大笑道：「好，好！你跟著老和尚學武不過數月，進步竟如此神速！」

韓峰也笑了，說道：「爹，您不必再擔心宇文述了，我已逼迫他答應不再追捕您了。」

韓世諤一呆，想了想，說道：「然而我的夥伴們仍受官府追捕，我不能扔下他們。」

韓峰並未想到這一點，也是一呆，想了想，說道：「爹，您們要去哪兒？讓我跟您一起去。」

韓世諤神色凝肅不語，半晌後說道：「我打算去西方避避鋒頭，也不知將在什麼地方落腳。峰兒，你不應跟著我們遠行，還是回去寶光寺較爲穩妥。你好好跟著老和尚學禪學武，寶光寺眾僧武功高強，佛法精深，有你學之不盡的東西。你若跟著我，只能到處逃難，居無定所，顛沛流離，哪能學到什麼本領？」

韓峰知道爹爹所言有理，但心中如何捨得與父親再次分離，眼中含淚，懇求道：「爹，我不要再跟您分開了，讓孩兒跟您去吧！」

韓世諤眼神沉痛，卻搖頭說道：「孩子，你一定要聽爹爹的話。我等都是在逃之身，西域又是異族陌生之地，此行凶險，我絕對不能帶上你。你好好留在寶光寺，我才能放心。」

韓峰見父親如此堅決，忍不住掉下眼淚，低聲道：「那……那我何時才能再見到您？」

韓世諤摸摸他的頭，說道：「好孩子，別擔心，過段時日，等局勢平靖了，我定會回來找你。你要好好照顧自己，我們韓家就指望你了！」

但聽馬蹄聲響，其他十多乘馬也已回頭奔來，在父子面前勒馬而止，韓峰認出馬上乘客都是父親平日交好的兄弟朋友。

韓世諤道：「峰兒，快見過眾叔伯。」韓峰忙向眾人下拜。

韓世諤滿面驕傲，向一眾夥伴道：「弟兄們！犬子韓峰今日打敗了咱們的大對頭宇文述哪！」當下說了韓峰打敗宇文述的經過。

眾人紛紛豎起大拇指，讚道：「好傢伙！好厲害！」「替我們大夥兒出了一口惡氣！」「英雄出少年，虎父無犬子！」

韓峰臉上發燙，低下頭沒有答腔。

韓世諤滿面驕傲地望著兒子，伸手拍拍他的肩膊，說道：「好孩子，你大了，能夠照顧自己了。爹爹這得上路啦，你自己多多保重！」

韓峰忍住眼淚，點了點頭，望著父親翻身上馬，跟著一眾弟兄縱馬離去。

他見父親馳出數里後，仍不斷回頭向自己招手，臉上雖帶著笑容，心頭卻想必跟自己一般酸苦不捨。

韓峰站在當地，心中忽然明白，自己最後一絲「回家」的希望至此已經完全破滅。他不再是富貴顯赫的韓家子弟，而是一個永遠無家可歸的叛賊之子。父子二人皆身處險境，此生更不知能否再次相見；即使相見，也不知是何年何月何日。

韓峰心頭沉重難已，直到父親等人的影子再也看不見了，才伏在馬上痛哭了一回。最後天色將黑，他才縱馬緩緩回往李家莊園。

將近莊口時，天色已將近全黑了。遠遠見一個小小的身影蹲在矮牆上等候，韓峰一眼便看出，正是好友小石頭。

小石頭見他回來，立即站起身，跳下矮牆，衝上前問道：「見到你爹爹了？」

韓峰點點頭，當下簡略說了父親決定和夥伴們同往西去，暫避鋒頭，要他留在寶光寺等情。

小石頭見他眼圈紅腫，知道他再次與父親別離，心中難受，不知能說什麼安慰他，只能轉開話題，說道：「大師兄派人接了魏居士和通靜來到莊中，正請大夫檢視二人的傷勢。我們在這兒休息一夜，明日呼延總管便會備好馬車，讓我們送魏居士和通靜回去寶光寺。」

韓峰點點頭，說道：「甚好。大師兄呢？我該去向他拜謝。」

小石頭道：「他說大興城有急事，匆匆離莊去了。老和尚傳了鴿信來，說很擔憂我們的平安，通雲師姊已先回山上去了，老和尚希望我們也儘早回寶光寺去。」

就在此時，韓峰和小石頭心中都生起了同一個疑問：「回去，還是不回去？」

兩人互相望望，忽然都笑了起來，伸手搭住彼此的肩頭，同聲說道：「回去吧！」

第五十二章　歸山寺

兩人當夜便在李家莊園中留宿一夜。次日清晨，呼延總管已替他們備好了馬車，韓峰和小石頭向呼延總管道謝，讓魏居士和通靜躺在車中，駕著馬車，離開李家莊園，緩緩往通往寶光寺的山路行去。

兩個時辰後，一行人平安回到了寶光寺，但見寺中三幢建築破舊如昔，五十多個小沙彌也都已從山頂的避難山洞中回來了。

通吃領著通平、通定等在廚下準備午齋，其餘小沙彌也各司其職，砍柴挑水，好似什麼也沒有發生過一般。

然而韓峰和小石頭都感覺恍若隔世，寶光寺的一門一戶、一磚一瓦看來雖然熟悉，卻似乎跟記憶中的寶光寺大不相同，而不同在何處，兩人卻也說不上來。

一行人來到寺門外時，老和尚已在門口等候，微笑相迎，說道：「你們可回來啦。」他走到車旁，扶魏居士下車，神色關懷，問道：「身子如何？傷勢如何？」

魏居士道：「多虧通靜及早替我用木板固定，又敷上了白芨根。在山下莊園中，通天請了大夫給我看過，傷勢應是無虞。」

老和尚轉頭望向通靜，微笑道：「好孩子！你對醫藥天分甚高，往後我一定常常帶你上山採藥，正式傳授你草藥之道。」

通靜好生欣喜興奮，紅著臉行禮道：「多謝老和尚！」

老和尚又問了通靜的腿傷，放下心後，對魏居士道：「你不在的這段時間，大夥兒只知道清洗鴿籠、餵飽鴿子，至於鴿信的書寫傳送，可是完全擱下了。」

魏居士伸左手拍拍腦袋，滿面憂急，吐舌道：「完了，完了！鴿信不知累積了多少封，只怕三天三夜也處理不完！」

老和尚望向小石頭，說道：「小石頭，請你陪魏居士去鴿樓，助他一臂之力吧。」

小石頭心中一跳：「老和尚命我去鴿樓幫忙，必是已聽聞我在山谷中寫了那封求救鴿信，其實是識得字的。他想必也沒忘了我初上山時謊稱不識字，乃是個大大的妄語。老和尚既然不提，我最好也跟著裝傻，就當沒這回事，才是上策。」當下乖乖點頭答應，跟著魏居士趕往鴿樓去了。

老和尚望向韓峰，眼神溫柔慈和，說道：「韓小兄弟，你若不太疲累，請跟我來竹舍坐坐吧。」

韓峰聽老和尚喚自己「韓小兄弟」而非「石峰」，心想：「老和尚想必早已知道我的身世，之前大約爲了讓我安心，才一直裝作不知。」當下答應了，隨著老和尚來到竹林，走入那間安靜清幽的竹舍中。

老和尚請他坐下，第一件事，便是取出藥箱，檢查他小腿的傷勢。

他仔細看過韓峰的傷口之後，微微皺眉，說道：「這一鉤甚是厲害，傷及筋骨。我得替你割開筋肉，重新縫起。未來三個月，你千萬別做粗活兒，將這腿養好了再說。」說著便取出銀製的小刀和針線，又道：「疼痛是免不了的，你且忍耐一下。我動手之際，不如請你跟我說說，你下山之後，都發生了些什麼事？」

韓峰當下忍著腿上疼痛，說了跟隨神力大師、通山、通雲下山之後的種種經歷。他從遇見官兵殘暴徵兵拉伕，自己和通雲乘馬前去相救吳家兒子說起；之後在小鐘寺中，神力突然將他推入地牢，自己設法逃出，跟著通木來到舊漢王府，見到神力和通雲與瓦崗群雄打鬥等情；又說了李密如何以通雲的性命爲威脅，逼迫自己束手就擒；自己成爲瓦崗寨和李密的俘虜後，被綁縛在車中往東行去，途中通海多次藉機痛打自己，自己又如何結識了單雄信、程知節和徐世勣等豪傑，繼而說到途中通海也被李密捉起，二人被押解到瓦崗寨，見到瓦崗大首領翟讓；李密偷入牢房，向自己逼問密信，打算殺死通海滅口；又說了徐世勣冒險放走自己，自己決定回去地牢，取回小石頭的牛皮水袋，一念好心，打算割斷通海的綁縛，卻遭他暗算，鉤傷了小腿，困陷牢獄；最後通雲前來相救，兩人在大興城收到求救鴿信，趕往靜思谷相救魏居士，與左衛大將軍宇文述一場激烈拚鬥等經過。

老和尚凝神傾聽，不時詢問細節，引開韓峰注意，手上卻不停，用銀刀替韓峰切開腿上肌膚，重新縫合傷處的筋肉，敷上去瘀生肌靈藥「白芨生肌續骨膏」，包紮起來，直花了兩個時辰的功夫。等韓峰說完，他也剛好包紮完畢。

韓峰感到腿上傷口敷藥包紮之後，一片清涼，疼痛大大減輕，連忙向老和尚道謝。

老和尚道：「不必謝。你這腿會好起來的，放心吧。」

他一邊收起針線草藥，一邊嘆息道：「通海既然步上了這條路，那是誰也沒辦法讓他回頭的了。也算他幸運，還有通山忠心耿耿地跟在他身邊，盡心照顧保護。唉！他的祖父楊素和父親楊玄感，當權之時橫行霸道，少恩寡仁。他們楊家會落到這步田地，也是因果報應。」

他閉目想了想，又道：「李密從寶光寺逃跑，投靠了瓦崗寨，那翟家兄弟可要難過了。他想必也不會放過通海，定會運用瓦崗寨的人馬，繼續搜捕通海。」

韓峰心中對李密和通海二人絕無好感，他們之間互相殘殺，拚個你死我活，他自是誰也不同情。

老和尚忽然抬頭凝望著韓峰，問道：「孩子，你見到你父親了？」

韓峰身子一震，點了點頭，與父親告別時的悲痛難捨霎時又湧上心頭，眼中含淚，低頭道：「是。我爹爹往西方去了，他說未來一有機會，定會回來找我。他命我回來寶光寺，跟隨您學禪習武。」

老和尚伸手輕拍他的肩膀，說道：「你放心吧，令尊是一位能屈能伸的英雄，離開大隋土地之後，自能找到安身立命之所。他將你託付給我，我自當好好照顧於你，不辜負他的託付。」

韓峰向老和尚頂禮下拜，誠心說道：「自從我上山以來，老和尚一直對我萬分照顧，韓峰點滴在心，不敢或忘。」

老和尚扶他起身，見他臉色有異，欲言又止，便溫言道：「你心中是否還有什麼話想說？儘管說出來，不要緊的。」

韓峰遲疑一陣，才道：「我想請問老和尚……關於神力大師的事情。」

老和尚點點頭，說道：「你想問什麼？」

韓峰道：「我不明白神力大師……他爲何如此恨我？卻又……卻又以生命護衛我？」

老和尚嘆道：「我知道你會想問這件事。神力一家和你祖上仇怨頗深，他能夠克制自己，未曾傷害你，並盡心教你武藝，已是非常難得的了。」

韓峰道：「我聽通海說過，神力大師和我有著深仇大恨，卻不明白他所指爲何？」

老和尚道：「你聽我道來，便會明白其中原委了。」

韓峰道：「請老和尚指點。」

老和尚緩緩說道：「神力俗名魯世傑，乃是陳朝武將魯廣達的幼子。隋文帝派大軍攻打陳朝時，魯廣達乃是防守首都建康的都督之一。當時你的祖父韓擒虎將軍率領五百精兵，夜渡橫江口，進逼陳朝首都建康，魯廣達的兩個兒子魯世眞和魯世雄聞風喪膽，投降了你祖父，並寫信要魯廣達歸降隋朝。魯廣達大怒，自己拿了招降信去向陳後主請罪，陳後主卻對他毫無懷疑，好言安慰後，不但賞賜他黃金，更讓他即日回返軍營，主持守城軍務。魯廣達感念陳後主對自己如此信任，更加戮力守城。」

韓峰聽說神力大師竟是已滅亡的陳朝大將軍之子，不禁啊了一聲，心中好生驚訝。

老和尚頓了頓，續道：「後來的戰況，你想必比我更加清楚。令祖再度率領五百精兵，批亢擣虛，奔襲建康，入朱雀門，生擒陳後主，陳朝滅亡。魯廣達在隋軍攻打建康城之際，率眾奮戰，拚死抵抗，直至陳朝兵敗，建康城陷。之後魯廣達被迫歸入隋朝，但他拒絕與兩個投降的兒子相認，對令祖更是憤恨至極。後來他思念故國，憂憤成疾，拒絕醫治，懷恨而死。他死後，陳朝原尚書令江總伏在他的棺柩上痛哭，在他的棺頭題詩悼念：『黃泉雖抱恨，白日自留名。悲君感義死，不作負恩生。』」

韓峰點頭道：「這位魯廣達將軍忠勇英烈，委實令人敬佩！」

老和尚嘆道：「正是。神力身爲魯廣達的幼子，國仇加上家恨，對於韓家一門，不免深懷憤恨。你在終南山腳時，對神力射了韓家的白羽黑箭，神力當時便認出你是韓家子弟。他知道你父親正在唐國公的保護之下藏身，我也一定會希望能保護你周全，因此才逼迫你跟隨他上山。然而他始終無法忘卻自己與韓家的深仇，當我命他照顧你並教你武功時，你當能想像他極不甘願的心境。」

韓峰這才明白神力爲何對自己如此痛恨嫌惡，殘狠無情：他不斷找機會責罵處罰自己，分派他去做種種最粗重的活兒，甚至讓他挨餓挨凍，想來都是在爲父親和滅亡的陳國出一口惡氣。

韓峰想起爺爺和爹爹曾多次說起爺爺攻打陳朝、生擒陳後主的曠世功績，將之視爲韓家最大的光榮；他卻從未想過被滅亡的陳朝臣民在國破家亡之下，心中是何感受，內心懷有多沉重的悲痛仇恨。然而誰又能料想得到，世事變遷，滄海桑田，韓家一門也因他父親韓世諤加入楊玄感反叛失敗而家破人亡，父子雙雙受到皇帝通緝。他的祖父韓擒虎率兵滅陳，建立曠世功業，不過是二十四年前的事情；如今開國英雄，亡國敗將，又有什麼差別？

韓峰的思緒百轉千迴，低下頭，說不出話來。

老和尚溫顏道：「你也不用爲此難受自責。亂世之際，國破家亡乃是尋常之事。從三國分裂，以至隋朝統一天下的三百七十多年間，南北各國彼此爭戰不已，改朝換代不斷，百姓顛沛流離，從無寧日。當今之世，天下一統，已比過去分裂爭戰之世安定得多了。」

韓峰臉上露出迷惘之色，說道：「老和尚，隋朝統一天下，讓人民能夠免於征戰廝殺，安居樂業，乃是有利於天下百姓的好事。但是楊廣殘酷暴虐，不惜民力，難道爲了避免亂世分裂，便該任由他這麼胡作非爲下去？」

老和尚神色傷感，搖頭道：「先帝文皇帝在世之時，尚能敬拜佛祖，聽信老衲的幾句建言。然而當今皇帝楊廣以不正當的手段奪得皇帝之位，剛愎自用，對老衲的言語，他是一句也不肯聽信的了。我不知道楊廣會有什麼下場，水能載舟，亦能覆舟。他失去民心，又怎能企望守住他父親的江山呢？」

韓峰這才知道，原來老和尚不但是唐國公李淵的師父，更是隋文帝的師父，難怪這寶光寺雖破敗如此，卻能夠收留各方孤兒，無人敢輕易冒犯，正是因爲老和尚乃是一位得道高僧，廣受當世帝王將相尊重。他原本對老和尚的慈悲爲懷十分感念，這時更是肅然起敬。

韓峰又想起一事，問道：「宇文述的武功，爲何與通海和通山的武功如此相似？」老和尚嘆了口氣，說道：「這可說來話長了。通海和通山的武功，並不是在寶光寺學的。他們的師父法號神武上人，乃是我的師弟。當年我們師兄弟三人一起師事禪宗二祖慧可大師，先師傳授『六波羅蜜』，我是大弟子，得傳『布施』、『忍辱』，發願行世間法，入世濟渡眾生；二師弟神武上人得傳『持戒』、『精進』，畢生專研武功，一生創出了數十套震驚天下的武功絕技；小師弟僧燦得傳『禪定』、『智慧』，得傳先師衣缽，成爲我禪宗的三祖。」

韓峰曾聽老和尚說過一些禪宗的由來淵源，點了點頭，心想：「原來老和尚是二祖慧可大師的徒弟，三祖僧燦大師的師兄。」

老和尚續道：「我二師弟神武上人一生只收了三個徒弟，一個是宇文述，一個是楊玄感，一個便是魏居士。至於神力，他雖是我的徒弟，卻也曾跟隨他師叔神武上人學過許多年的武功。」

韓峰全沒想到魏居士竟然和楊玄感、宇文述是同門師兄弟，不禁大感驚奇。

老和尚道：「通海是楊玄感的長子，通山是楊玄感的徒弟，兩人的武功都傳自神武。通海學了『無影腿』、『擒龍手』和『霹靂鞭』，通山學的則是『雷撼拳』和『勁罡棍』。」

韓峰問道：「那麼宇文述呢？」

老和尚道：「宇文述學的武功和楊家眾人相差不多，專精『擒龍手』、『雷撼拳』和『勁罡棍』，只是他將棍法轉化爲槍法，用在戰陣之上。後來他的官越做越大，汲汲營營於功名利祿，終於背棄師門。神武十分惱怒，將他逐出師門。魏居士乃是神武的關門弟子，神武圓寂之前，魏居士年紀尚輕，神武便將他託付給我，寄居於寶光寺。」

韓峰道：「原來如此。我在山上住了這段時日，竟不知道魏居士身負武功。」

老和尚道：「魏居士所學功夫，叫做『撲地刀』和『菩提地堂功』。他擅長在地面翻滾騰挪，出其不意地以貼身刀來攻敵。但是他後來得了心痛之症，再也不能使動武功，不然便會有生命危險。這回他勉強跟宇文述動武，對他的身子損傷甚大。」

韓峰甚是擔心，說道：「希望魏居士沒事才好。」

老和尚嘆了口氣，點點頭，又道：「神力知道你念念不忘要打敗宇文述，因此他帶你練武時，特別讓你時時和通山通海對打，好讓你熟悉他們的武功招式。」

韓峰心想：「確實如此，但是神力什麼武功都未曾教我，只讓我去挨通山通海的拳腳，這算什麼教武功？唉，老和尚說得沒錯，他對我韓家懷有深仇大恨，未曾出手傷我，已算是十分克制了。」問道：「請問神力大師去了何處，何時回來？」

老和尚道：「他去南方辦事了，總要到明年夏天以後，才會回來吧。」

第五十三章　古佛誓

韓峰正想請問這段時光裡將由誰帶領他們練武，忽聽門外腳步聲響，一人在門外說道：「啓稟老和尙，弟子通天回來了。」

老和尙道：「快進來。」

通天推門而入，向老和尙跪下頂禮，起身後，又向韓峰問訊。韓峰感激他保護父親，並讓自己有機會與父親重聚，連忙起身恭敬行禮，說道：「大師兄！」心知他有事向老和尙稟告，便道：「師弟先告退了。」他正要迴避出去，老和尙卻道：「韓小兄弟，你且坐下。通天，你有什麼事情，只管說吧。」

通天道：「是。家父從弘化來信，命我向老和尙稟報：府中剛剛收到御旨，說弘化郡留守元弘嗣殘酷凶暴，官民痛苦不堪，怨聲載道，聖上命家父即刻逮捕元弘嗣，就地代理留守職務。家父並希望徒兒前往弘化隨侍，特請老和尙賜准。」

老和尙聽了，點頭道：「很好，你去吧。楊玄感反叛之際，皇帝便派令尊駐守弘化，知關右諸軍事，對令尊十分信任。如今皇帝不再懷疑令尊藏匿叛賊，讓令尊留守弘化並加以重用，這是好事。你此行需得小心在意，莫再讓令尊陷入受疑之地。」

通天點頭道：「通天謹遵師命。父親知道皇帝已對他起疑，自是戰戰兢兢，不敢行差踏錯一步。」

老和尙道：「這回唐國公留守弘化，應是個契機。令尊仁慈爲懷，人所共知，皇帝命他取代殘暴的元弘嗣，令尊若能善加自處，定能令天下皆知其仁德。」

通天道：「老和尚指點得極是。」

他想起另一事，稟告道：「山上缺糧之事，我已稟告過家父了。山腳李家莊園的存糧，自從去年戰亂興起，便被皇帝徵召供軍隊使用，難以如以往那般每月送糧上山。之前宇文述懷疑義士藏身莊園，派兵在莊園四周守衛，更加不能從莊園運糧去寶光寺，以免引起官兵懷疑。家父得知老和尚不得不去遠地運糧，又親自下山籌糧奔波，十分掛念擔憂，說道往後可由位於大興城西的竇家田莊負責供糧，路途雖遠些，但那是先母家中留下的產業，應當不會被軍隊調徵。家父已命人定期送糧上山，往後應不會再有斷糧之憂了。」

老和尚道：「如此眞是多謝令尊了。這陣子寺中弟子不得不忍受飢餓，省吃儉用，可眞是苦了他們。我上回下山辦事，沒料到神力也因通海之事追下山，而魏居士又遭李密脅迫，以致寺中完全斷糧。沒有大人能設法解危，幸得小石頭聰明勇敢，帶著小沙彌冒險下山取食，才讓大夥兒多撐了一個月，直到我們回來。」

韓峰這才知道，原來寶光寺的糧食向來由李家莊園供應，之後因糧食受到皇軍徵調，又有宇文述把守莊園，才導致糧食缺乏；老和尚那回派通山、通海、通雲下山籌糧，因事延遲，最後自己親自出馬，一行人不得不捨近求遠，去遠處的城鎭運糧回來。他聽老和尚稱讚小石頭，心中也不禁暗暗爲他高興。

老和尚又與二人談了幾句，通天和韓峰才告退出來。兩人正走出竹林，便見小石頭快步奔來，笑嘻嘻地道：「大師兄，大哥，你們餓了麼？通吃讓我來跟你們說，午齋已經準備好啦。」

三人往食堂走去，忽然聽得一串銀鈴般的笑聲，一個嬌俏的身形快步奔上前，投入大師兄通天的懷中，笑道：「可惡，可惡！你怎地這麼遲才回來？」正是五師姊通雲。

通天露出微笑，伸臂攬住了她，笑道：「妳見到我的第一句話，就是罵我可惡？」伸手摸摸她的頭，又在她臉頰上捏了一下。

通雲笑著在通天的肩頭輕捶一拳，說道：「你本來就可惡。我等你那麼久了，誰讓你慢慢吞吞的，到現在才回來？」

通天無辜地道：「我眞的有事忙啊。妳問問老和尚就知道了。我知道妳在等我，若不是因爲眞的有事要辦，怎敢不飛一般地趕回來見妳？」

通雲平時雖親切和善，但總帶著幾分矜持，小石頭和韓峰從未見她對別人如此親密，看她一副小女兒撒嬌的神態，都不禁一呆。

韓峰隨即想起：「通雲師姊乃是唐國公的女兒，大師兄則是唐國公的世子，兄妹情深，原是理所當然。」這才釋然。

小石頭卻並不知道通雲乃是唐國公的女兒，心中暗叫不好：「乖乖不得了，傻子都看得出大師兄和通雲是對情侶，當著人面也如此親密！我大哥卻該如何是好？」

連忙偷眼去看韓峰，但見他臉上並無異樣，甚至帶著微笑。小石頭心想：「我大哥眞是豁達大度，見到意中人跟情郎打情罵俏，竟然一點兒也不在意。」便悄悄伸手，在他背上輕拍兩下，意示安慰。

韓峰不知小石頭爲何拍拍自己，低頭望去，但見他滿面安慰憐惜之色，忍不住問道：「怎麼了？」

小石頭當著通天和通雲，自然不能多說，只搖了搖頭。

但見通天和通雲又笑嘻嘻地說了一會兒話，通天才攬著通雲的肩膀，來到韓峰面前，微笑道：「雲妹跟我說了，你在舊漢王府中，寧可自己被李密捉住，也要保護她性命。為兄感激不盡！」

韓峰甚是不好意思，說道：「這是我份所當為，大師兄何須相謝！況且通雲師姊之後冒險闖入瓦崗寨，將我救出，令尊更大力掩藏保護家父，這份恩情，師弟沒齒難忘！」

小石頭見韓峰神態誠懇，心中更是佩服：「我大哥面對情敵，真是太有風度了。」

但聽通天笑道：「我這妹妹向來心高氣傲，虧你一直包容她，可別縱壞了她才好！不然我這做哥哥的，以後還要倒楣。」

通雲笑著又打了他一拳，佯怒道：「哥哥可惡，你就愛胡說八道！」

小石頭聽通雲叫通天哥哥，這才恍然大悟，脫口道：「大師兄，你是……是通雲師姊的哥哥？」

通天道：「是啊。她在寶光寺排名第五，在家中也是排行第五，是我五妹，名叫李晏雲。」

小石頭忍不住失笑，哈了一聲，喜道：「原來如此！」心想：「我還以為我大哥豁達大度，面對情敵竟能全不介懷，原來他早知道大師兄和通雲師姊乃是親兄妹！」他越想越好笑，竟自笑得捧腹彎腰，無法停下。韓峰和通天望著小石頭，心中都好生奇怪，不知他為何笑個不停。

小石頭費了好大的勁兒，才終於止住笑，正色說道：「唐國公一門英雄豪傑，武功既高，人又都俊美，我早該猜想到兩位乃是親兄妹！」

通天微笑道：「韓家世代爲將，韓兄弟堅忍勇毅，武藝出眾，那才是將門虎子。」

小石頭忍不住又替韓峰吹噓起來，說道：「可不是？我大哥的人品武功，那眞是沒話說的。通雲師姊，妳說是不是？」

通雲臉上微微一紅，轉過頭沒有回答，對通天道：「哥哥，你這次回來，要待多久？」

通天道：「也就是一日。五妹，我即日就要啓程去弘化，跟在爹爹身邊隨侍。他不放心讓妳留在大興城，要妳跟我一塊兒去。」

通雲一怔，心中極不願意離開，說道：「我不回大興城，就留在寶光寺吧。」

通天搖頭道：「爹爹受命擔任弘化留守，任務艱鉅。妳輕功高妙，應當跟去保護父親，也該跟我一起去外地開開眼界。」

通雲咬著嘴唇，知道父命不可違抗，只好低頭道：「我明白了。咱們何時出發？」

通天道：「就是後日。我們今日就得下山，回返大興，做好遠行的準備。」

通雲答應了，臉上滿是掩不住的落寞。她轉過頭，望向寶光寺破舊的佛堂屋頂，眼神中流露出強烈的依戀不捨。她的眼光掃過韓峰，最後落在小石頭的身上，勉強一笑，說道：「小石頭，師姊不在時，你要記著我教過你的種種輕功訣竅，認眞練功，知道麼？」

小石頭道：「師姊請放心，我一定會乖乖練功的。等妳下次回來時，我定然已能自己躍上佛堂的大樑啦！」

通雲聽了噗哧一笑，轉頭望向韓峰，說道：「韓大哥，我眞沒料到自己這麼快便要下山。幸好我有先見之明，帶了一件小禮物上山給你。」

韓峰方才聽通天向老和尚稟報，請准讓他去往弘化，跟在父親唐國公李淵身邊隨侍；這時聽他兄妹對話，才知道通雲也將同去，不禁感到一陣失落，但見通雲對自己發話，趕緊定了定神，說道：「師姊何須如此客氣？韓峰承受不起。」

通雲道：「你不必推辭，這禮物你一定喜歡。」說著跑了開去，不多時，便牽了一匹黑馬過來。小石頭見那匹馬全身純黑，神駿非常，不禁眼睛一亮；韓峰立即認出，這匹馬正是他曾騎過數次的胡馬追龍。

通雲撫摸著追龍的脖子，說道：「追龍是我二哥的愛馬。我已經跟二哥說好啦，他同意將追龍送給你。你常住山上，不可荒廢了馬術。往後老和尚派你下山辦事，你可以騎了追龍去，腳程要快得多了。」

通天微笑道：「好馬要跟好主人。追龍性情勇毅堅韌，與韓小兄弟正相匹配。我已讓人備好韁繩鞍轡草料等，將牠養在山腳的田莊裡。你隨時需要用馬，去田莊取牠便是。」

韓峰心中極爲感動，伸手接過追龍的馬韁，眼望通雲，一時竟說不出話來。通雲也回望他，兩人脈脈相對，心中縱有千言萬語想說，當著這許多人的面，又怎好說出口來？

小石頭眼見通雲慷慨贈送一匹駿美的胡馬給韓峰，不禁好生眼紅，忍不住叫道：「師姊，妳如此大方，竟然送一匹馬給我大哥。那我呢？妳要送我什麼？」

通雲瞪了他一眼，笑道：「我不是已教了你輕功麼？你練好輕功，準能跑得比什麼馬都還快！」小石頭哇哇大叫道：「師姊捉弄我！下回讓我大哥騎上這匹追龍，妳試試跟在一旁奔跑，看是誰快？」

通雲笑道：「我有踏燕可以騎，何須在旁奔跑？你沒有馬，才得用跑的。」

小石頭大叫一聲，衝上前去捉她，通雲輕功精湛，腳下一滑，早已閃到通天身後。小石頭繞著通天奔了幾圈，始終追她不上，不得不停下，喘息道：「師姊，妳別得意，等妳下次回來，我就追得上妳了！」

通天望著妹妹和小石頭玩鬧鬥氣，不禁微笑搖頭。他走上一步，拍拍韓峰的肩膀，說道：「韓小兄弟，後會有期！」

韓峰道：「大師兄，大恩不言謝。韓峰隨時隨地，謹供大師兄差遣。」

通天點點頭，往天上一指，說道：「飛鴿通信。」

韓峰道：「謹候佳音。」兩人相對而笑。

當日午齋過後，通天和通雲兄妹便向老和尚行禮拜別。老和尚領二人來到佛堂古佛之前，對著佛像跪下，又命韓峰、小石頭和其他弟子也一起在佛前跪下。

老和尚語音沉肅，緩緩說道：「凡我寶光弟子，今在佛前發此三願以明志：一願修禪見性，解脫生死；二願不離慈悲，不著物欲；三願解除百姓痛苦，開創和樂盛世。」

韓峰聽了老和尚口中的三願，心中激動，眼眶發熱，終於確知自己來對了地方，寶光寺正是自己安身立命之處！當下高聲跟著老和尚複誦了這「寶光三願」。

眾人發願完畢，李氏兄妹倆頂禮古佛，出得寺門，翻身上馬。通天一聲呼嘯，隨從們也紛紛上馬，往山下行去。

韓峰和小石頭並肩站在寶光寺門口，目送著李世民和李晏雲兄妹在數十名護衛隨從的圍繞下，沿著彎曲的山道，緩緩往下山而去。他看著那纖秀的背影直至不見蹤影，心頭不禁泛起一絲落寞。

不過數月之前，兩人初來寶光寺，認定自己不過是借居此地，藉以度過寒冬的短暫過客；如今搖身一變，竟成了常住寶光寺的主人，站在山門口送別原是此地主人的大師兄通天和五師姊通雲。世事變遷竟能如此快速，如此難測，實讓人怎也意料不到。

小石頭深深地吸了一口氣，說道：「大哥，我們回去吧。」

韓峰低頭看了看小石頭，忽然留意到就在這數月之間，小石頭已長高了數寸，臉上稚氣略脫，精靈調皮卻絲毫不減。

他不禁笑了，有此好友相伴，即使身處與世隔絕的深山中，他又怎會感到片刻寂寞？兩人一齊走入寺門，但聽劈柴聲、雲板聲、誦經聲，伴隨著晚風，一陣陣傳入耳中。

韓峰放眼望向遠方層層疊疊的山巒，蒼茫的碧空和悠閒的浮雲，但見數隻白鴿從鴿樓中飛出，在空中盤旋數圈，各朝東西，劃過天際，振翅飛去，倏忽消失於白雲之間，不知是給哪座鴿樓送信去了。

他心中忽然湧起一股難言的踏實安穩：這兒是他的家。天地之間，他已沒有別的家，沒有別的歸屬。深山古寺，朝夕梵唱，砍柴挑水，修禪習武，這就是他的生活，他的歸宿。

直到某一日，飛鴿傳書，老和尚派遣他下山辦事，紅塵事起。

（第一部　完）

國家圖書館出版品預行編目資料

奇峰異石傳．卷一／鄭丰作, -初版-台北市：奇幻基地出版；家庭傳媒城邦分公司發行；2013.07（民102. 07）
面：公分. -（境外之城）

ISBN 978-986-5880-33-0（卷1：平裝）

857.9 102010546

ISBN 978-986-5880-33-0
EAN 4717702100360

Printed in Taiwan.

奇幻基地臉書粉絲團
http://www.facebook.com/ffoundation

鄭丰臉書專頁
http://www.facebook.com/zhengfengwuxia

城邦讀書花園
www.cite.com.tw

奇峰異石傳・卷一（亂世英雄書衣版）

作　　者／鄭丰
企劃選書人／楊秀真
責任編輯／王雪莉
版權行政暨數位業務專員／陳玉鈴
資深版權專員／許儀盈
行銷企畫／陳姿億
行銷業務經理／李振東
副總編輯／王雪莉
發 行 人／何飛鵬
法律顧問／元禾法律事務所　王子文律師
出版／奇幻基地出版
城邦文化事業股份有限公司
台北市 104 民生東路二段 141 號 8 樓
電話：(02)25007008　傳真：(02)25027676
網址：www.ffoundation.com.tw
e-mail：ffoundation@cite.com.tw
發行／英屬蓋曼群島商家庭傳媒股份有限公司城邦分公司
台北市 104 民生東路二段 141 號 11 樓
書虫客服服務專線：(02)25007718・(02)25007719
24 小時傳真服務：(02)25170999・(02)25001991
服務時間：週一至週五 09:30-12:00・13:30-17:00
郵撥帳號：19863813　戶名：書虫股份有限公司
讀者服務信箱 e-mail：service@readingclub.com.tw
歡迎光臨城邦讀書花園　網址：www.cite.com.tw
香港發行所／城邦（香港）出版集團有限公司
香港灣仔駱克道 193 號東超商業中心 1 樓
電話：(852) 2508-6231　傳真：(852) 2578-9337
e-mail：hkcite@biznetvigator.com
馬新發行所／城邦（馬新）出版集團
【Cite(M)Sdn. Bhd】
41, Jalan Radin Anum, Bandar Baru Sri Petaling,
57000 Kuala Lumpur, Malaysia.
Tel: (603) 90578822 Fax:(603) 90576622
email:cite@cite.com.my

封面設計／陳文德
排　　版／浩瀚電腦排版股份有限公司
印　　刷／高典印刷有限公司
■2020 年（民 109）5 月 28 日二版初刷

售價／300元

廣　告　回　函
北區郵政管理登記證
台北廣字第000791號
郵資已付，免貼郵票

104台北市民生東路二段141號11樓

英屬蓋曼群島商家庭傳媒股份有限公司城邦分公司 收

請沿虛線對摺，謝謝

奇幻基地

每個人都有一本奇幻文學的啓蒙書

奇幻基地粉絲團：http://www.facebook.com/ffoundation

書號：1HO038Z　　書名：奇峰異石傳．卷一（亂世英雄書衣版）

請於此處用膠水黏貼

奇幻基地

讀者回函卡

謝謝您購買我們出版的書籍！請費心填寫此回函卡，我們將不定期寄上城邦集團最新的出版訊息。

姓名：＿＿＿＿＿＿＿＿＿＿＿＿＿＿＿＿＿ 性別：□男 □女

生日：西元＿＿＿＿＿＿年＿＿＿＿＿＿月＿＿＿＿＿＿日

地址：＿＿＿＿＿＿＿＿＿＿＿＿＿＿＿＿＿＿＿＿＿＿

聯絡電話：＿＿＿＿＿＿＿＿＿＿傳真：＿＿＿＿＿＿＿＿＿＿

E-mail ：＿＿＿＿＿＿＿＿＿＿＿＿＿＿＿＿＿＿＿＿＿＿

學歷：□ 1.小學 □ 2.國中 □ 3.高中 □ 4.大專 □ 5.研究所以上

職業：□ 1.學生 □ 2.軍公教 □ 3.服務 □ 4.金融 □ 5.製造 □ 6.資訊

□ 7.傳播 □ 8.自由業 □ 9.農漁牧 □ 10.家管 □ 11.退休

□ 12.其他＿＿＿＿＿＿＿＿＿＿＿＿＿＿＿＿＿＿＿＿

您從何種方式得知本書消息？

□ 1.書店 □ 2.網路 □ 3.報紙 □ 4.雜誌 □ 5.廣播 □ 6.電視

□ 7.親友推薦 □ 8.其他＿＿＿＿＿＿＿＿＿＿＿＿＿＿＿

您通常以何種方式購書？

□ 1.書店 □ 2.網路 □ 3.傳真訂購 □ 4.郵局劃撥 □ 5.其他

您購買本書的原因是（單選）

□ 1.封面吸引人 □ 2.內容豐富 □ 3.價格合理

您喜歡以下哪一種類型的書籍？（可複選）

□ 1.科幻 □ 2.魔法奇幻 □ 3.恐怖 □ 4.偵探推理

□ 5.實用類型工具書籍

您是否為奇幻基地網站會員？

□ 1.是 □ 2.否（若您非奇幻基地會員，歡迎您上網免費加入，可享有奇幻基地網站線上購書75 折，以及不定時優惠活動：http://www.ffoundation.com.tw/）

對我們的建議：＿＿＿＿＿＿＿＿＿＿＿＿＿＿＿＿＿＿＿＿

＿＿＿＿＿＿＿＿＿＿＿＿＿＿＿＿＿＿＿＿

＿＿＿＿＿＿＿＿＿＿＿＿＿＿＿＿＿＿＿＿

請於此處用膠水黏貼